CHRISTINE BODE, geboren 1967, verliebte sich sofort in Schottland, als sie während eines längeren Aufenthalts auf den Britischen Inseln das Land in einem alten klapprigen Auto bereiste. Neben der wundervollen Landschaft, die nicht nur von Regen, sondern auch von Historie durchtränkt ist, sind es vor allem die unkomplizierten, liebenswerten Menschen, die Schottland für sie so einzigartig machen. Heute lebt sie mit ihrem Lebensgefährten und drei Katern in Berlin.

Christine Bode

Zuhause in
GLENBARRY

WO UNSERE
HERZEN
SICH
FINDEN

ROMAN

 PENGUIN VERLAG

Sollte diese Publikation Links auf Webseiten Dritter enthalten,
so übernehmen wir für deren Inhalte keine Haftung,
da wir uns diese nicht zu eigen machen, sondern lediglich
auf deren Stand zum Zeitpunkt der Erstveröffentlichung verweisen.

Penguin Random House Verlagsgruppe FSC® N001967

2. Auflage
Copyright © 2022 der Originalausgabe by Penguin Verlag
in der Penguin Random House Verlagsgruppe GmbH,
Neumarkter Straße 28, 81673 München
Lektorat: Angela Kuepper
Umschlaggestaltung: bürosüd
Umschlagabbildung: www.buerosued.de
Satz: Uhl + Massopust, Aalen
Druck und Bindung: GGP Media GmbH, Pößneck
Printed in Germany
ISBN 978-3-328-10731-6

www.penguin-verlag.de

Prolog
Claire

Ich schaue hoch, ein wenig nur, puste meinen Pony aus dem Gesicht. So viele Menschen sind gekommen, der ganze Saal ist voll, sie alle blicken auf zu dieser Bühne, auf der Vater am Rednerpult seine Show abzieht und sich für die Auszeichnung als Unternehmer des Jahres bedankt. So wie er von sich erzählt, könnte man glauben, George Wesley rette in seiner Firma jeden Tag Menschenleben, dabei ist Woodcorp nur eine Bautischlerei, wo aus schönen Bäumen hässliche, praktische Dinge hergestellt werden. Wenn es wenigstens Möbel wären – das fände ich sehr viel spannender. Interessiert nur keinen, was ich finde.

Während er redet, stehen Mom und ich hinter ihm. Ihm den Rücken stärken, so nennt sie das. Ich nenne es megaätzend. Ich wünschte, meine Klamotten wären nicht schwarz, sondern könnten mich unsichtbar machen, verschwinden lassen. Ich beneide meine kleine Schwester Amy darum, dass sie zu Hause bleiben durfte, auch wenn das für sie bedeutet, mit Fieber im Bett zu liegen. Da sie erst fünf ist, hat Vater ihr das gestattet. Von mir hätte er verlangt, ihn zu begleiten, selbst wenn ich meinen Kopf unter dem Arm tragen müsste. Aber ich bin ja auch schon vierzehn. »Stell dich nicht so an«, hätte er gesagt. »Beiß die Zähne zusammen.« Irgendwie mache ich das die ganze Zeit – die Zähne zusammenbeißen. Auch jetzt, aber allzu lange wird das hier glücklicherweise nicht mehr dauern, Vaters Rede ist fast zu Ende. Er erzählt gerade, wie sehr er diesen Preis in Ehren halten wird, und streckt dabei die gerahmte Urkunde in die Höhe. Ich weiß nicht, wie oft ich ihn im Arbeitszimmer vor dem Spiegel gesehen habe, während er jedes Wort und jede Geste seiner Ansprache übte. Für das Publikum wirkt es bestimmt, als fielen ihm die Sätze genau in diesem Augenblick ein. Vater kann so etwas. Und er kann so tun, als wäre er wirklich dankbar für die Auszeichnung, aber auch das habe ich gehört – wie er zu Mom sagte, es sei verdammt noch mal an der Zeit, dass diese Idioten der Baugewerkschaft ihm endlich die Anerkennung zollten, die er verdient.

Vater liebt Bewunderung. Ich glaube, er braucht sie nötiger als Luft. Ob nun von der Gewerkschaft, die ihm mit dieser selbst gedruckten Ehrenurkunde im IKEA-Rahmen bescheinigt, dass er mit Woodcorp die tollste, beste, coolste Bautischlerei in England betreibt, oder von Mom, die neben mir steht, aber nur Augen für ihn hat. Was mich betrifft, so bin ich ihm egal. Glaube ich zumindest. Wichtig ist nur, dass ich zu ihm aufschaue, so wie all diese Leute im Saal, die seiner Rede andächtig lauschen. Aber verdammt, er ist kein Jesus. Er verwandelt kein Wasser in Wein, nur Baumstämme in Gerüste, Verschalungen und Bodendielen. Und er kann Mom nicht heilen. Das kann wahrscheinlich keiner mehr, auch wenn ich es immer noch hoffe. Sie ist im letzten Jahr so dünn geworden, als wäre der Krebs ein lebendiges Tier in ihr, das sie langsam auffrisst. Ob Vater das überhaupt bemerkt? Und wenn ja – interessiert es ihn? Ich habe ihn nicht weinen sehen, nicht ein Mal. Aber ich heule mich seitdem fast jede Nacht in den Schlaf. Trotzdem sieht Mom nicht mich an, sondern ihn.

Ich starre auf meine Schuhspitzen, grabe sie in den grauen Teppich. Wann ist das hier bloß vorbei?

»Ich werde dem in mich gesetzten Vertrauen gerecht werden, dessen können Sie sicher sein. Woodcorp war, ist und bleibt eine verlässliche Größe im europäischen Baugewerbe. Und wer weiß, vielleicht sogar bald weltweit.«

Endlich, auf diese Sätze habe ich gewartet! Vater ist fertig, Applaus brandet auf, sogar einige Bravorufe, was mich stolz macht, mir aber auch unangenehm ist. Vater dreht sich zu Mutter, winkt sie mit zwei Fingern zu sich heran. Als sie neben ihm steht, legt er den Arm um sie und wirft mir über die Schulter einen seiner Peitschenknall-Blicke zu. Schlurfend laufe ich mit gesenktem Kopf zu ihm.

»Reiß dich zusammen«, flüstert Vater durch sein strahlendes Lächeln. »Sei ein Mal nicht blamabel.«

Keine Ahnung, wie es sich anfühlen würde, ihn nicht zu blamieren. Wahrscheinlich ziemlich gut. Wäre bestimmt so ein Gefühl im Bauch wie in der Achterbahn. Vielleicht schaffe ich es irgendwann einmal, ihn stolz zu machen.

Beim Aufblicken stelle ich beruhigt fest, dass mich niemand beachtet. Weiterhin sind aller Augen nur auf Vater gerichtet, und alle Gesichter strahlen wie Sonnen. Bis auf eines. Es gehört einem Jungen, der etwas älter ist als ich und weit hinten steht. Da er aber sehr groß ist, überragt er die anderen. Seine Augenbrauen sind zusammengezogen, und es liegt nicht die Spur eines Lächelns auf seinem Gesicht. Ich frage mich, was in seinen Zügen zu lesen ist. Als ich es verstehe, trifft es mich wie ein Schlag in den Magen.

Es ist Abscheu.

Unwillkürlich richte ich mich ganz gerade auf, was ich normalerweise nicht tue. Stell dich richtig hin, sagt Vater oft und schlägt mir dabei gegen den Hinterkopf. Diesmal braucht es das nicht.

Wie kann dieser Typ es wagen, ihn so anzusehen? Ich starre zurück, versuche, genauso viel Widerwillen in meinen Blick zu legen, und hoffe, dass er mich bemerkt. Als er es dann tut und sich der Ausdruck auf seinem Gesicht in Freundlichkeit verwandelt, schaue ich wieder zu Boden, bin dankbar, dass ich hinter Vaters Rücken Moms Berührung spüre. Sie zupft an meinem Ärmel, und rasch schiebe ich meine Hand in ihre. Ihre Finger sind dünn und kalt, ich halte sie fest umschlossen. Vielleicht kann ich ihr ein wenig von meiner Wärme abgeben, gern auch von meinem Leben. Noch sechs Monate, höchstens, hat der Arzt gesagt. Danach bin ich allein.

Eric

»Also dann!« Vater lacht mich derart übertrieben zuversichtlich an, dass es mir seine ganze Unsicherheit verrät. Als Nächstes bahnt er sich einen Weg durch die Menschen, die sich um George Wesley drängen, als würde er irgendetwas verschenken. Aber ein Mann wie der gibt nichts für umsonst. Das wusste ich schon, bevor ich ihn hier gesehen habe, und jetzt ist es mir nur noch klarer. Der verächtliche Blick, den er seiner Tochter zugeworfen hat, diesem spindeldürren, blassen Mädchen, und die befehlende Handbewegung, mit der er seine Frau zu sich herangewinkt hat, sagen alles, was man über diesen Mann wissen muss. Am liebsten würde ich Vater packen und ihn hinter mir her aus diesem Raum zerren, aber er ist ja nur deshalb hier: um mit George Wesley zu reden. Er drängelt sich weiter nach vorne, nimmt dabei keine Rücksicht auf die Menschen rechts und links – ein Verhalten, das ich von ihm nicht kenne. Normalerweise überlegt er dreimal, ob er anderen helfen kann, bevor er an sich selbst denkt. Es muss schlechter um die Firma stehen, als er mir anvertraut hat.

»Mr. Wesley!« Endlich hat er ihn erreicht, zieht ihn am Ärmel seines grauen Anzugs, als hätte er Angst, dass seine Stimme nicht ausreicht, um wahrgenommen zu werden. Wesley dreht sich um, sieht auf Vater herab – was angesichts dessen Größe nicht unbedingt etwas mit Arroganz zu tun haben muss. Aus der Nähe betrachtet finde ich diesen drahtigen Mann mit der Ausstrahlung einer Kreissäge noch unangenehmer.

»Ja?«

»Ich bin Paul O'Malley. Wir hatten Kontakt wegen einer eventuellen Zusammenarbeit. Ich hatte Ihnen geschrieben.«

Wesleys Augen verengen sich ein wenig, und es dauert

einen Moment, bevor er sich erinnert. »Die schottische Tischlerei.«

»Genau.« Vater nickt eilfertig. »O'Malleys Woodwork. Klingt schon ein wenig wie Woodcorp, finden Sie nicht? Das ist doch ein gutes Zeichen.«

Ich krümme mich innerlich angesichts seiner Unterwürfigkeit, versuche aber, mir meine Gefühle nicht anmerken zu lassen. Wie mit einem Skalpell geschnitten, bildet sich ein Lächeln auf Wesleys Lippen. »Was haben Sie mir anzubieten, Mr. O'Malley? Welchen Nutzen könnte ich aus einer Zusammenarbeit mit Ihnen ziehen?«

»Nun, wir sind ein alteingesessenes Unternehmen, bekannt im ganzen Norden für unsere gute, zuverlässige Arbeit, bis nach John o'Groats hinauf.«

»John o'Groats. Wie beeindruckend. Was ordert man dort? Harpunen für den Walfang?«

»Nein. Tische, Stühle, Fensterrahmen, all das. Nachfrage nach Harpunen hatten wir bisher noch nicht.«

Vater erkennt Wesleys Sarkasmus nicht. Wie auch? Zynismus, Ironie – all das ist seinem Wesen zutiefst fremd. Ich stelle mich neben ihn und übernehme das Gespräch. »Ihre Firma hat bisher kein Standbein in Schottland. Hier sehen wir eine Möglichkeit der Zusammenarbeit.«

Wesley richtet langsam den Blick auf mich. »Und Sie sind ...«

»Eric. Er ist mein Sohn«, erklärt Vater.

»Wie nett. Dann kenne ich jetzt also Ihre Familie, weiß, dass Sie keine Harpunen anfertigen und dass Ihre Tischlerei im Umkreis von schätzungsweise zwanzig Kilometern bekannt ist. Die Ihrerseits gewünschte Zusammenarbeit begreife ich dahingehend, dass Woodcorp Ihnen finanziell wieder auf die Beine hilft, während Sie genau das tun, was Sie auch vorher schon getan haben. Gebe ich Ihre Pläne korrekt wieder?«

»Aber nicht doch!« Vaters Wangen röten sich. Das ist immer so, wenn er sich schämt, denn ganz unrecht hat Wesley nicht. »Wir erfahren aus erster Hand, ob Großprojekte in Edinburgh oder Aberdeen oder Inverness geplant sind ...«

»Oder in John o'Groats«, wirft Wesley ein, und wieder erkennt Vater seinen beißenden Spott nicht.

»Genau. Wir könnten dafür sorgen, dass Woodcorp einen Fuß in die Tür kriegt und ...«

»Mr. O'Malley, ich möchte unser Gespräch an dieser Stelle gern beenden. Es tut mir leid für Sie, aber ich sehe keinen Nutzen für mich in einer Zusammenarbeit mit Ihnen. Sollte ich jemals Interesse daran haben, in Schottland Fuß zu fassen, gelingt mir das auch, ohne Geld in Ihre marode Firma zu stecken. Wahrscheinlich sogar besser. Was soll ich mit einem Geschäftspartner, der es kaum schafft, sich vor dem Bankrott zu retten? Es ist doch so, oder? Die Auskünfte, die ich über Ihren Laden eingeholt habe, deuten zumindest darauf hin. Technisch obsolete Maschinen, ein paar Stammkunden, keinerlei Marketing. Sie, Mr. O'Malley, bieten mir nicht das Geringste. Sie verschwenden nur meine Zeit.«

Wesleys Unverschämtheit brennt wie Säure. »Wie können Sie es wagen, derart mit meinem Vater zu reden?«, stoße ich hervor und gehe unwillkürlich einen heftigen Schritt auf ihn zu. Vater packt mich am Arm.

»Lass gut sein, Eric.«

Er hat recht, es bringt niemandem etwas, wenn ich diesen arroganten Kerl k. o. schlage, aber es fällt mir verdammt schwer, mich zurückzuhalten. Wesley, der vor mir zurückgewichen ist, streicht sich rasch über sein Jackett.

»Ein temperamentvoller junger Mann, was? Sie sind bestimmt sehr stolz auf ihn. Und jetzt entschuldigen Sie mich bitte, aber hier sind eine Menge Menschen, die mir zu meiner Auszeichnung gratulieren möchten. Ich würde ihnen gern die Gelegenheit dazu geben.«

Wir sehen ihm nach, wie er in die Menge eintaucht, einen Mann mit leutseligem Schlag auf die Schulter begrüßt, einem anderen lachend einen Gruß zuruft. Seine anscheinende Beliebtheit macht unseren Auftritt nur doppelt blamabel.

»Wir haben es versucht«, sagt Vater. »Immerhin. Auch wenn es nichts gebracht hat.«

»Von wegen.« Nein, nicht nur Wesley soll dieses Treffen aufrechten Hauptes verlassen! »Wir werden weitermachen, Dad, und wir werden erfolgreich sein. Eines Tages wird dieser Wesley vor unserer Tür stehen und darum betteln, bei uns einzusteigen.«

Vater grinst kläglich. »Sicher, Eric. Genau so wird es werden. Und jetzt lass uns hier verschwinden. Willst du noch ein bisschen Zeit in London verbringen?«

»Nein. Hier gibt es nichts, was mich interessiert.«

Als Vater lacht, klingt es genauso fröhlich, wie ich es von ihm kenne. »Ich glaube eher, dass es etwas in Glenbarry gibt, das dich ganz besonders interessiert. Es hat grüne Augen und dunkle Haare und heißt Mariah, nicht wahr?«

Ich spüre, wie mir die Hitze in die Wangen steigt. Offenbar ist es mir nicht gelungen, meine Gefühle zu verbergen.

»Glaubst du, sie weiß es?«

»Mariah ist eine kluge junge Frau. Mit Sicherheit ahnt sie etwas.«

Mist! Ich dachte, ich hätte noch Zeit, könnte mir in aller Ruhe überlegen, wie ich der Schwester meines besten Kumpels gestehe, dass ich in sie verliebt bin. So viele Jahre war sie nur ein nerviges Anhängsel unserer Freundschaft, aber seit einigen Wochen ist sie auf einmal ... keine Ahnung, was sie ist. Alles. Einfach alles.

In Gedanken versunken, folge ich Vater aus dem Saal, komme dabei an Wesleys Tochter vorbei, die mit gesenktem Kopf neben der Tür steht und auf ihre Fußspitzen starrt. Sie tut mir schrecklich leid. Ich kann einfach gehen, aber sie bleibt mit diesem Vater zurück.

1

Claire

12 Jahre später

Mit zwei Fingern nahm Francis den Flyer von Claires Schreibtisch und warf einen kurzen Blick darauf: »Du willst wirklich dorthin?«

»Ja. Morgen um acht geht mein Zug.«

Er brummte. Brummen bedeutete bei ihm immer Unzufriedenheit. »Du weißt, dass Manchester eine verhältnismäßig hohe Kriminalitätsrate hat.«

Claire musste grinsen. Francis, der beste – nein, der einzige – Freund ihres Vaters und ihr geliebter Patenonkel, sah sie immer noch als das kleine Gothic-Mädchen, das mit dunklen Klamotten und geringem Selbstbewusstsein durch die Welt lief. Vielleicht würde er irgendwann begreifen, dass diese Zeit lange zurücklag. Mittlerweile waren nur noch ihre Cocktailkleider schwarz.

»Ich komme schon klar. Es ist nur für einen Tag, und London ist auch nicht gerade eine Insel der Unschuld.«

»Ich merke schon, ich kann dir diesen Trip nicht ausreden.«

Unwillkürlich spannten sich alle Muskeln in Claires

Körper an. Ihre Mutter hatte Kritik nie offen geäußert, was sie gelehrt hatte, Unausgesprochenes unter beiläufigen Bemerkungen zu erkennen. Es ging Francis nicht um ihre Sicherheit, zumindest nicht nur. Anders als ihre Mutter, die die Angelegenheit auf sich hätte beruhen lassen, besaß Claire jedoch kein Gespür für Diplomatie.

»Spuck es aus. Was stört dich?«

Er strich sich mit der Hand über das dünn werdende graue Haar. Typisches Francis-Zeichen für Unbehagen.

»Ich habe immer noch nicht verstanden, was du eigentlich erreichen willst, Claire. Woodcorp produziert keine Möbel. Warum sich nicht mit dem begnügen, was seit Jahrzehnten funktioniert?«

Stellte seine Frage einen Ausdruck des ewigen Generationenkonflikts dar? Alt gegen Jung; Angst vor Neuem vs. Mut zur Veränderung? Oder Sachverstand und Erfahrung kontra Selbstüberschätzung und Naivität?

»Woodcorp produziert keine Möbel, richtig. Aber warum nicht etwas daran ändern? Immerhin fahre ich zur ...«, sie nahm ihm den Flyer aus der Hand und las laut vor, »›drittgrößten Möbelmesse des Vereinigten Königreichs. Ein Treffpunkt für Kreative, Einkäufer und Fachbesucher. Erstklassiges Catering vor Ort.‹ Wenn das nicht überzeugend klingt – eingeschweißte Sandwiches und Automatenkaffee.«

Statt einer Antwort zog Francis nur die Augenbrauen hoch.

»Keine Angst«, versuchte sie ihn zu beruhigen, »ich schließe keine Aufträge ab, ohne mit dir Rücksprache zu halten. Du kennst die Firma besser als jeder andere.«

»Nicht besser als George.«

»Ja. Nicht besser als Vater. Aber du vertrittst ihn hervorragend.«

»Wir, Claire. Wir vertreten ihn hervorragend.« Francis lächelte und drückte kurz ihre Hand. In seinem Blick las sie, dass auch er noch immer nicht begreifen konnte, was geschehen war. Dass eine Sekunde Unaufmerksamkeit ausgereicht hatte, um den starken, erfolgsverwöhnten George Wesley beinahe zu töten. Dass seine Verletzungen mittlerweile zwar geheilt waren, aber sein Bewusstsein nicht zurückkehren wollte. Manchmal wünschte sich Claire, er bliebe in seinem Zwischenreich, weil er dort mit der Seele seiner Frau wiedervereint wäre. Ihre Mutter hatte wenigstens nach dem Tod einen liebevollen Ehemann verdient. Aber tief in ihrem Innern wusste Claire, dass das für ihn kein ausreichender Grund wäre, nicht die Augen aufzuschlagen und in sein Büro zurückzukehren. So hatte er es all die Jahre gehalten. Kein Geburtstag, keine bestandene Prüfung und auch keine Krankheit waren ihm bedeutsam genug gewesen, um seiner Familie den Vorrang einzuräumen. Für Amy hatte er ab und an Ausnahmen von seiner strengen Arbeitsmoral gemacht, aber niemals für Claire. Egal, wie sehr sie als Kind versucht hatte, durch Leistung und gutes Benehmen seine Aufmerksamkeit zu erringen, sie hatte nie genügen können. Als wäre da etwas an ihr, das ihn abstieß. Stundenlang hatte sie sich früher im Spiegel betrachtet und versucht, diesen Makel zu finden, aber sie war nur ein ganz gewöhnliches Mädchen gewesen. Wenn es also etwas gab, das sie seiner Zuneigung so unwürdig machte, dann lag es unter ihrer Haut. Und jetzt, wo das Schicksal sie gezwungen hatte, von einem Tag auf den anderen den Platz ihres Vaters einzunehmen, wusste sie immer noch nicht, wer er eigentlich war und weshalb er sie nie geliebt hatte. Dass sein Zustand ihre Schuld war, machte die Sache nur noch schlimmer. Wie ein fast unhörbares, aber doch stetig wahrnehmbares Rauschen klang es in ihren Gedanken: Wenn du nicht verschwunden wärst ... Wenn du dich gemeldet hättest ...

Nachdem Francis die Tür hinter sich geschlossen hatte, ließ Claire sich auf den Stuhl fallen. Schweiß perlte in ihrem Nacken, eine unsichtbare Hand schien sich fest um ihre Kehle zu legen. Was sollte sie ihrem Vater sagen, wenn er aus dem Koma erwachte und ihre Entscheidungen Woodcorp geschadet hätten? Denn das wäre seine erste Frage: Wie geht es der Firma? Noch im Krankenbett, an Schläuche angeschlossen und das Stethoskop eines Arztes auf der Brust, würde er sich die Auftragsbücher ansehen, die Finanzberichte studieren wollen und Claire für jede Entscheidung, die sie getroffen hatte, ins Kreuzverhör nehmen. Würde es ihn interessieren, dass sie etwas Eigenes schaffen wollte, der Firma ihren Stempel aufdrücken? Dem, was geschehen war, musste doch ein Sinn zugrunde liegen.

Energisches Klopfen ließ ihre quälenden Gedanken in den Hintergrund treten. Sie stand auf und zog die Manschetten ihrer Bluse zurecht. »Herein.«

Als sich die Tür einen Spalt weit öffnete und Peter ins Zimmer schlüpfte, wunderte sich Claire für einen Moment, dass ihre Vorzimmerdame den Besucher nicht angemeldet hatte, bis ihr einfiel, dass sie Ellen vor einer guten halben Stunde ins Wochenende verabschiedet hatte. Jedes Mal, wenn Claire der grauhaarigen, bebrillten Sekretärin, die seit gut zwanzig Jahren das Vorzimmer ihres Vaters organisierte, einen Auftrag erteilte, fühlte sie sich etwas unbehaglich. Auch wenn Ellen nie erkennen ließ, ob es ihr etwas ausmachte, für jemanden zu arbeiten, der ihr Kind sein könnte, so war es Claire doch am liebsten, wenn sie ihr nur einen schönen Feierabend wünschen musste.

Peter lief auf sie zu, und statt einer Begrüßung formte er mit Daumen und Zeigefingern eine Kamera, die er vor sein linkes Auge hielt, während er das rechte zukniff. Das klackende Geräusch, das er mit der Zunge machte, sollte wohl den Auslöser imitieren. Ziemlich altmodisch, aber Claire fand, dass es zu ihm passte. Sie hatte schon länger den Verdacht, dass Cary Grant sein Role Model war.

»Hashtag Perfekterschnappschuss, Hashtag Wunderschönefrau«, sagte er mit einem breiten Lächeln und nahm die Hände wieder herunter. Peter redete nicht nur mitunter wie ein Instagram-Beitrag, er schien leibhaftig einem solchen Post entsprungen zu sein: dunkle Haare, strahlend blaue Augen, sportlich, immer gut gelaunt. Als wäre er mit einem schmeichelnden Bildfilter bearbeitet worden.

Drei Monate zuvor, als George Wesley anlässlich seines sechzigsten Geburtstags mit allen Angestellten in der Firma feierte, sprach Peter Claire einfach an. Dass sie ein paar Jahre älter war und die Tochter des Chefs, während er erst seit Anfang des Jahres als Praktikant in der Marketingabteilung arbeitete, schien ihn nicht zu beeindrucken – was wiederum Claire beeindruckte. Sie verbrachte den Januarabend mit ihm auf dem Dach des Gebäudes fröstelnd in ihren Mantel gehüllt, bei Gesprächen, die sie nach der ersten geleerten Rotweinflasche für bemerkenswert tiefgründig hielt. Claire bot dieses Versteckspiel vor allem die Möglichkeit, sich der Neugier der Mitarbeiter zu entziehen, von denen viele sie schon seit ihrer Geburt kannten: Wann sie denn Vollzeit in die Firma einsteigen werde, jetzt, wo sie mit dem Studium fertig sei. Ob sie sich nicht endlich binden wolle. Was sie mit ihrem Leben vorhabe. Fragen, auf die sie nur eine Antwort geben konnte: Woher soll ich das denn alles wissen?

Als schließlich die Sonne über den Fabrikgebäuden im Milmead Industrial Estate unterging und sich rot auf dem Wasser des Lockwood Reservoir spiegelte, zog Peter sie in die Arme und küsste sie, was sie so lange mitmachte, bis Notarztsirenen das Gespinst aus Großstadtromantik, Alkohol und sanfter Erregung zerrissen, das sich um sie gelegt hatte ...

Claire griff ihre Aktentasche, ließ den Flyer darin verschwinden und kam hinter dem Schreibtisch hervor. »Gibt es etwas?«

Peter tänzelte auf sie zu, legte den Arm um ihre Taille und zog sie dicht an sich heran. »Ich dachte mir, weil heute doch Freitag ist, könnten wir beide etwas trinken gehen. Oder tanzen. Oder so ...«

Claire hörte förmlich die drei Auslassungspunkte nach seinen Worten. Er wusste genau, was er erreichen wollte, suggerierte ihr aber, sie hätte Entscheidungsfreiheit. So etwas konnte sie auf den Tod nicht ausstehen – wenn man sie manipulieren wollte. Entschlossen nahm sie seine Hand weg, die mittlerweile auf einer Stelle ihres Körpers lag, die man nur mit viel gutem Willen als Rücken bezeichnen konnte.

»Keine Chance. Weder auf einen Drink noch auf einen Tanz noch auf Sex. Ich dachte, wir hätten das geklärt.«

Peter verschränkte die Arme vor der Brust und zog einen Schmollmund. »Geklärt haben wir gar nichts. Du hast mich von heute auf morgen auf die Ersatzbank geschickt.«

Mit einem tiefen Atemzug versuchte Claire, den Ärger zu bändigen, der nach seinen Worten in ihr emporkroch. »Zwischen diesem Heute und Morgen lag Folgendes: Mein Vater hatte einen Unfall, er fiel ins Koma, ich wurde dein Boss. Das ist Erklärung genug.«

Sie nahm nicht den Fahrstuhl, sondern rannte die Treppen hinunter zum Ausgang. Nicht, weil sie so schneller wäre, aber das Warten auf den Lift erschien ihr unerträglich. Als sie die Eingangstüren aufstieß, ihr die kühle Nachtluft ins Gesicht wehte, lief sie wie durch einen Tunnel zur Straße, zum Krankenwagen. Die Menschen wichen vor ihr zurück, aber sie wusste nicht, warum. Auf dem Asphalt lag ein lebloser Körper, die Beine und Arme ausgestreckt wie eine heruntergefallene Puppe. Er sah nicht aus wie ihr Vater. Ihm fehlte alles, was George Wesley ausmachte.

»Claire?« Francis schob sich neben sie und legte den Arm um sie. »Schau da nicht hin. Schau mich an.«

Verwirrt hob sie den Kopf. Ihm standen Tränen in den Augen. Francis weinte nicht. Hatte er noch nie getan.

»Was ist passiert?«

»George wusste nicht, wo du warst«, sagte Francis. »Er hat versucht, dich anzurufen. Er war abgelenkt. Deshalb hat er wohl das Auto nicht bemerkt.«

»Ich war das?«, flüsterte sie. »Das ist meine Schuld?«

Francis drückte sie fest an sich und sagte nichts. Aber das war ihr Antwort genug.

»Ich würde es niemandem verraten, Claire, Ehrenwort.«

»Begreifst du nicht, in welch unmögliche Situation du mich bringst?« Die Erinnerung an diesen Morgen ließ sie schärfer antworten, als sie es eigentlich wollte. »Und überhaupt – das mit uns hatte doch gar nichts zu bedeuten.«

»Für dich vielleicht.«

»Ja, für mich. Und du solltest es genauso sehen.«

Peter trat drei Schritte zurück, und auf einmal empfand Claire Mitleid für ihn. Hatte ihm ihre einmalige Begegnung, die für sie nur ein netter, aus dem Augenblick geborener Flirt gewesen war, wirklich so viel bedeutet? Wenn ja, dann musste ihn ihre Ablehnung schmerzen. Sie wusste selbst nur zu genau, wie sich Zurückweisung anfühlte. Möglicherweise war sie deshalb so gut darin, sie auszuteilen.

»Tut mir leid, Peter, aber es geht nicht. Juristisch, moralisch, auf jede nur erdenkliche Art und Weise.«

Sein düsterer Gesichtsausdruck hellte sich etwas auf. »Ich verstehe es ja, Claire. Aber weißt du, was das Gute an unserer Situation ist?«

Sie wollte einwerfen, dass sie kein »uns« verband, aber Peters Lächeln ließ sie ihre Worte herunterschlucken. Sie wünschte ihm nichts Schlechtes, und bestimmt war sie ziemlich mies darin, Chefin zu sein. »Verrate es mir. Was ist das Gute daran?«

Er wandte sich zum Gehen und zwinkerte ihr dabei verschwörerisch zu: »In vier Monaten bin ich hier weg. Hashtag Keinehindernissemehr.«

Dann blieb nur zu hoffen, dass er sein quecksilbriges Herz in dieser Zeit einer anderen schenkte. Einer, die es zu schätzen wusste. Die ihn wollte. Wenn nicht, stand ihr über kurz oder lang ein übles Gespräch ins Haus.

Früher hatte sie sich oft gewünscht, sie könnte unsichtbar werden. Einfach verschwinden. In Momenten wie diesen wünschte sie es sich immer noch.

2

Claire

Der Mann starrte lange auf ihre Visitenkarte. Viel zu lange, auf dem kleinen Stück Papier war ja nicht *Krieg und Frieden* abgedruckt, nicht einmal eine gekürzte Ausgabe. Claires Ungeduld stieg, sie war versucht, ihn und die Klangliegen, die er an seinem Messestand anbot, stehen zu lassen, als er doch noch aufschaute. Die Zweifel standen ihm unübersehbar ins Gesicht geschrieben.

»Sie sind sehr jung für so einen Posten«, sagte er und wedelte mit der Karte. »Leiten jetzt wirklich Sie Woodcorp?«

Claire atmete tief durch. Immer ruhig bleiben, schärfte sie sich ein. Respekt muss man sich verdienen.

»Ja, das tue ich.«

Er nickte. Kein anerkennendes Nicken, sondern ein abwägendes. »O. k. Meinetwegen. Ich würde trotzdem lieber mit Ihrem Vater sprechen.«

»Mein Vater ist erkrankt, nichts Ernstes, aber er ist zurzeit nicht verfügbar. Deshalb stehe ich jetzt Woodcorp vor. Wenn Sie Interesse an einer Zusammenarbeit haben, verhandeln Sie mit mir.«

Der Mann steckte ihre Karte in seine Brusttasche. »Ich denke darüber nach. Vielleicht ...«, und nun glitt sein

Blick von ihrem Kopf hinunter zu den Beinen, mit einem längeren Zwischenstopp auf ihren Brüsten, »vielleicht könnten wir die Angelegenheit heute Abend bei einem Glas Wein besprechen? Oder einem leckeren Mai Tai? Geht auf meine Rechnung.«

Für einen Moment verschlug es Claire die Sprache, was nicht oft geschah. Glaubte der Kerl wirklich, sie wäre für einen Mai Tai zu haben? Gut, es hatte eine Zeit in ihrem Leben gegeben, da hatte ein Cocktail einen vielversprechenden Anfang gebildet, aber das lag hinter ihr. Noch nicht sehr lange, dafür umso endgültiger.

Mit einem raschen Griff zog sie ihre Visitenkarte wieder aus der Brusttasche des bordeauxroten Anzugs: »Danke für die Einladung, aber mit Leuten wie Ihnen verbringe ich meine Zeit lediglich aus beruflichen Gründen, und selbst das nur äußerst ungern.«

Ihre Knie zitterten, als sie sich mit schnellen Schritten entfernte. Die Unprofessionalität ihrer Reaktion erschreckte sie. »Sei höflich zu Menschen, von denen du noch etwas erwarten könntest«, war eine der Lehren ihres Vaters. Er hätte sich nie so gehen lassen. Er wäre aber auch nie so behandelt worden.

Wie eine Flüchtende kämpfte sie sich durch die vollen Gänge der Messehalle und presste sich ein Lächeln aufs Gesicht. Niemand sollte bemerken, wie gedemütigt sie sich fühlte und dass die Selbstzweifel wie ein Tsunami über sie hereinbrachen. An einem Gastrostand hielt sie an und nahm an einem der hellgrauen Resopaltische Platz. Bitterer Kaffeegeruch lag in der Luft, der Stuhl war unbequem, ihre Füße schmerzten. Was um alles in der Welt hatte sie sich hiervon eigentlich versprochen? Es war genau so, wie Francis sagte: Woodcorp machte keine Möbel. Die Firma, der sie auf unbestimmte Zeit vorstand, produzierte Gerüste, Bauzäune, Verschalungen – alles weder spannend noch kreativ, aber mit diesen Produkten war ihr Vater erfolgreich geworden. Warum also fuhr sie zu dieser zweitrangigen Fachmesse, wo sie sich von einem mehr als doppelt so alten Mann im billigen Anzug sagen lassen musste, dass sie als Geschäftsfrau nichts taugte, aber akzeptabel schien für After-Messe-Sex nach einem an der Hotelbar verbrachten Abend mit zu vielen schlechten Cocktails? Warum quälte sie sich stundenlang durch stickige Hallen, die mit ihren fensterlosen Metallwänden an Seecontainer erinnerten? Im Laufe des Tages hatte sie Gespräche geführt mit den Herstellern von Klapptischen, Regalen und stapelbaren Stühlen, die alle nicht das Geringste gebracht hatten, weil sie von vornherein gewusst hatte, dass dies nicht das war, was sie suchte. Sie hielt Ausschau nach etwas, das sie selbst nicht in Worte fassen konnte. Möbelstücke, die mehr waren als nur Gebrauchsgegenstände, die ein Teil des Lebens wurden und nicht nach ein paar Jahren auf dem Sperrmüll landeten. Sie sollten weitergegeben werden, wie Familiengeschichten und schöne Erinnerungen, die man sich auf Feiern erzählte.

Himmel, wenn ihr Vater das hören würde! Glaubte sie wirklich, das Geschäft besser zu kennen als er? Sie sollte diese Farce beenden. Niemand musste davon erfahren, und Francis würde es bestimmt für sich behalten. Wenn also in ein paar Tagen diese schmerzhafte Blase an ihrer Ferse abgeheilt wäre, bliebe nichts zurück als eine Delle in ihrem Stolz. Das bittere Gefühl einer Niederlage im Schlepptau, packte Claire ihre Aktentasche und machte sich auf den Weg zum Ausgang. Dabei fiel ihr Blick auf einen winzigen Stand. Man konnte ihn leicht übersehen, weil er sich in einer Ecke neben den Toiletten befand und links und rechts von ihm auf Roll-up-Displays für katzenschwanzfreundliche Schaukelstühle geworben wurde. Aber Claire sah ihn und begriff, was sie von Anfang an gesucht hatte. Da stand ein Tisch. Zuerst erkannte sie nicht einmal, dass es einer war, denn auf die Entfernung erinnerte er an einen Baum. Einen kleinen, unbelaubten Baum. Sie trat näher und legte die Hand auf das samtweich polierte Eschenholz. Aussparungen verzierten den gesamten Rand der Platte und erweckten den Eindruck von Zweigen. Aus der Mitte des Tisches ragte eine Stange empor, an der sich im Abstand von zwanzig Zentimetern zwei kleinere Platten befanden. Auch sie waren mit diesen kunstvollen Aussparungen verziert, ließen sich drehen und dienten als Etagere. Das schmale Standbein lief auf dem Boden in ein wurzelartiges Gespinst aus, was die Illusion eines echten Baumes weiter verstärkte. Wie dieser Tisch wohl gedeckt aussah? Ein Kaffeeservice mit Millefleurs-Dekor, cremeweiße Damastservietten, auf der Etagere Schalen mit Erdbeeren und Schlagsahne und ein Teller mit Scones. Fast konnte Claire den frisch gebrühten Tee in den Tassen riechen.

Eigenartigerweise gab es keine Messebetreuung, auf dem Tisch fand sich nur ein Plastikhalter mit Visitenkarten, oder besser: mit bedruckten Zetteln. Aber so erfuhr sie, dass der Stand zu einer Firma namens Spirit of Trees gehörte, mit Sitz in Glenbarry, wo auch immer das sein mochte. Als Inhaber wurde ein Eric O'Malley angegeben. Claire steckte die Karte in ihre Aktentasche und strich ein letztes Mal über das Holz. Eric O'Malley in Glenbarry. Das erweckte Bilder von grünen Hügeln, klarer Luft und von einem grauhaarigen, graubärtigen Schreinergenie, das in einer Wolke aus Sägespänen seine Kunstwerke fertigte.

Dieser Typ mit seinen Klangliegen konnte sich sonst wohin scheren, sie hatte ihren kreativen Menschen gefunden. Jetzt musste sie ihn sich nur noch schnappen.

Kurz nach 21.00 Uhr kam sie wieder in London an. Sie liebte diese übervolle, überlaute, überdreckige Stadt, trotz des Nieselregens, der natürlich gerade einsetzte, als sie an der Euston Station ausgestiegen war. Sich zu ihrer Wohnung am Russell Square durch Menschenmengen und in halsbrecherischen Manövern an Radfahrern, Bussen und Autos vorbeizukämpfen, setzte diese Liebe allerdings einer gewissen Belastungsprobe aus. Endlich zu Hause angekommen, sprang sie unter die Dusche und in ihre Wohlfühlklamotten und legte sich, mit ihrem Tablet, einem Glas Wein und einem Müsliriegel bewaffnet, aufs Bett. Glenbarry. Wo um alles in der Welt lag das?

Eine Viertelstunde später hatte sie sich schlau gegoogelt: Glenbarry war ein Dorf im nordwestlichen Schottland, in der Nähe des Beinn-Eighe-Nationalparks. Der nächstgrößere Ort war Ullapool, und größer bedeutete hier zweitausend Einwohner. So viele Menschen traf man am Trafalgar Square in zehn Minuten. Ansonsten schien

Glenbarry umzingelt von Bäumen, Bergen, Seen und seltenen Tierarten.

Na großartig, dieser Tischler wohnte in Mittelerde. Ihr Bild von ihm wandelte sich von einem gutmütigen Meister Geppetto zu einem kahlköpfigen Gollum, der ein Stück Holz in den dürren Ärmchen hielt und »Mein Schatz!« murmelte.

Die Homepage der Firma war genauso dilettantisch gestaltet wie die Visitenkarten. Schlecht ausgeleuchtete Fotos in geringer Auflösung zeigten einige Möbel, darunter ein Regal, das aus einem halbierten, ausgehöhlten Stamm bestand, in den unregelmäßig geformte Fachböden eingesetzt waren. Passend dazu ein Stuhl, der wohl aus der anderen Hälfte des Stammes geschlagen worden war. Man saß darin bestimmt geborgen wie in einem Baum, und es hätte Claire nicht erstaunt, würde ein Eichhörnchen über die Lehne klettern. Ein altes Fischerboot hatte O'Malley in ein Bett verwandelt und ein knorriges Wurzelgeflecht in einen Kronleuchter. Jedes dieser Stücke hätte Claire sich selbst in die Wohnung gestellt, und die Bilder bestärkten sie nur in ihrem Wunsch, die Firma dieses Mannes in Woodcorp einzugliedern.

Das Herunterscrollen brachte Informationen über den Firmeninhaber zum Vorschein: O'Malley hatte nach dem Tod seines Vaters die Familientischlerei übernommen und mit Spirit of Trees seine eigene Möbellinie gegründet. Entgegen ihren Vorstellungen zeigte ein Foto einen noch jungen Mann mit lockigen dunklen Haaren. Auf seinem kantigen Gesicht lag kein Lächeln. Eigentlich sah er so aus, als hätte er keine Ahnung, wie lächeln überhaupt ging. Vielleicht war es doch keine gute Idee, mit ihm Geschäfte machen zu wollen. Hätte dieser Kerl schlechte Laune, würde er sie am Kragen packen und in den tiefen dunklen Wald werfen, den sich Claire rings um Glenbarry vorstellte. Ihre Hoffnung, Fotos zu finden, die einen freundlichen, gütigen O'Malley zeigten, erfüllte sich bei ihrer weiteren Recherche nicht, stattdessen landete sie im Archiv des *Ullapool Inquirer*. In einer drei Jahre alten Ausgabe fand sich die Traueranzeige für seine Frau. Schlicht gehalten, nur dieser Satz: »Mariah ist tot.« Angesichts einer solch kargen, unverhüllten Trauer bildete sich ein Kloß in Claires Hals. Auf der Anzeige für ihre Mutter hatten sich eine Taube, ein Kreuz, ein Ölzweig sowie der Spruch, dass das Schicksal grausam sei und das Vermissen unendlich, den Platz streitig gemacht. Ein Trauer-Overkill, aus dem bei Weitem nicht so viel Kummer widerhallte wie aus diesem einen Satz für Mariah O'Malley.

Bevor sie endlich das Licht ausmachte, schrieb sie eine E-Mail an Francis. Er sollte gleich am Montag alle geschäftlichen Details über Spirit of Trees zusammentragen, die er nur finden konnte. Vermutlich stand die Firma finanziell nicht allzu gut dar. Aus einer umso besseren Position heraus würde Woodcorp verhandeln können.

3

Eric

Es gab Tage, an denen war gar nichts in Ordnung. Das waren die, an denen Mariah morgens neben ihm lag, seine lächelnde, wunderbare Mariah, und sich an ihn schmiegte. »Ric«, hörte er dann ihre Stimme in seinem Ohr, »hast du heute etwas vor, oder können wir im Bett bleiben?« Aber bevor er ihr antworten konnte, dass ihn selbst eine Verabredung mit der Queen oder einem Großauftraggeber nicht von ihr wegbekommen würde, wachte er an solchen Morgen auf, und neben ihm waren nur Leere, Stille und Kälte.

Aber es gab auch Tage wie diesen, an denen Andrew und er am Ufer des Loch Tain saßen, ihre Angeln in das glasklare Wasser hielten und der Wind den würzigen Geruch des Wacholders um seine Nase wehte. Obgleich die Frühlingsfrische durch seine Jacke und den Pullover drang, genoss er doch die Ruhe, die nur vom kullernden Balzen des Birkhahns unterbrochen wurde, dem Plätschern und Glucksen des Flusses und dem Zischen, wenn die Angelschnüre durch die Luft flogen.

Als sich die Sonne langsam hinter die Spitze des Mount Hallion schob, holte Andrew seine Schnur ein. »Das wird heute nichts mehr, lass uns zu Fred fahren.«

»Gute Idee.« Eric stand auf. Sein rechtes Bein schmerzte,

als er es nach dem langen Sitzen belastete. Vorsichtig verlagerte er das Gewicht auf die andere Seite und wartete. In ein paar Minuten wäre es wieder in Ordnung. So in Ordnung, wie es halt sein konnte.

»Du weißt, was sie über den Tain sagen, nicht wahr?«, fragte er, um die Ruhepause zu füllen, die seine kaputten Knochen erzwangen.

»Natürlich.« Andrew griff den leeren Fischeimer und kippte das Wasser darin auf die Wiese. »Dass es in ihm überhaupt keine Fische gibt. Aber das ist Unsinn.«

»Ach ja? Zwei Jahrzehnte erfolgloses Angeln geben dir nicht zu denken?«

Als Andrew sich ihm zuwandte, gab es einen Moment, der wie ein Messer stach. Denn er sah Mariah so ähnlich – nicht nur die tannengrünen Augen, sondern auch der Ausdruck darin. Als ob er sich über ihn lustig machte, aber auf eine gute Art. Eine, bei der man mitlachen konnte. Die beiden waren zwar keine eineiigen Zwillinge gewesen, einander jedoch in vielen Bereichen völlig gleich. In anderen nicht.

»Der Tain ist voller glitzernder, pfeilschneller Fische, aber sie sind ausgesprochen klug und lassen sich nicht so einfach an eine Angelschnur locken.«

Ungläubig starrte Eric auf die Diskokugel, die von der Decke des Robert the Bruce hing und das Licht eines Scheinwerfers in bunte Blitze brach.

»Wie findest du's?«, fragte Fred. Sein Ton machte deutlich, dass er nur absolute Begeisterung als Reaktion akzeptieren würde.

»Das ist wirklich – also wirklich …«

»Ja?«

»Wirklich rund. Eine runde, glänzende Kugel.«

»Kugeln sind immer rund, Eric. Streng dich ein bisschen an.«

»Es ist toll. Ganz ehrlich. Wer würde hier nicht tanzen wollen?«

Wie aufs Stichwort öffnete sich die Tür des Pubs, und eine größere Gruppe strömte herein. Der Ruf von Freds samstäglichen Diskoabenden hatte sich weit über die Grenzen Glenbarrys hinaus verbreitet und zog Besucher aus Torridon, Kinlochewe und Annat an. Die Geschichte, dass ein Pärchen aus Aberdeen extra ins Bruce zum Tanzen gekommen war, hatte Eric schon gefühlte hundertmal erzählt bekommen.

»Entschuldigt mich, der DJ aka Barkeeper aka Partyhost ist gefragt.« Mit einem kräftigen Schlag auf die Schulter verabschiedete sich Fred von Eric, winkte Andrew zu und ging hinter den Tresen, wo er sich an der Stereoanlage zu schaffen machte. Binnen Sekunden hämmerte »People Are People« durch den Raum.

Bewaffnet mit Bier und Schinkenbroten, zogen sich die beiden Freunde an den einzigen Tisch zurück, der nicht der Tanzfläche hatte weichen müssen.

Unentwegt strömten neue Gäste herein, wie jede Woche kam auch Granny Herbert vorbei, die zweitälteste Bewohnerin von Glenbarry. In ihrem Schlepptau hatte sie einen ebenfalls nicht mehr ganz taufrischen Herrn, der mit seinem schwarzen Anzug aus der Menge der leger gekleideten Gäste herausstach. Sie winkte Eric und Andrew zu, und während ihr Begleiter sich am Tresen anstellte, trat sie zu ihnen an den Tisch.

»Und?«, fragte sie verschwörerisch. »Wie gefällt er euch?«

»Dein Gigolo?«, fragte Eric, was ihm einen spielerischen Klaps auf den Hinterkopf eintrug.

»Das ist Michael, er stammt aus Torridon. Ein sehr netter Herr. Ein Arzt, stellt euch vor. Mittlerweile im Ruhestand, aber er kennt sich immer noch hervorragend mit der Anatomie aus.«

»Granny!«, fuhr Andrew dazwischen. »Nicht! Das wollen wir nicht wissen.«

»Spießer! Ich bin vielleicht alt, aber noch lange nicht tot.« Sie grinste übers ganze Gesicht. »Wir haben uns per Tinder kennengelernt. Unglaublich, oder? Das funktioniert tatsächlich.«

»Tinder. Donnerwetter.« Eric nickte anerkennend.

»Solltet ihr auch mal ausprobieren, ihr beiden. Ihr seid doch hübsche Kerle.« Der blutrot lackierte Nagel ihres Zeigefingers deutete erst auf Andrew und dann auf Eric. »Für euch gibt es irgendwo die Richtige, aber lasst sie nicht zu lange warten. Jede Sekunde ohne Liebe ist eine unwiederbringliche Ewigkeit.«

Damit drehte sie sich um und entschwebte in einer Wolke aus Chiffon und Rosenduft zu ihrem Begleiter, der sie mit zwei Gläsern Rotwein erwartete.

»Tinder?«, fragte Andrew. »Was ist das?«

»Keine Ahnung, aber ich wollte vor einer Achtzigjährigen nicht wie ein Depp dastehen.«

»Vielleicht sollten wir sie um Hilfe bitten, um jemanden zu finden.«

»Kannst du gerne machen, aber ich versuche es gar nicht erst wieder.«

Bevor Andrew etwas erwidern konnte, hob Eric abwehrend die Hand. Es ist besser so, dachte er, als er einen tiefen Schluck aus der Bierflasche nahm, auch wenn er sie schmerzhaft spürte, diese kleinen Ewigkeiten ohne Liebe, aus denen sein Leben seit Mariahs Tod bestand.

»Hast du morgen schon was vor?«, brach Andrew ihr Schweigen. »Ich wollte einen Waldspaziergang mit Rupert machen. Du weißt ja, was das heißt – ich laufe, und er wird getragen. Hast du Lust, mitzukommen? Ich könnte jemanden gebrauchen, der ihn mir ab und zu abnimmt.«

»Sonst gerne, aber morgen bin ich unterwegs.«

»Was hast du vor?«

Für einen Moment war Eric versucht, seinem Schwager die Wahrheit zu sagen. Dass er den ganzen Tag im Auto sitzen würde, um in Manchester einen Tisch abzuholen, den er im verzweifelten Versuch, Kunden zu gewinnen, auf einer Möbelmesse hatte ausstellen lassen. Dass ihn der Stand Geld gekostet hatte, über das die Firma nicht verfügte. Dass er keine Nacht mehr ruhig schlafen konnte, weil Spirit of Trees kurz vor dem Bankrott stand.

»Dies und das. Hauptsächlich Inspirationen holen. Du weißt schon.«

Andrew nickte bedächtig. »Inspirationen, soso.«

Beides zeugte von ihrer langen Freundschaft: dass Andrew seine Lüge erkannte, aber trotzdem nicht die Wahrheit einforderte. Ihm den Freiraum gab, den er brauchte.

Nach gut vierzehn Stunden Autofahrt erreichte Eric am nächsten Abend Glenbarry mit knurrendem Magen und seinem Tisch auf der Ladefläche. Müde wuchtete er das Möbelstück zurück in die Werkstatt und blieb ein paar Sekunden stehen, um den würzigen Geruch des Holzes in sich aufzunehmen. Das hier war sein Leben. Ohne die Firma hatte er nichts mehr. Er musste einen Weg finden, Spirit zu retten. Einen Hauch Hoffnung gestattete er sich, denn irgendjemand hatte sich auf der Messe eine der Visitenkarten genommen. Zwanzig hatte er auslegen lassen, neunzehn waren zurückgekommen. Vielleicht war dieser Jemand die Rettung, bestellte eine Wohnzimmereinrichtung – ach was, gleich die Möbel für ein ganzes Haus: Schränke, Betten, Tische, Stühle. Er würde Hilfe brauchen, Andrew könnte wieder Vollzeit bei ihm einsteigen und müsste nicht mehr von Baustelle zu Baustelle durch Schottland tingeln. Er wäre endlich in der Lage, all die Lebensmittel zu bezahlen, die er bei Betty seit Wochen anschreiben ließ. An dieser Visitenkarte hing seine Zukunft.

In seinem Wohnwagen ließ er die Jacke zu Boden fallen, zog Schuhe und Hose aus und schlüpfte in einen bequemen Pullover, bevor er sich ins Bett legte. Im April reichte die Decke allein noch nicht aus, um ihn während der Nacht warm zu halten. Aber obwohl seine Augenlider schwer wie Blei waren, fand er keinen Schlaf. Also zog er den Laptop auf den Schoß und warf einen Blick in seine E-Mails.

Die Grundschule in Inverness akzeptierte sein Angebot für die Überarbeitung von fünfzig Fenster- und Türrahmen. Arbeit für vier Wochen, mindestens. Das sicherte die nächsten beiden Kreditraten und seinen Lebensunterhalt bis Juli, vielleicht sogar bis August, wenn er achtgab.

Eine Dame aus Angola bot ihm einen Anteil am Millionenerbe ihres verstorbenen Ehemannes. Nein, besser nicht.

Der Newsletter des Loch-Ness-Centers. Wieder keine neue Sichtung des Ungeheuers.

Und auch derjenige, der seine Karte genommen hatte, tauchte nicht auf. Diese eine Karte, die vielleicht im Messetrubel heruntergefallen und vom Reinigungspersonal zusammengefegt worden war.

Aber nein, dachte Eric, stellte den Laptop auf den Boden und zog sich die Decke bis unters Kinn, denn die Nachtkälte zog durch die Fensterrahmen. Diese Karte wird alles verändern. Vielleicht schon morgen.

4

Claire

»Mr. Hampton für Sie, Ms. Wesley.«

»Danke, Ellen«, rief Claire in die Gegensprechanlage, »schicken Sie ihn bitte herein.«

Gleich darauf trat Francis ein. Sie umarmten sich, bevor sie in der Besprechungsecke Platz nahmen. Die beiden schwarzen Freischwinger und der Glastisch im Bauhausstil waren das Einzige, was Claire dem Büro ihres Vaters hinzugefügt hatte. Ansonsten war alles noch so, wie er es fast fünfundzwanzig Jahre lang genutzt hatte: der blau-rote Isfahanteppich und darauf der Campaign-Schreibtisch, der Claire mit seinen breiten Sockeln an den Triumphbogen in Paris erinnerte. Sogar das lebensgroße Ölgemälde hing noch an seinem Platz direkt neben der Tür. Es zeigte George Wesley hinter ebendiesem Schreibtisch, mit einem Gesichtsausdruck, wie ihn Churchill bei seiner Blut-Schweiß-und-Tränen-Rede gehabt haben mochte.

»Und – hast du Infos zu dieser Firma?«

»Ja, allerdings.«

»Erzähl!«

Francis lehnte sich zurück und verschränkte die Hände hinter dem Kopf: »O'Malley hat die Tischlerei nach dem

Tod seines Vaters vor fünf Jahren übernommen und die Firma gegründet. Zwei Jahre später zog er sich nach ersten Erfolgen fast vollständig zurück.«

»Seine Frau war gestorben«, warf Claire ein.

»Woher weißt du das?«

»Ich habe ihre Todesanzeige gefunden, als ich ein bisschen recherchiert habe. Über ihn.« Hitze stieg in ihre Wangen, als hätte sie Francis etwas Unanständiges gebeichtet. Dass er sie stirnrunzelnd betrachtete, verstärkte ihre Verlegenheit.

»Dann ist halt meinetwegen seine Frau gestorben. Auf jeden Fall kompensierte er die finanziellen Einbußen über Kredite. Mittlerweile ist er zurück im Geschäft, wenn man auch noch nicht von einer Erholung sprechen kann. Er hat die Kredite zusammengefasst und konsolidiert, die Laufzeit beträgt fünfundzwanzig Jahre. Letzten Sommer hat er sogar sein Haus verkauft, um die Schuldenlast etwas abzutragen. Die drei Mitarbeiter, die ursprünglich für ihn gearbeitet hatten, musste er entlassen und ist nun allein tätig. Dadurch sinkt die Produktionsquote, was wiederum …«

»… die möglichen Einnahmen schmälert«, führte Claire den Satz zu Ende.

Francis nickte. »Genau. Von Werbung scheint er auch noch nichts gehört zu haben. Seine Homepage kennst du ja – ein treffendes Beispiel, wie man es nicht machen sollte. Diese Firma ist das Hobby eines Träumers, der sich über kurz oder kürzer in den Bankrott schreinern wird. Willst du auf so einen lahmen Gaul setzen?«

Sie ging auf die Frage nicht ein. Ihren Wunsch, diese

Firma zu besitzen, konnte sie nicht rational begründen, also was sollte sie antworten?

»Wie hoch ist der Kredit, über den wir reden?«

»Einhundertzwanzigtausend Pfund. Die materiellen und immateriellen Güter der Firma sind als Sicherheiten eingetragen. Kann er nicht mehr zahlen, verliert er alles.«

120.000 Pfund waren auch für Woodcorp keine Peanuts, jemandem wie O'Malley aber musste eine solche Kreditbelastung förmlich die Luft abdrücken. Dass er sogar sein Haus verkauft hatte, zeigte seine Verzweiflung. Schlecht für ihn, gut für sie. Wenn sie sich diesen Mann an Bord holte, sein Talent und seine Kreativität, dann musste sie den Moment nicht fürchten, in dem ihr Vater die Augen wieder aufschlug.

»Schreib ihm eine E-Mail, Francis. Sag ihm, dass wir Interesse an einer Übernahme haben. Ablöse der Kredite, für O'Malley eine Anstellung als Creative Director, dafür erhalten wir alle Rechte an seinen bisherigen Designs und denen, die er während seiner Zeit bei uns entwirft.«

»Okay. Gehalt?«

»Biete ihm die Summe, die Jeff bekommt.«

Francis sah sie mit hochgezogenen Augenbrauen an. »Welcher Jeff? Wir haben einige in der Firma.«

»Der Leiter des Controlling.«

»Netter Verdienst.«

»Gute Leute kriegt man nicht für einen Hungerlohn.«

»So verzweifelt, wie dieser Mann sein muss, wäre er mit weniger zu ködern. George würde es so machen.«

Francis hatte recht. Ihr Vater würde jeden Umstand zu seinen Gunsten nutzen. In ihrem Business eine nachahmenswerte Haltung, aber es widerstrebte ihr, den Mann, der jenen wundervollen Tisch gefertigt hatte, zu übervorteilen.

»Ich weiß. Trotzdem. Schreibst du ihm? Heute noch?«

Francis stand auf. Er zeigte es nicht, aber Claire sah ihm an, dass er unzufrieden war.

»Wenn du so genau weißt, was du willst, warum soll ich mich dazwischenschalten? Melde dich doch persönlich bei ihm.«

»Eine E-Mail der kommissarischen CEO wirkt viel zu interessiert. Man sollte die Gegenseite bei Verhandlungen nicht in Sicherheit wiegen.«

Nun lächelte Francis. »Sehr gut, Claire. Das hätte von George kommen können.«

★ ★ ★

Mit leichtem Widerstreben betrat sie das Krankenzimmer. Der Anblick, der sich ihr bot, sobald die Tür aufschwang, war zu deprimierend. Ihr Vater, auf weißen Laken, unter einer weißen Decke, durch Kabel mit Maschinen verbunden, deren Piepen zeigte, dass er lebte. Ohne dieses monotone Geräusch hätte man ihn für eine Leiche halten können.

»Hallo, Vater.« Sie stellte sich neben ihn und drückte kurz seine schmal gewordene Hand. Diese Hand, die sie so viel öfter geschlagen als gestreichelt hatte und die jetzt kraftlos in ihrer lag.

»Wie geht's dir heute? Das Wetter fängt sich, der Frühling ist da. Die Bäume im Hyde Park werden grün, und im Pond schwimmen noch mehr Enten als letztes Jahr. Vielleicht kommt es einem auch nur so vor, dass es immer mehr werden, denn wenn es wirklich so wäre, dann müsste das Wasser mittlerweile ja komplett von Enten übersät sein. Nicht dass ich was dagegen hätte. Enten sind so nette Tiere.«

Das hatten die Ärzte ihr von Anfang an gesagt: »Reden Sie mit ihm. Er wird spüren, dass Sie da sind, und vielleicht dringt Ihre Stimme in sein Unterbewusstsein.« Also redete sie, wohl wissend, dass ihn weder die Bäume im Hyde Park noch die Größe der Entenpopulation dort interessierte. Im Gegenteil, wenn es eine Chance gab, dass er deshalb aufwachte, dann nur, weil ihn ihr Geschwätz zur Weißglut trieb. Was für ihn wirklich von Bedeutung wäre, musste sie auch noch ansprechen, und obwohl er nicht reagieren konnte, bildete sich in Claires Nacken Angstschweiß.

»Ich denke daran, das Produktportfolio der Firma um qualitativ hochwertige, außergewöhnliche Möbel zu erweitern. Francis nimmt heute Kontakt mit einem passenden Handwerker auf. Erst einmal nur kleine Stückzahlen, Maßarbeit. Der A'Design Award liegt durchaus im Bereich des Möglichen. Wäre das nicht wundervoll, Vater? Wenn Menschen unsere Produkte nicht nur nutzen, sondern lieben würden? Jedes Mal, wenn sie an ihrem neuen Stuhl oder Tisch oder Schrank vorbeigehen, freuen sie sich daran, weil es Schönheit und dieses ganz besondere Etwas in ihr Leben bringt. Würdest du das auch wollen?«

Keine Reaktion. Nur das Piepen der Geräte und die unveränderte Ruhe seines Körpers, die eine unterschwellige

Bedrohung auszustrahlen schien. Nervös strich sie mit den Fingerspitzen über die stramm gezogene Bettdecke.

»Kannst du mich hören, Vater? Wenn ich dir jetzt sage, wie leid es mir tut, was geschehen ist. Dass du meinetwegen diesen Unfall hattest, einfach nur, weil ich genug gehabt hatte von all den Gästen und den Toasts und den Glückwünschen. Vergibst du mir, wenn ich dich darum bitte? Erinnerst du dich daran, wenn du wieder wach bist?«

Amita, die Krankenschwester, die sich hauptsächlich um ihren Vater kümmerte, trat ein, wie immer ein strahlendes Lächeln im Gesicht. Claire hatte keine Ahnung, wie es ihr gelang, in dieser Umgebung so fröhlich zu wirken.

Auf dem Trolley, den sie in das Zimmer schob, stand eine Waschschüssel neben Lappen und einer Nierenschale, in der sich eine Spritze befand, die mit einer weißlichen Flüssigkeit gefüllt war. Claire sah auf die Uhr. Kurz nach fünf, Zeit für das Abendbrot, das ihrem Vater, so wie jede andere Mahlzeit, mittels der Spritze über seine PEG-Sonde zugeführt wurde.

»Tut mir leid, Ms. Wesley, aber es ist Zeit fürs Waschen und…«

»Kein Problem, Amita, ich gehe. Vielen Dank, dass Sie sich so gut um meinen Vater kümmern.«

Amitas Lächeln vertiefte sich ein wenig. »Es ist schön, wenn seine Familie ihn besucht.«

Ja, wenn sie das tat. Aber Claire fand nicht jeden Tag die Zeit, um zu kommen. Nicht einmal jede Woche. Es gab einfach so viel zu tun.

Sie beugte sich hinunter, fest davon überzeugt, ihm einen Kuss geben zu wollen. Seine Haut roch nach der Vanillelotion, mit der Amita ihn regelmäßig eincremte. Vanille für George Wesley. Nichts könnte unpassender sein. In Claires Erinnerung roch ihr Vater nach seinem holzigen Aftershave und nach Schweiß, wenn er sie geschlagen hatte. Ohne dass ihre Lippen seine Haut berührt hatten, richtete sie sich wieder auf und verließ das Zimmer.

5

Eric

Ausgerechnet Woodcorp! Von allen Firmen!

Wieder und wieder las Eric die E-Mail, die ihm ein gewisser Francis Hampton geschickt hatte: *... bieten Ihnen eine Ablöse der Kredite ... Festanstellung ... Creative Director.*

Das Gehalt, das sie ihm anboten, überstieg seine kühnsten Träume. An der Offerte gab es nicht das Geringste auszusetzen, selbst der Verzicht auf die Rechte an den eigenen Entwürfen entsprach den normalen Gepflogenheiten. So ein Mist!

»Was ist los? Du siehst aus, als würdest du am liebsten einen Baum zu Kleinholz machen.«

Eric sah auf. In seinem Ärger hatte er nicht bemerkt, dass Andrew eingetreten war. Wütend deutete er auf den Bildschirm: »Woodcorp! Diese Aasgeier!«

Sein Freund setzte sich rittlings auf den Besucherstuhl. Der war zwar wenig benutzt, knarrte aber erbärmlich. Eigentlich eine Schande für einen Tischler, schoss es Eric durch den Kopf.

»Was ist mit Woodcorp?«

»Hier.« Eric drehte den Bildschirm, sodass Andrew die E-Mail lesen konnte. »Die wollen mich schlucken.«

Andrews Augen folgten dem Verlauf der Zeilen und

wurden immer größer, während er las. »Okay, was ist dein Problem?«, fragte er. »Sie machen dir ein wirklich gutes Angebot.«

»Von wegen. Solche Heuschrecken wittern es förmlich, wenn eine Firma ein paar Schwierigkeiten hat. Und dann kommen diese, diese ...«

»Aasgeier? Heuschrecken? Böse Biber?«

»Du machst dich über mich lustig.«

Andrew grinste. »Ach, ist dir das aufgefallen? Reg dich ab, Eric. Woodcorp will dich, aber du musst nicht darauf eingehen. Alles ist gut. Oder ...«

»Oder was?«

»Regst du dich deshalb so auf, weil die Konditionen anständig sind? Du hasst die Firma, aber objektiv betrachtet ist das hier ...«, beiläufig deutete er auf den Bildschirm, »ein verdammt gutes Angebot. Du solltest darüber nachdenken.«

Eric starrte seinen Schwager an. »Ist das dein Ernst? Ich soll für Woodcorp arbeiten? Siehst du mich als Befehlsempfänger des alten Wesley? ›Ja, Sir‹, ›Nein, Sir‹, ›Vielen Dank, Sir‹?«

Seufzend lehnte sich Andrew zurück. »Nun, das Angebot könnte dir den Hals retten, bis zu dem dir das Wasser momentan steht. Andererseits könnte es ihn dir auch brechen, weil du dich nicht unterordnen kannst. Und wenn wir schon beim Hals sind, könnte dir eine Angestelltentätigkeit bei Woodcorp sicherlich bald aus ihm heraushängen.«

»Noch eine Hals-Metapher, Andrew, und ich drehe ihn dir um.«

»Damit würdest du deinen auch nicht aus der Schlinge ziehen.«

»Nein.« Eric rieb sich mit den Handballen die Augen. Sein ganzer Zorn war verraucht und ließ nur Müdigkeit zurück. »Was rätst du mir?«

Andrew zuckte die Schultern. »Was würde der Firmeninhaber Eric O'Malley machen?«

Eric kannte die Antwort, aber sie kam ihm nur schwer über die Lippen: »Zusagen.«

»Und was macht Eric O'Malley, Sohn der Highlands und des Waldes?«

»Ihnen den ausgestreckten Mittelfinger zeigen. Mindestens!«

»Dann musst du dir darüber klar werden, welcher von diesen beiden du sein willst.«

Schwungvoll erhob sich Andrew und drehte den Monitor zurück. »Ich verschwinde. Rupert war den ganzen Tag allein. Kommst du klar?«

»Hau schon ab.«

Mit routinierten Bewegungen ölte Eric die Führung der Bandsäge. Während er die vertrauten Handgriffe ausübte, verirrten sich seine Gedanken zu dem Nachmittag in London, als sein Vater und er George Wesley getroffen hatten. Zwölf oder dreizehn Jahre musste das her sein. Eine lange Zeit, aber noch immer spürte er die Demütigung. Und der Mann, der seinen Vater derart schlecht behandelt hatte, erinnerte sich nicht einmal mehr, dass er damals die Chance auf eine Zusammenarbeit gehabt hätte.

Pech gehabt, Wesley! Jetzt will ich nicht mehr, egal, wie

sehr ich Hilfe brauche, dachte Eric. Natürlich merkte er, dass seine Gedanken wie die eines trotzigen Kleinkinds klangen, aber da hatte es auch diese beiden Frauen gegeben. Im Laufe der Jahre waren seine Erinnerungen an sie verblasst, doch er wusste noch, wie krank und dünn Wesleys Ehefrau ausgesehen hatte. Ihre Blicke hatten auf ihrem Mann gehaftet, während er gesprochen hatte, als wäre es ihr nicht erlaubt gewesen, wegzusehen … Oder als wäre es ihr nicht in den Sinn gekommen, dass es noch anderes auf der Welt geben könne. Und in den Augen der Tochter hatte er hinter dem Trotz, der darin stand, eine Angst erblickt, die ihm die Kehle zugeschnürt hatte.

Entschlossen legte er das ölige Tuch zur Seite, reinigte die Hände mit Scheuermilch und setzte sich an den Computer. Seine Antwort an Francis Hampton fiel kurz aus. Er teilte ihm mit, dass er seine Firma eigenständig weiterführen würde und Mr. Wesley begreifen solle, dass er nicht alles kaufen könne.

Kaum war die E-Mail versandt, fragte er sich, ob er nicht doch einen Fehler gemacht hatte. Unruhig trommelten seine Finger auf der Tastatur. Sollte er eine Nachricht hinterherschicken, in der er sich für die vorherige E-Mail mit irgendeiner haarsträubenden Geschichte entschuldigte, und sich dann zu Verhandlungen bereiterklären? Wohl eher für eine Kapitulation. Er würde nach London fahren müssen, einen wahrscheinlich schon haarklein ausgearbeiteten Vertrag unterschreiben und George Wesleys Hand schütteln.

Nein. Niemals könnte er mit diesem Mann zusammenarbeiten, der seinen Vater grundlos derart gedemütigt hatte. Es würde keine zweite E-Mail geben, keine Ent-schuldigung, keinen Deal und keine Zukunft für Spirit of Trees.

Eric vergrub das Gesicht in den Händen. War das, was er tat, eigentlich heroisch oder dämlich?

6

Claire

Francis zögerte. Wenn Francis zögerte, bedeutete das nie etwas Gutes.

»Ich habe ihm unser Interesse bekundet und deine Vorschläge für eine Übernahme unterbreitet.«

»Und?«

»O'Malley hat am selben Tag geantwortet. Aber er ist nicht sehr zugänglich.«

»Das heißt ...«

Francis reichte ihr ein zusammengefaltetes Stück Papier, das sich als Ausdruck einer E-Mail entpuppte. O'Malley machte nicht viele Worte. Tatsächlich schrieb er nur drei Sätze. Vor allem der letzte war bemerkenswert:

Informieren Sie George Wesley, dass ich mir eher ein Bein abhacke, bevor ich mit Woodcorp zusammenarbeite.

Dieser Satz verriet Claire zweierlei. Erstens: O'Malley hatte keine Ahnung, dass nicht mehr ihr Vater Woodcorp vorstand, was nicht verwunderlich war. Noch immer wurde er als Geschäftsführer auf der Homepage angegeben und sie mit keinem Wort erwähnt. Francis hatte ihr diesen Umstand damit erklärt, dass man die langjährigen Kunden nicht wegen des Gesundheitszustands ihres Vaters beunruhigen wollte. Zweitens: O'Malley war ein ungehobelter Flegel.

Erstaunlicherweise ärgerte Claire sich nicht über seine Antwort. Es forderte sie heraus, denn trotz der Zurschaustellung seiner schlechten Kinderstube wollte sie diesen Mann. Jetzt sogar noch mehr. Entschlossen betätigte sie die Gegensprechanlage: »Ellen, finden Sie bitte heraus, wie ich nach Glenbarry in Schottland komme. Wahrscheinlich mit dem Flugzeug bis Edinburgh oder Inverness, danach mit dem Mietwagen weiter. Morgen gegen sechzehn Uhr hin, Donnerstag im Lauf des Vormittags zurück. Eine Übernachtung brauche ich also auch.«

Als sie hochsah, fiel ihr Blick auf die entgeisterte Miene von Francis.

»Ich will mich persönlich mit ihm treffen«, erklärte sie das Offensichtliche.

»Hältst du das für eine gute Idee?«

»Was spricht dagegen?«

»Na ja«, erwiderte Francis zögerlich, »du bist nicht gerade das, was man als diplomatisch bezeichnen könnte.«

Sie streckte ihm das Papier mit der E-Mail entgegen: »Er auch nicht. Wir werden uns blendend verstehen.«

»Achtkantig rauswerfen wird er dich, sobald er hört, wer du bist.«

»Er hat ein Problem mit meinem Vater, nicht mit mir. Und sieh mich nur an – ich bin blond, sehe harmlos aus und werde ihn mit meiner Persönlichkeit verzaubern.«

Francis lachte schallend. »Das ist eine deiner dümmeren

Ideen, Claire. Du siehst zu viele Filme mit Hugh Grant und Konsorten.«

»Das wird keine Schnulze. O'Malley und ich werden ein Heldendrama mit Showdown aufführen, und wenn sich am Ende der Pulverdampf verzogen hat, bin ich diejenige, die noch aufrecht steht.«

In Francis' Schweigen klang seine Ablehnung ihres Planes deutlicher, als es in Worten möglich gewesen wäre. Obwohl Claire seine Zustimmung nicht brauchte, so lag ihr doch sehr viel daran.

»Ich will es wenigstens versuchen. Vater hat auch nie klein beigegeben und hatte immer Erfolg damit.«

»Ist schon gut, Claire. Ich kann es dir sowieso nicht ausreden, und es wird unter Garantie nicht funktionieren, aber die Sache hat ein Gutes.« Da er nicht weitersprach, hob sie fragend die Hände. Francis grinste und stand auf. »Ich werde noch in zwanzig Jahren über deine Blamage Witze machen können.«

Lachend knüllte sie die E-Mail zusammen und bewarf ihn mit dem Papierball. »Verschwinde, du grauenhafter alter Mann!«

Später am Abend erhielt sie ihren Reiseplan nebst Tickets von Ellen. Ihr Flug ging am nächsten Tag um 18.00 Uhr, Ankunft in Inverness um 19.45 Uhr, weiter mit dem Mietwagen, Fahrtdauer gut anderthalb Stunden. In Glenbarry gab es nur ein Hotel, das Robert the Bruce, dort hatte Ellen ihr ein Zimmer reserviert. Da der Rückflug am nächsten Tag erst um 17.00 Uhr ging, hatte sie genug Zeit, um O'Malley von einer Zusammenarbeit zu überzeugen. Jeder, dem die

Schulden derart im Nacken saßen, würde nach possierlichem Zögern auf so ein Angebot eingehen. Selbst ein Mann wie O'Malley musste begreifen, dass sie als rettender Engel nach Glenbarry kam. Oder eben auch nicht. Sie rief die Homepage von Spirit of Trees auf, betrachtete sein Bild. Es schien nicht unvorstellbar, dass er sich tatsächlich ein Bein abhackte, um etwas zu beweisen. Er sah aus wie ein Mann, der seinen Worten Taten folgen ließ.

Der Flug nach Inverness ging problemlos vonstatten. Wie immer genoss Claire den Start, diesen Moment, wenn die Maschine mit vollem Schub über die Startbahn dröhnte, die Beschleunigung sie in den Sitz presste und der puren Kraft des Augenblicks auslieferte. Alles, was danach kam, langweilte sie. Selbst der Bruch durch die Wolken war belanglos, wenn man ihn schon öfter erlebt hatte. Sie klappte den Laptop auf, um den Finanzbericht des vergangenen Quartals durchzuarbeiten, konnte sich aber weder auf die Kapitalflussrechnung noch auf den Investitionsplan konzentrieren. Wie zum Henker sollte sie das Gespräch mit O'Malley anfangen? »Hallo, mein Name ist Claire Wesley, und ich glaube, dies ist der Beginn einer wunderbaren Freundschaft«? Ein Zitat aus einem guten Film, trotzdem eine schlechte Idee. Sie musste schnell sein und O'Malley, bevor er etwas erwidern konnte, so viel Honig um den Bart schmieren, dass er ihr eine Chance gab. Sie würde ihm sagen, was für ein begnadeter Tischler er sei und wie großartig seine Entwürfe seien, und wenn er vor lauter Bestätigung kaum noch aus den Augen schauen konnte, würde er jede Vereinbarung unterschreiben.

So ein Humbug! Natürlich würde er sie am Kragen packen und auf die Straße werfen. Mit Sicherheit ließ sich dieser Mann nicht von ihr um den Finger wickeln, und wenn sie ehrlich war, imponierte ihr seine Eigenständigkeit. Aber nun gab es kein Zurück mehr.

»Hat meine Assistentin tatsächlich diesen Wagen gemietet?« Verblüfft starrte Claire auf das Gefährt, zu dem die Mitarbeiterin der Autovermietung sie geführt hatte. Statt des erwarteten hübschen kleinen Sportflitzers stand eine Art Traktor vor ihr.

Die Frau warf einen Blick auf das Klemmbrett mit Claires Buchung: »Wir sollten einen Wagen bereitstellen, der den Straßenverhältnissen angepasst ist. Glauben Sie mir, Sie werden froh über dieses Baby sein. Sie wollen durch die Highlands Richtung Ullapool, wurde uns gesagt.«

Mit einiger Anstrengung kletterte Claire auf den Fahrersitz des Geländewagens und fuhr los, während sich ein mulmiges Gefühl in ihrem Bauch ausbreitete. Sie hatte Glenbarry im Navi nicht gefunden, nur Annat, den nächstgrößeren Ort, der aber nur wenige Kilometer entfernt lag. Nach einer guten Stunde dirigierte das GPS sie von der Autobahn auf eine Landstraße und weiter auf einen unbefestigten Weg, der mitten in den Wald führte. Die Scheinwerfer des Wagens leuchteten Schneisen in die abendliche Dunkelheit, und die Baumschatten rechts und links der Straße schienen zusammenzurücken, je länger sie fuhr. Für einen verrückten Moment fragte sich Claire, ob die Ebereschen und Waldkiefern wussten, dass sie ihre

Artgenossen zu Verschalungen und Gerüsten verarbeiten ließ, und jetzt Rache nehmen wollten.

Unvermittelt setzte prasselnder Regen ein. Geradeso, als hätte jemand den Stöpsel einer himmlischen Badewanne gezogen, strömten wahre Sturzfluten herab, und grelle Blitze zerfetzten die Dunkelheit. Claire umklammerte das Lenkrad, während die Scheibenwischer kaum damit nachkamen, ihr freie Sicht zu schaffen. Jedes Mal, wenn der Wagen über abgebrochene Zweige holperte oder auf dem nassen Untergrund zur Seite zog, schickte sie ein stilles Dankgebet an Ellen und die Dame von der Autovermietung. Ein Wagen, wie er ihr vorgeschwebt hatte, wäre schon längst bis zu den Türgriffen im Morast versunken, und sie hätte nicht die geringste Ahnung gehabt, was sie dann tun sollte. Ihr Leben spielte sich innerhalb klimatisierter Räume mit Schutz vor Wind und Wetter ab, und selbst wenn es in London heftig regnete, gab es immer einen Laden oder ein Café, wo man Unterschlupf finden konnte. Auf so etwas wie das hier war sie nicht vorbereitet. Auf einmal kam ihr ihre Welt klein vor und alles rings um sie herum Furcht einflößend. Damit sie die Angst nicht komplett übermannte, hielt sie an, trank einen Schluck Wasser und kramte ihr Smartphone aus der Handtasche. Nur kurz Francis anrufen, eine vertraute Stimme hören und vorgeben, dass alles in Ordnung sei.

Eine gute Idee, wenn es denn ein Netz gäbe.

Claire ließ das Fenster herunter und streckte den Kopf hinaus. Eiskalt prasselte der Regen in ihr Gesicht. Oder war es Hagel?

»Ist das alles, was du draufhast, Schottland?«, schrie sie

in die finstere Nacht. »Glaubst du, du kriegst mich klein? Ich bin Claire Wesley, und ich gehe hier verdammt noch mal als Gewinnerin wieder weg.«

Wollte das Land ihr eine Antwort geben? Auf jeden Fall erklang aus der Schwärze ein lang gezogenes, heiseres Heulen. War das ein Wolf? Gab es in Schottland überhaupt Wölfe? Würde passen!

»Scheiße, Scheiße, Scheiße!« Mit schweißnassen Händen ließ sie das Fenster hoch und drehte den Schlüssel im Zündschloss. Natürlich sprang der Motor nicht an. Bot ihr der Wagen im Notfall Schutz? Tiere waren clever. Katzen konnten Toiletten für Menschen benutzen, das hatte sie auf YouTube gesehen.

Ein zweites Mal, ein drittes Mal drehte sie den Schlüssel, endlich startete der Wagen. Keine fünf Minuten später tauchte vor ihr ein Ortseingangsschild auf: *Willkommen in Glenbarry, dem Stolz des Nordens.*

Ein hysterisches Lachen entrang sich ihr. Sie hatte den Stolz des Nordens erreicht. Na, danke schön!

Eine schmale Straße führte sie in den Ort. Links von ihr schimmerte Wasser, auf der anderen Seite glänzten die Fassaden einiger Häuser im Licht der Scheinwerfer. Hinter den Gebäuden ragte ein Berg auf. Claire erinnerte sich, über den Mount Hallion gelesen zu haben und von einem Schloss, das an den Felsen gebaut worden war. Tatsächlich leuchteten ein paar helle Punkte in der Schwärze des Massivs. Vielleicht stand jemand in diesem Gemäuer am Fenster, blickte auf die Straße herab und sah die Scheinwerfer ihres Wagens.

Nach einer weiteren Kurve tauchte endlich ein Gebäude auf, dessen Fenster erleuchtet waren und vor dem einige Autos parkten. Sie stellte den Wagen ab, schlug den Kragen ihres Blazers hoch, um den Regen wenigstens etwas davon abzuhalten, ihr den Nacken hinabzulaufen, und hastete dann in ihren Pumps über den nassen Schotter. Drei Stufen führten zu der Veranda, die um das ganz aus Holz gebaute Haus lief. Claire rutschte in einer Pfütze aus, die sich in einer ausgetretenen Stelle gesammelt hatte, fiel gegen die offene Tür und stolperte in das Gebäude. Sofort drängte sich rauchige Luft in ihre Lungen und Musik, die schon vor zehn Jahren nicht mehr auf der Höhe der Zeit gewesen war, in ihre Ohren. Ein typischer Pub war das hier, mit dunkler Täfelung, grünen Lederstühlen und runden Holztischen, aber glücklicherweise nur wenigen Gästen, die ihren holprigen Auftritt beobachtet hatten. Zwei Frauen, Spielkarten in den Händen, hielten die Blicke unverwandt auf sie gerichtet. Die ältere der beiden war die auffälligere – mit Rouge, Lippenstift und einem überdimensionalen Hut. Die jüngere wurde von einer üppigen kupferroten Mähne geschmückt, die sie mit einem tief sitzenden Dutt nur mühsam gebändigt hatte. Hätte Claire solche Locken, würde sie sie Tag und Nacht offen tragen, aber leider hatte sie die glatten aschblonden Haare ihrer Mutter geerbt.

Ein junger Mann mit langen rotblonden Haaren, dunkelgrünen Augen und Vollbart saß vor einem Glas Bier. Nicht schlecht, der Typ. Sehr schottisch, aber nicht übel. Claire räusperte sich, schlug den triefnassen Kragen ihres Blazers herunter und bemühte sich um etwas Würde, als sie auf den Tresen zuging, der eine beeindruckende Batterie an Zapfhähnen aufwies. Dahinter polierte ein kräftiger Mann mit Glatze und schwarzer Schürze ein Bierglas. Als Claire sich an den Tresen stellte, hob er zur Begrüßung ein wenig den Kopf. Zumindest vermutete sie, dass diese Geste ein Willkommensgruß sein sollte.

»Können Sie mir bitte sagen, wo ich das hiesige Hotel finde?«, erkundigte sie sich. »Das Robert the Bruce?«

Der Mann starrte sie wortlos an, und Claire überlegte, ihre Kommunikation ihrem Gegenüber anzupassen, gegebenenfalls sogar mit Gesten zu unterlegen. Bevor sie jedoch dazu kam, brach er in lautes Gelächter aus. Erneut drehten die anderen Gäste ihren Kopf in Claires Richtung. Sie wurde gemustert, als suchten sie an ihr nach einem Grund, der solche Heiterkeit auslösen könnte. Endlich erbarmte sich der Barkeeper. »Tut mir leid, Gnädigste, aber ›Hotel‹ ist echt ulkig. Ich meine – Hotel! Da denkt man doch ans Ritz oder ans Hilton.«

»Guter Mann, gäbe es hier eins dieser Etablissements, hätte meine Sekretärin dort gebucht. Da aber bisher weder Mr. Ritz noch Mrs. Hilton die touristische Vielfalt Glenbarrys erkannt haben, muss ich wohl oder übel mit dem Robert the Bruce vorliebnehmen. Glauben Sie mir, ich wollte, es wäre anders.« Und in dem Moment, als sie es aussprach, wurde ihr die ganze traurige Wahrheit bewusst: Dieser Schuppen hier war das Robert the Bruce.

Der Barkeeper schien ihr anzusehen, dass sie begriffen hatte. Er grinste übers ganze Gesicht: »Willkommen, Ms. Wesley. Ihre Sekretärin hatte reserviert.« Mit einem Griff unter den Tresen holte er einen Schlüssel hervor, der ausreichend groß und schwer schien, um damit Nägel in die

Wand zu schlagen. »Zimmer Nummer 1 für Sie. Unser Prinzessinnenstübchen.«

Claire ignorierte seine Bemerkung, so wie sie am liebsten die gesamte Situation ignoriert hätte. »Meine Reisetasche ist im Auto.«

»Dann holen Sie die mal lieber raus. Hier kommt zwar nichts weg, aber Sie brauchen bestimmt was für die Nacht.«

Sie hielt ihm den Autoschlüssel vor die Nase: »Ich gebe Ihnen zehn Pfund, wenn Sie das machen.«

»Zehn Pfund kann ich gerade gar nicht gebrauchen.«

»Das ist nicht Ihr Ernst, oder? Da draußen sind Wölfe, Sir!«

Er starrte Claire an, Claire starrte ihn an. Glatzkopf machte keine Anstalten, ihr zu helfen. Was lief bei dem falsch? Sie war eine Frau in Gefahr.

»Nennen Sie mich Fred. Und es gibt keine Wölfe in Schottland.«

»Sind Sie sicher?«

Er zuckte nur mit den Schultern und stülpte das nächste Bierglas über die Spülbürste.

»Morgen bin ich hier wieder weg. Morgen bin ich hier wieder weg«, sagte sie wie ein Mantra vor sich hin, während sie ihre Reisetasche aus dem Auto zerrte und der Regen ihr über den Rücken rann. »Morgen bin ich aber so was von weg!«

Glatzkopf führte sie eine schmale Wendeltreppe hoch zum ersten Stock in einen Flur, von dem vier Türen abgingen. An dreien befanden sich Nummern, die vierte war mit einem messingfarbenen Manneken Pis verziert. Glatzkopf schloss Zimmer Nummer 1 auf und ließ Claire eintreten. In einem euphemistischen Reiseführer würde der Raum als zweckmäßig eingerichtet bezeichnet werden. Ein Bett, ein Schrank, ein Tisch, ein Stuhl. Glatzkopf öffnete eine kleine Tür: »Das Bad. Sie haben eins für sich allein, deshalb ist das hier das ›Prinzessinnenstübchen‹.«

Rasch warf sie einen Blick hinein. Es sah sauber aus, und statt des erwarteten Waschtrogs verfügte es über eine Dusche. Sogar eine Toilette war vorhanden. Eine mit Wasserspülung. Halleluja!

Glatzkopf legte den Schlüssel auf den Tisch. »Frühstück gibt's ab sieben Uhr. Eier und Speck sind in Ordnung?«

»Morgens esse ich immer einen Avocado-Grapefruit-Salat.«

Der Wirt legte den Kopf schief. Es sah aus, als wäre er begierig, etwas zu lernen, also gab sie ihm eine kurze Zusammenfassung: »Sie filetieren eine Grapefruit, pressen den Saft aus den feinen Häutchen und zupfen zwei Romanasalatherzen klein. Ein wenig gehackte Korianderblättchen gehören eigentlich auch dazu. Dann schneiden Sie das Fruchtfleisch einer halben Avocado in Würfel und vermischen es mit dem Salat und der Grapefruit. Sollten Sie Cranberrys und Cashews haben, immer rein damit.«

»Aha.«

»Das Dressing ist simpel. Den Grapefruitsaft – Sie erinnern sich: Sie haben ihn aus den Häutchen gepresst – mit Honig, Olivenöl und dem Koriander verrühren und mit Salz und Pfeffer abschmecken.«

»Das klingt interessant, Ms. Wesley. Ich mache morgen früh also Eier und Speck.«

Innerlich resignierend seufzte Claire auf. »Eier und Speck sind wunderbar.«

»In Ordnung.« Er lächelte freundlich. Ihre Entscheidung in Sachen Frühstück schien ihm zu gefallen. »Schlafen Sie gut. Ich drehe die Musik unten leiser.«

»Danke.«

Tatsächlich ließ der Geräuschpegel bald darauf erheblich nach. Sie hängte ihre durchnässte Kleidung zum Trocknen auf, packte ihre Tasche aus und legte sich nach einer heißen Dusche ins Bett, das mit seiner Bequemlichkeit überraschte. Das nächste Wunder erlebte Claire, als sie nach einem WLAN-Netz suchte und tatsächlich eines fand. Zur Vorbereitung auf den kommenden Tag rief sie die Homepage von Spirit of Trees auf. Sie scrollte zu dem Text über O'Malley, zu seinem Bild. Morgen würde sie ihm gegenüberstehen, einem Mann, den die wirtschaftliche Potenz von Woodcorp nicht beeindruckte. In diesem Augenblick, als sie sich weiter außerhalb ihrer Komfortzone befand als jemals zuvor, konnte sie nicht mehr vor sich verheimlichen, dass dieser Gedanke sie zutiefst beunruhigte.

Als sie kurz nach acht erwachte, hatte ihr Smartphone seine Versuche, sie zu wecken, schon längst aufgegeben. Über eine Stunde zu spät! Verärgert über ihre Unzuverlässigkeit, duschte Claire rasch und kleidete sich dann sorgfältig in Bluse, Rock, Blazer und Pumps. Saloppere Kleidung wäre für Glenbarry sicherlich angemessen, aber sie fühlte sich in ihrer üblichen Geschäftsuniform sicherer.

Während sie die letzten knarrenden Treppenstufen zum Schankraum des Pubs hinunterstieg, drang ihr schon der Geruch von gebratenen Eiern und Speck in die Nase. Sofort fing ihr Magen an zu knurren. Nachdem sie am vergangenen Tag kaum etwas gegessen hatte, war sie heilfroh über den übervollen Teller mit Spiegeleiern, Bacon und Toast, den Fred vor ihr auf den Tisch stellte. Ein Avocado-Grapefruit-Salat wäre an diesem Morgen nicht das Richtige gewesen.

»Sie reisen heute wieder ab, Ms. Wesley?«, fragte er, nachdem er ihr die zweite Tasse Kaffee eingeschenkt hatte.

»Ja, davon gehe ich aus.«

»Ein kurzer Besuch hier bei uns.«

»Beim nächsten Mal bleibe ich den ganzen Sommer«, entgegnete sie, um höflich zu sein, aber Fred nahm ihre Worte für bare Münze.

»Schreiben Sie vorher. In den Ferien kommen viele Highlandwanderer, dann bin ich schnell ausgebucht. Sind ja nur drei Zimmer. Vor drei Jahren hat eine deutsche Reisegruppe zwei Nächte im Schankraum kampiert, aber das war eine Ausnahme.«

»Ich muss also keine Angst haben, über verschwitzte Menschen in Schlafsäcken zu stolpern, sollte ich wiederkommen?«

»Nur während der Festivals – Belladrum, Forres-Foot-Tapper, Capers in Cannich, Sie wissen schon.«

Claire nickte zustimmend, dabei hatte sie nicht die geringste Ahnung, wovon er sprach. Sein harter schottischer Akzent machte es sowieso schwierig, ihn zu verstehen, und diese Worte gaben ihr das Gefühl, in eine Unterrichtsstunde Zauberkunst auf Hogwarts geraten zu sein.

»Also melden Sie sich vorher«, wiederholte Fred und griff nach ihrem leeren Teller. Claire hätte nicht sagen können, wann sie das letzte Mal so viel in sich hineingestopft hatte.

»Möchten Sie Nachschlag?«

»Nein danke. Es war sehr ...«, sie hielt inne. Wollte sie tatsächlich diesen Mann loben, der sie gestern Nacht kaltblütig einem Wolf ausgeliefert hatte? Eher nicht.

»Es war sehr viel«, vollendete sie also ihren Satz und sah mit Erstaunen, dass sich ein breites, glückliches Lächeln auf Freds Gesicht legte. Anscheinend hatte sie ihm doch ein Kompliment gemacht. Sei's drum.

Der Weg zu O'Malleys Tischlerei führte am aus groben Steinen gemauerten Uferkai entlang, vorbei an der Handvoll Häuser im Schatten des Mount Hallion. Sie zählte fünf Gebäude, deren bunte Fassaden sich zu einem steinernen Regenbogen zusammenfügten: ein honiggelbes Haus neben einem taubenblauen, danach ein rosenrotes, ein lindgrünes und eines in der Farbe einer Valencia-Orange. Das Licht der aufsteigenden Sonne glänzte in den Fenstern der Erker, die die mit schwarzen Schindeln gedeckten Dächer durchbrachen, und tanzte auf dem wellengekräuselten Wasser des Lochs. Claire blinzelte in den Himmel, der sich in einem so strahlenden Blau präsentierte, als wären ihm Regenwolken völlig fremd. Nach der Kurve, an der sie am vergangenen Abend mit solcher Erleichterung das Ortseingangsschild gesehen hatte, öffnete sich der Wald und nahm sie auf. Im Tageslicht zeigte er sich viel freundlicher. Der Geruch feuchter Erde lag noch in der Luft, Sonnenlicht flirrte durch das Blätterdach und tanzte über den moosigen Boden. Claire fühlte sich seltsam beschwingt, und sie hätte eine Ewigkeit durch diesen Wald fahren mögen, aber nach einer guten Viertelstunde erreichte sie eine Kiesauffahrt, die zu einer bungalowartigen Werkhalle führte, deren Türen geöffnet waren. Claires Herz setzte aus, als sie einen Mann an einer Schleifmaschine stehen sah, aber nur für einen Moment lang, bis sie erkannte, dass er blonde Haare hatte. Das war nicht O'Malley.

Vor dem Gebäude parkten zwei Wagen, beide solche Kaliber wie ihrer. Am Rand der Lichtung stand ein hölzerner Wohnwagen. Mit den drei kleinen Fenstern, die mit grünen Gardinen verhangen waren, und der metallenen Leiter an der Seite, die zum Dach hinaufführte, machte das Gefährt den Eindruck, es sei einst im Konvoi eines Zirkus mitgefahren, bevor es hier, auf Ziegelsteinen aufgebockt, einen endgültigen Ruheplatz gefunden hatte.

Claire parkte neben den anderen beiden Wagen und stieg aus, strich ihren Rock glatt und zupfte den Blazer zurecht. Zu gerne hätte sie einen Blick in den Wohnwagen geworfen, aber deshalb war sie nicht hier. Sie atmete einmal tief durch, lief los und blieb schon beim ersten Schritt im weichen Boden stecken. Glenbarry war eindeutig kein Ort für Pfennigabsätze. Mühsam tapste sie auf die halb geöffnete Schiebetür der Werkhalle zu. Je näher sie kam, umso lauter drang das singende Sirren der Schleifmaschine an ihre Ohren. Der blonde Mann befreite konzentriert einen alten Fensterrahmen von dunkelbrauner Lackierung, die sich rissig vom Untergrund löste.

Claire warf einen Blick in die Werkstatt, zählte sieben Maschinen in parallelem Aufbau. Und stand dort nicht der Tisch, der ihr auf der Messe ins Auge gesprungen war? Sie freute sich, ihn wiederzusehen, als wäre er ein alter Freund.

Am hinteren Ende der weitläufigen Halle befand sich ein Raum, der über ein Fenster verfügte, das fast vollständig von großen Papierbögen verdeckt war, die an Klebestreifen hingen. O'Malleys Entwurfszeichnungen? Claire juckte es in den Fingern, einen Blick darauf zu werfen, aber so weit war sie noch lange nicht. Erst einmal musste sie die Aufmerksamkeit des Blonden auf sich ziehen.

Ihr »Hallo« bewirkte aufgrund der Lautstärke der Maschine und seiner Ohrenschützer nicht das Geringste, also ging sie zu ihm und tippte ihm auf die Schulter. Der Mann zuckte zusammen, dann schaltete er das Gerät aus, nahm die Kopfhörer ab und schob sich die Schutzbrille auf die Stirn. Claire erkannte in ihm den vollbärtigen Mann, den sie gestern Abend im Pub gesehen hatte. Seine dunkelgrünen Augen musterten sie durchdringend.

»Sie?«, fragte er. Anscheinend erkannte er sie auch. »Was wollen Sie?«

Trotz der rüden Ansprache rang sich Claire ein Lächeln ab: »Einen wunderschönen guten Morgen, mein Name ist Claire Wesley, und ich würde gern mit Mr. O'Malley sprechen.«

»Warum?«

»Warum nicht?«

Ihre Antwort brachte ihn sichtlich aus dem Konzept. Unhöflich, aber nicht schlagfertig war sie wohl, die Gattung des *Homo glenbarryensis*.

»Ich habe ihm ein geschäftliches Angebot zu machen. Wir hatten dahingehend schon E-Mail-Kontakt.«

Der Blonde sog vernehmlich die Luft ein. »Sie vertreten Woodcorp?«

»Genau genommen bin ich Woodcorp. Ist Mr. O'Malley vor Ort? Wenn ja, bringen Sie mich bitte zu ihm.«

Der Mann packte sie an den Schultern und schob sie ein Stück weit aus der Werkstatt. »Warten Sie hier. Ich frage ihn.«

Damit ließ er sie stehen und verschwand im Halbdunkel der Halle. Die Sonne lag inzwischen versteckt hinter dicken Wolken, und feuchte Schwüle hing in der Luft, sodass sich Schweißperlen auf Claires Stirn bildeten, was für unzählige winzige Mücken eine verlockende Zielscheibe darstellte. Unbeirrt von ihren wedelnden Händen, setzten sie wieder und wieder zum Sturzflug an. Gerade als Claire in ihren Wagen steigen und dem Ganzen »Vergiss es!« sagen wollte, verließ der Blonde zusammen mit einem anderen Mann die Halle. O'Malley! Jetzt wurde es ernst. Zuerst fiel ihr auf, wie riesig dieser Mann war, eins neunzig mindestens. Breit in den Schultern, kompakt. Kein Wunder, dass er sich so gut mit Holz auskannte, er war ja selbst ein Baum. Erst als Zweites bemerkte sie, dass sein rechtes Bein steif war. Das Hinken nahm seinem Auftritt jedoch nicht das Bedrohliche, im Gegenteil. Als beide Männer vor ihr stehen blieben, hob Claire den Kopf, um

O'Malley direkt in die Augen schauen zu können. Sein Gesicht war zur Gänze Ernsthaftigkeit, und seine Lippen waren streng und schmal, wie geschnitzt. Claire konzentrierte sich darauf, dass in seinen dunklen Locken ein paar Holzspäne hingen, was ihm etwas Verspieltes verlieh.

»Schön, Sie kennenzulernen, Mr. O'Malley. Ich freue mich ...«

Er ignorierte ihre ausgestreckte Hand und unterbrach sie: »Ich habe kein Interesse, Ms. Wesley. Haben Sie meine E-Mail nicht gelesen?« Seine dunkle Stimme bildete zusammen mit seinem Äußeren ein Gesamtkunstwerk. Claire taufte es insgeheim »Der Unausstehliche«.

»Doch, das habe ich. Trotzdem bin ich hier. Machen Sie es sich leicht, und reden Sie gleich mit mir. Dann kann ich Sie überzeugen, und Sie haben es umso rascher hinter sich.«

»Sie sind hartnäckig, Ms. Wesley.«

»Ich weiß. Das ist eine meiner besseren Charaktereigenschaften. Also, was sagen Sie?«

»Ich sage: gute Heimreise.«

Wieder wandte er sich um und ging, begleitet von seinem blonden Kompagnon, in Richtung Werkhalle.

Lass dir etwas einfallen, Claire!

Sie hastete ihm nach, so schnell es der Boden und ihre Schuhe erlaubten, überholte ihn und stellte sich ihm in den Weg. Für einen Moment befürchtete sie, er würde sie über den Haufen hinken, doch er blieb stehen. Seine Stimme hatte einen funkelnden Unterton von Wut: »War ich nicht deutlich genug?«

»Sie waren deutlich und unfair. Warum geben Sie mir

nicht einmal eine Chance? Ich bin nur Ihretwegen aus London hierhergekommen, wäre beinahe von einem Wolf gefressen worden und musste im Robert the Bruce übernachten. Sie schulden mir etwas, Mr. O'Malley.«

»Nicht das Geringste. Und es gibt keine Wölfe in Schottland.«

»Rede mit ihr, Eric. Immerhin hat sie den langen Weg auf sich genommen.«

Damit hatte sie nicht gerechnet, dass sich der Blonde zu ihrem Fürsprecher machte. Eine positive Entwicklung. Claire strahlte beide Männer an. Keiner von ihnen strahlte zurück.

»Ich weiß nicht, Andrew.« O'Malley wechselte einen Blick mit dem Blonden.

»Ein Gespräch verpflichtet dich zu nichts.«

Na also! Gab es in dieser Einöde doch noch vernünftige Menschen.

»Rausschmeißen kannst du sie ja dann immer noch.«

Mehr oder weniger vernünftig.

»Ich stell mich wieder an die Maschine, und ihr ...«, der Blonde zeigte erst auf sie und dann auf O'Malley, »ihr sprecht miteinander.«

Nachdem er gegangen war, entstand unangenehmes Schweigen. Claire wollte ihre Überzeugungsarbeit wiederaufnehmen, da verschränkte O'Malley die Arme vor der Brust und sah ihr direkt ins Gesicht. »Gut, reden wir. Sie wollen mich dazu bringen, meine Selbstständigkeit aufzugeben und mich in Woodcorp einzugliedern. Aber was, wenn Ihnen das nicht gelingt? Dann haben Sie meine Zeit verschwendet.«

»Nicht ich verschwende Ihre Zeit, das tun Sie selbst. Sie haben großes Talent, aber machen nichts daraus. Anstatt die Chance zu ergreifen, die ich Ihnen biete, wollen Sie sich lieber weiter in diesem Kaff verstecken, fast als hätten Sie Angst davor, gesehen zu werden.«

»Erstens ist dieses Kaff meine Heimat. Zweitens hatte ich vor Kurzem einen Stand auf einer Messe und habe meine Firma dort präsentiert. Und drittens weiß ich nicht, warum ich mich vor Ihnen überhaupt rechtfertige.«

»Ich war auf dieser Messe. Dort wurde ich auf Sie aufmerksam – wahrscheinlich als Einzige.«

Theatralisch griff sich O'Malley an den Kopf. »Ich wusste, es war ein Fehler, dort auszustellen.«

»Der Stand war winzig, schlecht platziert, und Sie waren nicht einmal selbst vor Ort, nur Ihre lächerlichen Visitenkarten.«

»Glauben Sie, meine Anwesenheit hätte einen besseren Eindruck gemacht?«

»Wenn Sie nicht mit jedem Satz Interessenten – und mit ›Interessenten‹ meine ich mich – vor den Kopf stoßen und ein nettes Gesicht aufsetzen … ja, doch, ich denke, dann könnten Sie einen guten Eindruck machen.«

O'Malley schwieg. Anscheinend hatte sie ihm fürs Erste den Wind aus den Segeln genommen. Damit er seine Unterlegenheit nicht bemerkte, wäre es hilfreich, sein Ego zu streicheln.

»Sie verdienen Aufmerksamkeit. Woodcorp kann Ihnen dazu verhelfen.«

»Aus Uneigennützigkeit, nehme ich an?«

»Natürlich nicht. Wir sind bisher eine reine Bautisch-

lerei, und ich will uns den Bereich Möbeldesign erschlie-
ßen. Sie wären dabei mein wichtigstes Asset.«

»Ich bin doch kein Asset, Ms. Wesley. Ich bin ein Tischler, der sein Kaff nicht verlassen will.«

Claire hielt den Atem an. Wenn sie in dieser Situation
zu viel Druck machte, würde O'Malley sich zurückzie-
hen, aber es war beinahe körperlich zu spüren, wie sein
Widerstand bröckelte. Prickelnde Erregung angesichts des
bevorstehenden Etappensieges machte sich in ihr breit.

»Das verlangt doch niemand von Ihnen. Sie wären bei
uns angestellt, könnten aber hier arbeiten und die ersten Entwürfe herstellen, die in unserer Produktionsstätte
dann gefertigt würden. Wir stellen Ihnen modernste Maschinen zur Verfügung. Wollen Sie einen 3-D-Drucker?
Sie kriegen zwei. Neue Visitenkarten gäbe es auch.«

»Was haben Sie nur gegen meine Visitenkarten?«

»Ihre Papierschnipsel, meinen Sie wohl. Kommen Sie
zu uns, und ich beauftrage gleich am nächsten Tag unsere
Visitenkartenabteilung damit, neue für Sie zu erstellen.«

Seine dunklen Augen weiteten sich. »Sie haben eine
eigene Abteilung dafür?«

Ein Grinsen flog über ihr Gesicht, sosehr Claire das
auch zu verhindern suchte.

»Verstehe«, sagte O'Malley. »Ein kleiner Scherz auf
Kosten des Hinterwäldlers.«

»Ich bin ein heiterer Mensch. Also – was sagen Sie? Ich
verspreche Ihnen, dass Sie Ihre Arbeit von hier aus weiterführen können. Wir müssten uns ein- oder zweimal im
Monat für eine Besprechung treffen ...«

»Per Telefon?«

Handelten sie jetzt schon die Einzelheiten ihrer Zusammenarbeit aus? Claire bemühte sich, ihre Stimme nicht allzu eifrig klingen zu lassen. »Persönlich. Nichts geht über direkten Meinungsaustausch. Ich reise dafür hierher oder Sie zu uns. Alles auf Firmenkosten. Waren Sie schon mal in London? Eine großartige Stadt. Viel Holz. Das wäre bestimmt interessant für Sie.«

»Vor einigen Jahren traf ich dort Ihren Vater. Es war eine kurze Begegnung, aber sie hat ausgereicht, um zu begreifen, dass ich mit ihm nichts zu tun haben will.«

Claire spürte Hitze in ihre Wangen steigen. Dieser Kerl hatte nicht das Recht, so herablassend über ihren Vater zu reden, doch sie schluckte ihren Ärger herunter. »Bestimmt handelte es sich dabei nur um ein Missverständnis, das leicht aus dem Weg zu räumen wäre ...«

»Kein Missverständnis.« O'Malley verlagerte sein Gewicht nach rechts und strich mit der flachen Hand kräftig über seinen linken Oberschenkel. Wahrscheinlich verursachte das steife Bein ihm Schmerzen. »Nehmen Sie es einfach so, wie ich es gesagt habe. Ich werde nicht für Ihren Vater arbeiten.«

Claire grub die Fingernägel in ihre Handballen. Sie musste ruhig und überlegt vorgehen, wenn sie hier gewinnen wollte. »Ich leite momentan die Firma, denn mein Vater ist erkrankt.« Sie schämte sich für ihre Worte, klangen sie doch so, als setzte sie die Tragödie ihres Vaters wie einen Trumpf ein.

O'Malley nickte bedächtig. »Das tut mir leid für Sie. Wird er wieder gesund?«

»Das hoffe ich.«

»Natürlich.«

Es war ein kaum hörbarer Unterton, eine Distanz, die sich in seine Stimme schlich, aber Claire begriff, dass er ihr entglitt. Dass sie nie eine wirkliche Chance gehabt hatte. Sie würde hier wegfahren und nichts erreicht haben. Nicht das Geringste.

»Wissen Sie, was ich Ihrem Mitarbeiter auf seine Anfrage geschrieben habe?«

Claire erinnerte sich nur zu gut an die E-Mail, die Francis ihr gezeigt hatte.

»Sie haben geschrieben, Sie würden sich eher ein Bein abhacken, als mit uns zusammenzuarbeiten. Anscheinend haben Sie das aber schon versucht. Vielleicht betrachten Sie vor dem Hintergrund dieser Erfahrung eine Kooperation doch als erstrebenswert.«

O'Malley sah sie fragend an, und Claire deutete lässig auf sein rechtes Bein.

»Das ist nicht Ihr Ernst! Sie machen sich über meine Behinderung lustig? Sie scherzen darüber, dass ich ...« Er ließ den Satz unbeendet, starrte sie nur aus aufgerissenen Augen an. Eine solche Reaktion kam unerwartet. Er machte den Eindruck, härter im Nehmen zu sein. Und sie hätte besser den Mund halten sollen. Ob eine Bitte um Entschuldigung hier etwas verbessern konnte?

»Eigentlich glaube ich fest daran, dass in jedem Menschen etwas Gutes steckt. Sie stellen diese Überzeugung ziemlich auf die Probe, Ms. Wesley.«

»Wollen Sie unser Gespräch ins Religiös-Philosophische abgleiten lassen?«

»Nein, ich bleibe geschäftsmäßig. Sie wollen Spirit of

Trees? Sie wollen, dass ich für Sie arbeite? Schön. Ich kann Ihre Firma nicht ausstehen und Sie auch nicht. Aber jetzt schlage ich Ihnen einen Deal vor: Sie bleiben zwei Monate hier und arbeiten für mich. Ohne Bezahlung, selbstverständlich, wir wollen es ja nicht übertreiben. Je nachdem, wie Sie sich anstellen, treffe ich meine Entscheidung.«

Zwei Monate Glenbarry und O'Malley? Zwei Monate lernen und verstehen, wie er seine archaischen, traumverwobenen Möbel schuf? Claire schluckte das Ja hinunter, das sich auf ihre Zunge drängte, und sagte: »Sie wissen aber schon, dass ich eine eigene Firma leite?«

»Und Sie wussten, als Sie herkamen, dass ich kein Interesse habe.«

Schachmatt. Es gab nichts mehr zu sagen außer: »Wie Sie meinen. Sie werden es bereuen, aber es ist Ihre Entscheidung.«

O'Malley nickte. »Ja zu beidem, Ms. Wesley. Kommen Sie gut zurück nach London, in die Stadt mit dem vielen Holz. Und passen Sie auf die Wölfe auf.«

7

Eric

»Sie ist weg?« Andrew warf einen kurzen Blick auf den Platz vor der Werkhalle, auf dem bis vor wenigen Augenblicken Wesleys Mietwagen gestanden hatte.

»Ja.«

»Weil …?«

»Sie wollte nicht auf mein großzügiges Angebot eingehen und für Spirit arbeiten.«

»Du hast ihr einen Job angeboten?«

»Ja. Für zwei Monate.«

»Versteh mich nicht falsch, Eric, aber wieso machst du so einen Blödsinn?«

»Ich wollte sie loswerden.«

»Aha.«

»Komm mir nicht so. Überhaupt – was sollte dieses ›Rede mit ihr‹?«

Andrew wechselte das grobe Schleifband gegen eines mit feinerer Körnung und spannte es in der Maschine fest. »Die Frau kommt nach deiner Absage extra hierher, um dich zu treffen. Das beweist Entschlossenheit und Mut. Es scheint ihr etwas an Spirit zu liegen.«

»Für mich beweist es Ignoranz und Anmaßung. Beides macht sie zu einer wahren Tochter ihres Vaters.«

Eric ging in sein Büro und schlug die Tür hinter sich zu. Der Windzug fuhr durch die Zeichnungen, die an seinen Wänden und dem Fenster hingen. Claire Wesley. Das war also der Name des Mädchens mit den fürchterlich schwarz gefärbten Haaren, dem er damals in London so deutlich angesehen hatte, wie fehl am Platz es sich in seinem Leben gefühlt hatte. Wie hatte es nur zu so einer impertinenten Person werden können? Was lief in dieser Familie schief, dass sie entweder mitleiderregend eingeschüchterte oder unerträglich überhebliche Menschen hervorbrachte? Er setzte sich an den Computer und googelte nach Claire Wesley. Auf der Homepage von Woodcorp gab es keinen Hinweis darauf, dass sie eine leitende Position innehatte, aber in einem kurzen Zeitungsartikel wurde von einem Unfall ihres Vaters berichtet. Also hatte sie ihm möglicherweise die Wahrheit gesagt, was ihre Stellung in der Firma anging. In einem alten Bericht über die Beerdigung ihrer Mutter zeigte ein grobkörniges Schwarz-Weiß-Foto einen hellen Sarg, der von sechs Männern getragen wurde, dahinter liefen ihr Vater und das Gothic-Mädchen, als das er sie kennengelernt hatte. Sie hielt den Kopf gesenkt, zottelige Haarsträhnen bedeckten ihr Gesicht. Seine weitere Suche förderte ein neueres Foto zutage, das sie breit grinsend vor einem Restaurant zeigte. Ihr Begleiter sah so vertrauenswürdig aus wie selbst gemaltes Falschgeld. Wesley lehnte sich gegen ihn, als hätte sie Schwierigkeiten, das Gleichgewicht zu bewahren. Sie schien angetrunken zu sein, wirkte wie ein Mensch, der seine Mitte verloren hatte.

Eric starrte auf das Foto. Unwillkürlich streckte er die

Hand aus und zeichnete mit dem Zeigefinger die Kontur ihres digitalen Gesichts nach. Egal, dass diese Frau ihn zur Weißglut trieb, da war trotzdem etwas an ihr, damals wie heute, das ihn berührte, und dieses Gefühl ließ ihn für einen Moment bedauern, sie nie wiederzusehen. Er erschrak, schaltete den Computer aus, rief Andrew zu, dass er gehen müsse, und machte sich auf den Weg zum Floristen in Torridon. Er wusste nicht viel über Frauen, aber dass sie es liebten, wenn man ihnen Blumen brachte, das wusste er.

»Hey.« Er legte einen Strauß weiße Ranunkeln auf Mariahs Grab. Ihre Lieblingsblumen. Ohne Mariah würde er Ranunkeln immer noch für Märchenfiguren halten. Für irgendwelche Trolle mit langen Haaren.

»Alles in Ordnung bei dir?«

Dumme Frage. Sie war tot. Und schon vorher war nichts mehr in Ordnung gewesen. Er setzte sich auf den kühlen Erdboden, schloss die Augen, versuchte, sich an den Geruch ihrer Haut im Sommer zu erinnern, an ihr Lachen, wenn er etwas Dummes sagte – wie zum Beispiel, dass Ranunkeln lange Haare hätten. Es fiel ihm schwerer, mit jedem Mal. Die Krankheit und sein Versagen hatten ihm Mariah gestohlen, die Zeit nahm ihm auch noch die Erinnerung an sie.

»Andrew geht es gut. Und Rupert erstaunlicherweise auch noch. Ich meine, wie alt ist dieser Hund? Sechzehn?« Der Gedanke an Andrews Beagle ließ ihn grinsen. »Er macht nichts mehr außer essen, schlafen und furzen und wird dabei verwöhnt wie ein König. Ein geniales Leben.

Du siehst, hier geht alles seinen normalen Gang. In Glenbarry ändert sich nichts.«

Genau jetzt hätte Mariah sein Gesicht zwischen ihre Hände genommen und ihn gezwungen, ihr in die Augen zu sehen. »Was ist los, Ric?«, hätte sie gefragt. »Du redest immer so viel, wenn du nichts sagen willst.«

Sie hatte stets gewusst, was in ihm vorging. Das vermisste er mehr als alles andere. Die Trauer und die Wut und die verhasste Erleichterung hatten sich verwandelt in die Sehnsucht nach einem Menschen, der ihm zur Seite stand, ihn kannte und trotzdem liebte.

»Der Firma geht es schlecht. Ich weiß nicht, wie lange ich noch durchhalte. Ich bin als Geschäftsmann eine ziemliche Null. Genauso wie als Ehemann.«

Mit den Fingerspitzen strich er über das Moos, das weich den Urnenhügel bedeckte.

»Soll ich Spirit verkaufen? Ich habe abgelehnt, natürlich, aber du kennst mich. Ich bin gut darin, Fehler zu machen. Wenn ich doch zusage, könnte Andrew ganz bei mir arbeiten, und ich wäre die Schulden los.«

Er schloss die Augen, versuchte, Mariah zu fühlen, ihr zu verstehen zu geben, weshalb er abgelehnt hatte. Dass er einen kurzen Einblick in eine Hölle genommen hatte, die niemand sonst wahrnehmen wollte, weil der Teufel darin so ein erfolgreicher Typ war.

Worüber reden wir dann noch?, hätte Mariah gefragt. Du hast deine Entscheidung getroffen.

»Trotzdem … Ich habe Angst. Hattest du damals auch Angst, die falsche Entscheidung getroffen zu haben? Wenigstens für einen Moment?«

Er horchte in sich hinein, aber alles blieb still. Diese eine Frage würde für immer unbeantwortet bleiben. Im Aufstehen fuhr er mit dem Zeigefinger Mariahs Namen auf dem Holzkreuz nach.

8

Claire

Mit jedem Schritt, den sie auf Francis' Büro zuging, wurden ihre Beine schwerer. Sie sah es direkt vor sich, dieses feine Lächeln auf seinem Gesicht und das Blitzen in seinen Augen, wenn er sagen würde: »Dein Ausflug nach Schottland ist nicht so gelaufen wie geplant?«

Ihm zum zweiten Mal innerhalb weniger Tage eine Niederlage eingestehen zu müssen, fiel Claire nicht leicht. Als sie sein Büro betrat, brütete er mit einer Stirn voller Falten über einigen Papieren. Auf ihren Gruß hin stutzte er einen Moment, schob die Blätter zusammen und packte sie zur Seite. »Claire. Ich habe dich heute gar nicht mehr erwartet. Du warst doch den ganzen Tag unterwegs.«

Seufzend ließ sie sich in den Besucherstuhl und ihre Handtasche auf den Boden fallen.

Francis lächelte, aber nicht auf diese ironische Art, die sie erwartet hatte. Er stand auf, holte aus dem Aktenschrank den dort versteckt gehaltenen Whisky samt Gläsern und goss ihnen beiden ein. »Du siehst aus, als könntest du einen Schluck vertragen.«

Statt einer Antwort grunzte sie nur und nahm einen so großen Schluck, dass die torfige Schärfe des Malzbrandes sie zum Husten brachte. Francis setzte sich auf die Ecke seines Schreibtisches und prostete ihr zu: »Cheers, Claire. Wie war es in Schottland?«

»Grauenhaft«, röchelte sie, die Stimmbänder ange-kratzt vom Alkohol. »Du hattest vollkommen recht, es war vergeudete Zeit. Verschwendete Ressourcen. Abso-luter Blödsinn.«

»So schlimm?«

»Schlimmer. Dieser O'Malley ist ein ungehobelter Wildling.«

Jetzt stahl sich doch ein leichtes Grinsen in sein Ge-sicht. »Dein Charme ist an ihm abgeprallt?«

»Wie ein Flummi an einer Betonwand.«

Sie drehte ihr Glas zwischen den Fingern und merkte, wie ihr der Whisky zu Kopf stieg. Normalerweise vertrug sie mehr, aber nach diesem anstrengenden Tag genügten schon ein paar Tropfen, um sie wehleidig zu machen. »Er hat gesagt, er könne weder mich noch Woodcorp ausste-hen. Keine Ahnung, weshalb er uns so hasst.«

»Hast du gefragt?«

»Er hat etwas gegen Vater, aber ich wollte nicht wei-ter auf seine Befindlichkeiten eingehen. Es war nicht die Situation, um Seelenforschung zu betreiben. Ich stand ihm auf dem Parkplatz vor seiner winzigen Werkhalle ge-genüber, es war ziemlich warm – hast du gewusst, dass es in Schottland warm sein kann?«

Francis zuckte die Schultern. »Ich war vor gut zwanzig Jahren das letzte Mal dort, und damals hat es geregnet.«

»Siehst du!« Sie deutete mit dem Zeigefinger auf ihn, weil es ihr so vorkam, er hätte ihr bei irgendetwas recht gegeben. »Ich stehe jedenfalls dort, und mich fressen diese widerlichen kleinen Mücken auf, was am Abend vorher übrigens beinahe ein Wolf getan hätte – ja, du hast richtig gehört: ein Wolf! Und ich mache diesem Tischler das Angebot seines Lebens, aber er schickt mich fort. Besser noch: Er sagt, er würde meine Offerte erst in Erwägung ziehen, wenn ich zwei Monate bei ihm gearbeitet hätte. Als würde er mir einen Gefallen tun und nicht ich ihm!«

Mit einer eleganten Bewegung rutschte Francis vom Schreibtisch. »Das hat er gesagt? Dass du bei ihm arbeiten sollst, und dann überlegt er es sich?«

»Ja.«

»Und du hast dich nicht darauf eingelassen?«

Francis' Worte ergaben in ihrem Whisky-schweren Kopf keinen Sinn. »Wieso sollte ich?«

»Weil du normalerweise nicht so schnell aufgibst, Claire.«

»Hast du nicht von vornherein gesagt, das Ganze wäre eine dumme Idee und ich solle es bleiben lassen?«

»Das habe ich. Aber seit wann hörst du auf mich? Wenn du von etwas überzeugt bist, dann ziehst du es durch, egal wie groß die Widerstände sein mögen.« Er stellte sein Glas auf den Tisch und kniete sich vor sie auf den Boden. Sie liebte es, wenn er ihr solch uneingeschränkte Aufmerksamkeit zukommen ließ. Er war der Einzige, der das für sie tat.

»Als du vierzehn warst, wolltest du dir unbedingt die Haare schwarz färben. Deine Eltern erlaubten es dir nicht, also hast du bei einer Freundin übernachtet und es dort getan. Am nächsten Tag kamst du dunkel wie ein Rabe wieder nach Hause.«

Sie erinnerte sich nur zu gut daran. Die unbändige Freude über ihre Eigenständigkeit hatte sich vor der schweigenden Missbilligung ihres Vaters und den Tränen in den Augen ihrer Mutter ins Gegenteil verkehrt. Für einen Moment war sie damals sogar versucht gewesen, sich die Haare abzurasieren. Nur der Gedanke an die Konsequenzen hatte sie davon Abstand nehmen lassen.

»Du wolltest es, und du hast es getan. Genauso entschlossen nimmt George die Dinge in Angriff.«

War das so? War das gut? Sie wusste es nicht. Sie wusste gar nichts mehr.

»Willst du diesen Deal durchziehen?«

»Ja, schon …« Wie seltsam, dass sich ihre Rollen verkehrt hatten. Nun war es Francis, der ihr gut zuredete, nach Glenbarry zu gehen, und sie zögerte. Es gab so vieles zu bedenken, und dass ihr Vater im Krankenhaus lag, war nur eines davon, wenn auch das Schwerwiegendste.

»Also, was hindert dich?«

»Was mich hindert?« Sie lachte trocken. »Ich weiß gar nicht, wo ich anfangen soll. Es sind zwei Monate, und Vater geht es nicht gut, da ist die Firma, für die ich Verantwortung trage, und …«

»Aber es muss doch einen Grund gegeben haben, warum du überhaupt erst dorthin gefahren bist, nicht wahr?«

Ja, den gab es – diesen Tisch, der von so viel Liebe zeugte. Nicht nur zu dem Handwerk, auch zu dem Menschen, für den er bestimmt war. Wenn O'Malley in der Lage war, so etwas Wunderschönes zu erschaffen, musste diese Schönheit irgendwo in ihm vorhanden sein. Sie würde nur zu gern dabei sein, wenn diese unter seiner rauen Schale zum Vorschein kam.

»Natürlich gibt es einen Grund. Ich bin mir nur noch nicht sicher, ob es ein guter ist.«

»Dann finde es heraus.« Francis umfasste ihr Gesicht mit beiden Händen, wie früher, wenn sie wegen der Worte ihres Vaters geweint hatte. »Tu es, Claire. Geh dorthin. Zeig diesem Kerl, dass du nicht so leicht aufgibst.«

»Und was ist mit Woodcorp?«

»Ich halte hier die Stellung. Diese Firma ist doch ein mächtiger Dampfer. Die Öfen sind beheizt, der Kurs ist gesetzt, und wenn ein Eisberg auftaucht, funke ich dich an.« Er stand auf, und auch Claire erhob sich. Sie sollte wirklich nicht so schnell kapitulieren. Aber zwei ganze Monate ihres Lebens in Glenbarry verbringen? Das waren acht Wochen, sechzig Tage, ziemlich viele Stunden, von den Minuten ganz zu schweigen.

Francis' nächste Worte ließen sie vermuten, dass er ihre Gedanken lesen konnte. »Solltest du es dort gar nicht mehr aushalten, packst du deine Sachen und kommst zurück. Aber dann kannst du dir wenigstens sagen, dass du es versucht hast. Und glaub mir, das ist ein gutes Gefühl.«

Sie bückte sich nach ihrer Handtasche, schwankte ein wenig, als sie sich wieder aufrichtete. »Vielleicht hast du recht, Francis.«

»Vielleicht?«

Sachte schlug sie die Tasche gegen seinen Arm. »Gib nicht so an mit deiner Weisheit.«

»Die ist der Reichtum des Alters, aber nur ein schwacher Trost für schmerzende Knie und dünnes Haar. Und jetzt mach, dass du nach Hause kommst.«

Als sie endlich im Bett lag, konnte sie nicht einschlafen. Zuerst überlegte sie, ob es wirklich eine gute Idee war, O'Malley beim Wort zu nehmen, dann dachte sie daran, was sie bei ihm lernen könnte, und letztendlich überlegte sie, was sie alles für diese zwei Monate einpacken musste. Gab es in Glenbarry Waschmaschinen, oder seifte man dort seine Kleidung am Bach ein und schlug sie mit dem Bleuel aus? Es konnte nicht schaden, vorsichtshalber etwas mehr mitzunehmen. Bevor sie endlich die Augen zumachte, schickte sie eine SMS an ihre Schwester Amelia, dass sie sich am Samstag mit ihr im Krankenhaus treffen wollte, und fiel dann bald in einen tiefen, traumlosen Schlaf.

»Hi, Daddy!« Mit ihrer üblichen Ungezwungenheit, die vor nichts zurückschreckte, lief Amelia auf ihren Vater zu und drückte ihm einen dicken Kuss auf die eingefallene Wange, nahm seine Hände zwischen ihre und rieb sie. »Wie geht's dir? Träumst du schön?«

Amelia, so kam es Claire zumindest vor, war weniger ein Mensch als vielmehr ein siebzehnjähriger Schmetterling, der von Blüte zu Blüte flatterte, Nektar saugte und jeden mit seiner unbeschwerten Anmut bezauberte. Neben ihr fühlte Claire sich immer sehr alt und sehr steif. Langsam trat sie an das Krankenbett und strich über die glatte Decke. Weiß und fleckenlos bedeckte sie George Wesleys Körper wie frisch gefallener Schnee.

»Er sieht besser aus, findest du nicht? Seine Bäckchen sind ganz rot.«

»Vielleicht hat er Fieber.«

»Ach was! Du siehst immer so schwarz.« Amelia nahm ihre Hand und presste sie gegen die kühle Wange ihres Vaters. »Er kämpft. Er will zu uns, und er wird es schaffen.«

Vielleicht. Wahrscheinlicher jedoch war es, dass er den Rest seiner Tage in diesem Zustand verbrachte – nicht ganz lebendig, nicht ganz tot. Wollte sie deshalb nach Glenbarry? Um wenigstens zwei Monate einen guten Grund zu haben, seinem Anblick aus dem Weg zu gehen?

Claire zog ihre Hand von seiner Wange zurück und umschloss sie mit der anderen. »Er hat bestimmt Sehnsucht nach dir, Amy.«

»Ja, das denke ich auch. Es ist unfair, weißt du? Dass ihm ausgerechnet jetzt so etwas passiert, wo er diesen Orden kriegen sollte.«

Seit bekannt geworden war, dass George Wesley anlässlich seines sechzigsten Geburtstags mit dem Order of Merit ausgezeichnet werden sollte, hatte sich ein Großteil von Amelias Gedanken nur noch darum gedreht. Ungeachtet dessen, dass mit dem Orden nicht einmal eine Ritterwürde verbunden war, sah sie sich wohl schon als Lady Amelia, die während eines höfischen Balles von einem schlanken und ranken Marquess oder Duke umworben wurde. Besser noch: von beiden gleichzeitig.

»Er wird diesen Orden bekommen, wenn er wieder wach ist, Amy.«

»Das will ich aber auch hoffen.« Sie nahm auf dem Bettrand Platz und sah Claire erwartungsvoll aus ihren großen hellen Augen an. »Also, was wolltest du mir sagen?«

Claire zog den Besucherstuhl heran, setzte sich aber nicht. »Ich werde für einige Zeit London verlassen. Aus geschäftlichen Gründen. Eine Firmenübernahme.«

»Wow, das klingt spannend. Wo fährst du hin? Nach Paris? Hongkong? Melbourne? Kann ich mitkommen?«

»Der Ort heißt Glenbarry und befindet sich im Norden Schottlands.«

Die Enttäuschung legte sich wie eine Halloween-Maske über Amelias Gesicht. »Ach so. Na, ist ja auch schön. Bisschen kalt vielleicht. Wie lange wirst du weg sein?«

»Allerhöchstens zwei Monate. Du hast deine nervende ältere Schwester also bald wieder, und solange ich weg bin, wird Francis nach dir sehen.«

»Das muss er nicht. Ich bin fast erwachsen, und ich finde es gut, dass du dorthin gehst, nach …«

»Glenbarry«, half sie ihr auf die Sprünge.

»Genau. Wann reist du ab?«

»Morgen Abend.«

»Schick mir WhatsApps, okay? Und Fotos, wenn du einen Highlander im Rock siehst.«

»Kilt, Amy. Es heißt Kilt.«

»Dann schick mir Fotos, wenn du einen Kilt im Rock siehst.« Grinsend stand sie auf, schob einen Arm unter Claires und lehnte den Kopf an die Schulter ihrer Schwester. Ihre Locken kitzelten sie, wie früher, wenn Amelia nachts zu ihr ins Bett geschlüpft war, sich an sie gekuschelt hatte und binnen Sekunden eingeschlafen war. Nach dem Tod ihrer Mutter hatte Claire versucht, Amelia

Halt und Geborgenheit zu vermitteln. So verzweifelt und einsam sie selbst damals auch gewesen war – es musste ihr zumindest ein wenig gelungen sein. Aber vielleicht war Amelia auch ganz von allein zu dieser wunderbaren, leichtsinnigen, zauberhaften Frau herangewachsen.

9

Eric

Irritiert sah Eric sich um. »Wo genau soll das Regal denn hin? Ich wüsste jetzt nicht ...«

In Bettys vollgekramtem Laden gab es kaum genug Raum für die Kunden, da grenzte es schon an ein Wunder, dass der Stuhl, den er vor einem halben Jahr für sie gezimmert hatte, seinen Platz gefunden hatte. Und jetzt noch ein weiteres Möbel?

Betty griff sich mit beiden Händen in ihre wirren Locken, um sie mit einem Gummi zu bändigen, wobei sie eine Spur Mehl auf ihren roten Haaren hinterließ. Eigentlich hinterließ Betty, wo sie ging und stand, Mehlspuren. Es schien aus ihr herauszufallen wie die Sägespäne aus einem geplatzten Jutesack. »Ich dachte mir das so.« Tatkräftig schob sie zwei Kartoffelbeutel ein wenig nach hier, den Ständer mit den neuesten Taschenbüchern nach dort, und eine kleine Lücke tat sich auf. Unglaublich! Diese Frau war eine Tetris-Göttin.

»Was meinst du, Eric? Kannst du damit etwas anfangen?«

Er zog den Zollstock aus einer der Taschen seiner Cargohose und vermaß die freigeräumte Stelle, obwohl er mit bloßem Auge erkannte, dass sie zu wenig Platz bot für ein nutzbringendes Regal. »Das sind zwanzig mal zwanzig Zentimeter Grundfläche. Höher als einen Meter sollte es auch nicht sein, sonst verbaust du den Blick auf die Wandersocken, und du weißt …« Er ließ den Satz unbeendet, den jeder in Glenbarry mindestens schon ein Mal von ihr gehört hatte: »Im Sommer und Herbst mache ich die Hälfte meines Umsatzes mit Wandersocken.«

»Ich kann dir ein Regal bauen, aber viel Kuchen wirst du darauf nicht präsentieren können.«

»Schade. Ich hatte es mir so schön vorgestellt, mein Rosengeschirr dafür zu nutzen – du kennst doch mein Rosengeschirr?«

Er nickte. So wie jeder ihren Sockensatz kannte, so wussten auch alle um Bettys Rosengeschirr. Es gehörte zu der Aussteuer, die ihr ihre Großmutter geschenkt hatte, und auch wenn Betty noch nicht den Richtigen gefunden hatte, so liebte sie dieses altmodische Geschirr doch heiß und innig.

»Und auf die hübschen bunten Tellerchen wollte ich dann Obstkuchen, Scones oder Shortbread legen. Vielleicht auch ein paar Gurkensandwiches und Lachsröllchen mit Meerrettich.«

Bei ihrer Aufzählung lief ihm das Wasser im Mund zusammen. Betty backte und kochte gar nicht übel, und er hatte seit Donnerstag nicht mehr viel gegessen. Teils, weil ihm der Besuch dieser Wesley auf den Magen geschlagen war, aber hauptsächlich, weil er kaum noch etwas im Haus hatte und sich nicht ständig bei Fred oder Andrew durchschnorren wollte.

»Dann muss ich doch ein paar Ständer entsorgen, um

Platz zu schaffen. Was meinst du, soll ich das Katzenfutterangebot reduzieren?«

Himmel, sogar der Gedanke an Tierfutter war verlockend. Er musste endlich wieder etwas essen! Sobald die Schule die Anzahlung für die Fenster überwiesen hatte, würde er seine Schulden bei Betty tilgen und einen Großeinkauf tätigen.

»Bevor du alles umräumst, gib mir ein wenig Zeit, Betty. Du kannst doch Granny Herbert nicht beim Futter für ihre Lady Guinevere einschränken.«

Grannys Katze, angeblich ein reinrassiger Perser, seiner Vermutung nach jedoch ein Abkömmling von Godzilla und Chewbacca, sorgte mit ihrem Appetit für die andere Hälfte von Bettys Umsatz.

»Stimmt, das geht nun mal gar nicht. Vielleicht fällt dir doch noch eine Lösung ein. Und es wäre großartig, wenn es wie etwas aussehen könnte, das in Hallion Castle stehen würde.« Ihre runden Wangen färbten sich rot, und in ihren Mundwinkeln spielte ein Lächeln. Das war noch so etwas über Betty, das jeder in Glenbarry wusste: Sie war der allergrößte Fan von Hallion Castle und vor allem des jetzigen Earls. Was auch immer sich zwischen den beiden abgespielt hatte, es musste schon viele Jahre her sein, denn der Earl suchte das Schloss nur selten auf, und im Dorf hatte man ihn schon lange nicht mehr gesehen. Eric war das nur recht – er hatte kein Interesse an einer näheren Bekanntschaft mit diesem englischen Snob. Betty jedoch reagierte immer mit fiebriger Gesichtsfarbe und einem breiten Lächeln, wenn die Rede auf seine durchlauchtigste Hochwohlgeborenheit kam.

»Dein Laden ist nicht das Castle. Und du hast es nicht nötig, diesem arroganten Engländer nachzueifern. Du bist eine Schottin, Elizabeth Cleary. Sei stolz darauf.«

Betty trat drei Schritte zurück, Kränkung spiegelte sich auf ihrem Gesicht, und sofort bereute Eric seinen Ausbruch. »Ich bin stolz, wenn mir ein Kuchen glückt oder ein Brot«, erwiderte sie mit fester Stimme. »Den Ort meiner Geburt kann ich lieben, aber nicht ich habe ihn erschaffen, sondern er mich. Worauf sollte ich da also stolz sein?«

Eric nickte. »Liebe. Das ist besser als Stolz.«

Ein zögerliches Lächeln breitete sich auf Bettys Gesicht aus. »Ja. Sehr viel besser.«

»Meinetwegen«, gab er endgültig nach, »ich zimmere dir etwas Blaublütiges.«

»Danke, danke, danke!«

»Nicht dafür.«

Bevor er sich verabschieden konnte, bückte Betty sich hinter den Verkaufstresen und brachte eine prall gefüllte Papiertüte zum Vorschein. »Hier, für dich. Nimm es als Vorschuss.«

Ungläubig starrte Eric in die Tüte, die mit Konserven, Wurst und sogar ein paar Bierdosen so prall gefüllt war, dass er sie mit beiden Armen halten musste. Nun wurden seine Wangen rot.

»Das musst du nicht tun, Betty.«

»Wie gesagt, nur eine kleine Anzahlung.« Mit einer Handbewegung wischte sie alle möglichen Einwände, die er hätte vorbringen können, beiseite. »Warte, das noch ...«

Bevor er etwas sagen konnte, verschwand sie in ihrer kleinen Küche und kam gleich darauf mit einem in eine

Serviette gewickelten Sandwich zurück. Sie packte es oben auf die Tüte, direkt unter seine Nase.

»Verdammt, riecht das gut! Was ist da drauf?«

Betty grinste stolz. »Sliced Sausage, Gurke und ein Hauch Himbeerhonig.«

»Du bist ein Genie«, erwiderte er, und sein Magenknurren unterstrich seine Worte.

Kaum, dass er im Auto saß und die Tüte auf dem Beifahrersitz verstaut hatte, schnappte er sich das Sandwich. Nach dem ersten Bissen sank sein Kopf zurück, und er kaute mit geschlossenen Augen. Himbeerhonig! Wie kam sie nur immer auf solche Ideen?

Nachdem der erste Hunger gestillt war, machte er sich auf den Weg zur Tischlerei. Dort angekommen, schob er sich den Rest des Sandwiches in den Mund, stieg aus und griff die Tüte mit den Lebensmitteln. In dem Moment, in dem ihm der unbekannte Wagen auffiel, der neben seinem Wohnmobil parkte, hörte er auch schon eine ihm leider bekannte Stimme in seinem Rücken.

»Guten Morgen, Mr. O'Malley. Kommen Sie immer so spät zur Arbeit?«

Nein, eine Fata Morgana konnte es nicht sein, dafür war es nicht heiß genug, ein Albtraum aber auch nicht, denn er war eindeutig wach. Also stand da tatsächlich Claire Wesley.

»Was wollen Sie hier?«, nuschelte er durch die Reste des Sandwiches.

»Hatten wir nicht einen Deal? Dass ich zwei Monate bei Ihnen arbeite?«

»Was?«

Sie kam auf ihn zu und nahm ihm die Tüte ab. »Wohin damit, in das Wohnmobil? Dort leben Sie? Bisschen eng, oder?«

Nach einer Schrecksekunde hastete er ihr hinterher und entriss ihr die Tüte, bevor sie die Tür zum Wohnwagen öffnen konnte. Er wollte sie nicht in seinem Zuhause, wo sie die Ärmlichkeit seiner Lebensumstände mit einem Blick erfassen und verurteilen würde.

»Sie warten hier. Bewegen Sie sich nicht von der Stelle. Ich bin gleich zurück.«

Schnell stapelte er die Konservendosen in den Schrank, stellte Milch, Käse und Butter in den Kühlschrank und lächelte, als er zuletzt auf eine Tüte Weingummis stieß. Betty hatte wirklich an alles gedacht, um ihm eine Freude zu machen. Die gutmütige Betty mit ihrem Rosengeschirr und ihrem engen Laden, in dem sich beim besten Willen kein Kuchenregal mehr unterbringen ließ. Aber angesichts dessen, dass Wesley draußen auf ihn wartete, war dies nur das zweitgrößte Problem des Tages. Er verließ das Wohnmobil und baute sich mit verschränkten Armen vor seinem ungebetenen Gast auf.

»Sie haben Ihre Meinung also geändert.«

»Sonst stünde ich nicht hier.«

»Und schon wieder tauchen Sie unangemeldet auf.«

Wesley pustete eine widerspenstige Strähne weg, die ihr über die Augen fiel. »Sprechen Sie immer das Offensichtliche aus?«

So eine unverschämte ... Nein, er würde sich nicht reizen lassen. Wesley wollte für ihn arbeiten, gut, er würde sie arbeiten lassen. Es wäre bestimmt lustig, ihr dabei zu-zusehen. Länger als zwei Tage würde sie sicherlich nicht durchhalten. Dafür würde er schon sorgen.

»Kommen Sie«, mit einer Handbewegung forderte er sie auf, ihm zu folgen. In der Halle stellte er sich breitbei-nig hin und deutete nach rechts: »Hier finden Sie die Fräse und die Drechselbank ...«, dann nach links: »... und hier die Tischsäge und den Bandschleifer. In der Mitte steht die Werkbank, im Regal sind Schrauben, Bolzen, Dübel, Gewindestangen, Schleifpapier, Furnierleisten, Klebstoff, Fräsmesser, Abweiser und so weiter.«

Er sah an ihrem Blick, dass er sie völlig verwirrt hatte. Umso besser.

»Der Raum am Ende der Halle ist mein Büro. Sie wer-den es nicht betreten. Niemals. Gleich daneben ist die Küche. Für Sie wahrscheinlich das Interessanteste.«

Wesley ging zu dem Kiefernstamm, der als Abstell-platz für die Kaffeemaschine und die Tassen fungierte. »Küche?«, fragte sie abschätzig.

»Küche. Sehen Sie die Tür gleich daneben? Willkom-men im Wellnessbad, auch bekannt als Unisex-Toilette. Die benutzten Tassen werden im Handwaschbecken ge-säubert.«

Ihre lapidare Antwort – »Wirklich? Nicht im Toiletten-becken?« – brachte ihn beinahe zum Lachen. Es brauchte einen Moment, bis er weiterreden konnte. »Hinter der Werkstatt lagere ich Kanthölzer, Leisten und Bruchholz aus dem Wald, das noch trocknen muss, bevor es weiter-verarbeitet werden kann.«

»Interessant. Dann sollten wir uns jetzt einen Kaffee

holen, auf diesem Bruchholz Platz nehmen und darüber reden, wie ich mich hier einbringen kann. Ich verfüge über profundes Wissen in den Bereichen …«

Während sie sprach, griff er eine Flasche Maschinenöl und einen Lappen und drückte ihr beides in die Hände. »Säubern Sie den Bandschleifer und die Kantenschleife, und ölen Sie die Bänder. Wenn Sie nicht wissen, wie das geht, googeln Sie. Es gibt bestimmt ein paar Videos dazu im Internet. Aber passen Sie auf, wo Sie hinfassen. Blut ist schlecht für das Getriebe.«

Aus weit aufgerissenen Augen sah sie ihn an. »Haben Sie sich dabei schon mal verletzt?«

Eric hätte nie gedacht, dass er so etwas jemals tun würde, aber die Situation brachte ihn dazu, seine linke Hand vor ihr Gesicht zu halten. Die Hand, von deren kleinem Finger nur noch ein Stumpf übrig war und die von zackigen Narben überzogen wurde wie von einem Spinnennetz. Wesley erblasste.

»Okay«, stieß sie hervor, »ich werde vorsichtig sein.«

Kaum dass er ihr den Rücken zugekehrt hatte, grinste er breit über das ganze Gesicht. Dass es nicht seine Arbeit war, die ihn derart gezeichnet hatte, würde er ihr nicht verraten, denn der Unfall – überhaupt alles, was damit zusammenhing – ging sie nicht das Geringste an.

In seinem Büro schloss er die Tür hinter sich und setzte sich an den Schreibtisch. Er wollte den ersten Entwurf eines Küchentischs zu Papier bringen, der ihm schon eine ganze Weile durch den Kopf ging, aber in genau diesem Kopf hatte sich Wesley gerade breitgemacht. Er stand auf, hob eine der Zeichnungen an, mit denen sein Bürofenster zugehängt war, und lugte vorsichtig hinaus. Wesley saß mit baumelnden Beinen auf der Werkbank und starrte auf ihr Smartphone. Wahrscheinlich durchforstete sie gerade das Internet nach nützlichen Hinweisen. Viel konnte sie bei dem, was er ihr aufgetragen hatte, nicht falsch machen, aber trotzdem – mutete er ihr zu viel zu? Diese Londoner Blondine hatte mit Sicherheit nicht die geringste Ahnung von Werkzeugmaschinen. Doch sie hätte ja nicht herkommen müssen. Stellte sich die Frage, weshalb sie es getan hatte. Wieso dieser Sinneswandel?

Wesley legte das Smartphone zur Seite, sprang von der Werkbank und schnappte sich das Maschinenöl. Anscheinend wollte sie das hier wirklich durchziehen. Seufzend setzte sich Eric wieder an den Schreibtisch und hoffte, dass es ihm gelingen würde, Wesley für die nächsten Stunden aus seinen Gedanken zu verdrängen.

»Ich wäre dann fertig, Chef.«

Wesley schob sich durch die halb geöffnete Tür in sein Büro und hob ihre rechte Hand, deren Finger sie hin und her bewegte. »Alle noch dran.« Ganz in den Gedanken zu seinem Projekt versunken, verblüffte es Eric für einen Moment, sie in ihrem schicken türkisblauen Kostüm, das wahrscheinlich ein kleines Vermögen gekostet hatte und nun mit Ölflecken übersät war, vor sich zu sehen. Er warf einen Blick auf die Uhr. Kurz nach eins. Sollte sie etwa wirklich schon die Arbeiten erledigt haben, die er ihr aufgetragen hatte? Das wäre nicht übel. Vielleicht war Wesley doch zu mehr in der Lage, als ihm auf die Nerven zu gehen. Aber so etwas wollte er gar nicht erst denken.

»Die Maschinen sind gesäubert und geölt, der Boden ist gefegt, die Frässcheiben sind nach der Größe sortiert, und der Abreißkalender zeigt nicht mehr den dritten Januar an.«

»Schade«, erwiderte er. »Ich mag den dritten Januar.«

»Ich verrate Ihnen ein Geheimnis – den gibt es im nächsten Jahr wieder. Was wird das?« Sie trat dicht an seinen Schreibtisch und deutete auf seine Zeichnungen. »Sieht interessant aus.«

Rasch schob er die Blätter übereinander und stützte sich mit den Unterarmen darauf ab. »Das geht Sie nichts an.«

»Wenn Sie mit mir arbeiten wollen, dann müssen Sie ...«

»Sie wollen mit mir arbeiten, und ich muss gar nichts«, schnitt er ihr das Wort ab. »Und jetzt möchte ich allein sein. Machen Sie Feierabend.«

»Jetzt schon?« Sie griff einen der Bleistifte vom Schreibtisch und rollte ihn zwischen den Fingerspitzen. »Ich meine das hier ernst, O'Malley. Sie haben mir diese Herausforderung gestellt, also geben Sie mir die Chance, Sie zu überzeugen.«

Ihre Penetranz ging Eric gehörig auf die Nerven, aber es beeindruckte ihn, wie diese kleine, schmale Person ihm standhielt.

»Sie werden Ihre Chance bekommen, Wesley«, sagte er, und als sie immer noch keine Anstalten machte, zu gehen, fügte er hinzu: »Lassen Sie uns heute Abend bei Fred essen. Sie sind doch wieder im Bruce abgestiegen?«

Erstaunt sah sie ihn an. »Ein gemeinsames Dinner?«

»Ein Arbeitsessen, bei dem wir besprechen werden, was Sie für mich tun können.«

»Das wissen Sie eigentlich schon, Mr. O'Malley.« Mit einer eleganten Bewegung legte sie den Bleistift zurück auf den Schreibtisch und wandte sich zum Gehen. »Neunzehn Uhr?«

Er nickte und tat so, als widmete er sich seiner Zeichnung, stattdessen beobachtete er, wie sie die Werkstatt verließ, in ihr Auto stieg und davonfuhr. Kaum dass sie außer Sichtweite war, griff er sein Smartphone wie einen Rettungsring und rief Andrew an.

»Was ist los? Ich bin auf der Baustelle. Keine Zeit«, meldete der sich.

»Wesley ist wieder da.«

»Die toughe, süße Blonde?«, fragte Andrew nach einem Augenblick.

»Ja, die«, gab er widerwillig zu. Blond war sie und tough leider auch.

»Was will sie?«

»Sie lässt sich auf den Deal ein und arbeitet bei mir.«

Andrews schallendes Lachen übertönte die lauten Baustellengeräusche im Hintergrund. »Da hast du dir selbst ein Bein gestellt, mein Freund. Jetzt musst du da durch.«

Er hatte gehofft, Andrew würde ihm etwas Hilfreiches sagen, aber so war er nun mal – überlegt, realistisch und erbarmungslos ehrlich.

»Komm schon. Sie soll wieder verschwinden, und zwar so schnell wie möglich. Wir treffen uns heute Abend bei Fred zum Essen, und ich möchte, dass sie danach die Nase voll hat. Fällt dir nichts ein?«

»Doch. Sei einfach du selbst.«

»Danke. Vielen Dank für deine großartige Hilfe«, sagte Eric, aber seine Worte gingen unter in Andrews Gelächter.

Dreimal setzte er erfolglos dazu an, weitere Details zu skizzieren. Da aber seine Gedanken sowieso nur um Wesley kreisten und wie er sie wieder loswerden konnte, ließ er den Bleistift fallen und machte eine Runde durch die Werkstatt. Sie hatte die Frässcheiben tatsächlich nach der Größe sortiert, der Boden war so sauber wie eigentlich noch nie, und der Kalender zeigte den 21. April.

Claire Wesley – die Vorzeigepraktikantin! Fehlte nur noch, dass sie morgen Gebäck zum Einstand mitbrachte.

10

Claire

Trotz ihres Protests war Claire heilfroh, dass O'Malley sie so rasch nach Hause geschickt hatte. Die Arbeit war anstrengender als gedacht, und ihr tat der Rücken weh, dabei hatte sie nur vier Stunden dort verbracht. Wie sollte das während der nächsten Wochen werden? Sie war nicht so kräftig wie er, der aussah, als nähme er jedes Jahr an den Highland Games teil. Wahrscheinlich warf er in seiner Freizeit Baumstämme – einfach nur so, zum Entspannen. Wie weit würde er sie schleudern? Und schon bekam sie dieses Bild nicht aus dem Kopf – wie sie mit hilflos rudernden Armen und strampelnden Beinen durch die Luft sauste, während O'Malley die Augen mit einer Hand vor der Sonne abschirmte, um ihren Flug besser beobachten zu können.

Beim Pub angekommen, entschied sie, die geschenkte Zeit für einen Spaziergang durch den Ort zu nutzen. Der strahlende Sonnenschein bot sich dafür an, und nachdem sie ihre schmutzige Kleidung gewechselt hatte, lief sie die wenigen Meter zum Fluss, der neben dem Pub in einen See mündete. Auf dessen grasbewachsenem Ufer lagen Felsbrocken, manche klein wie ein Fußball, andere hingegen groß genug, um darauf zu sitzen. Es sah aus, als hätten Riesen ein Partie Boule angefangen und könnten jeden Augenblick zurückkehren, um ihr Spiel wieder aufzunehmen.

Neugierig tauchte Claire einen Finger in das glasklare Wasser und zog ihn mit einem leisen Aufschrei zurück. Eiskalt! Dieser See bot sich nicht an für einen Badeurlaub, war aber trotzdem wunderschön. Noch einen Moment gönnte sie sich den Anblick der Hügelkette auf der anderen Seite des Sees, bevor sie weiter der Straße folgte, die in einer scharfen Biegung um den Mount Hallion herumführte. Der Berg mit seinem gezackten Grat ließ sie an einen schlafenden Drachen denken. Bis ungefähr zur Hälfte war er mit Wald bedeckt, dann hörte der Bewuchs abrupt auf und offenbarte grau-braunes Gestein. An einem dieser Tage, nahm Claire sich vor, würde sie den Berg erklimmen und Hallion Castle besuchen, das sich dort oben zwischen den Bäumen verbarg. Eine Tasse Tee in einem echten schottischen Schloss – Amelia würde sie beneiden.

Der Berg lief aus in sanft geschwungene Hügel, bedeckt vom grünsten Gras, das Claire je gesehen hatte. Die ersten gelben, violetten und hellweißen Blüten schmückten es wie Edelsteine. Schafe mit schwarzen Gesichtern weideten an den üppigen Hängen. Sosehr Claire sich auch bemühte, die Tiere mittels Rufen und Winken auf sich aufmerksam zu machen und ein Blöken oder wenigstens einen Blick zu erhaschen, wurde sie doch vollständig ignoriert.

Gerade, als sie schon glaubte, in dieser Gegend würden keine weiteren Menschen existieren, kam sie an einem Laden vorbei – *Bettys Muddle*, wie ein sanft im Wind schwingendes Schild über dem Eingang verriet. Tür und Fensterrahmen kontrastierten hellblau gegen die grob weiß verputzten Wände, und ein dunkles Reetdach saß wie eine Mütze auf dem zweistöckigen Haus. Zwei kräftige Rosenbüsche rankten sich rechts und links an der Mauer entlang, die ersten rosa Knospen versteckt zwischen dunkelgrünen Blättern.

Claire presste die Nase gegen das Schaufenster, aber im Halbdunkel konnte sie nur so viel erkennen, dass der Laden seinen Namen zu Recht trug, denn dort drin schien ein ziemliches Durcheinander zu herrschen. Ein handgeschriebenes Schild an der Tür verriet, dass die Besitzerin bald zurück sein würde. Ein wenig enttäuscht, dass sie ihre Neugier nicht hatte befriedigen können, setzte Claire ihren Weg fort, aber einen Hügelauf- und abstieg sowie zwei Schafherden weiter verwandelte sich der blaue Himmel innerhalb eines Wimpernschlags in eine graue Wolkenwand. Der Wind blies Claire direkt ins Gesicht und peitschte die gelben Ginsterbüsche. Selbst den genügsamen Schafen schien das zu viel zu werden; zu einem weißen Knäuel zusammengedrängt, trabten sie über den Hügel und verschwanden aus Claires Blickfeld. Und dann setzte der Regen ein. Nicht mit einem sachten Tröpfeln, das einem die Gelegenheit gab, sich fast unversehrt ins Trockene zu retten – nein, die Niagarafälle schienen vom Himmel herabzustürzen. Claire schlug den Kragen ihres Blazers hoch, aber genauso gut hätte sie versuchen können, in einer vollen Badewanne nicht nass zu werden. Der Regen schien gleichzeitig von rechts und links, von oben und unten zu kommen. Binnen Sekunden triefte der Stoff ihres Kostüms, und ihre durchtränkten Wildlederballerinas quietschten bei jedem Schritt. Eindeutig nicht die richtige Kleidung, die sie da trug, oder besser: nicht das richtige Land für sie.

»Wie kann man denn hier nur leben?«, fluchte sie, während sie sich mit gesenktem Kopf, die Arme um den Oberkörper geschlungen, auf den Rückweg machte. Bis zum Pub brauchte sie mindestens eine Stunde, und die Hoffnung, dass in dieser menschenleeren Gegend ein Auto auftauchte, wollte sie gar nicht erst aufkommen lassen. Bestenfalls könnte sie sich auf ein Schaf setzen und darauf zurückreiten. Vorausgesetzt, das ging überhaupt. Eine interessante Frage – konnte man Schafe als Fortbewegungsmittel nutzen? Die nächste kalte Böe, die an ihrem Rock und ihren Haaren zerrte, ließ diese Überlegungen in den Hintergrund treten. Ein wenig kam sie sich vor wie Scott in der Antarktis, in seinem gnadenlosen Kampf Mensch gegen Natur – umso mehr, da die Temperatur um zwanzig Grad gefallen zu sein schien. Im Gegensatz zu dem glücklosen Südpolforscher würde sie jedoch gewinnen, egal wie unfreundlich sich Schottland bisher gezeigt hatte.

Als sie sich dem Kramladen näherte, durch dessen Fensterscheiben jetzt anheimelndes gelbes Licht flutete, hastete sie in ihren klatschnassen Schuhen auf das Geschäft zu. Die Tür schwang mit zartem Glockenklang auf, und kaum dass Claire eingetreten war, ließ der Wind sie wieder krachend ins Schloss fallen. Schwer atmend lehnte sie sich dagegen. Ihr Blick fiel auf eine hohe Regalwand, die sich wie ein Bergmassiv vor ihr aufbaute. Vollgeräumt mit Konserven, Hülsenfrüchten, Pasta, Reis und Körben mit Gemüse, zog sie sich bis zum hinteren Ende des Raumes, wo sich Angelruten, Zementsäcke und Farbeimer stapelten. Offensichtlich war sie in Harrods' Highland-Filiale gelandet. Links neben der Eingangstür, auf einem gemauerten Tresen, thronten eine altmodische Kasse sowie ein Ständer mit Souvenirs. Ein angenehmer Geruch lag in der Luft, von Schokolade und Teig und einem Hauch Vanille. Unwillkürlich lief Claire das Wasser im Mund zusammen.

»Willkommen in meinem Durcheinander.«

Überrascht drehte sie sich um und wischte sich die nassen Haare aus der Stirn. Beim Betrachten des bunten Kuddelmuddels hatte sie nicht bemerkt, dass sich die Ladeninhaberin ihr genähert hatte. Sofort erkannte sie die Frau mit den wilden Kupferlocken wieder. Ihr Alter war schwer zu schätzen, denn während die prallen roten Wangen und das üppige Haar sie jung erscheinen ließen, verrieten die kleinen Fältchen um ihre grünen Augen und auch der Ausdruck darin, dass sie die dreißig schon überschritten hatte.

Bettys Blick glitt hinab zu ihren Füßen. »Da haben Sie ja ein bisschen Regen abbekommen.«

»Ja, ich …« Claire sah ebenfalls an sich hinunter. Sie tropfte aus jedem Quadratzentimeter ihrer Kleidung, und ihre Schuhe, um die sich eine Lache gebildet hatte, würden nicht mal mehr ein Föhn und Zeitungspapier retten.

»Tut mir leid, ich wollte Ihren Laden nicht unter Wasser setzen.«

»Kein Problem«, winkte Betty ab, verschwand hinter dem Regal und tauchte mit einen Wischmopp und einem Geschirrtuch wieder auf. »Das haben wir gleich. Hier«, sie reichte Claire das Tuch, »nehmen Sie das für Ihre Haare.«

Während Claire sich Gesicht, Hände und Haare trocknete, wischte Betty mit drei raschen Schwüngen das Wasser auf.

»Sie müssen Ms. Wesley sein«, sagte sie, als sie den Mopp gegen zwei Zehnkilobeutel Hundefutter lehnte.

»Ja, ja, allerdings, die bin ich. Woher wissen Sie ...«

»Ach, das spricht sich schnell herum, wenn jemand im Bruce absteigt. Nehmen Sie uns das nicht übel. Um diese Jahreszeit kommen noch nicht allzu viele Touristen her. Aber falls doch jemand vorbeischaut, dann ...«

Sie deutete auf den Ständer neben der altmodischen Kasse, an dem Souvenirs in allen möglichen und unmöglichen Formen hingen – hauptsächlich Schlüsselanhänger, geschmückt mit Dudelsäcken, winzigen Kilts oder Plastiknessis, aber auch Stoffherzen mit dem Aufdruck »I ♥ Scotland«, Flaschenöffner, verziert mit der schottischen Distel, und Kühlschrankmagneten in Tartan-Designs.

Claire war sich nicht sicher, ob Bettys Geste eine diskrete Aufforderung darstellte, etwas zu erstehen. Kurz entschlossen griff sie nach einem der Stoffherzen und hielt es demonstrativ in die Höhe wie ein Staatsanwalt einen Beweisgegenstand bei Gericht. »Ich würde dann das hier nehmen.«

Ein Lächeln breitete sich über Bettys rundliches Gesicht aus. »So war das nicht gemeint. Kaufen Sie nur, was Sie möchten. Haben Sie Lust auf Tee? Sie wollen sich bestimmt ein wenig aufwärmen. Und ein Stück Kuchen? Ich habe frisch gebacken.«

Da Claire trotz des umfangreichen Frühstücks bei Fred schon wieder Hunger hatte, stimmte sie gern zu. »Wenn es Ihnen keine Umstände macht, Ms. ...«

»Nicht so förmlich.« Rasch putzte sich Betty die Hände ab, wobei sie Mehlspuren auf ihrer grün-rot karierten Schürze hinterließ, und streckte ihr dann die Rechte entgegen: »Ich bin Betty. Es ist immer so schön, neue Leute kennenzulernen.«

Sie ergriff ihre Hand und schüttelte sie: »Claire.«

Betty zog sie hinter sich her, bog an den Zementsäcken links ab in einen weiteren schmalen Gang. Claire schlängelte sich an den übermannshohen Regalen entlang, die mit Kleidung, Drogerieartikeln, Kinderspielzeug und Schreibwaren bis zum Bersten gefüllt waren. In immer mehr Schichten blätterte sich das Labyrinth dieses Ladens vor ihr auf. Ihr Weg endete vor einer Schwingtür und zwei gut sortierten Sockenständern. Betty deutete darauf, der Stolz in ihrer Stimme war unüberhörbar: »Das hier ist die beste Auswahl an Wandersocken westlich von Inverness. Du wirst es nicht glauben, aber damit mache ich im Sommer und Herbst die Hälfte meines Umsatzes.«

Wieder war sich Claire nicht sicher, welche Reaktion von ihr erwartet wurde. So beließ sie es bei einem anerkennenden Nicken.

Ihre Gastgeberin zog einen Klappstuhl in den Gang. »Setz dich, ich hole den Tee.«

Claire nahm Platz, während Betty durch die Tür verschwand. Bevor sie wieder zuschwang, erhaschte Claire einen Blick auf eine bemehlte Arbeitsfläche, einen Ofen und übereinandergestapelte Töpfe und Schüsseln. Sie zog ihr Smartphone aus der Tasche, die glücklicherweise der Sintflut Widerstand geboten hatte, machte ein Foto von der vollgekramten Regalfront und schickte es an Amelia mit der Bemerkung: *Vergiss M&S und Selfridges – Betty rules!*

Umgehend erhielt sie als Antwort ein lachendes Emoji. Claire drehte ihr Smartphone noch einen Moment zwischen den Fingern, steckte es aber wieder ein, als ihr klar wurde, dass keine weitere Nachricht kommen würde. Typisch Amy, immer beschäftigt. Wahrscheinlich saß sie mit ein paar Freundinnen im Café, checkte gleichzeitig, wohin sie abends ausgehen könnte, und tippte einen Twitter-Post. Amelias Digitalwelt war genauso prall gefüllt wie die Regalwände in diesem Laden, und ein gelbes Mondgesicht mit Lachtränen in den Augen kam einem seitenlangen handgeschriebenen Brief gleich.

Da Betty noch immer in der Küche hantierte, nutzte Claire die Wartezeit, um den Klappstuhl, auf dem sie saß, einer Inspektion zu unterziehen. An der linken Armlehne war ein Regalbrett derart flexibel befestigt, dass man es als Tischplatte, aber auch leicht angewinkelt als Buch- oder Laptopablage nutzen konnte. Eine runde Vertiefung im Holz diente als sichere Abstellfläche für eine Tasse oder ein Glas, und wenn man den Stuhl zusammenklappte, bot das Brett auf seiner Rückseite mit einem straff befestigten Gummiband die Möglichkeit, dort die jeweilige Lektüre bis zur nächsten Nutzung aufzubewahren. Gefertigt worden war das Ganze aus gebrauchten Gemüsekisten, die eingebrannten Herstellerlogos und Inhaltsbezeichnungen waren teilweise noch zu erkennen. Das Holz schimmerte in matter Ölung und bot Claires neugierigen Fingern samtige Glätte. Dieser Stuhl war nicht einfach so zusammengezimmert worden; er passte sowohl von der Größe als auch vom Aussehen her hervorragend in diesen kleinen vollgekramten Laden. Claire war sich sicher, dass O'Malley dahintersteckte, denn so etwas gab es nicht von der Stange. Wäre das nicht eine wunderbare Möglichkeit, um in ihre gemeinsame Zusammenarbeit einzusteigen – mit cleveren, schönen und qualitativ hochwertigen Möbeln, die noch den kleinsten Platz gut ausnutzten? Small 'n' Smart wäre ein guter Markenname. Nein, besser: Save Space in Grace. Zuerst sollte die Kollektion nur Stühle ähnlich wie diesen hier umfassen, dazu einen Klapptisch, aber in verschiedenen Ausführungen: Landhaus, Lounge-Stil, Vintage. Wenn sich die Markenbekanntheit gefestigt hätte, könnte das Angebot auf Staumöbel, Betten, vielleicht sogar eine Küche ausgeweitet werden. Recyclingmaterial sollte verwendet werden – Altmöbel, nicht mehr nutzbare Fassadengerüste, Abbruchholz.

Vor Aufregung rutschte Claire auf ihrem Stuhl hin und her. Sie musste mit O'Malley darüber reden, am besten gleich heute Abend bei ihrem gemeinsamen Essen. Exklusive Möbel für Menschen, die genug Geld und genug Platz hatten, konnte jeder fertigen. Das hier war ein viel interessanteres Konzept. Bevor sie eine Nachricht an Francis schicken konnte, schwang Betty mit einem Schubs ihrer Hüfte die Tür auf. In den Händen hielt sie eine Tasse und einen Teller mit einem altmodischen Rosenmuster.

»Ich hoffe, du magst grünen Tee.«

»Wer nicht?«, antwortete Claire und ließ das Smartphone zurück in ihre Tasche gleiten. Francis konnte sie auch später noch von ihrer neuen Idee erzählen.

Betty stellte die große Steinguttasse auf die kleine Tischplatte und dazu den Teller, auf dem sich ein Cupcake befand, der mit einer zartgelben Glasur verziert war. »Frisch aus dem Ofen. Ich hoffe, er schmeckt dir«, sagte sie und blieb erwartungsvoll vor Claire stehen.

»Er sieht zumindest schon mal köstlich aus, vielen Dank.«

Claire schloss die Hände um die dickwandige Tasse. Die Wärme tat ihren kalten Fingern gut, und sie sog den angenehmen Heugeruch des Tees in die Nase. Nachdem sie einen ersten, etwas zu heißen Schluck genommen hatte, zupfte sie ein Stück des Cupcakes ab und steckte es in den Mund. Sie wusste nicht, was sie erwartet hatte, aber mit Sicherheit nicht einen solch saftigen Teig, der förmlich auf der Zunge schmolz und die Geschmacksknospen mit einem harmonischen Zusammenspiel von Kakao und Vanille verwöhnte. Die Glasur brachte als i-Tüpfelchen einen Hauch Grapefruit-Bitterkeit ins Spiel.

»O mein Gott!«, brach es aus Claire heraus, zusammen mit ein paar Krümeln. »Das ist köstlich!«

»Wirklich?« Bettys Wangen färbten sich rot. »Ich habe nur herumexperimentiert.«

»Nein, das hast du nicht.« Hastig stopfte sich Claire ein weiteres, diesmal sehr großes Stück in den Mund. »Du hast die Tür zum Paradies geöffnet.«

Bettys raues, volles Gelächter füllte den Laden. »Du übertreibst maßlos!«

»Im Gegenteil. Wenn alles, was du backst, so köstlich ist, solltest du in London einen Laden aufmachen. Du wärst bald stadtbekannt, glaub mir.«

»Ach, es reicht mir, wenn es meinen Nachbarn schmeckt und den Kunden aus den umliegenden Ortschaften. Samstags ist hier die Hölle los, dann kaufen alle fürs Wochenende ein. Ich komme freitagabends aus dem Teigkneten nicht mehr heraus.«

»Du weißt aber schon«, hakte Claire nach und tupfte mit den Fingerspitzen die letzten Krümel auf, »dass in einem Stadtteil in London mehr Menschen wohnen als hier in den nächsten zehn Dörfern zusammen? Und vielleicht backst du ja eines Tages für die Queen.«

Ein verlegenes Lächeln zog sich über Bettys Lippen. »Die Queen hat doch genug Leute für ihre Küche.«

»Aber sie hat keine Betty.«

»Du bist ziemlich hartnäckig, stimmt's?«

Das hatte O'Malley bei ihrer ersten Begegnung auch zu ihr gesagt. Ob er und Betty dieses Wort nur als freundliches Synonym für nervtötend gebrauchten? Claire nahm einen Schluck Tee und beschloss, sich etwas zurückzuhalten.

»Morgen früh gibt es frisches Shortbread mit Orangenaroma und Rosmarinstückchen. Vielleicht magst du ja vorbeikommen.«

»Unbedingt. Ich sollte zum Einstand etwas Gebäck mitbringen.«

»Einstand? Das klingt nach Arbeit. Bist du keine Touristin?«

»Nein, ich bin ...«

Ja, was eigentlich? Als was konnte sie sich bezeichnen? Lebensretterin? Praktikantin? Raffgieriger Tycoon?

»Ich unterstütze Mr. O'Malley während der nächsten Wochen bei der Umstrukturierung seiner Firma.«

Was für eine großartige Antwort. Ein schillerndes Zwitterwesen zwischen Wahrheit und Lüge.

»Oh, das ist gut. Eric braucht Unterstützung. Er würde niemals darum bitten, aber wir hier wissen, wie sehr ihm das alles zugesetzt hat.«

»Das alles?« Claire versuchte, ihre Stimme nicht allzu neugierig klingen zu lassen. »Was denn?«

»Na ja, der Unfall.« Betty drehte eine lockige Haarsträhne zwischen ihren Fingern. »Der Tod seiner Frau. Das war für uns alle ein Schock, aber wie es in ihm seitdem aussieht, kann man sich natürlich nicht vorstellen.«

Stimmt, Francis hatte etwas von einem Unfall erzählt. Daher stammten wohl seine Verletzungen. Und sie hatte ihm geglaubt, er hätte sie sich bei der Arbeit zugezogen. Ganz toll, Claire!

Mit einer schnellen Bewegung streckte Betty ihre Hand aus, um Claires Arm zu drücken, und zog sie genauso rasch wieder zurück, als wollte sie sich diese Vertraulichkeit nicht zugestehen. »Es ist auf jeden Fall großartig, dass Eric jetzt Hilfe bekommt. Das ist sehr nett von dir, Claire.«

»Nett …«

»Doch, wirklich. Die Firma bedeutet ihm so viel.«

Um das Unbehagen zu brechen, das Bettys Lobgesang auf ihre Großherzigkeit in ihr auslöste, schob Claire die Tischplatte zur Seite und stand auf.

»Ich fürchte, ich habe für meinen Aufenthalt nicht ganz die passenden Sachen eingepackt.« Mit beiden Händen deutete sie auf ihr halb getrocknetes, verknittertes Kostüm. »Welche Kleidung brauche ich, um hier zu überleben?«

»Hast du überhaupt etwas Wetterfestes dabei?«

»Einen Regenschirm und einen Trenchcoat. Sehr schickes Teil, kamelfarben und tailliert.«

»Aha. Nein. Das wird nicht reichen. Ich stell dir was zusammen. Größe zwölf?«

»Zehn.«

»Kauf lieber auf Zuwachs.«

Keine schlechte Idee. Freds Frühstück und Bettys Kuchen stellten Versuchungen dar, denen sie während ihrer Zeit hier nur schwer würde widerstehen können.

Mit gezielten Griffen zog Betty je zwei Hosen, Shirts, Pullover und eine Regenjacke aus den Fächern und drückte sie Claire in die Hände. »Halt mal, ich muss noch Stiefel holen. Größe fünf?«

»Genau. Da muss ich nicht auf Zuwachs kaufen, hoffe ich.«

Betty wiegte bedächtig den Kopf. »Kommt darauf an, wie viel du durch den Wald laufen wirst und ob dir bei Eric ein Hammer auf die Zehen fällt.«

schlüpfte aus ihren Schuhen, stellte sich in einer halsbrecherisch anmutenden Aktion auf den Klappstuhl und betastete die Kartons, die sich auf dem Regal befanden. Nach kurzem Suchen zog sie einen davon heraus.

»Hier«, sie sprang herunter und packte ihn auf den Kleiderstapel, den Claire mit beiden Armen gegen ihre

Brust presste. »Gummistiefel. Kann man immer gebrauchen.«

Sosehr Claire auch überlegte, es fiel ihr keine Situation ihres Lebens ein, in der sie Gummistiefel gebraucht, gewollt oder in Erwägung gezogen hätte. Klobige grüne Schuhe, die zu nichts gut aussahen. Aber in Glenbarry wog ihr Nutzen die modischen Abgründe sicherlich auf.

»Wandersocken.« Drei Paar davon landeten auf dem Schuhkarton. Damit der Stapel nicht noch weiter anwuchs, warf Claire ein: »Jetzt bin ich gut ausgerüstet, denke ich. Hast du auch was gegen diese widerlichen kleinen Mücken?«

»Die Midges?«

»Wenn sie so heißen? Kannst du mir dagegen etwas verkaufen?«

Betty zuckte die Schultern. »Ja, könnte ich, aber es nützt nichts. Sie mögen dunkle Kleidung, deshalb ...« Sie deutete auf die hellgrünen Hosen und rosafarbenen Pullover, die sie für Claire ausgesucht hatte. »Wenn es windig ist, fliegen sie nicht, und auch nicht, wenn es richtig kalt ist.«

»Und man sollte sie nicht nach Mitternacht füttern?«

»Was?« Bettys grüne Augen blickten sie verständnislos an.

»Ist schon gut, nicht so wichtig.«

Geschäftig wandte sich Betty um und reckte sich nach einem Fach, in dem weiße Hemdchen gestapelt lagen. »Unterwäsche hast du?«

»Natürlich.« Was für eine Frage!

»Lass mich raten – Seide?«

Noch so eine Frage. »Seide, Satin, Viskose.«

»Dachte ich mir. Nimm die.« Und schon lagen Baumwollslips und -hemden neben den Socken. »Jetzt hast du alles, was du brauchst. Wenn du das trägst, hält man dich für eine Einheimische.«

»Um Himmels willen!«, platzte es aus Claire heraus. »Das ist wirklich das Letzte, was ich möchte.«

Langsam nahm Betty ihre Hände von dem Kleiderstapel in Claires Armen. Im Bruchteil einer Sekunde zerbarst die Stimmung zwischen ihnen wie eine Fensterscheibe durch einen gezielten Steinwurf.

»Dann lass uns mal zusammenrechnen, was das hier alles kostet.« Bettys dünnes Lächeln war nur ein Schatten des fröhlichen Strahlens, das vorher auf ihrem Gesicht gelegen hatte. »Sag mir, wenn du etwas doch nicht möchtest oder es dir zu teuer wird.«

»Das geht schon in Ordnung. Ich brauche ja alles.«

Das ungute Schweigen zwischen ihnen dehnte die Minuten, während derer Betty tackernd und klackernd die Preise in ihre alte Kasse eingab, zu einer gefühlten Unendlichkeit. Um die Situation zu entspannen, griff Claire wieder nach einem der Stoffherzen und legte es auf den Stapel. »Das nicht vergessen«, sagte sie und hätte sich für den gekünstelt fröhlichen Klang ihrer Stimme am liebsten selbst geohrfeigt.

»Nicht doch«, erwiderte Betty und hängte das kitschige Souvenir zurück. »Das willst du doch gar nicht haben.«

Es zu leugnen, hätte die Situation nur noch unangenehmer gemacht, also hielt Claire den Mund, zahlte und verließ mit zwei prall gefüllten Papiertüten Bettys Laden.

Der Regen hatte glücklicherweise aufgehört, und so spazierte sie zurück zum Pub, mit dem nagenden Gefühl, sich wie eine Elefantenkuh im Porzellanladen aufgeführt zu haben. Ihrem Vater hätte ihre Reaktion allerdings gefallen. Schade, da tat sie einmal etwas, das ihn erfreuen könnte, und er war nicht da, um es zu sehen. Als sie in ihrem Zimmer die Tüten ausräumte, war sie erst versucht, sich für den Abend mit ihren neuen Errungenschaften zu kostümieren, entschied sich dann aber doch für ein cremefarbenes Kleid. Bei ihrem Essen mit O'Malley wollte sie eben nicht wie eine Einheimische aussehen, sondern wie die elegante Londonerin, die sie nun einmal war.

11

Eric

Der Hocker vibrierte unter den kräftigen Hammerschlägen, mit denen Eric den Zapfen des Stuhlbeins im Steg
versenkte. Mit jeder Minute, die sein Treffen mit Claire
Wesley näher rückte, wurde er missmutiger. Bestimmt
würde sie sich den ganzen Abend unterhalten wollen. Das
Prinzip des gemeinsamen Schweigens schien so gar nicht
dem Naturell dieser Frau zu entsprechen.

Mit einem weiteren Schlag trieb er den Zapfen tiefer
hinein. Das war der letzte der vier Stühle, die er für Fred
repariert hatte. Er würde sie mitnehmen, wenn er in den
Pub ging. So konnte er das Nützliche mit dem Unangenehmen verbinden, und der Abend wäre nicht völlig verloren. Abermals schlug er zu. Das Holz knirschte ver-
dächtig.

»Hey, du sollst den Stuhl instand setzen, nicht in Stücke schlagen.« Unbemerkt hatte Andrew die Werkhalle
betreten.

Eric ließ den Gummihammer zu Boden fallen und
wischte sich mit dem Ärmel ein paar Schweißtropfen von
der Stirn. »Was machst du denn hier?«

»Es ist kurz nach sechs. Ich habe Feierabend und wollte
nach dir sehen.«

Eric gab ein missmutiges Schnauben von sich.

»Was ist los? Bist du wütend?«

»Natürlich bin ich wütend! Ich muss den ganzen Abend mit Claire Wesley verbringen.«

»Ja, ein Essen mit einer hübschen jungen Frau, das sind keine schönen Aussichten. Du kannst einem leidtun.«

Zugegeben, aus dem traurigen, trotzigen Teenager von damals war eine nicht unattraktive Frau geworden, mit kurzen blonden Haaren und dieser einen Strähne, die ihr immer wieder über die Augen fiel. Sehr schöne Augen, übrigens.

»Versuch, den Abend zu genießen«, ging ihm Andrew weiter auf die Nerven. »Mach dich ein bisschen zurecht. Soweit deine bescheidenen Möglichkeiten es zulassen.«

Eine bessere Antwort als »Haha« fiel Eric darauf nicht ein. Wann war er nur ein solcher Stockfisch geworden? Das konnte ja heiter werden heute Abend. Wesley plapperte die ganze Zeit, und er grunzte einsilbig vor sich hin.

»Ich meine es ernst, Eric. Nutze die Gelegenheit, um deine Flirtmuskeln zu trainieren.«

»Das ist kein Date.«

»Es könnte aber eins werden. Also, wirst du dir Mühe geben?«

»Sie ist nicht mein Typ. Und überhaupt …« Er wollte das Thema nicht weiter vertiefen, aber Andrew kannte ihn so gut wie die Wege durch den Wald.

»Meine Schwester ist tot, Eric. Du bist es nicht.«

Sie sahen sich an, und für einen Moment blitzte sie wieder auf, diese Trauer, die wie ein schwarzes Loch alles Lebenswerte einsog und unwiederbringlich festhielt.

»Eines Tages, Andrew, eines Tages. Aber nicht heute und garantiert nicht diese Person.«

»Mariah würde dich bestimmt gern glücklich sehen.« Rasch rieb sich Andrew mit dem Ärmel über die Augen, hustete auffällig. Ein beklommenes Gefühl breitete sich in Eric aus, er packte Andrew an der Schulter und schüttelte ihn ein wenig. »Hey, hör auf damit. Ich bin derjenige, der heute Abend leiden muss.«

»Idiot.« Andrew straffte sich. »Ich wünsche dir trotzdem viel Spaß. Vielleicht fahre ich nach Ullapool und gehe in eine Bar. Mit etwas Glück begegne ich ja auch einer hübschen Frau, die bereit ist, Geld in mich zu investieren.«

Bevor Eric ihm den Gummihammer hinterherwerfen konnte, hatte Andrew die Werkstatt auch schon verlassen.

Was für eine dumme Idee – mit dieser Frau zu flirten.

Er nahm zwei Stühle und packte sie auf die Ladefläche des Pick-ups.

Als ob sie sich darauf einlassen würde.

Nachdem er die anderen beiden Stühle hinausgebracht hatte, öffnete Eric den Zugang zur Ladefläche und kletterte hinauf. Er befestigte die Stühle mit Spanngurten und zog die Ratschen an.

Eine Frau wie Claire Wesley würde sich schreiend umdrehen und weglaufen, wenn er ihr zu nahe käme.

Erst als er hinter dem Steuer saß, begriff er, dass er mit dieser Erkenntnis vielleicht die Lösung für sein Problem gefunden hatte.

12

Claire

Kurz vor neunzehn Uhr. Claire stand oben auf der Wendeltreppe und behielt den Eingang des Pubs im Auge. Sie wollte nicht am Tisch sitzen und die Minuten zählen, bis O'Malley eintraf. Er sollte auf sie warten.

Pünktlich betrat er das Robert the Bruce, vier Stühle in den Händen. Er stellte sie neben dem Tresen ab und blickte dann zur Treppe, als hätte er schon vorher gewusst, wo sie sich aufhielt. Gönnerhaft winkte er sie zu sich heran.

Was sie sich hier alles für die Firma gefallen lassen musste!

Fred kam hinter dem Tresen hervor und schlug O'Malley zur Begrüßung auf den Rücken. »Alles klar? Danke für die Stühle.«

»Nicht dafür«, erwiderte O'Malley mit einem Hieb auf Freds Schulter.

Als sie sich zu den beiden gesellte, war Claire darauf vorbereitet, zur Begrüßung ebenfalls körperlich gezüchtigt zu werden, glücklicherweise ging dieser Kelch jedoch an ihr vorüber. Fred nickte ihr zu, und O'Malley rang sich ein »Guten Abend, Ms. Wesley« ab, dann orderte er zweimal Scottish Beef Stew und zwei Old Jocks. Nachdem sie

Platz genommen hatten, konnte Claire ihren Unmut über O'Malleys Bevormundung nicht unterdrücken: »Ich bestelle normalerweise für mich selbst. Außerdem habe ich keinen Appetit auf Stew und Old Jocks. Was auch immer das ist.«

O'Malley schien unbeeindruckt. »Es ist Bier. Und abends gibt es nur Stew. Sie hatten also die Auswahl zwischen dem oder einem leeren Teller, und ich wollte Sie nicht überfordern. Aber glauben Sie mir, es schmeckt köstlich.«

Idiot, Idiot!, dampfte es in Claires Hirn, doch sie schwieg. Auch O'Malley schwieg. Während sie sich stumm gegenübersaßen, fragte sich Claire, ob Glenbarry schon auf sie abfärbte, ihr die Gedankenschnelle raubte, sie zu einem Halbaffen mutieren ließ, dessen größte Leistungen es sein würden, Bananen zu schälen und mit seinem Kot zu werfen. Der Gedanke formte sich in Bilder und brachte sie dermaßen zum Lachen, dass O'Malley sein Schweigen brach: »Alles in Ordnung mit Ihnen, Ms. Wesley?«

»Ja. Ich musste nur gerade an etwas denken, ich … Ach, vergessen Sie's.«

Glücklicherweise trat in diesem Augenblick Fred an den Tisch und servierte zwei Schüsseln, bis zum Rand gefüllt mit duftendem Eintopf. O'Malley brummte »Guten Appetit«, dann beugten sie die Köpfe über die Teller und aßen. Es schmeckte so köstlich, dass Claire versucht war, ihre Schüssel auszulecken. Dieser Ort barg kulinarisch so einige Überraschungen. Sie wusste nicht genau, was sie erwartet hatte, aber sicher nicht Bettys Leckereien und auch nicht solch ein herzhaftes, würziges Abendessen.

»Fred sollte das in großem Stil produzieren und als Konserve verkaufen«, überlegte sie laut. »Erst über einen Onlineshop, später in ausgesuchten Läden. Dazu einen kurzen Werbefilm auf der Homepage und Facebookseite der Firma. So was geht schnell viral, wenn es gut gemacht ist. Nichts Glattgebügeltes wie aus Hollywood, ich denke an etwas originell Makelbehaftetes. Fred in seiner Küche, er kocht, alles geht schief, aber trotzdem steht da am Ende dieser Topf voll Scottish Stew auf dem Herd, und man sieht förmlich, wie großartig es schmecken wird.«

»Vielleicht«, sagte O'Malley und kratzte mit seinem Löffel den letzten Rest zusammen, »vielleicht sollten Sie Fred eine Kooperation anbieten. Eventuell hat er Interesse daran – im Gegensatz zu mir. Allerdings greift Fred selbst auf Konservendosen zurück. ›Schwester Stellas Stew‹, um genau zu sein. Das Beste, was es auf dem Markt gibt.«

»Hatten Sie nicht gesagt, dass das Essen hier …«

»Dass es köstlich ist. Nicht, dass Fred kocht.«

»Und warum dann nur ein Gericht? Was hindert ihn daran, auch noch ›Mutter Mays Muschelsuppe‹ aufzumachen? Oder ›Cousin Carlisles Coq au Vin‹?«

O'Malley zuckte die Schultern. »Wir in Glenbarry mögen es geradlinig.«

»Ja, den Eindruck habe ich mittlerweile auch gewonnen. Also dann, Mr. O'Malley. Lassen Sie uns absolut geradlinig besprechen, wie ich Ihnen in diesen zwei Monaten helfen kann. Ich verfüge über gute Kenntnisse in Webdesign und könnte Ihnen zeigen, wie eine Homepage aussehen würde, die Woodcorp für Sie erstellt. Des Weiteren schlage ich vor, eine Marketingstrategie zu planen, um Ihnen begreiflich zu machen, wie wir Ihre Bekanntheit fördern können. Außerdem würde ich gerne *en détail* erläutern, welche Maschinen wir nutzen, und gerade heute kam mir die Idee für eine Möbelreihe, bei der ...«

»Ich stelle mir unsere Zusammenarbeit wie folgt vor«, unterbrach O'Malley sie, nachdem er einen tiefen Schluck genommen hatte. »Sie werden die Werkstatt sauber halten, mir bei einigen Arbeiten zur Hand gehen und in der Forstung helfen. Wie kräftig sind Sie, Ms. Wesley? Trauen Sie sich zu, Balken und Äste zu schleppen?«

»Nur keine Sorge«, schnappte Claire. »Ich bin kräftig genug, um Sie zu schleppen.«

»Wunderbar.« O'Malley verschränkte die Arme vor der Brust und lehnte sich zurück. »Dann wissen Sie jetzt, was ich erwarte. Wollen Sie bleiben?«

Vor ihrem geistigen Auge sah sich Claire eingespannt in ein Joch bei dem Versuch, eine meterhohe Tanne hinter sich herzuziehen, ohne jede Hoffnung, auch nur einen Schritt voranzukommen, während ihre Beine langsam, aber unweigerlich im Morast versanken. Gut, das würde sicherlich nicht geschehen, doch der Gedanke, zwei Monate lang O'Malleys Werkstatt zu putzen, frustrierte sie schon genug. Andererseits war ihr Einsatz hier kein Sprint, sondern ein Marathon, und dieser Metapher nach hatte sie 42 Kilometer Zeit, um O'Malley von sich und ihren Ideen zu überzeugen.

Sie lehnte sich ihrerseits zurück und verschränkte die Arme. »Selbstverständlich bleibe ich.«

»Gut.«

»Ja. Gut.«

O'Malley sah ihr direkt in die Augen, es fühlte sich an wie ein Kräftemessen. Sein intensiver Blick schien ihre Unsicherheit, ihre Ängste zu erkennen, aber dennoch wich sie ihm nicht aus.

»Hier ist alles in Ordnung?«, fragte Fred. »Braucht ihr etwas?«

»Noch ein Bier, Ms. Wesley?«

»Klar. Warum nicht.«

»Dachte ich mir doch«, sagte Fred und zog zwei Flaschen Old Jocks aus den Taschen seiner Schürze. »Amüsiert euch gut.«

»Ich wette, das tratscht er gleich brühwarm an Andrew weiter«, seufzte O'Malley, kaum dass Fred gegangen war.

»Was? Dass wir Bier trinken? Das bedeutet doch nichts.«

»Bier ist der Champagner des kleinen Mannes, Ms. Wesley.« Er hob seine Flasche und deutete damit erst auf sie, dann auf sich. »Für uns in Glenbarry ist so etwas wie das hier schon fast ein Date.«

»Na dann.« Sie griff ebenfalls ihre Flasche und ließ sie sacht gegen O'Malleys klirren, dann nahm sie einen Schluck. Lag es am Alkohol, oder begann sie tatsächlich, sich wohlzufühlen?

»Würden Sie mir von sich erzählen?«, fragte sie.

»Von mir? Eher ungern.«

»Aber macht man das nicht so bei einem Date? Man erzählt, lernt sich kennen …«

»Was wollen Sie denn wissen?«

»Soweit ich informiert bin, haben Sie Spirit of Trees vor fünf Jahren gegründet. Wie kam es dazu?«

O'Malley sah sie eine ganze Weile nur an, so lange, dass Claire das Gefühl bekam, völlig unbeabsichtigt eine Beleidigung ausgesprochen zu haben.

»Mein Vater hat mir das Handwerk beigebracht«, fing er schließlich an. »Er hat die Tischlerei aufgebaut. O'Malleys Woodwork. Fenster, Türen, Innenausbau, teilweise Gerüste für Bauarbeiten hier in der Gegend. Im Grunde das gleiche Portfolio wie Ihre Firma, nur in kleinerem Maßstab. Mein Interesse lag aber schon immer beim Bau von Möbeln, und nach dem Tod meines Vaters gründete ich Spirit.«

»Also beruht die Erfüllung Ihres Traumes auf einem persönlichen Schicksalsschlag.«

»Ja, das ist wohl so.« Er nickte. »Man fühlt sich schuldig, auch wenn man keine Verantwortung trägt. Kennen Sie das?«

Unwillkürlich drängten sich Bilder in Claires Kopf – ihr Vater bleich und an Maschinen angeschlossen auf der Intensivstation. Francis' Stimme: »Er hat versucht, dich anzurufen. Er war abgelenkt.«

Man fühlte sich viel schuldiger, wenn man tatsächlich Verantwortung trug.

»Ja, ich kenne das.«

Sie konnte den Blick nicht von seinem abwenden, der ohne Mitleid, aber auch ohne Schuldzuweisung auf ihr ruhte. Verständnis, das war es, was sie darin las. Sie hatte nicht gedacht, hier und bei ihm darauf zu stoßen, es fühlte sich aber verdammt gut an.

»Woher ...«, sie schluckte schwer, »woher nehmen Sie Ihre Ideen? Was inspiriert Sie?«

»Ich brauche den Wald. Die Bäume erzählen einem sehr viel – ja, ich sehe Ihnen an, was Sie jetzt denken. Sie halten mich für einen Schrat, nicht wahr?«

»Das ist nicht das erste Wort, das mir in den Sinn kommt.«

Er lächelte. Zum ersten Mal. Dieses Lächeln hellte seine düstere Erscheinung auf und machte ihn unerwartet attraktiv. Auf so einiges hatte sich Claire in den letzten Stunden vorbereitet – beleidigt, hinausgeworfen oder gar durch die Luft geschleudert zu werden –, aber nicht darauf. Es brachte sie ein wenig aus dem Konzept, nein, um genau zu sein, starrte sie ihn an und bemerkte die Lachfältchen um seine Augen, den leichten Bartschatten auf seinen Wangen und seine wohlgeformte Nase. Seine Lippen sahen mit einem Mal überhaupt nicht mehr streng aus.

Dieser Mann war eindeutig kein Schrat.

»Jeder Baum hat Charakter. Sie sind wie Menschen – die einen wachsen starr und fest, jedoch brechen sie leicht, andere sind biegsam und weich, trotzen aber sehr viel Druck. Sie sagen mir, was sie sein wollen, durch die Stärke des Holzes, ihre Wuchskrümmung und die Festigkeit der Fasern. Wenn ich dann anfange zu arbeiten, gehe ich einen Weg, der vorgegeben ist.«

In diesem Moment war O'Malley genau so, wie Claire ihn sich anfangs vorgestellt hatte – nicht ganz von dieser Welt. Er verkörperte diesen Windhauch Irrationalität, den es in ihrem Leben nicht gab. Dass dazu noch seine dunklen Augen funkelten, wenn er von seiner Arbeit sprach, machte die ganze Sache nicht unangenehmer. Im Gegenteil, sie fühlte sich wie berauscht.

»Wollen Sie sonst noch etwas wissen?«, fragte O'Malley unvermittelt. Sie schreckte auf.

»Nein, erst einmal nicht.«

»Keine falsche Schüchternheit, Claire. Ich darf Sie Claire nennen?«

Durfte er das? Eine seltsame Intimität lag darin, von ihm mit dem Vornamen angesprochen zu werden. Was hatte das zu bedeuten? Ob er auf sie stand? Vielleicht. Immerhin hatte sie ihm aufmerksam zugehört. Männer verwechselten das oft mit weitergehendem Interesse.

Er schob seine linke Hand auf dem Tisch ihren Fingern entgegen, hielt inne, kurz bevor sie sich berührten. Diese Hand, die von Narben überzogen war. Wulstig und hell durchschnitten sie seine gebräunte Haut. Claire konnte sich die Schmerzen, die diesen Verletzungen vorausgegangen sein mussten, nicht vorstellen. Wollte es auch gar nicht. Ob sie O'Malley nach diesem Unfall fragen durfte, der ihn so unübersehbar gezeichnet hatte? Seine Hand rutschte ihrer entgegen, bis sich ihre Fingerspitzen berührten. Dieser offensive Vorstoß verwunderte Claire genauso sehr wie ihre Reaktion darauf: Sie bekam Schluckauf. O'Malley lachte.

»Halten Sie die Luft an. Na los, und erst ausatmen, wenn ich es sage.«

Um der peinlichen Situation zu entkommen, tat sie wie geheißen, hielt die Luft an, bis sie glaubte zu platzen, und atmete erleichtert aus, als O'Malley das Kommando dazu gab. Der Schluckauf war weg. Ihr Gegenüber grinste. Dabei bildeten sich Grübchen in seinen Wangen. Auch das noch!

»Gern geschehen. Dank ist nicht notwendig. Wollen wir ein Stück spazieren gehen?«

Die Nacht war herrlich sternenklar. Man hätte sogar sagen können, die Atmosphäre sei romantisch, wenn man darauf stünde, so etwas zu sagen: »Was für eine wundervolle Nacht! Wie romantisch!«

Glücklicherweise war O'Malley nicht so. Sie liefen schweigend nebeneinanderher, ab und zu berührte im Laufen seine Hand die ihre, bestimmt nicht zufällig. Um es zu unterbinden, hätte er nur einen Schritt zur Seite machen müssen – oder sie. Aber Claire ließ diese Berührungen zu. Anscheinend ging ihr Plan doch auf, sogar der Teil, dass sie ihn mit ihrer Persönlichkeit verzauberte – wann auch immer das passiert sein mochte.

Sie hatten den Ort hinter sich gelassen, waren jetzt am Rand des Waldes angelangt, aus dem es knisterte und raschelte, standen im vollen Licht des Mondes und der Sterne. Und es waren verdammt viele Sterne! In der Stadt konnten sie sich nicht durchsetzen gegen die allgegenwärtige Beleuchtung, mit der die Nacht exorziert wurde. Aber hier – hier leuchteten sie wie tausend Nadelstiche in einem unendlichen schwarzen Vorhang.

O'Malley stellte sich dicht vor Claire, verringerte die Distanz, die zwischen zwei Menschen gegeben war, die sich kaum kannten, zu einer hauchdünnen Nähe, die Intimitäten erwarten ließ.

Er roch gut. Nach Erde und Holz, als wäre er diesem Boden entwachsen. Claire atmete so tief ein, wie sie es sonst nur tat, wenn eine Tasse frisch gebrühten Kaffees vor ihr stand. Und ihr Verhältnis zu frisch gebrühtem Kaffee war durchaus als sinnlich zu bezeichnen.

O'Malley strich mit seiner vernarbten Hand eine Strähne aus ihrem Gesicht. Kaum wahrnehmbar berührte er dabei ihre Wange, doch so intensiv, dass sie zusammenzuckte. Wenn er sie küsste, würde sie es zulassen für die Firma? Würde sie es zulassen wegen der Firma?

»Da gibt es etwas, das ich mich schon den ganzen Abend frage, Claire.« Der unerwartet weiche Klang seiner Stimme legte sich wie eine Decke um ihr Hirn.

»Mhm?« Ihr Herz raste. Wo kam das denn auf einmal her?

Seine Finger umfassten zart ihr Kinn, er beugte sich ihr entgegen. »Und zwar frage ich mich ...«, flüsterte er und ließ den Satz unbeendet zwischen ihnen stehen.

Meine Güte, wir sind keine Teenager mehr. Küss mich! Ich will dich schmecken!

»... wie weit Sie gehen würden, um zu erreichen, was Sie wollen, Ms. Wesley.«

Ein Eimer eiskalten Wassers hätte nicht ernüchternder wirken können. Das zarte Pochen in ihrem Unterleib, das O'Malleys Nähe, seine Stimme, sein Geruch ausgelöst hatten, verwandelte sich in einen Kloß in ihrem Hals.

»Was meinen Sie ...«

Wieder zeigte er sein Grinsen. Das mit den Grübchen. Für einen Augenblick schmerzte es Claire, dass er sein amouröses Interesse nur vorgespielt hatte. Danach löschte die Schmach über ihr Verhalten alle anderen Gedanken aus. Niemand durfte jemals erfahren, wie sehr sie sich blamiert hatte. O Gott, hoffentlich hatte er nicht gemerkt, dass sie an ihm geschnuppert hatte wie an einem Parfümflakon.

»Hätten Sie sich küssen lassen? Wären Sie mit mir ins Bett gegangen? Kennen Sie irgendwelche Grenzen, wenn es darum geht, zu gewinnen?«

Nervös strich sie ihre Strähne aus der Stirn und trat einen Schritt zurück.

»So, wie ich das sehe, haben Sie gerade versucht, mich zu manipulieren, Mr. O'Malley. Also sollten Sie mir besser keine Vorträge über Moral halten.«

»Natürlich!« Er lachte dröhnend. »Weil eine Frau wie Sie nur darauf wartet, dass ein Typ wie ich ihr Avancen macht.«

»Eine Frau wie ich? Was genau meinen Sie damit?«

Im Bruchteil einer Sekunde drehte sich die Situation um hundertachtzig Grad. Nun war es O'Malley, der zurücktrat und über dessen Wangen eine leichte Röte zog.

»Eine kluge, beeindruckende Frau? Nicht nur weltgewandt, sondern auch unglaublich attraktiv? So eine?«

»Zumindest eine, die nicht sofort aufgibt. Was gut ist. Trotzdem sind Sie die Tochter Ihres Vaters.«

O'Malley drehte sich um und ging gelassenen Schrittes in Richtung des Dorfes. Nach einem Moment folgte ihm Claire.

»Was haben Sie eigentlich gegen meinen Vater?«, fragte sie, kaum, dass sie ihn wieder eingeholt hatte. »Man könnte glauben, er wäre Ihr persönlicher Todfeind.«

»Todfeind? So weit würde ich nicht gehen. Ich habe ihn ja nur einmal getroffen«, erklärte O'Malley. »Es war in London und ist viele Jahre her. Er bekam einen Preis verliehen, Ihre Mutter und Sie begleiteten ihn. Sie waren noch ein Teenager, mit schwarzen Klamotten und schwarz gefärbten Haaren.«

Nachdem er es ausgesprochen hatte, waren die Bilder da: der graue Teppichboden, auf den sie starrte, weil sie trotz ihrer damaligen Großschnäuzigkeit am liebsten im Boden versunken wäre vor so vielen Menschen. Ihr Vater auf der Bühne, eloquent und selbstsicher, ganz Herr der Lage. Und ihre Mutter, den Blick unverwandt auf ihren Mann gerichtet. Sie wusste damals schon, dass ihr nur noch wenig Zeit mit ihm bleiben würde. Trotz ihrer Diagnose und des Wunsches der Ärzte, sie möge kürzertreten, sich in Behandlung begeben, nahm sie weiterhin alle Geschäftstermine wahr, bei denen er sie dabeihaben wollte. Bis zu dem Zeitpunkt, als sie das Krankenhaus nicht mehr verlassen konnte und grau wie ein Schatten im Bett lag, verkörperte sie in jedem Augenblick die Ehefrau, die George Wesley sich wünschte. Claire erinnerte sich daran, wie er seiner Frau kurz vor ihrem Tod über den kahlen Kopf gestrichen und gesagt hatte: »Du kannst ja nichts dafür.« Damals war ein letztes, schwaches Lächeln über ihr Gesicht geglitten. Sie war dankbar für seine Absolution ihres Versagens, denn so hatte er seine Worte gemeint, und so hatte auch Claire sie verstanden. Letztlich hatte ihre Mutter immer nur nach seiner Anerkennung gestrebt.

Hastig wischte sich Claire über die Augen und flüchtete sich aus ihrer Traurigkeit in Arroganz. »Liegt Ihre Abneigung darin begründet, dass mein Vater einen Preis bekam und als Geschäftsmann erfolgreicher ist als Sie?«

Zu ihrer Verwunderung ließ sich O'Malley auf ihre Provokation nicht ein. »Nach der Rede ging mein Vater zu ihm. Er hoffte, es könnte zwischen seiner Firma und Woodcorp zu einer Zusammenarbeit kommen. Ihr Vater lehnte ab – was sein gutes Recht war, natürlich. Aber es war die Art, wie er es getan hat. Er wollte verletzen. Er wollte demütigen, einfach nur, weil er sich in der Position dafür befand. Ich beobachte sehr genau, Wesley. Nicht nur Bäume, auch Menschen, und nach dem, was ich an jenem Tag gesehen habe, würde ich nie im Leben mit Ihrem Vater Geschäfte machen wollen.«

»Aber Sie reden mit mir. Nicht mit ihm.«

»Sie eifern ihm nach. Sie haben das gleiche Auftreten. Aber Ihre Nase, die haben Sie von Ihrer Mutter. Klein und die Spitze ein wenig nach oben gerichtet.«

Während er sprach, unterstrich er seine Worte mit den Fingern, deutete auf Claires Gesicht, als wäre sie eine Skulptur, die er erläuterte. Sie schluckte. O'Malley beobachtete tatsächlich sehr genau. Sie hatten die gleiche Nase. Als sie ein Kind gewesen war, hatte ihre Mutter ihre manchmal dagegengerieben und gesagt, Maoris würden sich so begrüßen.

»Und jetzt, O'Malley? Wie geht es von hier aus mit uns weiter?«

Mittlerweile waren sie wieder beim Pub angelangt, und O'Malley deutete auf dessen Eingangstür. »Ich schlage vor, Sie gehen jetzt auf Ihr Zimmer und denken darüber nach, ob Sie nicht morgen wieder nach London fahren wollen.«

Damit ließ er sie stehen und ging auf diese ihm eigene,

entschiedene Art zu seinem Pick-up, bei der das Nachziehen seines Beines nicht wie eine Beeinträchtigung wirkte, sondern wie eine Bekräftigung.

Der Schankraum hatte sich mit einer Gruppe junger Männer gefüllt, die Trikots des Gretna FC 2008 trugen und sich eine Niederlage schön trinken wollten – zumindest ließen ihre traurigen Gesichter und die Bierhumpen darauf schließen. Betty saß an einem Fenstertisch neben einer alten Dame. Hatte sie die nicht schon an ihrem ersten Abend im Bruce gesehen? Claire erkannte sie an der Extravaganz ihrer Aufmachung, denn auch diesmal trug die Frau ein ungewöhnliches Kleid. Es wirkte wie ein Museumsstück aus den Fünfzigern, dessen Eleganz nicht verdecken konnte, wie zerschlissen es war. Der lindgrüne Stoff schimmerte dünn an Ellenbogen und Kragen, die Knöpfe waren uneinheitlich. Eine staubbedeckte Grandezza. Ihnen gegenüber saß ein unauffälliges Paar um die sechzig. Alle vier hatten Karten in den Händen und wirkten völlig in ihr Spiel vertieft. Claires Hoffnung, ohne Aufsehen zu erregen, auf ihrem Zimmer verschwinden zu können, zerschlug sich, als Betty sich halb von ihrem Stuhl erhob und ihr zuwinkte. »Claire, komm doch her und spiel mit.«

Sofort fiel ihr die alte Dame ins Wort: »Wie soll das denn gehen? Bridge spielt man zu viert. Nichts für ungut, Liebes«, fügte sie, an Claire gewandt, hinzu.

»Kein Problem, ich habe keine …«

»Aber setzen Sie sich doch trotzdem zu uns.«

»Wirklich, ich …«

»Wir könnten Rummy spielen, Granny Herbert. Dann kann Claire mitmachen.«

»Gute Idee!« Ein spitzer, rot lackierter Nagel zeigte auf Claire. »Mögen Sie Rummy?«

»Vielen Dank, aber ...«

»Wir kennen die junge Dame noch gar nicht«, sagte die andere Frau. »Wer ist das, Schatz?«

»Das ist Claire, Maw«, erwiderte Betty. Dann waren diese beiden also ihre Eltern. Ja, das passte. Der Mann trug seine Haare zwar raspelkurz, aber die Stoppeln leuchteten rot wie ein Mohnfeld.

»Und was macht sie hier?«

»Sie hilft Eric in der Firma.«

Sofort stand sie noch mehr im Scheinwerferlicht der Aufmerksamkeit.

»Sie arbeiten bei Eric?«, richtete Bettys Mutter zum ersten Mal direkt das Wort an Claire.

»Ja, ich ... Ja.«

»Das ist aber schön!« Granny Herbert sagte das mit einer solchen Vehemenz, als hätte Claire die Erfindung eines Heilmittels gegen Alterszipperlein bekannt gegeben.

»Eric ist ein guter Kerl, junge Frau.« Bettys Mutter hob ihr Weinglas und prostete Claire zu.

»Das ist er sicher ...«

»Leider ein bisschen zu jung für unsere Betty.«

»Maw!«

»Was denn, Schatz? Ich will Enkelkinder. Die erntet man nicht vom Kohlfeld, und du bist schon siebenunddreißig. Die Zeit bleibt nicht stehen.«

Betty senkte den Kopf und hielt sich die Spielkarten

vors Gesicht. Claire überlegte fieberhaft, wie sie sich der Situation entziehen konnte, ohne unhöflich zu wirken. Ohne *wieder einmal* unhöflich zu wirken. Betty war so eine nette Person, und auch die anderen drei schienen ganz reizend, aber sie wollte nicht über O'Malley reden. Nicht, nachdem er sie fast geküsst und dann im sprichwörtlichen Regen hatte stehen lassen. Erleichtert sah sie, dass Fred hinter dem Tresen hervorkam und auf die Kartenspieler zuging. Seine nächsten Worte ließen ihre Erleichterung jedoch zerplatzen wie eine Seifenblase. »Sie haben heute Abend hier zusammen gegessen«, sagte er.

»Uh!« Unisono entfuhr den Damen ein Laut, wie ihn eine Gruppe Teenager von sich geben würde, die ihrer Lieblingsboyband begegnete.

»Es war ein reines Arbeitsmeeting«, warf sie ein, wurde aber von Fred komplett ignoriert.

»Und hinterher sind sie spazieren gegangen.«

»Uh!«

Zum ersten Mal erhob Bettys Vater seine Stimme: »Wollen wir Karten spielen oder tratschen?«

Granny Herbert schenkte ihm ein breites Lächeln, in dem Dreistigkeit lag. »Hast du etwa ein gutes Blatt auf der Hand, Cleary?«

»Das geht dich nichts an.«

»Du bist immer so neugierig, Gran«, erwiderte Bettys Mutter mit angespannter Stimme, die Wangen ein wenig gerötet. Ja, offensichtlich erhofften sich die beiden ein erfolgreiches Spiel.

»Was ist nun, junge Dame? Setzen Sie sich zu uns? Stühle sind noch frei.«

»Nein, danke«, entfuhr es Claire harscher als geplant. »Ich bin müde. Gute Nacht.«

Während sie die Treppe hochstieg, hörte sie das Wispern der Frauen und dazwischen Freds halblauten Bariton.

Sollte jemand eine Umfrage unter den Bewohnern Glenbarrys starten, so würde sie garantiert nicht unter die Top Ten der beliebtesten Touristen gewählt werden. Wie oft an einem Tag konnte man sich eigentlich ins Fettnäpfchen setzen? Vielleicht sollte sie sich gar nicht mehr daraus erheben, sondern es zu ihrem neuen Zuhause erklären.

Oder – und diesen Entschluss fasste sie, bevor ihr die Augen zufielen – sie würde morgen noch einmal ganz von vorne anfangen und diesen Hinterwäldlern beweisen, was für eine großartige Person sie war.

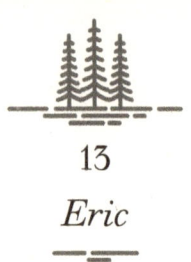

13

Eric

Kurz vor sieben wurde Eric vom Balzlied des Auerhahns geweckt, der seit einigen Tagen auf Freiersfüßen wandelte: erst ein Geräusch, als würden Holzstäbe aneinandergeschlagen werden, dann schienen Zahnräder ineinanderzugreifen, und das in stetem Wechsel für eine schier unendliche Zeit – das tierische Äquivalent eines romantischen Violinsolos. Da aufgrund der Beharrlichkeit seines gefiederten Nachbarn an Schlaf nicht mehr zu denken war, quälte er sich aus dem Bett, schaltete die Kaffeemaschine ein und zwängte sich in die enge Duschkabine. Sauber, nackt und eine Tasse Kaffee in der Hand, öffnete er die Tür des Wohnmobils und stellte sich in den Rahmen. Er liebte es, die frische Morgenluft auf der Haut zu spüren, den Geruch des morgendlichen Waldes zu riechen. Der Auerhahn würde sich schon nicht daran stören, dass er nichts anderes trug als Kaffee, der so stark war, dass man ihn schneiden konnte. Und wenn schon – was riss er ihn auch so früh aus dem Schlaf?

»Selbst schuld, du Nebelkrähe«, rief er in einem Anflug von Albernheit in die Menschenleere um sich herum, die leider doch nicht so menschenleer war wie gedacht. Aber das merkte er erst, als Wesley, die vor der Werkstatt stand, nach seinem lauten Ausruf zusammenzuckte und sich zu ihm umdrehte. Erics Erstarrung löste sich nach nur wenigen Sekunden, aber immer noch zu spät. Obwohl Wesley einige Meter von ihm entfernt stand, konnte er das Grinsen sehen, das sich auf ihrem Gesicht ausbreitete, während ihr Blick von oben nach unten an ihm herunterwanderte.

Rückwärts stolperte er in das Wohnmobil, drückte im Fallen mit dem Fuß die Tür zu und stieß sich beim Aufkommen den Steiß. Erst im nächsten Moment spürte er den brennend heißen Kaffee, den er sich im Fallen über die Brust geschüttet hatte. Einen markerschütternden Schrei später klopfte es an der Tür.

»Kann ich Ihnen helfen, O'Malley?« Wesleys Worte täuschten Selbstlosigkeit vor, aber ihre Stimme, in der unterdrücktes Gelächter gluckerte, verriet sie.

»Ja! Verschwinden Sie!«

»Gut. Ich warte dann vor der Werkstatt und drücke Ihnen die Daumen, dass Sie es unfallfrei dorthin schaffen. Und ziehen Sie sich lieber etwas an, es ist kühl.«

Diese Frau war unglaublich! Machte sich über ihn lustig, als hätte es diesen Moment am gestrigen Abend nicht gegeben, wo sie vor ihm gestanden hatte, die Augen halb geschlossen, die Lippen ein wenig geöffnet.

Mit leisem Stöhnen stand er auf, rieb sich seinen schmerzenden Hintern und wischte den Kaffee von seiner Haut.

Er hätte es tun sollen. Selbst wenn sie ihm danach eine Ohrfeige gegeben oder zwischen die Beine getreten hätte – er hätte Claire Wesley küssen sollen. Vielleicht hätte sie das ja vertrieben.

Er zog Hose und Shirt über und stieg in seine schweren Arbeitsschuhe.

Und wenn nicht? Wenn sie die Arme um seinen Hals gelegt und seinen Kuss erwidert hätte – was wäre dann alles geschehen?

So gelassen, wie es ihm möglich war, verließ er das Wohnmobil und ging auf Wesley zu. »Guten Morgen.«

Sie lächelte breit und hielt ihm eine Schüssel mit Bettys Shortbread entgegen. Diese Frau war teuflisch!

»Guten Morgen, O'Malley. Bitte, greifen Sie zu.«

Niemand sagte Nein zu Bettys Gebäck, egal, wer es anbot, also nahm er sich gleich zwei Stück. »Danke.«

»Gern.« Ihre Augen strahlten, ihre Wangen glänzten gerötet. Sie mochte teuflisch sein, aber auch ziemlich süß.

Mit dem üblichen morbiden Tuckern fuhr Andrews Pick-up auf den Vorhof. Kaum, dass er angehalten hatte, sprang er aus dem Wagen und kam schnurstracks auf sie zu.

»Hallo, Miss Wesley. Schön, dass Sie uns eine Weile Gesellschaft leisten wollen. Wir freuen uns, nicht wahr, Eric?«

Strahlend hielt Wesley ihm das Gebäck entgegen. »Wie reizend von Ihnen. Aber bitte – nennen Sie mich doch Claire. Ein Shortbread?«

»Herzlichen Dank. Was für eine entzückende Idee.«

Wollten die beiden ihn verarschen?

»Musst du heute nicht auf die Baustelle in Inverness?«, knurrte Eric.

»Erst morgen wieder.«

»Das ist doch großartig«, flötete Wesley. »Dann sind

wir heute alle zusammen. Ich fühle mich schon richtig heimisch. Wie in einer großen Familie.«

Genervt verdrehte Eric die Augen und schloss die Werkstatttür auf. »Dann machen Sie sich mal nützlich. Im Holzlager habe ich eine erste Aufgabe für Sie.«

Andrew sah ihn fragend an, als sie zu dritt vor den Leisten und den vier unbearbeiteten Baumstümpfen standen.

»Das Holz ist hier nicht optimal gelagert. Dort drüben«, Eric deutete auf eine Ecke am anderen Ende des Hofes, gut sechs Meter entfernt, »läge es besser.«

»Und warum haben Sie es nicht gleich dorthin gebracht?«, fragte Wesley. Ein guter Einwand – auf den er glücklicherweise keine Antwort geben musste.

»Das hat Sie nicht zu interessieren. Wichtig ist nur, dass Sie alles umräumen. Wann werden Sie voraussichtlich damit fertig sein?«

Sie starrte ihn mit offenem Mund an.

Wird dir das hier zu viel? Gut. Pack deine Sachen und verschwinde.

»In drei, vier Tagen.«

»Das ist knapp kalkuliert. Andrew und ich können nicht mit anpacken.«

Sie reckte ihr Kinn in die Höhe, ihr Blick wurde herausfordernd. »Umso besser. Dann behindern Sie mich nicht bei der Arbeit.«

»Hast du keine Angst, dass sie einen Herzinfarkt bekommt?«

Andrew und Eric standen in einiger Entfernung und beobachteten Wesley. Dabei tranken sie Kaffee und aßen das Shortbread, das sie mitgebracht hatte.

Andrews Frage schien berechtigt, sie war mittlerweile ziemlich rot im Gesicht. Während der letzten zwei Stunden hatte sie die Baumstümpfe bewegt, sie geschoben, gerollt, bis sie sich in einer geraden Linie vom ursprünglichen Stapelplatz zum neuen befanden. Hatte sie die Aufgabe überhaupt verstanden, die er ihr erteilt hatte?

»Ach was. Sie ist halt keine harte Arbeit gewohnt. Das muss sie erst üben.«

»Da hast du wohl recht. Und warum verhältst du dich wie ein Arschloch?«

Auch diese Frage war berechtigt. Es lag an seiner Abneigung ihr gegenüber und daran, dass er sie am vorigen Abend gerne in die Arme genommen und geküsst hätte.

»Sie will sich beweisen. Ich gebe ihr die Chance dazu.«

»Die Chance, sinnlos schwere Bretter durch die Gegend zu schleppen?«

»Glaub mir, das ist genau das Richtige für sie.«

Andrew schnaubte. »Wenn die Kleine Hilfe braucht, werde ich sie ihr geben.«

»Die kommt schon klar.«

In diesem Moment fiel Wesley zu Boden. Angst trieb sich wie eine Spaltaxt in Erics Herz. Er hastete an Andrew vorbei und war mit ein paar Schritten bei ihr. Trotz der Schmerzen in seinem Knie sank er neben ihr auf die Erde, zog ihren Kopf auf seine Oberschenkel und klopfte ihre Wangen. »Hey! Wesley, alles in Ordnung?«

»Alles in Ordnung? Sieht sie aus, als wäre alles in Ordnung?«, rief Andrew.

»Ich wollte das nicht. Ich dachte nicht, dass …«

»Was? Dass so eine zierliche Person kein Bulldozer ist? Was ist nur los mit dir?«

In diesem Moment öffnete Wesley die Augen und grinste ihn an. »Ich mache Pause. Das steht mir zu. Sie wollen doch keine Probleme mit der Gewerkschaft bekommen, oder?«

Nach einer Schocksekunde spürte Eric gleichermaßen Erleichterung und Ärger. Andrew hingegen prustete vor Lachen und reichte Claire seine Hand, um ihr beim Aufstehen zu helfen. »Du bist in Ordnung. Soll ich dir hier helfen?«

Als wäre nichts gewesen, lächelte Wesley ihn an und klopfte sich ein wenig Sand von der Hose. »Nein, vielen Dank. Das Schlimmste habe ich fast geschafft. Aber es ist sehr nett von dir, zu fragen.«

»Ob ich sie zum Essen einladen soll?«, überlegte Andrew, kaum, dass sie sein Büro betreten hatten.

»Ich kann dir nur raten – lass es sein. Sie würde dich unglücklich machen.«

Das fehlte gerade noch, dass Wesley nicht nur in seine Firma, sondern auch in das Herz seines besten Freundes eindrang.

»Interessant, in welche Richtung sich deine Gedanken bewegen. Aber ich habe kein Interesse an Claire. Nicht auf die Art. Sie ist wie eine kleine …« Andrew brach ab, Schuldbewusstsein in den Augen. Eric wusste sofort, was in ihm vorging.

»Wie ein Kumpel, nicht wahr?«, versuchte er ihm zu helfen.

»Genau.« Andrew nickte. »Ein Kumpel.«

Eric zog unter seinen Zeichnungen und Berechnungen den Block hervor, auf dem er die eingegangenen Aufträge notiert hatte. »Meinetwegen lade sie ein, aber lass uns nicht länger über sie reden. Im Rathaus von Fort William müssen fünf Türen abgeschliffen und lackiert werden. Übernimmst du das? Du bist doch ab morgen sowieso in der Gegend.«

»Klar, kein Problem.«

»Den Zaun der Hengates repariere ich morgen, dafür reicht ein Tag. Ansonsten warten hier noch vierzig Fensterrahmen.«

Andrew pfiff anerkennend. »Das große Tischlerabenteuer: Föhn, Spachtel und Handschleifer. Aber immerhin gibt es die nächste Zeit genug zu tun.« In seiner Stimme lag Genugtuung, und Eric stimmte ihm zu – für ihre Verhältnisse lagen erfolgreiche Wochen vor ihnen.

Zwei Stunden später schaltete Eric das Heißluftgebläse aus und wischte sich die nassen Haare aus der Stirn. »Pause?«

»Gern.« Auch Andrew schien nach der schweißtreibenden Arbeit frische Luft vertragen zu können.

Eine Tasse Kaffee in den Händen, ging Eric zum Holzlager. Ein klein wenig trieb ihn doch die Angst um, er könne Wesley zu viel zumuten. Seine Sorge erwies sich allerdings als ungerechtfertigt, denn sie hatte mit den Baumstümpfen ein behelfsmäßiges Gleis errichtet, auf dem sie die Holzplanken, wenn auch langsam und mit vielen Pausen, an ihren neuen Bestimmungsort schob. Es war noch immer keine leichte Aufgabe, aber von so einem

Grashüpfer wie ihr zu bewältigen. Gar keine dumme Idee. Nein, wirklich nicht. Hätte er nie von ihr erwartet. Trotzdem war sie eine penetrante, nervtötende Person, und das sollte er nicht vergessen. Es fehlte ihm gerade noch, dass Wesley anfing, ihn zu beeindrucken.

Sie richtete sich auf, bemerkte sie und streckte ihnen die rechte Hand mit aufgerichtetem Daumen entgegen.

»Sieh dir das an«, sagte Andrew. »Sie ist cool, deine Erzfeindin.«

Während Eric dabei zuschaute, wie sie sich mühte und durchhielt, war er fast versucht, ihm zuzustimmen.

14

Claire

O'Malley meinte es ernst. Er ließ sie alle Holzlatten an eine Stelle verräumen, die keinen Deut besser war als die vorherige. Diese Aktion stellte eine reine Schikane dar, doch Claire wahrte gute Miene zum anstrengenden Spiel, damit er begriff, dass sie nicht aufgab, auch wenn sie in den vergangenen Tagen hundertmal kurz davor gewesen war. Aber nein, diesen Triumph wollte sie ihm nicht gönnen, und so blickte sie am Freitagnachmittag mit breitem Lächeln in sein Büro, wo er über einer Zeichnung brütete.

»Schönes Wochenende«, flötete sie über die Schmerzen in ihren Armen und Beinen – ach was, in ihrem ganzen Körper – hinweg.

O'Malley sah auf, diesen undurchdringlichen Ausdruck im Gesicht, den er ihr gegenüber meistens zeigte – wenn er nicht gerade Anstalten machte, sie zu küssen, oder nackt auf den Hintern fiel. Schade eigentlich, dass er neulich die Tür so schnell zugestoßen hatte. Das, was es da zu sehen gegeben hatte, wäre einen längeren Blick wert gewesen.

»Schon fertig, Wesley?«

»Für heute auf jeden Fall.«

»Dann bis Montag.« Er richtete den Blick wieder auf

das Papier. Sie wartete, ob er noch etwas zu sagen hatte – wie zum Beispiel, dass die letzten Tage ihn voll und ganz von ihr überzeugt hatten und er einer Zusammenarbeit zustimmte. Daraufhin würde sie den Vorvertrag holen, den Francis hatte aufsetzen lassen und der sich wohlverwahrt in einer Seitentasche ihres Koffers befand. O'Malley würde unterzeichnen, und sie könnte zurück nach London, wo sie umgehend einen Wellness-Salon aufsuchen würde. Nach der Quälerei der letzten Tage hatte ihr Körper sich ein kleines Verwöhnprogramm mehr als verdient!

Fragend sah O'Malley auf. »Ist noch etwas?«

»Nein. Und bei Ihnen? Wollen Sie mir vielleicht irgendetwas sagen, für das Sie in Ihrer charmanten Einsilbigkeit noch nicht die richtigen Worte gefunden haben?«

Er lehnte sich in seinem Stuhl zurück und legte den Bleistift auf den Tisch. »Stimmt. Jetzt, wo Sie es ansprechen, fällt es mir ein.«

Endlich!, schickte Claire ein Stoßgebet gen Himmel. Massage, ich komme! Wärmt schon mal das Öl an. Am besten das mit Mandelduft.

»Ich wünsche Ihnen ein schönes Wochenende«, sagte O'Malley. »Genießen Sie Ihre freie Zeit. Wir sehen uns am Montag wieder.« Sein dreistes Grinsen dehnte sich über beide Wangen. »Wollten Sie das hören, Wesley?«

Das Klingeln ihres Smartphones verhalf ihr zu einem gesichtswahrenden Abgang. Mit elegantem Schwung hielt sie es sich gegen das Ohr und sagte in geschäftsmäßigem Ton: »Claire Wesley am Apparat, CEO von Woodcorp Limited.«

Francis' lautes Lachen schmerzte fast in ihren Ohren,

und sie hoffte bloß, dass O'Malley es nicht hören konnte. Hastig verließ sie die Werkstatt.

»Was war das denn, Claire? Seit wann meldest du dich so pompös?«

Sie klemmte sich das Smartphone zwischen Schulter und Ohr und kramte nach ihrem Autoschlüssel. »Manchmal muss man zeigen, was man hat und wer man ist.«

»Wie geht es dir denn, Kleine? Die ganze Woche höre ich nichts von dir.«

Francis' Sorge um ihr Wohlergehen ließ für den Moment ihre Schmerzen in den Hintergrund treten. »Tut mir leid. Ich bin abends immer so kaputt.«

»Er nimmt dich ganz schön ran, dein Schotte.«

Sie öffnete die Zentralverriegelung des Wagens und ließ sich leise stöhnend auf den Fahrersitz fallen. »Er denkt, er könnte mich fertigmachen, aber da hat er sich geschnitten.«

»Nichts anderes habe ich erwartet.«

»Wie läuft es in der Firma, und geht es Vater gut?«

Abermals drang Francis' herzhaftes Lachen in ihr Ohr. »Manchmal bist du wie George, weißt du das? Auch er hätte sich zuerst nach Woodcorp erkundigt. Verzeih mir, wenn ich bei meiner Antwort die Reihenfolge ändere: Sein Zustand ist unverändert. Und der Firma geht es gut.«

Beschämt schloss Claire die Augen. Natürlich – sie hätte zuerst nach ihrem Vater fragen sollen.

»Amelia erkundigt sich, wie du dein Wochenende in Glenbarry verbringst. Ob es dort irgendwelche Hotties gibt … Bitte sag mir, dass sie damit schottische Schwitzhütten meint.«

»Keine Schwitzhütten«, antwortete Claire lachend. »Du kannst ihr ausrichten, es gäbe hier viel Wald und Himmel, aber Hotties eher weniger.«

»Gut, mache ich.«

»Und sie soll sich melden.«

»Ach, Claire, du kennst sie doch. Niemand kann so mit Nichtstun beschäftigt sein wie Amelia.«

»Ich weiß. Trotzdem.«

»Ich sag's ihr. Und du mach's gut. Schön, deine Stimme gehört zu haben.«

»Du kannst mich jederzeit stören, wenn etwas mit der Firma ist. Oder mit Vater. Jederzeit. Das weißt du, nicht wahr?«

Sie sprach ins Nichts. Francis hatte das Gespräch schon beendet. Kurz überlegte sie, ihre Schwester anzurufen, verwarf die Idee aber sofort wieder. Freitagnachmittag – da saß Amelia bei einer Freundin, von denen sie so viele hatte und Claire nicht eine einzige. Die beiden würden sich über Gott und die Welt unterhalten, sich dann für den Abend aufstylen und ins Theater gehen. Oder in eine Bar, wo die Getränkeauswahl sich nicht nur auf Whisky und Bier beschränkte, sondern wo es süffige Cocktails in allen Farben der Welt gab. Mexican Colada! Mai Tai! Swimming Pool!

Seufzend startete Claire den Wagen. Dieses Wochenende würde verdammt lang werden.

Und noch so viel länger! Mit müden Augen lag Claire Samstagnacht auf ihrem Bett und zählte, nachdem Schäfchen nicht den gewünschten Effekt gebracht hatten, die

Wasserflecken an der Decke, aber auch das ließ sie nicht einschlafen. Zu laut dröhnte die Musik aus dem Schankraum. Irgendwelche Achtzigerjahre-Songs, die schon in der Dekade ihres Entstehens peinlich gewesen waren. Zu »Wild Boys« presste sie sich das Kissen aufs Gesicht, aber als »Karma Chamaleon« zum geschätzt fünfundneunzigsten Mal ertönte, stand sie auf und zog sich ihre Haussocken über, auf denen sie mehr rutschend als laufend die Holztreppe hinuntereilte. Unten angekommen, schrak sie zurück. Noch nie hatte sie den Schankraum derart voll gesehen. Die Tische standen am Rand, und auf dem freien Platz wogte eine tanzende Menschenmenge. Mitten darin blitzten Bettys rote Locken auf, und die alte Frau, die Granny Herbert genannt wurde, walzte in einem flatternden Batikkleid mit einem grauhaarigen Senior.

Mühsam kämpfte sich Claire bis an den Tresen vor, wo Fred pfeifend und sich in den Hüften wiegend Biergläser auf den Spülbürsten drehte. Energisch klopfte sie auf das Holz des Schanktisches. »Muss das so laut sein?«

Fred lehnte sich ihr entgegen: »Was?«

»Stellen Sie die Musik leiser! Ich will schlafen.«

Wie um Entschuldigung bittend, breitete er die Hände aus. »Sorry, Mam. Samstags ist hier immer Tanzabend. Dafür ist das Bruce bekannt. Die Leute kommen von überallher, sogar aus Ullapool.«

»Das ist mir egal! Sie haben hier einen Übernachtungsgast, und zwar mich. Übernachtung bedeutet, dass man schlafen kann. Sehe ich so aus, als würde ich schlafen?«

Völlig unbeirrt stellte Fred die sauberen Biergläser zum Abtrocknen auf ein blau-weiß kariertes Geschirrtuch und versenkte die nächsten Humpen im Spülwasser. »Feiern Sie doch mit uns. Das erste Bier geht aufs Haus.«

Anscheinend wollte er sie nicht verstehen. Gut, sie konnte auch anders.

»Ich habe nicht das geringste Interesse daran, mich diesem jämmerlichen Rave anzuschließen. Sie und Ihre Hinterwäldlerfreunde können gern jeden Samstag das tun, was Sie fälschlicherweise als Tanzen bezeichnen, aber nicht, wenn ich hier ein Zimmer gebucht habe. Ich will verdammt noch mal meine Ruhe.«

Und die bekam sie, wenn auch anders als gedacht, denn Fred hatte die Stereoanlage während ihres Ausbruchs ausgeschaltet, sodass alle im Saal ihre Worte mit angehört hatten. Die Totenstille, die nun herrschte, hätte Claire nur zu gern gegen einen abgedroschenen Rocksong eingetauscht.

»So habe ich das nicht gemeint«, sagte sie zögerlich. »Also, das mit dem Hinterwäldlertum und dem Tanzen und ... Ich wollte nur, dass es etwas leiser ist.«

Fred warf das Geschirrtuch zu Boden und kam hinter dem Tresen hervor, direkt auf sie zu.

»Jetzt hören Sie mir mal zu, Mam«, sagte er gefährlich leise. »Wir kommen hier jeden Samstag zusammen. Schon bevor Sie hier waren, und wir werden es auch tun, wenn Sie wieder weg sind. Sie sind zu uns gekommen, nicht wir zu Ihnen, also passen Sie sich gefälligst an. Sie wollen mit uns feiern? Herzlich willkommen. Sie wollen es nicht? Auch gut, aber dann stören Sie uns nicht.«

So, wie er es sagte, klang es, als wäre sie die Böse.

»Ich wollte nur andeuten, dass ...«

»Wissen Sie was, Ms. Wesley?« Er sprach ihren Namen wie ein Schimpfwort aus. »Wir haben von euch Engländern immer Herablassung erfahren. Sie machen da anscheinend keine Ausnahme. Wäre schön, wenn Sie uns doch noch überraschen würden.«

Mit hochroten Wangen drehte Claire sich um und huschte auf ihren Socken schlitternd an all den Menschen vorbei. Aus dem Augenwinkel sah sie den traurigen Blick, mit dem Betty sie betrachtete, und da war Andrew, das Gesicht so ernst, wie sie es noch nie bei ihm gesehen hatte. Die beiden hatten sie freundlich aufgenommen, und auch Fred war eigentlich ein netter Kerl, wenn man die Definition von nett etwas ausdehnte. Wie hatte sie sich nur so danebenbenehmen können? Aber jetzt um Entschuldigung zu bitten, würde bestimmt nicht auf Gegenliebe stoßen. Hastig lief sie die Treppe hoch, warf die Tür ihres Zimmers hinter sich zu und lehnte sich mit klopfendem Herzen dagegen.

Stimmte das? Kam sie wie eine überhebliche Kolonialistin daher, die wollte, dass alle nach ihrer Pfeife tanzten?

Nein, schalt sie sich, keine Metapher mit Musik und Tanz, nicht jetzt.

Sie zuckte zusammen, als es hinter ihrem Rücken klopfte, und riss die Tür auf. Vor ihr stand Andrew, noch immer mit dieser seriösen Miene.

»Du hast es nicht so drauf, oder?«, sagte er. »Dich beliebt zu machen.«

»Ich dachte, du magst mich.«

»Tue ich auch. Ich habe ein gutes Gespür für Menschen, das ist sozusagen meine Superkraft.«

»Captain Bauchgefühl?«, fragte sie mit schiefem Grinsen.

»Empathie-Man gefällt mir besser.« Die Ernsthaftigkeit schwand und machte einem Lächeln auf seinem Mund und in seinen Augen Platz. »Was hältst du davon, morgen zum Abendessen zu mir zu kommen?«

Der Vorschlag traf sie völlig unvorbereitet. Was für ein Essen meinte er? Ein Essen oder ein – nun, ein Essen-Essen?

»Keine Sorge, Claire, ich will dir nicht an die Wäsche«, deutete Andrew ihren Blick ganz richtig. »Wir treffen uns wie zwei Kumpel. Also?«

Auch wenn seine Aussage eigentlich nicht sehr schmeichelhaft war, freute sich Claire dennoch darüber. Zum einen, weil sie selbst kein weitergehendes Interesse an Andrew hatte, zum anderen, weil sie noch nie ein Kumpel gewesen war, für niemanden. Ihr Vater hatte ihr immer zu verstehen gegeben, dass er sie als Quell peinlicher Unzulänglichkeit ansah, für Amelia war sie die nervige ältere Schwester, und in Francis' Augen hatte sie die Pubertät niemals wirklich hinter sich gelassen. Ein Kumpel zu sein, war dagegen etwas ausgesprochen Positives.

»Dann komme ich gerne«, antwortete sie. »Wo wohnst du?«

»Auf der High Street, das zweite Haus, wenn man aus dem Wald kommt, das dritte vom Pub aus. Das mit der hellgrünen Tür.«

Wieder etwas dazugelernt. Der einspurige Weg, auf dem Haltebuchten entgegenkommenden Fahrzeugen die Möglichkeit zum Ausweichen boten, schmückte sich mit der fremden Feder »High Street«. Außerdem orientierte man sich in Glenbarry an Türfarben und weniger an Hausnummern.

»Wunderbar. Ich freu mich.«

»Neunzehn Uhr?«

»Ich werde da sein.«

Pünktlich auf die Minute stand sie am Sonntag in dem verwilderten Vorgarten zwischen wuchernden weißen Rhododendronbüschen vor Andrews rosenrotem Haus. Die Farbe platzte teilweise in faustgroßen Stücken von der Fassade ab, und auch die Nachbarhäuser hatten eine Renovierung mehr als nötig. Trotzdem – in jedem der kleinen Vorgärten blühten Blumen oder wuchsen Buchsbaumhecken mit saftigen dunkelgrünen Blättern und machten die Ärmlichkeit der Gebäude vergessen.

Da sie keine Klingel fand, klopfte Claire zweimal an. Nichts geschah. Auch ihre nächsten Versuche blieben erfolglos. Hatte Andrew sie versetzt? Wollte er ihr auf diese Weise zeigen, dass sie nicht willkommen war?

»Sie müssen lauter klopfen. Wenn er in der Küche ist, hört er Sie hier vorne nicht.«

Eine Frau war aus dem Nachbarhaus getreten, einen kleinen Jungen auf dem Arm, das nächste Kind im schon deutlich gerundeten Bauch.

Claire folgte dem Rat, und gleich darauf ertönte Andrews Stimme: »Komme!«

»Vielen Dank. Ich wäre sonst wieder gegangen.« Erleichtert lächelte sie die Frau an und war überrascht, wie abschätzig, beinahe unfreundlich diese ihren Blick erwiderte.

»Nicht dafür, Ms. Wesley.«

»Sie wissen, wer ich bin?«

»Natürlich. Ich war gestern auch bei Fred. Sie können froh sein, dass überhaupt noch jemand mit Ihnen redet. Verdient haben Sie es nicht.«

Claires erster Impuls, sich zu verteidigen, erstarb sofort wieder. Die Frau hatte ja recht, auch wenn es ihr schwerfiel, sich das einzugestehen.

»Schönen Abend noch.« Die Frau drehte sich um und ging wieder ins Haus, über ihre Schulter hinweg sah der kleine Junge Claire an, winkte und lachte über das ganze sommersprossige Gesicht. Sie winkte zurück, seine kindliche Freude tat ihr gut. Wenigstens einer hier, mit dem sie es sich nicht hundertprozentig verdorben hatte.

»Hallo, Claire.« Die Tür wurde aufgerissen, und Andrew stand vor ihr. »Musstest du lange warten? Ich sollte endlich mal eine Klingel anbringen.« Er ging zur Seite, damit Claire eintreten konnte.

»Kein Problem. Deine Nachbarin hat mir den Tipp gegeben.«

»Ja, Kendra ist eine Seele von Mensch.«

»Sie mag mich nicht.«

»Hat dir aber trotzdem geholfen. Komm rein.«

Das Wohnzimmer mit Plüschsesseln und einer Schrankwand verströmte den Charme der Fünfziger. Sogar eine hellbraune Nackenrolle lag auf dem Boden.

»So eine hatte meine Großmutter auch«, sagte Claire und deutete darauf. Im selben Moment streckte sich die Nackenrolle, und Claires Herzschlag setzte aus.

»Was ist das?«, flüsterte sie.

»Das ist Rupert.« Andrews Gesicht zeigte eine unerwartete Zärtlichkeit. »Er ist der beste Hund der Welt.«

»Ein Hund?« Noch nicht überzeugt, näherte sich Claire vorsichtig. Sie mochte Tiere, natürlich, aber am liebsten waren sie ihr als die drolligen, lustigen Kreaturen, die man in YouTube-Videos sah. In der Realität hatte sie keine großen Erfahrungen damit und manchmal sogar ein wenig Angst. Rupert entpuppte sich jedoch als nicht im Mindesten bedrohlicher Beagle-Senior mit grauer Schnauze, um den eine unsichtbare, aber leider nicht unriechbare Wolke aus Hundepupsen schwebte. Dösend lag er auf einer rotgrün karierten Decke und öffnete nur kurz die Augen, als Claire trotz der olfaktorischen Hölle, die dieser Hund verbreitete, in die Knie ging, um seine weichen Schlappohren zu streicheln. Andrew stand daneben, die Hände in die Hüften gestemmt und Besitzerstolz in den Augen. »Er ist unglaublich intelligent. Er kennt jedes Kommando, doch er führt sie nur aus, wenn das für ihn einen Sinn ergibt. Er ist kein seelenloser Mitläufer.«

»Du willst damit sagen, dass er auf dich hört, wenn es Futter gibt, und ansonsten nicht?«

Seufzend tätschelte Andrew Ruperts dicken Bauch. »Genau das meint Eric auch, aber ihr habt beide keine Ahnung. Komm mit, das Essen ist schon fertig.«

Claire folgte ihm durch einen Flur mit Millefleurs-Tapeten und an einem türkis gekachelten Bad vorbei. Das ganze Haus, nicht nur die Fassade, brauchte eine Renovierung, aber in vielen kleinen Details – den Familienfotos an der Wand, einem Quilt in schottischem Design, der über die Couch gebreitet war, einem Strauß aus getrocknetem Heidekraut in einer irdenen Vase – spürte Claire Wärme und Geborgenheit.

In der Küche deutete Andrew auf einen rustikalen Holztisch in der Mitte des Raumes, der schon mit tiefen Tellern und Gläsern gedeckt war. »Setz dich doch.« Er öffnete die Ofentür und zog eine tönerne Auflaufform daraus hervor. Sofort tränkte sich der ganze Raum mit köstlichem Duft, und wie auf Befehl knurrte Claires Magen.

»Cottage Pie«, erklärte Andrew. »Ich hoffe, du magst es herzhaft.«

»Seit ich hier bin, schon.«

»Dann guten Appetit.« Mit einem großen Löffel stieß er durch die leicht gebräunte Kruste aus Kartoffelpüree.

Ganz eindeutig, dachte Claire, als sie mit Genuss den ersten Bissen probierte, Schottland brachte bisher unbekannte Seiten an ihr hervor.

»Bist du satt geworden?« Andrew räumte Claires Teller in die Spüle, wo er wie eine genüsslich Badende im Schaum versank.

»Satt?« Sie lehnte sich zurück und legte eine Hand auf ihren Bauch. »Ich kann nie wieder aufstehen. Es war köstlich. Ich habe selten so gut gegessen wie hier. Bettys Kuchen, dein Cottage Pie, Freds Stew. Auch wenn das aus der Dose kommt.«

»Aus der Dose? Wie kommst du denn darauf?«

»Ich dachte …«

»Fred hat mir das Kochen beigebracht. Er würde in seiner Küche niemals Konservenessen dulden. Wer sagt denn so etwas?«

Normalerweise hätte Claire sich darüber aufgeregt, dass O'Malley sie über Freds Kochkünste angelogen hatte, aber sie war so voll Hackfleisch, Wirsing und Kartoffelkruste, dass gerade noch eine leichte Empörung in ihr Platz fand. »Dein Freund O'Malley hat mir diesen Bären aufgebunden.«

Lachend holte Andrew zwei Flaschen Bier aus dem Kühlschrank und stellte sie auf den Küchentisch. »Eric hat manchmal verrückte Ideen. In London nennt man einen wie ihn wahrscheinlich ›Scherzkeks‹.«

Nein, das tat man nicht. Weder in London noch sonst irgendwo auf der Welt.

»Ich glaube, er hasst mich«, sagte sie und nahm einen Schluck vom malzigen Ale.

»Wie kommst du denn darauf?«

»Weil er von vornherein alles ablehnt, was ich für ihn tun könnte. Mein Angebot ist fair, mehr als das, es ist großzügig. Er bekäme ein festes Gehalt, einen Platz zur Verwirklichung seiner Kreativität und ...«

»Oh, ich wusste nicht, dass ich in einer Werbeveranstaltung von Woodcorp landen würde.« Andrew warf Blicke nach links und rechts, wie um sich zu vergewissern, wo er sich befand. »Ich wollte nur mit dir zu Abend essen.«

»Findest du denn, er hat recht damit, sich derart ablehnend zu verhalten? Erkennst du etwa auch nicht, welche Chancen ich ihm biete?«

»Doch. Ich an seiner Stelle hätte zugesagt ...«

»Na, siehst du!«, unterbrach sie ihn, einen Hauch zu viel Triumph in der Stimme.

»Ich bin aber nicht an seiner Stelle. Du wirst mit ihm klarkommen und dich auf ihn einlassen müssen.«

»Ich bin hier, und das nur seinetwegen. Er könnte dieses Opfer ein wenig wertschätzen.«

Andrew nahm einen Schluck und wischte sich mit der Hand über die Lippen. »Solange du es als Opfer siehst, wirst du keinen Erfolg haben. Lerne dieses Land kennen. Lerne Eric kennen.«

»Und wie?« Es erstaunte sie, wie ehrlich sie diese Frage meinte. Andrew musterte sie eindringlich, dann erhob er sich und verließ den Raum.

Auch eine Antwort, dachte Claire, aber gleich darauf kam er zurück, ein gerahmtes Foto in der Hand. Dieses Bild bedeutete ihm etwas, das zeigte die Vorsichtigkeit, mit der er es ihr reichte.

»Das sind wir«, sagte Andrew.

O'Malley und er standen nebeneinander und hatten sich die Arme um die Schultern gelegt. In ihrer Mitte, wie behütet, war eine junge Frau zu sehen. Es berührte Claire seltsam, als sie begriff, dass dies Mariah sein musste. Hübsch sah sie aus, mit braunen Locken und grünen Augen. Strahlend lehnte sie den Kopf an O'Malleys Brust, und auch er wirkte so fröhlich, wie sie es sich nie bei ihm hätte vorstellen können. Der wolkenlose Himmel über ihnen schien eine Spiegelung ihres Glücks.

»Das muss ein wundervoller Tag gewesen sein«, sagte sie leise.

»War es auch. Einer der letzten.« Andrews Stimme klang grau wie Kieselsteine.

»Ist sie … ist sie bald darauf gestorben?«

»Eigentlich nicht, aber eigentlich schon.« Andrew nahm ihr das Bild aus der Hand und betrachtete es.

»Du warst auch mit ihr befreundet, ja?«

»Sie war meine Schwester, also nein, nicht immer.« Kurz flackerte ein Lächeln über sein Gesicht, und Tränen bildeten sich in seinen Augen.

»Das wusste ich nicht. Was ist denn damals geschehen?« Amelia zu verlieren – undenkbar!

»Sie hatten einen Autounfall. Er kam mit dem Leben davon, sie nicht.«

Die kargen Informationen, die Francis ihr geliefert hatte, füllten sich mit Bildern. Die Zeit, in der O'Malley im Krankenhaus lag und gleichzeitig mit dem Tod seiner Frau klarkommen musste, war die Zeit, in der für seine Firma der Abstieg begann. Ein Abstieg, der sie nach Glenbarry geführt hatte. Den sie ausnutzen wollte.

»Es muss schrecklich für dich gewesen sein. Die Schwester zu verlieren und beinahe einen guten Freund.«

Andrew legte das Bild neben sich auf eine Kommode, das Foto nach unten, als wollte er etwas wieder einfangen, das daraus entflohen war.

»Es ist drei Jahre her. Jetzt ist es nicht mehr ganz so schmerzlich, daran zu denken. Aber meine Eltern haben es nicht verkraftet. Meine Mutter ist bald nach Mariahs Tod gestorben, einfach so. Mein Vater musste Glenbarry verlassen, um weitermachen zu können. Er lebt jetzt in Kanada, hat letzten Sommer wieder geheiratet. Manchmal, wenn wir telefonieren, ist es ein Gefühl, als spräche ich gar nicht mit ihm, sondern mit jemandem aus einem Paralleluniversum, der sich so anhört wie er. Unsere

Welten sind nur noch an ganz wenigen Stellen verbunden.«

»Jeder muss seinen eigenen Weg finden, um mit so etwas fertigzuwerden, nicht wahr?«

»Ich mache ihm auch keine Vorwürfe, wirklich nicht. Der eine geht, der andere bleibt.« Mit einer weit ausgreifenden Geste deutete er durch die Küche. »In diesem Fall bin ich derjenige, der bleibt.«

»Hast du nie daran gedacht, woanders neu anzufangen?«

»Wo denn?«

»Irgendwo. Die Welt ist groß, und dieser Ort ist verdammt klein.«

»Ich weiß. Es haben schon viele Glenbarry und die anderen Dörfer hier verlassen. Es gibt kaum Arbeit, das Leben ist nicht einfach.«

»Na also!«

Er lehnte sich in seinem Stuhl zurück und fuhr sich mit beiden Händen durch die blonde Mähne. »Du hast recht, die Welt ist groß. Aber dies hier ist meine Heimat.«

Claire erkannte, dass es über dieses Thema keine Diskussion mit ihm geben konnte.

»Aber dann wohnst du ganz allein hier?«

»Du vergisst Rupert.«

»Verzeih!« Gespielt beschämt legte sie die Hand auf ihr Herz. »Rupert und du, ihr wohnt allein in diesem Haus?«

»Im Sommer vermiete ich ab und zu ein Zimmer an Touristen, wenn bei Fred alles belegt ist. Und wenn ich auf Baustellen unterwegs bin, übernachtet Eric hier, damit Rupert nicht allein ist. Ich habe ihm angeboten, hier einzuziehen, aber das will er nicht. Vielleicht wäre ihm das zu dicht an der Vergangenheit. Immerhin hat Mariah hier gelebt.«

»Er muss sie sehr geliebt haben«, sagte Claire mehr zu sich selbst als zu Andrew und verspürte dabei ein bittersüßes Ziehen im Herzen.

Die Sekunden tropften in den Raum, bis er das Bild wegbrachte und mit einem Lächeln im Gesicht zurückkam.

»Lass uns nicht mehr über so traurige Dinge reden. Erzähl mir von London.« Er setzte sich rittlings auf einen Stuhl, verschränkte die Arme auf der Rückenlehne und stützte sein bärtiges Kinn darauf. »Ich war vor fünfzehn Jahren das erste und letzte Mal dort. Meine Eltern haben uns an einem langen Wochenende durch den Tower geschleift, ins British Museum, Trafalgar Square, Piccadilly, Buckingham Palace.«

»Ach, du meine Güte!« Erleichtert, dass die Stimmung sich wieder aufhellte, lachte Claire. »Da habt ihr an drei Tagen das volle Zwei-Wochen-Touristenprogramm durchgezogen. Eure Füße müssen geblutet haben.«

»Das kannst du laut sagen! Aber ich fand es toll. Am meisten hat mich Madame Tussauds beeindruckt.«

»Wirklich? Die ollen Wachspuppen?«

»Hey, ich war dreizehn. Für mich war das absolut groß. Heinrich der Achte und seine Frauen, die Kammer der Schrecken … einfach ein riesiges Abenteuer.«

»Na dann«, Claire hob die Flasche und prostete ihm zu, »auf die Abenteuer der Kindheit.«

»Slàinte.«

15

Claire

Als O'Malley ihr zwei Tage später mitteilte, dass er sie zu einem Kunden mitnehmen würde, trübte Claires Freude nicht einmal der Umstand, dass er diesen als etwas schwierig bezeichnete. Egal, was sie dort erwartete, alles war besser, als diese Bretter zu räumen, also folgte sie O'Malley freudestrahlend zu seinem Wagen. Irgendwann einmal – wahrscheinlich kurz nach dem Zweiten Weltkrieg – musste dieses klapprige, unordentliche Gefährt blitzblank vom Laufband gerollt sein, mittlerweile aber sah es aus wie Frankensteins Automonster. Der Lack war an unzähligen Stellen abgeblättert und nur teilweise notdürftig ausgebessert worden, die Türen öffneten sich widerwillig, die Sitzbezüge wurden von groben Nähten zusammengehalten und wiesen eine Patina aus Kaffeeflecken auf. Auf dem Beifahrersitz lagen – Claire traute ihren Augen kaum – handbeschriftete Musikkassetten. Damit sie sich überhaupt setzen konnte, räumte O'Malley sie hastig zusammen und warf sie auf die Rückbank, auf der eine Angelrute und einige leere Bierdosen warteten.

»This is a man's world«, konnte Claire sich nicht verkneifen zu bemerken, als sie Platz nahm.

»Sie mögen James Brown?«, fragte O'Malley.

»Meine Äußerung bezog sich auf das Innere Ihres Wagens, nicht auf meine musikalischen Vorlieben, die übrigens in diesem Jahrtausend angesiedelt sind.«

»Ich habe eine Kassette von ihm. Müsste dahinten liegen. Schauen Sie doch mal nach.«

Sie warf einen nachlässigen Blick über die Schulter. »Tut mir leid, nicht gefunden. Wo fahren wir denn nun hin?«

»Zu Dave. Kaputte Diele im Wohnzimmer.«

»Und was kann ich dabei tun?«

»Sie sollen sich um Dave kümmern.«

»Kümmern? In welcher Hinsicht? Mafiös?«

Mit einer raschen Handbewegung vollführte sie die Geste des Halsabschneidens. »Oder erotisch?« Sie schenkte ihm einen verführerischen Blick unter halb geschlossenen Augenlidern und zog einen Schmollmund. Um O'Malleys Lippen zuckte es. Claire fragte sich, ob das der Ansatz eines Lächelns oder ein Ausdruck von Verzweiflung war.

»Zwischenmenschlich, Wesley«, erwiderte er. »Reden Sie mit dem alten Mann, während ich arbeite. Er lebt ganz allein.«

Mehr Erklärung erhielt sie nicht auf ihrer ansonsten in Schweigen verbrachten Fahrt, die sie noch hinter die Stelle führte, an der sie ihren Spaziergang wegen des Regens hatte beenden müssen. Sie hielten auf einer kleinen Anhöhe vor einem einsamen Holzhaus. Auf den ersten Blick hätte man es mit seinen geschlossenen Fenstern und dem verwilderten Garten für ein verlassenes Gebäude halten können, aber nachdem O'Malley mehrmals geklopft und lautstark nach Dave gerufen hatte, wurde die Tür einen Spalt weit geöffnet. Falten und ein hellblaues Auge wurden sichtbar.

»Ich bin's, Dave, lass uns rein.«

Die Tür ging einige Millimeter weiter auf, eine dürre Hand kam zum Vorschein und winkte. »Macht schnell, macht schnell«, drängelte der dazugehörige Greis. Gleich nachdem sie eingetreten waren, fiel die Tür wieder ins Schloss, und Claire wollte auf dem Absatz kehrtmachen. Der abgestandene, säuerliche Geruch in diesem Haus stellte eindeutig einen Verstoß gegen die Chemiewaffenkonvention dar. Sogar O'Malley sah ein bisschen blass um die Nase aus, als er seine Begrüßung herausschrie: »Hallo, Dave! Ich habe Claire mitgebracht. Sie hilft mir ein wenig.«

Dave reichte ihr seine zweigdünnen Finger, die sie für einen Augenblick an die ihres Vaters erinnerten – nicht die des gesunden, kräftigen Mannes, sondern des blassen, nahezu leblosen Menschen im Krankenhausbett.

»Wie schön, so eine nette junge Dame«, rief Dave, und sie passte sich der Lautstärke an, die wohl seiner Schwerhörigkeit geschuldet war: »Freut mich, Sie kennenzulernen.«

Dave führte sie schlurfend ins Wohnzimmer, einen Albtraum in Grün und Braun. Die zerschlissene Tapete, die Couch, die Möbel. Einzig ein rosafarbenes Kissen fiel aus dem Rahmen.

»Hier«, rief Dave und deutete auf die zerbrochene Diele. »Ist gestern passiert. Schön, dass du so schnell kommen konntest.«

O'Malley kniete sich langsam auf den Boden, das Gesicht angespannt. Er verlor nie ein Wort darüber, aber Claire war sich sicher, dass ihm sein Bein dabei Schmerzen bereitete. Aufmerksam nahm er das Problem in Augenschein. »Muss doch sein«, antwortete er. »Nicht, dass du stolperst und dir was brichst.«

Trotz seiner Lautstärke klangen Wärme und Freundlichkeit in seiner Stimme mit. Das änderte sich jedoch sofort, als er sich an Claire wandte.

»Bringen Sie mir den Kuhfuß, Wesley. Er liegt auf der Ladefläche. Aus Metall, einen halben Meter lang, vorne abgewinkelt und …«

»Jetzt hören Sie schon auf. Ich weiß, was ein Kuhfuß ist«, fertigte sie ihn ab. Eigentlich widerstrebte es ihr, seinen Laufburschen zu spielen, aber sie genoss die paar Augenblicke frische Luft, die ihr dieser Auftrag einbrachte, und glücklicherweise war das Internet trotz der Abgelegenheit des Ortes gut genug, um zu googeln, wie ein Kuhfuß aussah. Als sie zurückkam, sah sie voller Entsetzen, dass Dave Kuchenteller und Gabeln auf den Tisch legte. Kaum, dass er wieder in der Küche verschwunden war, kniete sie sich neben O'Malley. »Sie müssen mir helfen«, flüsterte sie. »Ich will hier nichts essen oder trinken.«

»Sie müssen nicht leise sprechen. Dave ist schwerhörig, falls Sie es noch nicht bemerkt haben sollten.« Er setzte das Werkzeug an, um die kaputte Diele herauszubrechen.

»Das ist nicht der Punkt! Ich glaube nicht, dass irgendetwas in diesem Haushalt genießbar ist.«

O'Malleys Brauen zogen sich zusammen wie Wolken, die ein Unwetter ankündigten.

»Jetzt hören Sie mal zu. Dave ist sechsundachtzig, seine Frau ist vor einem Jahr verstorben, sein Sohn lebt in Amerika und besucht ihn, wenn's hoch kommt, zu Weihnachten. Ich habe Sie mitgenommen, damit Sie ihn für ein paar Minuten von seiner Einsamkeit ablenken. Und wenn dazu gehört, dass Sie seinen Kaffee trinken und seinen Kuchen essen, dann werden Sie das verdammt noch mal tun.«

In diesem Moment kam Dave mit einem Tablett wieder herein. Claire sprang auf und nahm es ihm ab. O'Malley würde schon noch begreifen, was für ein großartiger Mensch sie war.

Mit einem Schluck des dünnen Kaffees verlor der Sandkuchen, der eindeutig nicht von Betty stammte, seine Trockenheit, im Zusammenspiel ließ sich beides ertragen. Während O'Malley vor dem Haus eine neue Diele auf die richtige Größe zuschnitt, blätterte Dave mit Claire durch sein Leben, wie es sich auf verblassten Fotos in einem Album darbot. Bei den Bildern, auf denen seine Frau zu sehen war – also bei so gut wie jedem –, zeigte er mit dem Finger auf sie und rief: »Das ist Gwynie!«, und jedes Mal antwortete Claire: »Sie sieht sehr sympathisch aus.«

Als O'Malley mit der neuen Diele zurückkam und sie mit kräftigen Hammerschlägen festnagelte, verirrten sich ihre Blicke von den Fotos zu ihm. Beim Arbeiten zeichneten sich seine Muskeln deutlich unter dem Hemd ab. Der primitive, lustbetonte Teil ihrer Persönlichkeit stellte sich vor, wie es wohl wäre, mit den Fingerspitzen über seine kräftigen Arme zu streichen oder mit den Lippen seine sonnengebräunte Haut zu berühren oder …

Sie sollte an so etwas nicht denken! Nicht bei O'Malley! Andererseits – momentan war sie gerade das Musterbeispiel eines guten Menschen, da durfte sie sich ein wenig Handwerker-Erotik wohl genehmigen.

Nachdem die Diele befestigt war, holte O'Malley Beize und Pinsel. »Das muss gut trocknen«, erklärte er Dave, während er die Flüssigkeit auftrug. »Ich komme in zwei Tagen wieder, um das Holz zu versiegeln, und du solltest vorher ab und zu lüften, Dave.«

»Ich kann nicht, Eric. Das weißt du.«

»Aber es ist wichtig für das Holz und die Wände.«

Und für etwaige Besucher.

»Es geht nicht!«

Verwundert sah Claire, dass O'Malley missbilligend die Augenbrauen hochzog, aber das Thema nicht weiter verfolgte. Auch Dave wirkte mit einem Mal in sich gekehrt. Anscheinend ging es hier um mehr als nur um die Frage, wie oft das Fenster geöffnet wurde, wenngleich Claire sich nicht vorstellen konnte, was diesen Stimmungsumschwung verursacht hatte.

»Sind die Fenster kaputt?«, warf sie vorsichtig ein. »Mr. O'Malley kann das sicher in Ordnung bringen.«

Dave schüttelte nur den Kopf und räumte das Geschirr aufs Tablett. Bevor er aufstehen und damit in die Küche gehen konnte, legte Claire die Hand auf seinen Arm.

»Wollen Sie mir verraten, was los ist, Dave?«

Der alte Mann warf ihr einen kurzen Blick zu. »Sie würden mich für verrückt halten.«

»Mich halten auch manche Leute für verrückt. Wir wären also in guter Gesellschaft.«

Aus dem Augenwinkel sah sie, dass O'Malley seine Arbeit unterbrochen hatte und ihr Gespräch aufmerksam verfolgte. Bei der Lautstärke, mit der man sich mit Dave unterhalten musste, war es auch schwer, es zu überhören.

»Meine Gwynie ist in diesem Haus gestorben.«

Sollte das eine Erklärung sein?

»Und deshalb ...«

»Dave glaubt, ihre Seele ist noch immer hier, und er hat Angst, sie könnte durch ein geöffnetes Fenster verschwinden«, warf O'Malley ein.

Claires Nackenhaare stellten sich auf. Das war unheimlich. Und ziemlich schräg. Und traurig. Nach dem Tod ihrer Mutter hätte sie alle Fenster vernagelt, um ihre Seele bei sich zu halten.

»Sie sind nicht verrückt, Dave«, sagte sie. »Sie wollen nur Ihre Gwynie nicht verlieren.«

»Genau.« Strahlend griff Dave nach dem Fotoalbum und schlug es wieder auf. »Hier, das ist sie. Meine Gwynie!«

Claire schaute in das ihr mittlerweile wohlbekannte rundliche Frauengesicht. »Sie sieht sehr sympathisch aus.«

Daves Augen leuchteten, und Claire strich dem alten Mann über die pergamentene Wange. Dave hielt ihre Hand fest, und Claire ließ es zu, weil er das wohl gerade brauchte – eine Berührung.

Bei der Verabschiedung kam Claire eine Idee. Vielleicht keine besonders gute, aber wert, ausprobiert zu werden.

»Sie und Gwynie haben sich so sehr geliebt«, sagte sie, »selbst wenn sich ihre Seele einmal nach draußen verirren sollte, so würde sie doch jedes offene Fenster nutzen, um zu Ihnen zurückzukommen. Sie müssen ihr nur ab und zu eins aufmachen.«

Keine zwei Schritte vom Haus entfernt, hörten sie ein knarrendes Geräusch, als lange nicht benutzte Fensterangeln bewegt wurden. O'Malley packte Claire am Arm, gemeinsam warfen sie einen Blick zurück und sahen, wie Dave ihnen hinter wehenden Gardinen zuwinkte.

Während der Rückfahrt untermalte der soulige Gesang von James Brown ihr Schweigen. O'Malley hatte die Kassette gefunden. Nachdem sie bei Spirit of Trees angekommen waren, öffnete er Claire die Beifahrertür und half ihr aus dem Wagen. Er nickte ihr zu, bevor er in seinem Büro verschwand und sie zurück zu ihren Holzplanken ging. Auf eine völlig unsinnige Art und Weise war sie stolz auf dieses Nicken, das sie als ein Zeichen seiner Anerkennung deutete. Und das fühlte sich großartig an.

An diesem Abend ging sie nach der Arbeit bei Betty vorbei. Sie fürchtete sich zwar davor, wie sie nach ihrem Auftritt im Pub von ihr empfangen werden würde, aber sie musste die Sache aus der Welt schaffen. Der Gedanke, dass Betty sie nur noch als überhebliche Großstädterin sah, drückte sie wie ein zu enger Schuh. Also stand eine Bitte um Entschuldigung an, und außerdem brauchte sie Binden und sehr viel Süßes – ein Bedarf, der regelmäßig einmal im Monat und immer gemeinsam auftrat. Statt der erwarteten kühlen Begrüßung wurde sie mit einem Aufschrei und einer minutenlangen Umarmung empfangen, an deren Ende ihre Kleidung genauso mehlverstaubt war wie die von Betty.

»Du bist wunderbar!«

»Schön, dass dieses Wissen mittlerweile bis nach Glenbarry gedrungen ist.« Claire lachte unsicher. »Aber weshalb ...«

»Ich bringe Dave zweimal die Woche seine Lebensmittel vorbei. Heute fahre ich wieder zu ihm, und da steht er an der offenen Tür und winkt mir zu. Er hat mir erzählt, was du ihm gesagt hast. Er ist so dankbar, dass er wegen Gwynie keine Angst mehr haben muss.«

Bettys Augen strahlten wie Supernovae, als sie Claire rechts und linke dicke Küsse auf die Wangen drückte.

»Ehrlich, das wäre mir nie im Leben eingefallen. Es ist so schön, dass du da bist. Erst hilfst du Eric, jetzt Dave.«

Bettys Lobeshymne machte Claire völlig ratlos. Sie fühlte sich wie eine Hochstaplerin, die weder eine solche Begeisterung verdiente noch das warme Sandwich, das Betty ihr in die Hand drückte. »Süßkartoffelscheiben, darüber Ziegenkäse mit einem Hauch Ahornsirup, das Ganze fünf Minuten im Ofen überbacken. Ich hoffe, es schmeckt dir.«

»Wow, das ist – danke! Ich brauche auch noch Binden und Cadbury Fingers und Maltesers und Jelly Babies.«

Oh, Himmel, ja! Ein fruchtiges Weingummi zusammen mit einem Schoko-Malz-Ball im Mund zergehen lassen!

Rasch füllte Betty eine kleine Tüte mit ihren Wünschen und drückte sie ihr in die Hand. »Hier, geht aufs Haus.«

»Das kann ich nicht annehmen ...«

»Doch, kannst du!«

»Dann ist das jetzt vergessen? Was ich am Samstag …«

Betty legte ihre Hand auf Claires Mund. »Darüber reden wir nicht mehr. Ich weiß, dass du es nicht so gemeint hast.«

Tatsächlich? Claire war sich da nicht so sicher.

»Du brauchst einfach noch Zeit, um dich an uns zu gewöhnen. Und wir uns an dich.« Ein leichtes Lächeln legte sich auf Bettys Gesicht. »Bald wird Glenbarry auch dein Zuhause sein.«

Nein, das konnte Claire sich wirklich nicht vorstellen, aber seltsamerweise fühlte sie bei Bettys Worten keine Abwehr, sondern eher – Sehnsucht.

Die Türglocke unterbrach ihre Gedanken, als Granny Herbert in einem rosa Chiffonkleid wie eine Sommerblüte in den Laden wehte. Sie trug einen farblich passenden Hut, der sogar in Ascot Seltenheitswert hätte. Auf seiner breiten Krempe tummelten sich purpurfarbene Schleifen, getrocknete Blumen und Stoffvögel. Selbst ein ausgestopftes Murmeltier hätte Claire nicht überrascht. »Wie schön, Sie zu sehen, Liebes!« Ein strahlendes Lächeln breitete sich auf Grannys kirschrot geschminkten Lippen aus. »Ich habe von Fred gehört, was Sie heute für Dave getan haben. Wir sind Ihnen so dankbar!«

Und schon wieder eine Umarmung, bei der eine Mischung aus Chanel No 5 und Rheumasalbe Claires Nase umwehte.

»Ich habe gar nichts getan. Und woher weiß Fred davon?«

»Von mir«, warf Betty ein. »Ich habe es auch McGarvey erzählt.«

»McGarvey war da?«, hakte Granny Herbert nach. »Dann hat Fred endlich seinen Vorrat an Whisky aufgestockt. Die Auswahl war in den letzten Tagen bejammernswert.«

Claire versuchte, die Ablenkung zu nutzen, um sich möglichst unauffällig an Granny vorbei in Richtung Ausgang vorzuarbeiten, aber sie konnte der Aufmerksamkeit der alten Dame nicht entgehen.

»Wir treffen uns heute Abend wieder im Pub. Und du kommst dazu. Deinetwegen, Luv, spiele ich Rummy.«

»Sicher«, seufzte Claire. »Ich bin dabei.«

»Großartig! Und jetzt ...«, damit wandte sie sich an Betty, »zeig mir, was du Neues hast.«

Betty griff eine Dose aus dem Regal. »Das ist was ganz Besonderes. Rindfleisch in Gelee mit Taurin und Kichererbsen. Lady Guinevere wird es lieben«, hörte Claire, bevor die Tür hinter ihr zufiel.

16

Eric

Es war schon dunkel, als Eric Andrews Haus betrat. Für die nächsten zwei Nächte musste er wieder mal auf Rupert aufpassen. Ihm wäre es lieber gewesen, er hätte ihn mit zu sich nehmen können, aber was den Hund anging, war Andrew eine fürchterliche Glucke. »Er ist schon so alt. Er braucht seine gewohnte Umgebung.« Eric bezweifelte zwar, dass der halb taube, halb blinde Köter überhaupt noch mitbekam, wo genau er sich aufhielt, aber in dieser Angelegenheit verstand Andrew keinen Spaß. Also fügte Eric sich in sein Schicksal, füllte Ruperts Napf mit Futter für empfindliche Senioren – so stand es zumindest auf der Verpackung – und stellte es im Wohnzimmer neben ihn auf den Boden, wo er auf seiner karierten Decke lag.

»Na, Alter? Hast du Hunger?«

Ruperts Schwanz schlug auf den Boden, er hob den Kopf und sah ihn aus seinen trüben Augen auffordernd an. Seufzend setzte sich Eric neben ihn, nahm ein wenig vom schmierigen, kalten Nassfutter zwischen die Fingerspitzen und hielt es ihm vor die graue Schnauze. Bedächtig leckte Rupert es mit der Zunge von seinen Fingern, und so machten sie weiter, bis der Napf leer war. Währenddessen furzte Rupert hin und wieder. Insgeheim bewunderte Eric seinen Freund, dass er das jeden Tag aushielt. Aber Rupert war ein Geschenk zu seinem dreizehnten Geburtstag gewesen, damals nicht mehr als eine Handvoll Ohren und Pfoten. Wenn Andrew das Tier anschaute, sah er nicht den halb kahlen Hund, sondern den drolligen Welpen, den Beschützer vor Raufbolden aus den höheren Klassen und den Einzigen, der ihn während seines Liebeskummers wegen Lauraine hatte trösten können. Er sah einen Freund. Und um Freunde kümmerte man sich, besonders wenn es ihnen schlecht ging. Eric lehnte sich gegen die Wand, Ruperts Kopf auf seinen Oberschenkeln, sein asthmatisches Atmen im Ohr, und schloss die Augen.

Kurz nach zwei wurde er wieder wach. Mit schmerzendem Rücken arbeitete er sich hoch, legte vorsichtig Ruperts Kopf auf der Decke ab und ging in die Küche, wo er sich ein Bier aus dem Kühlschrank nahm und ihm den Ehrentitel »Abendessen« verlieh.

Die Kücheneinrichtung sah noch genauso aus wie an dem Tag, als er das erste Mal dieses Haus betreten hatte. Gut, das Gelb der Fliesen war nicht mehr so hell, und die Schränke zeigten Abnutzungserscheinungen, aber über der Kochinsel hingen noch immer die Töpfe von der Decke. Wenn man einen davon kräftig in Bewegung versetzte, stieß er gegen die anderen, und es klirrte und krachte wie ein Heavy-Metal-Windspiel, was Andrews Mutter früher fast in den Wahnsinn getrieben hatte. Er war versucht, es jetzt zu tun, um der alten Zeiten willen, aber das würde den Hund wecken.

Bevor er im ersten Stock einen Blick in Mariahs Kinderzimmer warf, zog er die drei Kieselsteine aus seiner Hosentasche, die er immer mit sich trug. Einer schwarz wie die Nacht, der zweite rostrot und der dritte milchig weiß, mit zartgrauer Maserung. Gedankenverloren rieb er sie zwischen den Fingern, während er das Zimmer betrachtete, das Andrew vor einigen Monaten erst ausgeräumt hatte. Obwohl er nur auf weiße Wände blickte, sah er doch noch alles vor sich: das übervolle Bücherregal, die Poster von Aretha Franklin und der Battlefield Band, den schmalen Schrank, das Bett und den Tisch, an dem sie manchmal zusammen Hausaufgaben gemacht hatten. Rückblickend schien es ihm, als hätte er öfter hier als in seinem Elternhaus übernachtet. Es war bei einem dieser Besuche gewesen, dass Mariah abends noch einmal den Kopf durch die Tür steckte, um ihnen eine gute Nacht zu wünschen. Sie hatte vorher geduscht, trug einen rosafarbenen Bademantel und ihre Haare unter einem Handtuch. In diesem Moment verwandelte sie sich wie durch Zauberei von Andrews nerviger Zwillingsschwester in eine schöne Frau, deren Gegenwart ihn in der darauffolgenden Zeit zu einem stammelnden Idioten machte. Trotzdem heiratete sie ihn. Dann starb sie. Andrews Familie zerbrach, und sein Freund blieb mit Rupert zurück. Dieses Haus und der Hund waren seine Konstanten. Sicherlich, es war nicht viel, aber er wünschte sich, selbst solche Eckpfeiler zu haben. Für ihn gab es nur eine fast bankrotte Firma und seit Kurzem die Inbeschlagnahme durch eine kleine, anstrengende Frau. Sein Leben war anders geplant gewesen.

Er sollte es besser wissen – Alkohol, gepaart mit Müdigkeit, verwandelte sich bei ihm immer in Sentimentalität und Selbstmitleid. Eine üble Mischung, die einen von den Beinen haute und einem Tränen in die Augen trieb wie Wodka mit Chili. Er ging wieder nach unten und legte sich im Wintergarten auf die Gästematratze. Da er nach einer Stunde immer noch nicht schlafen konnte, fing er an, seinen Wagen aufzuräumen. Ein wenig peinlich war es ihm schon gewesen, als Wesley mit spitzen Fingern die Kassetten beiseitegeschoben und mit dem Fuß eine leere Dose Erdnüsse hinausgekickt hatte.

Als die tiefste Nachtschwärze über dem Dorf lag und selbst der Wald schlief, erklärte Eric seine Arbeit für beendet und den Wagen sauber genug für Londoner Blondinen. Es musste die Müdigkeit sein, dass er sich eingestand, wie sehr ihn ihr Umgang mit Dave beeindruckt hatte. Vielleicht war sie ja doch nicht so sehr eine Wesley, wie er gedacht hatte. Vielleicht sollte er ihr eine Chance geben. Eine echte Chance. Vielleicht sollte er aber auch endlich schlafen!

Zurück im Haus, nahm er seine Decke und legte sich neben Rupert auf den Boden. Das Schnarchen des Hundegreises half ihm, zur Ruhe zu kommen.

17

Claire

Am nächsten Morgen kam ihr O'Malley entgegen, kaum dass sie aus ihrem Miettraktor gestiegen war. Er lief mit energischem Schritt, trug einen Rucksack und hatte eine Axt geschultert. Hatte sie etwas gesagt, das ihn verärgert haben könnte?, überlegte Claire.

»Haben Sie schon mal einen Baum gefällt?«, fiel er gleich mit der Tür ins Haus.

Entwarnung. Die Axt war nicht für sie gedacht.

»Noch nie.«

»Dann wird es Zeit.«

Sie folgte ihm in seinen Wagen, den er seit dem Vortag entrümpelt hatte. Die Kassetten standen, in einer Holzbox gestapelt, auf dem Rücksitz, die Bierdosen waren weg, ein Lufterfrischer in Form einer Orange baumelte vom Innenspiegel.

Über eine holprige Piste ging es immer tiefer in den Wald. Es war schwer vorstellbar, dass er jemals enden könne. Dieser Wald schien die ganze Welt zu umspannen. Claire kurbelte das Fenster hinunter, hielt ihre Nase in die kühle, erdige Morgenluft.

»Musik?«

»Gerne.«

Mit der Erklärung »Mein Best-of« steckte O'Malley eine Kassette in den Rekorder. Es war schmeichelhaft, dass er ihr seine Lieblingslieder präsentieren wollte, aber sie musste grinsen, als »American Pie« ertönte und danach »House of the Rising Sun«.

»Sie sind sicher kein Zeitreisender aus der Vergangenheit?«

»Wie kommen Sie darauf?«

»Gestern James Brown, jetzt das. Nicht gerade die Top Ten der Dance Charts.«

O'Malley setzte einen Blick auf, bei dem sie sich ganz klein und dumm fühlte. »Es ist gute Musik, da ist das Alter egal.«

Er hatte recht. Sie fand es schrecklich, wenn er recht hatte.

»Man erwartet solche Lieder nur nicht bei jemandem wie Ihnen.«

Jetzt zog er auch noch eine Augenbraue hoch. Das fügte der Überheblichkeit eine Spur Bedrohung hinzu.

»Ich hätte eher auf Countrysongs getippt. Sind die nicht das Passende für einen Holzfäller? Okay, Sie sind Tischler, aber auf der Ladefläche liegt eine Axt, und wir wollen einen Baum fällen, wenn ich Sie richtig verstanden habe. Also – wann hören wir Dolly Parton oder Willie Nelson? Oder nein, besser etwas Schottisches. Dudelsack-Disko, Harfen-Hip-Hop?«

»Sie reden sehr viel.«

»Finden Sie?«

»Ja. Unverhältnismäßig.«

»Vielleicht ist es auch genau umgekehrt. Vielleicht

reden Sie einfach nur sehr, sehr wenig. Die Wüste denkt wahrscheinlich, der Ozean sei viel zu nass, aber wo würden Sie lieber Ihren Urlaub verbringen – in der Sahara oder auf Bora-Bora?«

Er antwortete nicht, seine Hände krampften sich so stark um das Lenkrad, dass seine Knöchel weiß wurden. Claire verbuchte dies als einen Sieg für sich.

In das entstandene Schweigen tröpfelte Klaviermusik wie Regen. Ein Lied entfaltete sich, dessen melancholischer Klang und Text über ein untröstliches Mädchen – »Sad Lisa« – sie dermaßen umspannen, dass sie es kaum ertragen konnte.

»Meine Güte«, versuchte sie sich zu befreien, »davon kriegt man ja Depressionen! Hören Sie so etwas, weil Sie Ihre unbändige Lebensfreude loswerden und sich mal so richtig elend fühlen wollen?«

O'Malley wandte ihr sein Gesicht zu. Arroganz und Härte waren daraus verschwunden. Er wirkte bis ins Mark getroffen.

Verdammt, verdammt, verdammt – seine Rauheit und abwehrende Haltung hatten sie vergessen lassen, wie verwundbar er sein musste.

»Es tut mir leid. Es tut mir wirklich sehr leid. Ich wollte nicht – ich dachte nicht ...«

»Sie wollten nicht. Sie dachten nicht. Ist das die Geschichte Ihres Lebens?«

Es fiel schwer, für diesen Mann Mitleid zu empfinden.

»Warum nehmen Sie meine Worte nicht als das, was sie sind – eine Bitte um Entschuldigung?«

»Weil ich Ihnen nicht glauben kann, Wesley. Ihnen

ist die Unaufrichtigkeit in Fleisch und Blut übergegangen. Sie lächeln, erzählen den Leuten nette Lügen, so wie dem alten Dave, aber manchmal blitzt Ihre wahre Natur auf, und wenn es nur darum geht, dass die Musik zu laut ist.«

»Egal, was ich mache, bei Ihnen kann ich nur verlieren, oder?«

»Das ist bestimmt frustrierend, wenn man so gerne gewinnt wie Sie.«

»Was ist falsch daran, gewinnen zu wollen?«

»Habe ich gesagt, dass es falsch ist?«

Sie hielten an, O'Malley sprang aus dem Wagen, nahm Axt und Rucksack von der Ladefläche und ging in den Wald. Claire lief ihm hinterher. Diese Diskussion war noch nicht beendet!

»Sie sind ein Heuchler, O'Malley. Sie dünsten sie doch förmlich aus, diese Abscheu vor erfolgreichen Menschen.«

»Sind Sie ein erfolgreicher Mensch?«

»Keine Ahnung. Ich bemühe mich. Anders als Sie.«

Er drehte sich um, seine Augen funkelten zornig. »Wie meinen Sie das?«

»Sie wissen, dass Sie scheitern werden, aber Sie ertrinken lieber, als den Rettungsring zu ergreifen, der Ihnen zugeworfen wird.«

»Das sind Sie also – ein Rettungsring?«

»Ja, verdammt. Ihr höchstpersönlicher Rettungsring.«

Wieder betrachtete er sie mit diesem intensiven Blick, den sie schon ein paarmal bei ihm wahrgenommen hatte. Als würde er ihre Motivation, ihre Absichten, jeden Gedanken röntgen.

»Klingt gut«, sagte er. »Trotzdem – Sie sind aus einem anderen Grund hier.«

Claire verschränkte die Arme vor der Brust. »Ach ja? Und aus welchem?«

»Keine Ahnung. Aber ich weiß, dass mit hehren Worten nur allzu oft egoistische Ziele verkleidet werden.«

Entrüstet öffnete sie den Mund, um ihm etwas zu entgegnen, doch er unterbrach sie. »Das gilt auch für mich, Wesley. Ganz genauso für mich.«

Für einen Moment stand wieder diese Verwundbarkeit in seinem Gesicht, als könnte sie ihn mit einem gezielten Satz, einem gut platzierten Wort sogar nur, zu Boden bringen wie mit einem Pistolenschuss. Was wusste sie über ihn, worauf konnte er sich beziehen? Dies hier ging über den Zustand seiner Firma hinaus. Mariah. Es konnte nur um sie gehen. Hätte er vielleicht ihren Tod verhindern können? War er schuld an diesem Unfall, der ihn selbst so stark gezeichnet hatte?

Frag ihn, dachte sie. Frag ihn, ob er sich deshalb nicht helfen lässt, weil er sich für das bestrafen will, was er seiner Frau angetan hat.

Ihr Vater hätte es getan. Geradeheraus, ohne mit der Wimper zu zucken. Dass im Krieg und bei Geschäftsverhandlungen alles erlaubt sei, war eines seiner Credos.

O'Malley setzte sich wieder in Bewegung, Claire folgte ihm. Sie brachte diesen Satz nicht über die Lippen, der ihm einen Stoß versetzen würde. Er blieb in ihren Gedanken stecken und fand nicht den Weg zu ihrem Mund. Ihr Herz stand dazwischen.

Je tiefer sie in den Wald eindrangen, umso dichter schloss er sich um sie. Neben weiß-schwarz gefleckten Birken, dickstämmigen Ebereschen und schlanken Espen standen Waldkiefern mit ausladenden Kronen. Helle Sonnenflecken tanzten über das Moos, das den Boden bedeckte und die Stämme emporwuchs. Krachend zerbarsten Kiefernzapfen und Zweige unter ihren Füßen; Vogelgezwitscher, Flügelschlag und das Summen und Brummen der Insekten bildeten einen melodischen Kontrapunkt. Und immer wieder sah Claire braunes Fell vorüberhuschen, Pfoten, glänzende Augen. Stille Begleiter, die nur darauf warteten, dass die Eindringlinge verschwanden und der Wald den Tieren gehörte.

Nach ein paar Metern hielten sie an einer Aufforstung an. Von einem Scherenzaun geschützt, streckten hier Baumsetzlinge kleine Zweige in die Höhe. Umgeben von Waldkiefern, Birken und mächtigen Eichen ringsumher, wirkte dieses Gebiet wie ein Kindergarten.

O'Malley setzte seinen Rucksack ab und stellte die Axt auf den Boden, hielt sie mit einer Hand auf dem Blatt fest. »Wir sind uns nicht grün, Wesley, aber wir wollen hier arbeiten. Deshalb sollten wir für den Augenblick unseren Streit vergessen.«

»Wäre das nicht unaufrichtig?«

»Also gut«, seufzte er. »Ich bitte um Verzeihung, dass ich Sie so bezeichnet habe. Diese Entschuldigung hat eine Gültigkeit bis heute Abend. Danach tritt meine vorherige Meinung wieder in Kraft. Können Sie damit leben?«

»Sie denken ja schon fast wie ich.«

»Treiben Sie es nicht zu weit. Zuerst ein paar wichtige Informationen. Sie haben sicherlich bemerkt, dass es hier keinen Empfang gibt. Sollten Sie also allein in den Wald gehen, um zu arbeiten, sagen Sie immer jemandem Bescheid, wo Sie sich aufhalten werden und wie lange. Nur so können Sie sicher sein, dass an der richtigen Stelle nach Ihnen gesucht wird, sollten Sie einen Unfall haben. Ist das klar?«

»Sie machen sich Sorgen um mich?«

»Trotz unserer Differenzen will ich nicht, dass Ihnen etwas zustößt.«

Ein gutes Gefühl, dass er sich um sie sorgte, aber auch irritierend. Sie flüchtete sich in einen Redeschwall. »Was tun wir denn jetzt? Wie viele Bäume soll ich Ihnen fällen? Ich bin ausgeruht und kräftig, schonen Sie mich nicht.«

O'Malley zog eine Wasserflasche aus seinem Rucksack, trank und verstaute sie sorgfältig. »Wissen Sie, wo Sie sind?«

»Natürlich. Ich bin in …«

»Sie wissen es nicht. Und bitte kein Protest, dass ich Sie unterbrochen habe, denn ich weiß, dass Sie Schottland oder bestenfalls Glenbarry sagen wollten.«

Beleidigt verschränkte Claire die Arme vor der Brust. Als ob das nicht stimmte!

»Das hier ist eines der wenigen Überbleibsel des Caledonian Forest. Er entstand vor gut zehntausend Jahren. Diese Waldkiefern hier stammen von den Bäumen ab, die mit den Gletschern der letzten Eiszeit nach Schottland kamen. Es gibt sie nirgendwo sonst auf der Welt.«

Claire sah sich um. Sie wollte nicht, dass O'Malleys

Worte sie beeindruckten, tatsächlich aber schien ihr dieser Wald nun noch erstaunlicher.

»Der Caledonian Forest wurde über die Jahrhunderte stark dezimiert. Um den Bedarf an Holz zu stillen, wurden Monokulturen gepflanzt, vor allem Fichten. Schnell im Wuchs, robust gegen Krankheiten. Gut für die Holzwirtschaft, schlecht für die Artenvielfalt. Mittlerweile ist der größte Teil des verbleibenden Waldes im Besitz von Naturschutzorganisationen, die ihn wieder aufforsten. Einige wenige Gebiete befinden sich in Privatbesitz.« Er breitete die Arme aus. »Dieses hier gehört mir. Es war schon viele Generationen im Besitz meiner Familie, und seit dem Tod meines Vaters bin ich dafür zuständig.«

Claire schnappte nach Luft. Wusste dieser Mann nicht, dass er seine finanziellen Probleme – zumindest einen Teil davon – mit einem Schlag lösen konnte, wenn er diesen Wald verkaufte? Nun, es war besser so, wenn er es nicht wusste. O'Malley als Angestellten für Woodcorp zu gewinnen und gleichzeitig einen Anteil an diesem außergewöhnlichen Baumbestand in die Firma mit einzubringen, wäre das beste Geschenk, das sie ihrem Vater machen könnte. Es würde sicherlich ihre Schuld an ihm begleichen.

»Nein, Wesley, ich werde nichts hiervon verkaufen.«

»Woher wollen Sie wissen, woran ich denke?«, sagte Claire ertappt.

»Das hatte ich Ihnen doch erklärt – ich beobachte sehr genau. Ich nutze diesen Wald, aber ich nutze ihn nicht aus. Für jeden Baum, den ich fälle, für jeden Baum, den ein Sturm bricht, setze ich einen Samen in diese Aufforstung.« Er deutete auf den umzäunten Waldkindergarten.

»Ihre Firma verarbeitet Holz in rauen Mengen, aber haben Sie sich schon einmal mit dem Material auseinandergesetzt? Sie haben noch nie einen Baum abgeholzt, wahrscheinlich auch noch nie einen gepflanzt. Sie handeln mit etwas, das Sie überhaupt nicht kennen.«

»Und deshalb soll ich jetzt einen Baum fällen? Weil Sie mir etwas beweisen wollen?«

»Nicht beweisen. Verdeutlichen. Und nicht Sie werden ihn fällen, das wäre viel zu gefährlich für Sie. Ich werde es tun, doch Sie suchen den Baum aus.«

Deshalb hatte er sie mit hierhergenommen? Damit sie das Ende eines dieser mächtigen alten Bäume besiegelte? Unschlüssig drehte sie sich um sich selbst. Dort, die Espe trug nur sehr wenig Laub, vielleicht war sie krank. Aber ein Loch im Stamm sah aus, als würden Tieren darin hausen – Spechte oder eine Marderfamilie. Sollte sie lieber eine der Waldkiefern wählen? Nein, niemals.

Sie fuhr mit dem Finger über die Rinde einer Esche, brach ein Stück heraus. Der Geruch war nicht intensiv, aber doch unverkennbar harzig und ein wenig säuerlich. Der Baum war jung, kaum drei Meter groß.

»Der soll es sein?«, fragte O'Malley.

»Nein! Das ist doch ein Kind, bestimmt keine zehn Jahre alt.«

»Und wenn ich Ihnen sage, dass ein Baumjahr wie sieben Menschenjahre zählt?«

»Das macht es nicht besser. Ich kann doch keinen Senior töten lassen. Außerdem gilt das mit den sieben Menschenjahren nur für Hunde.«

O'Malley erwiderte nichts, lächelte nur leicht. Klar, er

musste diese Wahl ja auch nicht treffen. Schließlich deutete sie auf die Espe, die ihr zuerst ins Auge gefallen war. »Den hier.«

»Gut. Dann lassen Sie mich jetzt mal machen.«

Während er sich Schutzhandschuhe und einen Helm mit Visier aufsetzte, trat Claire zurück, beobachtete, wie er sich mit dem Rücken an den Baum stellte und die Krone begutachtete.

»Was tun Sie da?«, rief sie aus ihrer sicheren Entfernung.

»Die Fallrichtung bestimmen. Der Baum fällt leichter dorthin, wo die Äste am stärksten sind. Auf dieser Seite setzt man die Fallkerbe.«

Mit pochendem Herzen sah Claire, wie er die Axt hob. Sie wollte ihm zurufen, dass er aufhören solle. Dass sie begriffen habe, was er ihr sagen wolle, und er diesen Baum unbehelligt lassen solle. Ein Kloß bildete sich in ihrem Hals. Sie würde doch nicht wegen einer Espe heulen? Ihr Vater hätte keine solchen Bedenken gehabt. Er würde diesen Baum notfalls mit seinen Fingernägeln fällen und sich schämen, sie hier so zu sehen.

»Dann los«, rief sie mit zitternder Stimme.

O'Malley trieb die Axt zuerst in einem Winkel von 45 Grad in den Stamm, bis sich etwas Holz gelockert hatte, das er mit geraden Schlägen entfernte. Nachdem schon ein großes Loch klaffte, holte er eine Säge vom Pick-up, stellte sich neben den Baum und begann, gegenüber der Fallkerbe den Stamm in seiner ganzen Breite zu sägen.

»Jetzt setze ich den Fallschnitt«, erklärte er. »Kommen Sie keinen Schritt näher.«

Tatsächlich dauerte es nicht lange, bis der Baum schwankte, kippte, fiel. Der Boden vibrierte unter der Wucht seines Aufpralls, und ein unglaubliches Geräusch ertönte, als die letzten Holzfasern rissen. Es klang wie ein Schrei. Claire traten Tränen in die Augen. In ihrem ganzen Leben war sie noch nie so sehr mit den Auswirkungen ihres Tuns konfrontiert gewesen wie in diesem Moment. Sie hoffte, dass sie sich bei allem, was sie zukünftig tun und entscheiden würde, hieran erinnerte.

O'Malley kam zu ihr, legte die Hände auf ihre Schultern, bis sie sich beruhigt hatte, dann reichte er ihr ein kariertes Stofftaschentuch. »Das war die Konsequenz Ihres Handelns. Jetzt kümmern wir uns um den Ausgleich.«

Claire wischte die Tränen ab, putzte sich die Nase und stopfte sich das nasse Tuch in die Hosentasche. »Wie das? Der Baum ist geschlagen.«

»Ich weiß.« Erstaunlich behände für einen Mann mit einem steifen Bein kletterte er über den Scherenzaun in die Aufforstung und forderte Claire auf, ihm zu folgen. Unbeholfen überwand sie den Zaun und reichte ihm auf ein Zeichen hin den Rucksack.

Eric ließ sich auf dem sandigen Boden nieder, holte ein Schraubglas aus dem Rucksack und drehte den Deckel. Vorsichtig schüttete er einen braunen Kern heraus und reichte ihn ihr.

»Hier, der Samen einer Waldkiefer. Das gibt zurück, was Sie genommen haben. Pflanzen Sie ihn ein.«

Sie wollte ihn fragen, wie sie das tun solle, ob sie irgendetwas falsch machen könnte, aber dann steckte sie den Samen in den Boden und deckte ihn mit etwas Erde ab.

»Wollen Sie ihm einen Namen geben?«

»Einen Namen? Ich bin doch kein Kind mehr.« Sie schwiegen beide. »Was halten Sie von Denise?«

»Wie Ihre Mutter?«

Es wunderte sie nicht, dass er das wusste. Bestimmt hatte er nach ihr gegoogelt. Claire kannte das schreckliche Bild aus der Zeitung, auf dem ihr Vater und sie dem Sarg folgten.

»Ist das albern?«

Mit einer ausgreifenden Handbewegung deutete er über die Setzlinge. »Da drüben wächst eine Mariah. Dahinten, bei den größeren Bäumen, finden Sie Paul.«

»Ihr Vater?«

Er nickte. Schon wieder drängten sich Tränen in ihre Augen. Um ihre Beklemmung zu überwinden, fing sie an zu reden.

»Was passiert jetzt mit meinem Baum? Bleibt er hier liegen?«

»Ich hole ihn morgen mit Andrew ab. Es ist gutes Holz.«

»Wissen Sie schon, was Sie aus ihm machen werden?«

»Keine Ahnung. Er muss erst einmal trocknen. In zwei, drei Jahren werde ich ihn verarbeiten können.«

»Aber dann machen Sie einen Stuhl daraus. Ich glaube, er eignet sich sehr gut als Stuhl. Finden Sie nicht?«

O'Malley zuckte die Schultern. »Möglicherweise.«

»Oder einen Schreibtisch. Reicht es für einen Schreibtisch? Einen kleinen für ein Schulkind? Ich fände es schön, wenn jemand an meinem Baum Lesen lernen würde oder ...«

Unvermittelt unterbrach O'Malley sie, indem er mit einer Hand ihren Mund zuhielt und die andere auf ihren Hinterkopf legte. Er hielt sie wie in einer Schraubzwinge gefangen.

»Seien Sie still, Wesley«, flüsterte er ihr ins Ohr, »horchen Sie auf den Wald, spüren Sie die Sonne, fühlen Sie den Boden, auf dem Sie sitzen. Seien Sie einfach hier, und seien Sie still.«

Sie bedauerte, dass er seine Hände von ihr löste, denn die Berührung gefiel ihr, aber sie tat wie geheißen. Mit geschlossenen Augen lauschte sie dem Rauschen der windbewegten Blätter und den Insekten – sirrend die Fliegen und Bienen, im Vergleich dazu beinahe dröhnend die Käfer und Hummeln. Die Sonnenstrahlen prickelten, wo sie auf nackte Haut trafen. Ihre Fingerspitzen tasteten über rauen Erdboden.

Claire öffnete wieder die Augen, blinzelte in den Sonnenschein, der durch die Blätter fiel, betrachtete O'Malley, der zu schlafen schien, so ruhig wirkte er. Mit dem Rücken gegen den Zaun gelehnt, die Lider geschlossen, die Hände entspannt auf den Oberschenkeln. Er strahlte eine beinahe meditative Ruhe aus. Claire wollte schrecklich gerne den Kopf an seine Schulter legen. Und »schrecklich gerne« war noch weit untertrieben. Es zog sie zu ihm, als wäre sie ein Schiff mit Schlagseite, und so gab sie nach.

»Wesley?« Seine Stimme klang nervös. »Was wird das? Verraten Sie mir, was Sie vorhaben.«

Sie schmiegte sich noch ein wenig enger an ihn. »Seien Sie still, O'Malley. Seien Sie doch einfach mal still.«

Es brauchte einen Moment, bis er sich wieder entspannte, dann legte er etwas unbeholfen den Arm um ihre Schulter.

Stundenlang hätte sie so sitzen können, aber irgendwann löste O'Malley sich von ihr und erhob sich. Mit einem beklommenen Gefühl stand sie ebenfalls auf und klopfte sich den Sand von der Hose. »Darüber reden wir nicht, einverstanden?«, schlug sie vor.

O'Malley legte eine Hand aufs Herz, hob die andere zum Schwur: »Was im Wald passiert, bleibt im Wald. Und jetzt machen wir einen Ausflug.«

»Wissen Sie, was ich unter einem Ausflug verstehe, O'Malley?« Keuchend hielt Claire inne. Seit nunmehr zwei Stunden lief sie neben ihm einen schmalen Pfad entlang, der sie durch lichter werdenden Baumbestand den Mount Hallion hinaufführte. Allmählich schienen ihre Beine nur noch aus schmerzenden Muskeln und ihre Lungen aus Feuer zu bestehen, das auch der feine Nieselregen nicht löschen konnte.

»Eine gute Stunde Autofahrt bis Cambridge. Eine Bootsfahrt auf dem Cam, an den College Backs vorbei und dann Tee und Kuchen im Orchard Tea Garden. Das nenne ich einen Ausflug. Was wir hier machen, ist eine Menschenrechtsverletzung.«

»Es ist nicht mehr weit«, ignorierte O'Malley ihre Klage und atmete dabei nicht einmal schwer. »Wir sind gleich beim Schloss, und ab da sind es nur noch ein paar Meter bis zum Gipfel.«

Er setzte sich wieder in Bewegung, und Claire folgte

ihm unwillig. Tatsächlich erreichten sie nach einer weiteren Biegung des Pfades Hallion Castle. Eigentlich war es eher ein Schlösschen, mit seinen drei Stockwerken und den beiden schmalen Türmen unter spitzen Zinkdächern. Ein gepflasterter Weg, zwischen dessen unebenen Steinen Gras wucherte, führte zu einer Freitreppe aus Sandstein. Deren ausgetretene Stufen zeugten von einer langen Vergangenheit und vielen Menschen, die sie hinauf- und hinabgegangen waren. Um das Eingangstor des Schlosses, aus dunklem Holz und mit Metallstreben verstärkt, rankten sich Glyzinien, die schon die ersten fliederfarbenen Blütentrauben zeigten. Der süße Duft hing wie eine Wolke in der Luft.

»Ziemlich klein, dieses Hallion Castle«, sagte Claire. »Nachts, wenn man nur die Lichter am Berg sieht, wirkt es beeindruckender.«

»Die Clans in dieser Gegend verfügten nie über große Reichtümer. Gebaut wurde, was die Kasse hergab.«

»Und wer wohnt heutzutage dort? Irgendein rotbärtiger, muskelbepackter Chieftain, der den ganzen Tag Dudelsack spielt, wenn er nicht gerade seinen Kilt bügelt?«

O'Malley warf ihr einen abschätzigen Blick zu. »Sie schaffen es, alle Klischees über Schotten in einem Satz unterzubringen.«

»Nicht ganz. Ich habe den Geiz nicht erwähnt. Aber das wäre auch redundant angesichts dieses Häuschens.«

»Trotzdem war es euch gut genug, um es zu stehlen.«

Auch wenn Claire spürte, dass O'Malley ärgerlich wurde, setzte sie das Gespräch fort. Hauptsache, sie blieben stehen und legten eine kleine Pause ein.

»Euch? Wen meinen Sie damit?«

»Euch Engländer. Hallion Castle war seit dem vierzehnten Jahrhundert der Stammsitz der MacDurbans. Ein kleiner Clan, nicht sehr einflussreich. Sie hatten ein paar Pächter auf ihrem Land und verdienten ansonsten am Handel mit dem Holz aus dem Caledonian Forest. Während der Schlacht bei Culloden wurde der gesamte Clan ausgelöscht. Hallion Castle fiel mit seinen Ländereien an eine englische Adelsfamilie. Seitdem leben wir in Glenbarry in nächster Nachbarschaft mit den Earls und Countesses of Arrogance and Snob.«

Claire wusste nicht, was sie davon halten sollte. O'Malley wirkte persönlich betroffen, so als hätte er selbst die Tage der Unabhängigkeit Schottlands miterlebt.

»Sie wissen aber schon«, sagte sie behutsam, »dass all das fast dreihundert Jahre her ist? Wäre es nicht an der Zeit, die alten Streitereien zu vergessen?«

»Das sagt sich leicht, wenn man Engländer ist. Ihr vergesst eure Schuld und wir unser Leid.«

»Jetzt kommen Sie mir nicht so, O'Malley! Was soll ich darauf erwidern? Ich war bei der Schlacht von Culloden nicht dabei und hatte relativ wenig Einflussmöglichkeiten auf George II. Also bitte ...«, sie streckte ihm die Hand entgegen, »Waffenstillstand?«

»Niemals«, entgegnete O'Malley. »Wir hassen euch Engländer immer noch.« Mit weit ausholenden Schritten nahm er die Wanderung wieder auf. Claire hastete ihm hinterher. »Was ist denn das für ein Unsinn! Hassen Sie mich etwa auch?«

»Sie ganz besonders, Wesley, das wissen Sie doch.«

Claire starrte ihn an. »Meinen Sie das ernst?«

Sie hatten ihre Differenzen, gut, aber Hass? Sie wollte nicht, dass er so empfand. Es fühlte sich unangenehm an, wie eine Wunde, an die man nicht herankam, um den Schmerz zu stillen.

»Natürlich nicht, Sie komische Person. Lassen Sie sich von mir nicht ins Bockshorn jagen.« Lachend strich sich O'Malley mit beiden Händen die regennassen Haare nach hinten. Wieder einmal fiel Claire auf, wie verdammt gut er aussehen konnte.

»Nun kommen Sie schon.« Er packte sie am Arm und zog sie mit sich. »Es ist nicht mehr weit.«

Tatsächlich lagen nur noch wenige Meter vor ihnen, bis sie den Gipfel erreichten. Einige Wacholderbüsche wuchsen dort, gebeugt von den Windböen, die im Laufe der Jahrzehnte über sie hinweggefegt waren. Claire trat an den Rand einer scharfen Abbruchkante, von der aus es schwindelerregend steil abwärtsging. Von hier aus konnte sie die bemoosten Dächer Glenbarrys sehen, den geschwungenen Lauf des Sees, der sich liebkosend um den Berg legte. Das Grau des Regenhimmels ließ sein Wasser dunkel wie Lapislazuli glänzen. In die sattgrünen Wiesen auf der anderen Seite des Ufers mischten sich die gelben und violetten Farbtupfer der Blumen. Mit angehaltenem Atem stand Claire da und schaute. Wiesen, Seen, Berge. So hatte sie es bei ihrer ersten Recherche über Glenbarry gelesen, aber nichts konnte einen auf diesen Anblick vorbereiten.

»Stellen Sie sich vor, wie es hier vor Tausenden von Jahren ausgesehen haben muss. Auerochsen streiften durch diese Wälder, Wildpferde, Braunbären.« O'Malleys Stimme strahlte vor Begeisterung. »Das ganze Land dunkel von Bäumen.«

Claire schloss die Augen, spürte den Regen auf der Haut, sog die würzige Luft tief in ihre Lungen. Bis auf die beruhigende Melodie der Tropfen war es vollkommen still. Ja, sie konnte es sich vorstellen. Die Einsamkeit, die Natürlichkeit. Das Unbezwungene. Schottland, so schien es ihr, hatte trotz aller Veränderungen, die der Lauf der Zeit mit sich bringt, einen Teil seiner ursprünglichen Seele retten können.

»Alles hier greift ineinander. Die Bäume wachsen, vergehen, liefern mit ihrem Totholz Nahrung, genau so, wie in den Tierkadavern neues Leben entsteht. Wer kann sagen, ob in der Erde nicht selbst ein Herz schlägt.«

»Ein lebendiges Land? Glauben Sie das?«

Er zuckte die Schultern. »Nicht immer, aber an manchen Tagen schon. Und Sie?«

»Na ja, als ich hierherkam ...« Sie stockte.

»Was?«

»Das klingt vielleicht albern ... Aber ich hatte den Eindruck, der Wald wollte mich nicht einlassen. Es regnete in Strömen, das Auto blieb fast im Schlamm stecken, die Bäume wirkten irgendwie – bedrohlich. Und ich habe einen Wolf heulen hören. Ich weiß, ich weiß«, schnitt sie O'Malley das Wort ab, als sie sah, dass er etwas einwenden wollte, »es gibt keine Wölfe in Schottland. Aber ich habe trotzdem einen gehört. Der Wald hat versucht, mich zu verjagen.«

»Ich glaube, er wollte nur testen, ob Sie durchhalten. Und das haben Sie.«

»So habe ich das noch gar nicht ...«

»Still, Wesley«, flüsterte O'Malley. »Passen Sie auf.«

»Auf was soll ich denn ...« Noch bevor sie ihre Frage beenden konnte, verstand sie, was er meinte. Die Wolken rissen auf, der Wind blies sie davon und legte einen makellosen Himmel frei, von dem die Sonne strahlend schien.

»Da!«

Claires Blick folgte seinem Zeigefinger. Ein Regenbogen bildete sich, der von der gegenüberliegenden Seite des Sees über das Wasser bis zu den Dächern des Ortes reichte. Mit jeder Sekunde wurden seine Farben kräftiger, bis sie wie Edelsteine glänzten. Als sich über ihm ein zweiter Regenbogen bildete, griff Claire unwillkürlich nach O'Malleys Hand. Es war ihr, als könnte sie diese Schönheit allein nicht ertragen. Schweigend standen sie Hand in Hand da, bis die Regenbögen diffuser wurden, und so, wie sie sich allmählich auflösten, löste auch O'Malley behutsam seine Finger von ihren.

»Sehen Sie das? Im Tain?«

Sie blickte hinunter auf den See. In seinem nun türkisfarbenen Wasser spiegelten sich die Hügel, die Bäume, der Mount Hallion. Das Abbild war so klar, dass Claire glaubte, auf dem Berg im Wasser O'Malley und sich selbst erkennen zu können. Als gäbe es sie zweimal – als gäbe es alles zweimal. Ihre Welt und eine andere, die man nur sah, wenn man hier oben stand und die Sonne schien.

»Das ist magisch«, flüsterte sie. »Ich bin mir nicht mehr sicher – was ist das Abbild und was ist Realität.«

»Das ist Schottland. Die Dinge haben hier immer zwei

Seiten. Wir sind arm und reich und besiegt und frei. Wir können lachen und weinen im selben Moment, und zwischen unserer Gegenwart wächst immer die Vergangenheit, so wie das Gras zwischen den Steinen vor Hallion Castle.«

Claire betrachtete ihn, wie er mit auf dem Rücken verschränkten Armen in die Weite sah, die Augen halb geschlossen im Sonnenlicht. Noch nie hatte sie einen Menschen getroffen, der so sehr an einen Ort gehörte wie O'Malley an diesen hier.

18

Eric

»Ihr habt einen Baum gefällt?«

Nachdem Andrew am Vorabend aus Fort Augustus zurückgekommen war, hatten sie gemeinsam Wesleys Baum zerlegt und schleppten nun die Einzelteile zum Wagen.

»Ja.«

»Warum?«

»Sie will lernen. Ich bringe ihr was bei. Auf drei!«

Gemeinsam wuchteten sie einen Teil des Stammes hoch, warfen ihn auf die Ladefläche des Pick-ups.

»Ihr wart also im Wald.«

»Ja.«

»Nur du und sie.«

»Wie ich schon sagte.«

»Die Sonne, die Bäume, das weiche Moos.«

»Worauf willst du hinaus, Andrew?«

Das zweite Stück des Stammes landete auf dem Pickup.

»Und ihr habt nichts weiter getan, als diesen Baum zu fällen.«

Nicht nur. Wir haben auch nebeneinandergesessen, sie hat den Kopf an meine Schulter gelehnt, und ich habe ihr Haar an meinem Gesicht gespürt.

Eric kramte seine Wasserflasche aus dem Rucksack und trank, bevor er antwortete: »Ganz genau.«

»Fragst du dich nie, warum sie sich auf deinen Vorschlag eingelassen hat, zwei Monate hier zu arbeiten?«

»Ich dachte, das wäre klar. Auf drei.« Sie hoben einen schweren Ast an und schleppten ihn mit gebeugten Knien zum Wagen.

»Ich meine«, keuchte Andrew, »außer dem Offensichtlichen.«

»Was meinst du damit? Dass diese Großstadtpflanze Gefallen an der Natur findet und an ...« Er hielt inne. Solche Ideen waren wie Unkraut. Einmal in der Welt, wucherten sie immer weiter, bis es nur noch mit viel Krafteinsatz möglich war, sie zu entfernen. Und danach hinterließen sie ein tiefes Loch. Es war besser, sie gar nicht erst Wurzeln schlagen zu lassen.

»Wäre doch möglich, oder?«

Mit lautem Krachen landete der Ast bei den Stämmen. Eric stemmte die Hände in die Hüften und dehnte den Rücken.

»Selbst wenn. Ich bin nicht an ihr interessiert.«

»Sicher. Für den Fall, dass du deine Meinung ändern solltest, gebe ich dir einen guten Rat: Baumfällen steht nicht auf Platz eins der romantischen Verabredungen. Es kommt erst mit großem Abstand nach Gewichtheben und Bierdosenzerdrücken. Meine Güte, wie hast du es nur geschafft, Mariah zu erobern?«

Sie war es gewesen, die den ersten Schritt gemacht hatte. Nach seiner Rückkehr aus London damals war er ihr viele

Wochen aus dem Weg gegangen, nur um sie heimlich anzustarren, wenn sich die Gelegenheit dazu ergab. Irgendwann hatte Mariah ihn an der Hand genommen und war mit ihm zum Ufer des Tain spaziert, wo er ihr einen langen Vortrag darüber gehalten hatte, wie unterschiedlich sich Douglasie und Eiche verarbeiten ließen. Später sagte Mariah lachend, sie habe ihn damals nur geküsst, weil sie kein weiteres Wort über weiches oder sprödes Holz ertragen hätte. Nein, er hatte Mariah nicht erobert, sondern mit fliegenden Fahnen vor ihrem Lachen und ihren strahlenden Augen kapituliert.

Als Eric und Andrew bei der Firma ankamen, fegte Wesley die Werkstatt aus. Die Hartnäckigkeit, mit der sie sich reinhängte, beeindruckte Eric. Letztlich war sie genauso dickköpfig wie er – und das deutete auf kein gutes Ende zwischen ihnen hin.

Sie kam auf den Parkplatz, begrüßte Andrew herzlich, sogar mit einer Umarmung. Das zu sehen, fühlte sich an wie ein elektrischer Schlag. Eric wandte den Kopf zur Seite, räusperte sich unbehaglich. Wesley ließ Andrew endlich aus ihren Fängen, lachte ihn aber immer noch an. Warum zum Henker lachte sie derart? Und warum zum Henker gefiel es ihm so gut, sie lachen zu sehen? Sollte er sie doch einmal einladen? In eines dieser überkandidelten Restaurants in Aberdeen oder Edinburgh – mit Seidenservietten und zwanzig verschiedenen Messern auf dem Tisch? Nein, keine gute Idee. Er würde sich nur lächerlich machen, und außerdem hatte er kein Geld für so etwas.

Kurz entschlossen nahm er einen gerade gewachsenen,

robusten Ast von der Ladefläche des Pick-ups und drückte ihn ihr in die Hand. Verwundert schaute sie Eric an.

»Der ist von Ihrem Baum. Behalten Sie ihn als Andenken. Außerdem kann man einen Ast für vieles verwenden.«

»Zum Beispiel?«

»Um sich den Rücken zu kratzen. Oder um ihn an die Wand zu lehnen.«

»Danke. Ich werde ihn in Ehren halten.«

Er mochte ihr Lächeln wirklich. Mist. Am Ende käme es doch noch so weit, dass er sie in so ein Restaurant ausführte und Schnecken aß. Allein bei dem Gedanken schauderte es ihn. Es gab bestimmt auch andere Möglichkeiten, sie besser kennenzulernen. Vielleicht sollte er tatsächlich mit ihr zusammenarbeiten und sie nicht nur für sich schuften lassen. Er könnte sie in die Arbeit an Bettys Regal mit einbeziehen. Das wäre vollkommen unverfänglich und absolut unromantisch. Wie gemacht für sie und ihn.

»Von dir könnte sogar Casanova noch etwas lernen«, sagte Andrew, während Wesley fröhlich pfeifend in die Werkstatt ging. »Äste statt Blumen, um eine Frau zu erobern. Darauf muss man erst mal kommen.«

19

Claire

Freitag! Ein ganzes Wochenende lag vor ihr, um tausend Dinge zu tun. Erst einmal würde sie am Samstag bis Mittag im Bett bleiben, sich umdrehen und bis Sonntagabend weiterschlafen. Danach könnte sie auch gleich liegen bleiben, bis ihr Smartphone sie am Montag früh um sieben aus dem Schlaf reißen würde. Zumindest würde sie das gern tun, aber Francis hatte ihr von ihm erstellte Angebote weitergeleitet, die sie vor dem endgültigen Versand genehmigen sollte. Und in den Abschlussbericht über die Bauarbeiten am neuen Fußballstadion in Leicester musste sie wenigstens einen Blick werfen. Das wäre dann also ihr Wochenende. Außerdem würde sie mal wieder versuchen, Amelia zu erreichen. Francis sagte ihr zwar bei jedem Telefonat, dass es ihrer Schwester gut gehe, aber es wäre schön, ihre Stimme zu hören. Und Peter hatte ihr in den letzten Tagen mehrere Nachrichten geschrieben. Die meisten beinhalteten nur kurze Emoji-Grüße, einige jedoch zeigten deutlich, dass für ihn das Sprichwort »Aus den Augen, aus dem Sinn« nicht zutraf. Sie würde ihm mal wieder eine Abfuhr erteilen müssen, was wirklich nicht ihre Lieblingsbeschäftigung war.

Sie packte ihre Sachen zusammen und verließ das Holzlager. O'Malley saß auf einem Stuhl vor einem gerade gewachsenen Baumstamm und entrindete ihn, wobei er an einigen Stellen die Borke stehen ließ. Er hielt den Kopf schief, arbeitete mit einer routinierten Gleichmäßigkeit, die etwas Meditatives ausstrahlte. Claire betrachtete ihn so, wie er das Holz betrachtete: intensiv, prüfend. Am liebsten wäre sie noch eine Weile stehen geblieben, um ihn zu beobachten, aber als hätte er ihre Blicke gespürt, hob er den Kopf, sah sie und winkte sie zu sich heran.

»Was wird das?«, fragte sie und fuhr über das blanke, glatte Holz, das er gerade bearbeitet hatte.

»Ich habe so eine Idee für einen Küchentisch«, erwiderte er im Aufstehen und verzog dabei für einen Moment schmerzhaft das Gesicht. Ob ihm sein Bein ständig wehtat?

Besser nicht fragen, Claire. Darüber will er bestimmt nicht reden.

»Dieser Stamm dient als Fuß des Tisches.«

»Ein bisschen hoch, finden Sie nicht?« Der Stamm maß mindestens einen Meter. »Nicht jeder ist so ein Riese wie Sie.«

»Nicht so schnell, Wesley. Die Tischplatte wird aus zwei Teilen bestehen, jede mit einer halbkreisförmigen Rundung an den Stamm angepasst und auf dieser Höhe angebracht.«

Er deutete auf eine Markierung im oberen Drittel. »In das Holz, das über die Platte ragt, werde ich Höhlungen einarbeiten, in die zum Beispiel Salz- und Pfefferstreuer gestellt werden können. Und hier« – er deutete auf einige Astansätze, die er hatte stehen lassen – »können Tassen hingehängt werden. Ein Tisch, der gleichzeitig als Regal dient.«

»Also, den will ich haben, wenn er fertig ist.«

Das wäre doch ein schönes Stück, um damit in die Möbelfertigung bei Woodcorp einzusteigen! Ein Grund mehr, O'Malley zu überzeugen.

»Freut mich, dass er Ihnen gefällt«, sagte er mit einem verlegenen Lächeln und strich sich die Haare aus der Stirn. »Sie wollen jetzt in den Feierabend, schätze ich. Die zweite Woche ist überstanden. Gibt es irgendetwas, das Sie besprechen möchten?«

Claire überlegte ihre Antwort sorgfältig, denn sie konnte gleich mehrere Ereignisse der vergangenen Zeit als herausragend konstatieren:

— Ihr Muskelkater würde nie wieder aufhören.
— Sie bekam Arme wie Popeye.
— O'Malley hatte ihr einen Ast geschenkt.

Ansonsten wusste sie, wie man eine Tischlerei ausfegte, Maschinen ölte, kannte die Unterschiede zwischen Falz-, Füge- und Spiralfräsern, hatte sich schon an der Drechselbank an der Herstellung einer Schale versucht und wusste, ohne nachzudenken, in welchem Regalfach sich welche Utensilien befanden. Tatsächlich hatte sie den ganzen Inhalt neu geordnet. Statt O'Malleys »Ich werfe das mal hier rein und werde es schon wiederfinden« herrschte nun das Prinzip »Alphabetische Sortierung« vor. Seinem anfänglichen gegrummelten Protest war nach kurzer Zeit ein »Nicht übel« gefolgt.

»Für mich läuft hier alles sehr gut«, antwortete sie. »Ich lerne viel.«

»Sie stellen sich tatsächlich recht gelehrig an.«

Gelehrig? War sie ein Seehund? Balancierte sie Bälle auf der Nase?

»Nächste Woche werde ich Ihnen den Umgang mit einigen Maschinen zeigen. Zum Beispiel die Schleifmaschine hier. Haben Sie damit schon einmal gearbeitet?«

»Nein. Mein Vater hat mich bisher nur in der Verwaltung und im Management eingesetzt, nie in den Werkhallen.«

»Warum?«

Darauf wusste sie keine Antwort. Auf ihre Bitten hatte es immer nur geheißen, das sei nichts für sie. Vielleicht hatte ihr Vater Angst gehabt, sie könne sich verletzen, vielleicht fand er den Umgang mit den Arbeitern für sie unpassend, oder er befürchtete, sie würde ihn blamieren. Der erste Gedanke gefiel Claire am besten, der zweite schien durchaus möglich, der dritte am wahrscheinlichsten.

»Es hat sich nie ergeben.«

»Wie auch immer, wir holen das nach. Wollen wir heute schon anfangen?«

Claire ließ die Schultern sinken und verzog den Mund. Wie ein kleines Kind wollte sie quengeln: Ich bin müde, mir tut alles weh, ich will ins Bett!

»Ich sehe schon, Sie sind nicht motiviert. Aber Sie können mir trotzdem nützlich sein. Keine Bange, Sie müssen heute nichts mehr schleppen oder umräumen. Ich brauche Ihre weibliche Inspiration.«

»Meine was?« Ihre Müdigkeit war im Handumdrehen verflogen. In welche Richtung entwickelte sich dieses Gespräch?

»Betty möchte einen Aussteller für ihren Laden. Sie kennen ja ihr Geschäft.«

Gut, nicht das, was sie gedacht hatte. Aber warum hatte sie überhaupt daran gedacht? Unangenehme Frage, nächste Frage.

»Gibt es irgendjemand in den Highlands, der Bettys Kramkiste nicht kennt?«

O'Malley grinste. »Unwahrscheinlich. Wie gesagt, sie will ein Regal, auf dem sie ihren Kuchen präsentieren kann. Es soll in der Nähe des Eingangs zur Küche stehen.«

»Nette Idee, aber da ist kein Platz für ein weiteres Regal.«

»Genau mein Gedanke, nachdem sie mir davon erzählt hat.« O'Malley kratzte sich am Hinterkopf. »Kein Platz. Einfach kein Platz. Was würden Sie tun?«

»Ich?«, fragte Claire verwundert.

»Ja, Sie. Was fällt Ihnen ein?«

Früher hatte ihr Vater oft so vor ihr gestanden, hatte willkürliche Fragen zu ihren Unterrichtsstoffen gestellt oder Vorschläge für die Firma verlangt. Die Arme hatte er dabei hinter dem Rücken verschränkt, die Augen starr auf ihr Gesicht gerichtet, das sie nicht hatte senken dürfen. »Nun komm schon«, hörte sie seine Stimme. »Willst du mich ärgern, oder bist du wirklich so dumm?«

Claire starrte zu Boden, ihre Hände krampften sich zusammen, und Schweiß bildete sich in ihrem Nacken. Sie konnte keinen Gedanken fassen, keinen einzigen klaren Gedanken. So war es damals immer schon gewesen. Was mochte O'Malley nur von ihr halten? Würde er erkennen, wie unzulänglich sie war, wie nichtsnutzig?

»Hey, alles in Ordnung?« O'Malleys Hand legte sich schwer auf ihre Schulter und gab ihr ein Gefühl von Erdung, von Sicherheit. Der Bann war gebrochen, sie atmete tief durch.

»Sie sind ja kreidebleich. Brauchen Sie einen Arzt?«

»Nein, um Gottes willen! Das ist nicht nötig.«

Er betrachtete sie skeptisch. »Verraten Sie mir, was da gerade passiert ist? Ich dachte, Sie fallen in Ohnmacht.«

»Es ist nichts«, wehrte sie müde ab. »Die Woche war sehr anstrengend, und ich habe heute noch nichts im Magen außer Kaffee und Holzstaub.«

»Verstehe.« Seine Hand löste sich von ihrer Schulter, und Claire fühlte den Verlust so heftig, dass sie am liebsten laut geschrien hätte. Er sollte sie halten. Nichts fragen, nichts verlangen, einfach nur halten.

»Tut mir leid, dass ich nicht gleich gemerkt habe, wie sehr Sie etwas Ruhe brauchen.«

»Ist schon gut.« Sie ging ein paar Schritte, die Beine immer noch wacklig. »Ich fahre dann jetzt nach Haus.«

Er richtete sich zu seiner vollen Größe auf und sah unter zusammengezogenen Augenbrauen auf sie herab. »Nein. In diesem Zustand setzen Sie sich nicht hinters Steuer. Sie haben die Wahl: Entweder ich fahre Sie, oder Sie kommen erst noch mit zu mir. Ich habe etwas zu essen und zu trinken da. Wenn es Ihnen dann besser geht, fahren Sie selbst.«

Zum zweiten Mal innerhalb kurzer Zeit konnte sie keinen klaren Gedanken fassen. »Sie machen sich ja schon wieder Sorgen um mich«, murmelte sie.

»Natürlich. Sie sind unter meiner Obhut. Also?«

Claire betrachtete O'Malley für einen Moment, der sich immer länger dehnte. Zum ersten Mal bemerkte sie, dass er eine Narbe im Gesicht hatte. Dünn und blass mäanderte sie von seiner rechten Schläfe an seiner Augenbraue entlang und verschwand hinter seinem Ohr im Haaransatz. Es tröstete Claire, bei ihm auf diese Spur einer alten Verletzung gestoßen zu sein, nachdem er gerade eine der ihren entdeckt hatte.

»Meinetwegen«, sagte sie und folgte ihm zu seinem Wohnwagen, in dem er mit einem kurzen »Warten Sie« verschwand. Das Licht ging an, schien durch die mit dunkelgrünen Gardinen versehenen Fenster. Claire stellte sich auf die Zehenspitzen, um einen Blick hineinwerfen zu können. Die Einrichtung machte einen armseligen Eindruck. Die Küchenzeile bestand aus einem schmalen Schrank, einer Spüle und einer Kochplatte mit zwei Feldern. O'Malley trat zum Kühlschrank, der nicht größer war als eine typische Minibar in Hotelzimmern, und holte zwei Flaschen hervor, dann öffnete er den Schrank und griff nach etwas, das wie eine Chipstüte aussah. Das alles verstaute er in seinem Rucksack, den er sich über eine Schulter warf. Von einem schmalen Bett, das sich am hinteren Ende des Wohnwagens befand, griff er zwei Decken und zwei Kissen. Als er die Tür wieder öffnete, trat Claire schnell zurück und sah angelegentlich in die Luft.

»Haben Sie mir hinterherspioniert?«

»Das müsste ich nicht, wenn Sie mich hereinbitten würden.«

»Stimmt, dann müssten Sie das nicht.«

Aufgrund seines Vorschlags, zusammen zu essen, hatte

Claire allerdings genau das erwartet – dass er sie in seinen Wohnwagen bat. Stattdessen erklomm er die Leiter, die auf das Dach des Wagens führte, breitete eine der Decken aus und winkte Claire heran. »Keine Angst, Wesley, kommen Sie schon.«

»Da hoch?«

»Warum nicht?«

Misstrauisch blickte sie zu ihm auf. »Ich weiß nicht. Vielleicht, weil es ein etwas ungewöhnlicher Platz für ein Abendessen ist.«

»Ach, kommen Sie schon!« Er lachte verhalten. »Oder haben Sie Angst, ich würde Sie hinunterwerfen?«

»So ein Blödsinn!« Claire griff energisch die Leiterholme, hielt dann inne. »Würden Sie?«

»Das hängt ganz von Ihnen ab, und jetzt hoch mit Ihnen.« O'Malley klopfte neben sich auf das Dach, und Claire setzte den Fuß auf die erste Stufe. Da diese hielt, kletterte sie rasch weiter, bis sie über den Rand des Daches in O'Malleys lächelndes Gesicht blickte. Helfend streckte er ihr die Hand entgegen, sie griff danach und ließ sich hochziehen.

»Was sagen Sie? Ist das hier nicht der wunderbarste Ort für ein Picknick?«

Der Stolz in seiner Stimme ließ Claire schmunzeln. Aber er hatte recht – rings um sie herum nur der Frieden des Waldes, über ihnen der Himmel.

»Wenn es jetzt noch ein paar Grad wärmer wäre, würde ich Ihnen glatt zustimmen.«

Im nächsten Moment landete die zweite Decke in ihrem Gesicht. »Hier, legen Sie sich die um die Schultern.«

Unter dem dicken, karierten Wollstoff wurde ihr tatsächlich rasch wohlig warm.

O'Malley öffnete den Rucksack und zog zwei Flaschen daraus hervor, deren orangefarbener Inhalt zu leuchten schien. »Irn-Bru«, erklärte er. »Das schottische Nationalgetränk.«

»Ich dachte, das wäre Whisky.«

»Das ohne Alkohol. Sie wollen ja noch fahren.«

Wie eine kurze kalte Dusche erschienen ihr seine Worte. Wollte sie wirklich zurück? Könnte sie nicht einfach hierbleiben, bei ihm, notfalls auch die ganze Nacht auf diesem Dach?

»Und jetzt…« Geheimnistuerisch wie ein Magier ließ er eine Hand über dem offenen Rucksack schweben, bevor er hineingriff und eine Tüte Kartoffelchips hervorholte. Erstaunlich, was dieser Mann unter Essen und Trinken verstand. Salz und ungesättigte Fettsäuren, künstliche Aromen und Zucker. Für sie klang das eher nach einem Mordversuch.

»Jetzt gucken Sie nicht so skeptisch. Lassen Sie sich darauf ein, Sie werden es lieben.«

Seufzend drehte Claire den Verschluss ihrer Flasche auf. »Wenn Sie meinen.«

20

Eric

Eigentlich erübrigte es sich, Wesley danach zu fragen, ob es ihr geschmeckt hatte, denn genau in diesem Moment hielt sie die Chipstüte in der Hand und ließ sich, den Kopf in den Nacken gelegt, die Reste in den Mund rieseln. Trotzdem – Eric wollte, dass sie es zugab.

»War gar nicht so schlecht, oder?«

Sie wischte sich die Krümel von den Lippen. »Na ja.«

»Na ja? Sie haben fast alles allein gegessen.«

»Es ist okay. Sehr würzig. Was für eine Geschmacksrichtung ist das überhaupt?«

»Haggis und schwarzer Pfeffer. Also hat es Ihnen geschmeckt.«

»Wie ich schon sagte – na ja.«

Ihre Flasche Irn-Bru war leer, und bevor er es verhindern konnte, schnappte sie sich seine und trank sie aus.

»Auf jeden Fall habe ich jetzt keinen Hunger mehr.« In die Decke gehüllt, legte sie sich hin und schaute in den Nachthimmel, der sich besondere Mühe zu geben schien. Die Milchstraße zog sich funkelnd über das kohlschwarze Firmament. Der Mond, voll und groß, schien dagegen beinahe blass.

»Wunderschön«, sagte sie mit verhaltener Stimme.

»Danke.«

»Hey! Tun Sie nicht so, als wäre das da oben Ihr Werk.«

»Ohne mich wären Sie nie nach Glenbarry gekommen, würden nicht auf dem Dach dieses Wohnwagens liegen und sähen diesen Himmel nicht. Also doch – in gewisser Weise ist das hier mein Werk.«

»Hm.« Wesley zog die Nase kraus und schien zu überlegen. »Das klingt logisch, ohne es zu sein. Ich bin beeindruckt. Jetzt legen Sie sich schon hin, und erzählen Sie mir, welche Wundertaten Sie noch so vollbringen.«

Zögerlich ließ Eric sich neben ihr nieder. Es war lange her, dass er neben einer Frau gelegen hatte, und auch wenn es vollständig angezogen auf dem Dach eines Wohnwagens war, so beschleunigte sich sein Puls dennoch.

»Also?« Wesley drehte sich auf die Seite, ihre Hand lag neben seiner Schulter, er konnte ihre Finger an seinem Hemd spüren.

»Mehr gibt es da nicht.« Er räusperte sich, um die Befangenheit loszuwerden. »Bis auf meine Fähigkeit, Sie an den schönsten Platz der Welt zu bringen, bin ich ein ganz normaler Typ.«

»Der schönste Platz der Welt«, wiederholte Wesley versonnen. »Wissen Sie, was das für mich ist?«

Er fragte nicht nach. Sie würde es ihm sowieso gleich erzählen.

»Covent Garden. Da gibt es wunderbare Handwerker und Künstler, die so viel Schönes zum Verkauf anbieten. An jeder Ecke riecht es nach etwas anderem – nach Seifen und Parfüms, nach Kräutern und Tee. Und auf der Piazza wird musiziert, jongliert, Theater gespielt. Ich liebe es.

Auf diesen paar Quadratmetern ist die Welt bunter und fröhlicher. Als hätte sich die Tür zu einer Romanwelt geöffnet.«

Während er ihr zuhörte, bedauerte es Eric, nicht doch mehr Zeit in London verbracht zu haben. Vielleicht hätte er das kleine Gothic-Mädchen, das Wesley damals gewesen war, in Covent Garden wiedergesehen, wie es mit großen Augen all die zauberhaften Dinge um sich herum betrachtete.

»Klingt nach einem guten Ort«, sagte er.

»Das ist es. Der hier ist aber auch nicht schlecht.«

Sie rutschte ein Stückchen dichter an ihn heran, sodass er ihren Atem an seiner Wange spürte. Er zuckte zusammen. Solche Nähe war er nicht mehr gewohnt. Sie irritierte ihn. Wobei – »irritierte« war nicht das passende Wort, um die Unruhe zu beschreiben, die er verspürte.

Wesleys Finger klopften leise auf das Dach des Wohnwagens. »Warum hier?«, flüsterte sie. »Warum leben Sie hier drin?«

»Weil ich kein Haus habe.«

Es war ihm erstaunlich leichtgefallen, die Tür des Hauses, in dem er seine Kindheit verbracht und mit Mariah gelebt hatte, endgültig hinter sich ins Schloss fallen zu lassen. Selbst jetzt, wenn er an dem Golfplatz vorbeikam, für den das Haus hatte weichen müssen, spürte er keinen Verlust. Er vermisste nicht die Räume, er vermisste die Menschen, mit denen er sie geteilt hatte.

»Ich weiß. Sie haben es vor einem Jahr verkauft.«

Er lachte auf. »Sie haben meine Vermögensverhältnisse von oben bis unten durchleuchten lassen, stimmt's?«

»Werfen Sie mir vor, dass ich meinen Job gut mache?«

Eigentlich würde er das gerne, aber wenn er ehrlich war, beneidete er Wesley um ihr wirtschaftliches Denken. Wäre er in dieser Hinsicht ein wenig mehr wie sie, hätten seine Vermögensverhältnisse womöglich tatsächlich ein Oben und nicht nur ein beständiges Unten.

»Sie hätten sich doch in Ihrer Werkstatt einrichten können. Platz genug haben Sie. Also warum ein Wohnwagen?«

»Es gab ihn für ein paar Pfund auf dem Schrottplatz.«

»Damit beantworten Sie meine Frage nicht.«

»Muss ich das denn?« Er wandte ihr den Kopf zu. »Claire Wesley stellt eine Frage und erwartet eine klare Antwort, um die Dinge einordnen zu können. Wollen Sie eine Welt aus Schachteln, beschriftet und jede an ihrem Platz?«

»Und Sie wollen eine Welt aus Bäumen, zwischen denen man sich verirren kann?«

Ja, so fühlte er sich manchmal – verirrt zwischen den Entscheidungen, die andere getroffen hatten, den Prinzipien, die er als seine empfand, und den Forderungen, die er an sich stellte. Einen Ausweg aus diesem Wald gab es nicht, nur ein beständiges Suchen danach.

»Es muss doch sehr beengt sein, so zu leben.«

»Immer noch besser als in zu vielen leeren Räumen. Außerdem mag ich den Gedanken, dass ich mich einfach ans Steuer setzen und bis ans Ende der Welt fahren könnte.«

»Fahren?« Wesley lachte trocken. »O'Malley, dieses Teil hat noch nicht mal Räder.«

»Wozu auch? Ich will doch nicht weg.«

Sie schwieg, aber er meinte zu spüren, wie es in ihrem Kopf arbeitete. Wesley kam wohl nur im Schlaf vollständig zur Ruhe, vielleicht noch nicht einmal dann.

»Das ist seltsam«, flüsterte sie. »Dieses Wohnmobil bedeutet Ihnen also gleichzeitig Geborgenheit und Freiheit. So große Unterschiede passen eigentlich nicht zusammen.«

Eine Windböe ließ die Bäume flüstern. Eric setzte sich abrupt auf.

»Was ist los?«, fragte Wesley. Sie sah blass aus im Mondschein, aber ihre Augen glänzten.

»Geht es Ihnen wieder besser?« Eric erschrak darüber, wie harsch seine Stimme klang.

»Ja, schon …« Sie zog die Decke um ihren Oberkörper zusammen, als sie sich hinsetzte.

»Dann sollten Sie jetzt fahren.«

»Wieso? Habe ich etwas Falsches gesagt? Was …«

»Nun gehen Sie schon. Sie machen mir einen munteren Eindruck.«

Er wich ihrem Blick aus und war dankbar, dass sie nichts mehr sagte und auch keine Fragen stellte. Hastig kletterte sie die Leiter hinunter. Auf dem Weg zu ihrem Wagen stolperte sie. Eric schreckte auf, aber bevor er hinuntersteigen konnte, um ihr zu helfen, hatte Wesley sich wieder gefangen und lief weiter, setzte sich in ihr Auto, versuchte zweimal vergeblich zu starten und fuhr endlich in rasantem Tempo vom Parkplatz.

Eine Weile noch klang das Motorengeräusch ihres Wagens durch die Nacht. Erst als es ganz verstummt war, raffte Eric die Decken zusammen und kletterte hinunter. Wesley auf sein Dach einzuladen, war keine gute Idee gewesen, aber der Ausdruck in ihren Augen, vorhin in seinem Büro, hatte ihn zutiefst erschreckt – ängstlich, verstört, wie ein Kaninchen vor der Schlange. Sie hatte ihm leidgetan. Blödsinn! Das Gefühl von Mitleid barg nicht diese Spannung in sich, die er an ihrer Seite verspürte. Seine Erfahrungen mit Frauen waren nicht gerade reichlich. Da hatte es einen intensiven Flirt mit einer Touristin gegeben, als er sechzehn gewesen war, und dann hatte er sich in Mariah verliebt, und jede andere Frau war unwichtig geworden. Mit ihr war alles einfach gewesen – bis zu dem Moment, als es so unglaublich kompliziert geworden war. Aber vorher hatte es nur sie gegeben, hatte er nur sie gewollt und keine Sekunde an der Richtigkeit seiner Gefühle gezweifelt. Mit Wesley war es schwierig, unmöglich und absolut undenkbar, egal was Andrew sagte, und egal auch, dass sie ihn manchmal auf eine Weise ansah, die ihn das Atmen vergessen ließ. Es stimmte nun einmal: Große Unterschiede passten nicht zusammen. Ihr Platz war in London, seiner hier, also würde sie gehen, und er blieb zurück. So lief es bei ihm ja immer. Gerade, als er daran dachte, Andrew anzurufen, klingelte sein Smartphone.

»Hey, ich bin's«, hörte er die Stimme seines Freundes. »Komm in den Pub. Fred, Dave und ich planen, eine A-Capella-Folk-Band zu gründen. Willst du mitmachen?«

»Hast du mich schon mal singen hören?«

»Ja, leider. Wir können es auch nicht besser.«

»Nette Idee, aber ich muss passen.«

»Dann ein Buchklub?«

»Warum nicht? Lesen kann ich. Aber ich komme heute trotzdem nicht mehr vorbei, der Tag war anstrengend.«

Statt einer Antwort hörte er, wie Andrew Wesley einen Gruß zurief. Sie musste in diesem Augenblick den Pub betreten haben.

»Claire sah nicht gerade fröhlich aus«, erklärte sein Freund gleich darauf. »Weißt du, was mit ihr los ist?«

»Nein«, erwiderte Eric. »Keine Ahnung.«

21

Claire

»Hallo, Francis.«

»Claire?«

»Hast du einen Moment?«

»Es ist spät.«

»Ich weiß.«

»Leg los«, seufzte er. »Was ist passiert?«

Gute Frage. Claire zog die Vorhänge vor dem kleinen Fenster ihres Zimmers zurück, starrte in die Nachtschwärze. Es war schön gewesen, in den Himmel zu sehen und mit O'Malley zu reden. Als hätten sie die Erde verlassen und mit ihr alles, was zwischen ihnen so kompliziert war – bis sie die Schwerkraft in Gestalt seiner brüsken Zurückweisung krachend auf den Boden zurückgeholt hatte.

»Wenn du mich schon zu nachtschlafender Zeit anrufst«, riss Francis' Stimme sie aus ihren Überlegungen, »dann solltest du mir auch etwas zu sagen haben.«

»Ich wollte … ich wollte nur wissen, ob in der Firma alles in Ordnung ist.«

»Hast du meine Mail nicht bekommen?«

Doch, hatte sie. Eine genaue Aufstellung über die wichtigsten Aktivitäten während der vergangenen Woche. Drei abgeschlossene Großaufträge, mehrere Anfragen, eine Kündigung in der Buchhaltung und die Information, dass Amy nach dem Schulabschluss doch nicht Medienwissenschaften studieren, sondern sich erst einmal selbst finden wollte. Das Letztere hatte ihre Schwester ihr schon in einer SMS mitgeteilt. *Ich weiß noch gar nicht, wer ich eigentlich bin,* hatte sie geschrieben.

Witzig, das wusste Claire im Grunde auch nicht. Sie hatte noch nicht einmal eine Idee, wo sie nach sich suchen sollte. Ein Bild stahl sich in ihren Kopf, wie sie auf dem Boden kniete, eine Taschenlampe in der Hand, und unter dem Sofa nach sich selbst Ausschau hielt.

»Ich habe die Mail gelesen, wollte es nur noch einmal von dir hören.«

»Gut, Claire, und jetzt verrate mir, weshalb du anrufst.« Ein Fitzelchen Anspannung klang in Francis' Stimme mit, was daran liegen mochte, dass es kurz vor Mitternacht war.

»Keine Ahnung. Das war dumm, tut mir leid. Ich habe Heimweh.«

»Ach, Kleine, das glaube ich, aber vergiss nicht – du bist aus einem guten Grund dort. Du hast Pläne für Woodcorp! Du willst es nach deinen Ideen verändern. Gib nicht auf, nur weil du im Moment ein bisschen sentimental wirst.«

»Das tue ich doch gar nicht, aber ich überlege, morgen nach Hause zu fahren und bis Montag zu bleiben. Dann kann ich auch mit Amy über ihr Selbstfindungsding reden.«

Francis lachte. »Du kennst sie doch – wenn sie morgen

die Augen aufschlägt, hat sie schon wieder andere Pläne. Kein Grund, dich nervös zu machen, ihr geht es gut, der Firma geht es gut, und für deinen Vater wird hervorragend gesorgt.«

»Ich weiß. Vielen Dank.« Claire zog die Vorhänge zu. »Und danke auch fürs Zuhören.«

»Kein Problem. Halte durch, du schaffst das.«

Leise Musik drang aus dem Schankraum in ihr Zimmer. Drei fürchterlich unharmonisch singende Männerstimmen intonierten schottische Lieder, einige wild und rhythmisch, andere voller Sehnsucht und Zartheit. Gemeinsam war ihnen nur der Mangel an Musikalität, mit der sie dargeboten wurden.

Müde drehte sich Claire von einer Seite auf die andere, presste sich das Kissen auf die Ohren und kniff die Augenlider zu. Es gelang ihr zwar, die Musik auszublenden, aber nicht die Erinnerung an die Wärme, die O'Malleys großer Körper ihr gespendet hatte.

Wie war es überhaupt dazu gekommen, dass sie im Bett lag, nicht einschlafen konnte und sich wünschte, noch immer neben ihm auf diesem Dach zu liegen und in die Sterne zu starren?

Vergiss es, rief sie sich zur Ordnung. Du bist nicht deshalb hier. Du hast eine Aufgabe zu erfüllen. Lass ihn das hier nicht gewinnen.

★★★

»Deine Lieblingsfarbe?«

Betty kniff die Augen zusammen und überlegte. »Lavendelblau«, antwortete sie schließlich. »Mit einem leichten grauen Unterton.«

»So viel Platz ist nicht.«

»Dann nur Lavendelblau.«

Nein, auch das passte nicht in das Feld des Fragebogens, also schrieb Claire einfach Blau und ging zum nächsten Punkt über. »Dein Lieblingstier?«

»Oh, das ist schwierig. Katzen, Hunde, Affen und diese kleinen, dicken, pelzigen – wie heißen sie noch gleich?«

»Chinchilla?«

»Nein, obwohl – die sind auch süß. Aber ich meine Meerschweinchen.«

Claire tippte Meerschweinchen in das entsprechende Feld und sah auf in Bettys skeptische Augen.

»Und du meinst, wenn ich das ausfülle, findet der Computer den passenden Partner für mich, weil ich Lavendelblau mag und Meerschweinchen?«

»Ganz sicher. Die Seite wertet deine Angaben aus und vergleicht sie mit denen der anderen Teilnehmer. Das ist so ein …«, auf der Suche nach dem richtigen Ausdruck wedelte Claire mit der Hand in der Luft, »so ein Logarithmus-Dings.«

Betty runzelte die Stirn. »Na ja, ist wahrscheinlich besser als ein Zufalls-Dings.«

In diesem Augenblick, Bettys Laptop vor sich auf dem Schreibtisch, war Claire sich überhaupt nicht sicher, ob sie die Richtige war, für ihre Freundin ein Profil auf einer Onlinedating-Seite anzulegen. Als wäre sie jemand, der sich mit Liebesdingen auskannte! Dabei hatte sie ja gerade Bettys Einladung zum sonntäglichen Kaffee und Kuchen benutzen wollen, um sich von ihren eigenen heillos verworrenen Gedanken und Gefühlen bezüglich O'Malleys abzulenken. Aber Bettys Wohnung über ihrem Laden, mit den frei liegenden Balken, den Dachschrägen und der Rosentapete verriet auf Schritt und Tritt, dass sie für ein Single-Dasein eingerichtet war. Vom schmalen Bett, das nicht einmal die Möglichkeit eines Übernachtungsgastes bot, bis zu den Fotos an der Wand, von denen nicht ein einziges sie mit einem anderen Menschen in jener Vertrautheit zeigte, die auf Liebe schließen ließ. Aber der Anblick der einzelnen Zahnbürste auf der Ablagefläche in dem schmalen Duschbad hatte Claire schließlich dazu gebracht, Bettys zukünftiges Liebesglück in die Hand zu nehmen. Einer musste es ja anscheinend tun.

Sie las die nächste Frage vor: »Wünschen Sie sich einen jüngeren, gleichaltrigen oder älteren Partner?«

»Etwas älter. Anfang vierzig vielleicht.«

Claire klickte das entsprechende Kästchen an. »Kein Toyboy für Betty.«

Es stellte sich heraus, dass Betty eine sehr genaue Vorstellung von ihrem Zukünftigen hatte. Groß, schlank und Brillenträger sollte er sein. Ein Mann, der seinen Wert kannte, aber nicht damit angab. Klug, humorvoll und zärtlich.

Eine eierlegende Wollmilchsau, dachte Claire, während sie den Fragebogen ausfüllte. Vielleicht fand Betty deshalb keinen Partner, weil sie zu festgelegt war. Bis zu ihrem Aufenthalt in Glenbarry hätte Claire sich auch nicht träumen lassen, dass sie auf wortkarge, ungehobelte Männer stand. Männer, die aus Limonade, Chips und Sternen ein wunderbares Dinner zaubern konnten.

»Claire?« Bettys Stimme drang durch ihre Gedanken. »Sind wir jetzt fertig damit?«

Claire blinzelte. »Was? Ja, ich denke schon. Moment.« Sie speicherte das Profil und drückte auf »Veröffentlichen«. »So, bald können dich all die tollen Männer dieser Welt online finden und mit dir in Kontakt treten. Du wirst dich vor Zuschriften nicht retten können.«

»Ich weiß nicht ... ich bin eigentlich nicht so eine Frau.«

»Du bist nicht an heißen Kerlen interessiert?«

»Eher umgekehrt. Männer mögen mich nicht.« Betty starrte auf den Boden, ihre Stimme war nur noch ein Hauch. »Ich bin nicht hübsch genug. Zu dick, zu normal. Uninteressant.«

Wer hatte ihr das denn eingeredet? Anscheinend brauchten in Glenbarry noch viel mehr Menschen als nur O'Malley ihre Hilfe. Erst der alte Dave, nun Betty.

»Jetzt hör mir mal zu, du bist eine hübsche Frau und musst dich nicht verstecken.«

»Wenn du das sagst ...«

Claire stellte den Laptop beiseite und griff nach der heißen Schokolade, die Betty zubereitet hatte. Die Steinguttasse wärmte ihre Finger, und der Geruch von Zimt und Kakao stieg verführerisch in ihre Nase. »Für deine Haare würde ich töten, dein Teint ist wie Porzellan, und deine Kuchen sind genial. Du bist so eine Art König Midas. Was du anfasst, wird vielleicht nicht zu Gold, aber zu einer unwiderstehlichen Köstlichkeit.«

»Sag das nicht, bevor du meine Kekse gekostet hast«, entgegnete Betty nüchtern. »Vanille, Eierpunsch, ein Hauch Koriander und Ingwer. Ich experimentiere für Weihnachten.«

»Im Mai?«

»Gerade jetzt. Sobald der erste Schnee fällt, denke ich nur noch an Früchtekuchen und Hot Toddy. Keine gute Zeit, um sich etwas Neues auszudenken.«

»Immer her damit. Ich bin gern dein Versuchskaninchen.«

Während Betty die knarrende Treppe zum Laden hinabstieg, um die Kekse aus der Küche zu holen, hob Claire die Zeitungen an, die als ein buntes Potpourri auf dem Schreibtisch lagen – von Kochmagazinen über Strickzeitschriften bis zu royalen Klatschblättern. An der Wand dahinter hing eine über und über mit teilweise schon vergilbten Zeitungsartikeln bestückte Pinnwand. Bei den meisten Ausschnitten handelte es sich um Backrezepte, es fanden sich jedoch auch zwei Berichte über Hallion Castle. Claire erhob sich aus ihrem Rattansessel und ging auf die andere Seite des Tisches, um die Texte lesen zu können. In einem gut zwanzig Jahre alten Artikel wurde über ein Sommerfest berichtet, das dort stattgefunden hatte, in einem jüngeren Beitrag über die Hochzeit des Earls. Beide Zeitungsausschnitte hingen so prominent, dass sie nicht zu übersehen waren. Als sich die Tür wieder öffnete, schrak Claire zusammen und drehte sich um. Betty, eine Schale voller Kekse in der Hand, sah sie mit großen Augen an. Das unangenehme Gefühl, eine Grenze überschritten zu haben, ließ Claire von der Pinnwand zurücktreten. Um ihre Beklommenheit zu überspielen, deutete sie auf die Artikel über das Schloss. »Du bist ein Fan?«

»Ach was!« Bettys Blick glitt übertrieben nachlässig über die Pinnwand. »Ich mag Hallion Castle. Es ist hübsch und gehört zu unserer Geschichte. «

»Okay.«

»Und es ist albern, dass die Leute etwas gegen den Earl haben, nur weil er nicht von hier ist.«

Claire erinnerte sich an O'Malleys Tirade über das Schloss und seine Besitzer. Wenn alle so dachten wie er, trafen Bettys Sympathien für den Earl sicher nicht auf viel Verständnis. Wobei Betty so eng mit dem Dorf und allem, was darin vorging, verwachsen schien. Warum ging sie gerade in dieser Sache einen völlig anderen Weg?

Nein, frag sie nicht, auch wenn es dich in den Fingern juckt.

»Ich weiß, wie Eric darüber denkt. Bestimmt hat er dir davon erzählt.«

»Ja, hat er, aber das ist so lange her. Ich sehe da …«

»Genau.« Betty stellte die Schale so heftig auf den Couchtisch, dass Claire fürchtete, sie würde zerbrechen. »Das hat alles nichts mehr mit der Gegenwart zu tun. Der Earl kann trotzdem ein guter Kerl sein.«

»Sicher. Du kennst ihn?«

»Nein. Also nicht wirklich. Man hat sich mal gesehen. Von Weitem. Vor einer halben Ewigkeit.« Bettys Gesicht hatte die Farbe ihrer Haare angenommen. Claire nahm ihr nicht ab, dass es ihr nur um das alte Gemäuer und die Ungerechtigkeit gegenüber einem Fremden ging, aber sie beschloss, das Thema nicht weiter zu vertiefen, um Betty nicht noch mehr in Verlegenheit zu bringen. Dankbar nahm sie die Ablenkung an, die Kekse und heiße Schokolade boten. Anscheinend gab es in ihrer beider Leben einen Mann, über den sie nicht nachdenken wollten.

★ ★ ★

Als Claire am Montag wieder in die Tischlerei kam, stand die Werkstatttür offen, und das Surren der Fräse drang über den Hof. O'Malley zu sehen, ließ ihr Herz für einen Moment stolpern, doch rasch gewann sie ihre Fassung zurück und gab ihm mit einer Berührung an der Schulter zu verstehen, dass sie da war. Er stellte die Maschine aus, setzte die Ohrenschützer ab und schob die Brille auf die Stirn. »Morgen. Hatten Sie ein schönes Wochenende?«

»Ja. Und Sie?«

Er nickte. Oh ja, das fühlte sich so richtig schön ungemütlich an. Auch O'Malley schien so zu empfinden, sein Blick wich ihrem aus, er räusperte sich, trotzdem klang seine Stimme heiser. »Ich möchte heute da weitermachen, wo wir am Freitag aufgehört haben.«

Wie sollte sie denn das jetzt verstehen?

»Haben Sie noch eine Tüte Chips gefunden, oder ...«

»Nicht das«, unterbrach er sie hastig. »Ich wollte mit Ihnen über Bettys Regal sprechen.«

Ach, das. Woraufhin ihr peinlicher Ausrutscher stattgefunden hatte. Dem sich gerade ein nicht minder peinlicher Ausrutscher angeschlossen hatte.

»Ich habe das ganze Wochenende darüber nachgedacht«, sagte O'Malley, »und mir ist etwas eingefallen. Kommen Sie mit.«

Schnurstracks lief er in sein Büro, und sie hastete hinter ihm her. Zum ersten Mal ließ er sie freiwillig in sein Allerheiligstes, in dem ein noch größeres Durcheinander herrschte als normalerweise. Auf seinem Schreibtisch, einer Pressspannplatte auf zwei Holzböcken, lagen kreuz und quer Zeichenmappen, Bleistifte, Radiergummis, Lineale, zerknüllte Blätter und mehrere Packungen Pfefferminzbonbons. Der alte Monitor stand neben dem nicht minder alten Laptop auf dem Boden. Mit einer energischen Handbewegung schob O'Malley den Krimskrams zu einem Haufen zusammen – ein Teil davon fiel herunter – und breitete einen plakatgroßen Bogen Papier aus. Neben den bemaßten Teilschnittzeichnungen fand sich darauf die Skizze eines gedrungenen Rechtecks, das nach oben spitz zulief.

Claire drehte das Papier zu sich herum. »Was soll das sein, O'Malley?«

»Woran erinnert es Sie denn?«

Die Erwartung in seiner Stimme machte sie nervös. Die Form kam ihr bekannt vor, dieses breite Viereck, das sich flach nach oben verjüngte. Sie fuhr die Striche mit dem Zeigefinger nach, verwischte dabei den Grafit ein wenig. Vielleicht war es der graue Farbschleier auf dem cremefarbenen Papier, der sie begreifen ließ, woher sie diese Form kannte.

»Das sieht wie ...«, sie schnippte mit den Fingern, als könnte sie damit ihre Erinnerungen hervorlocken, »wie diese steinernen Feuerstellen in Burgen aus. Ich habe so etwas in Hampton Court gesehen.«

Mit einem zufriedenen Lächeln verschränkte O'Malley

die Arme vor der Brust. »Genau. Ein Tudor-Kamin. Sehr gut, Wesley.«

Sein Lob machte sie für einen Moment schwindlig, bis sie ein Problem erkannte, das er seltsamerweise nicht zu sehen schien. »Sie wissen aber schon, dass Betty ein Regal braucht?«

O'Malley warf ihr einen abschätzigen Blick zu. So kurzlebig war also seine Anerkennung.

»Das ist mir durchaus klar, aber Betty wollte, dass ihr neues Möbel wie ein Stück aus Hallion Castle aussieht. Also kriegt sie diesen Kamin, der in Wirklichkeit ein Wandregal ist, womit das Platzproblem gelöst wäre.« Er zeichnete mit sicherem Strich eine gerade Linie von einem Ende des Feuerraums zum anderen. »Sehen Sie – ein Fachboden, sodass es zwei Ebenen gibt, um ihre Meisterwerke auszustellen. Das Ganze wird in der Nähe der Küche an der Wand angebracht.«

Claire erinnerte sich an ihren Besuch bei Betty und diesen merkwürdigen Moment, als sie über das Schloss gesprochen hatten. »Ach, das wird ihr gefallen!«

»Denken Sie?«

»Natürlich. Aber Sie könnten noch …« Claire zögerte. Ob O'Malley es ihr übel nahm, wenn sie ihm eine Verbesserung vorschlug? Bis jetzt hatte er nicht den Eindruck eines Teamplayers gemacht. Andererseits sollte Betty das Beste für ihren Laden bekommen. Kurz entschlossen hob sie einen Bleistift vom Boden auf und zeichnete an den oberen Ecken des Regals je eine Tudor-Rose. »Wie finden Sie das?«

O'Malley stieß einen anerkennenden Pfiff aus, und

wieder spürte Claire diese schwerelose Freude. »Nicht schlecht. Aber noch besser wäre es so …« Er nahm ihr den Bleistift aus den Fingern, radierte eine der Rosen aus und skizzierte an ihrer Stelle mit ein paar Strichen eine Distel, die schottische Nationalblume. Seine Anpassung ihres Vorschlags kränkte Claire nicht, denn er machte den Entwurf erst perfekt. Lächelnd sah sie ihn an. »Schottland und England vereint?«

Statt einer Antwort rollte O'Malley das Papier zusammen und stellte es in eine Ecke, wo es umkippte und sich wieder aufrollte. Er seufzte leise, hob es jedoch nicht auf. »Das ist die Bosheit der Dinge, Wesley. Lassen Sie uns arbeiten. Ich habe am Wochenende das Holz zugeschnitten, jetzt muss es bearbeitet werden. Haben Sie schon einmal Holz geschliffen?«

Natürlich hatte sie das noch nicht, und so stand er hinter ihr an der Werkbank, hielt mit sanftem Druck ihre Hand, als sie die Schleifmaschine über die Platte gleiten ließ, die die Rückwand von Bettys Regal werden sollte.

»Immer mit der Maserung«, hatte er ihr eingeschärft, und dass es besser war, vorsichtig und einfühlsam über das Holz zu gleiten, auch wenn man damit nicht so schnell fertig wurde. Claire war das nur recht. So konnte sie das Gefühl länger auskosten, ihn an ihrem Rücken und seine Hand auf ihrer zu spüren.

***

»O mein Gott!« Voller Freude schlug Betty die Hände über dem Kopf zusammen, als sie eine Woche später mit dem Regal in ihrem Laden standen. »Das ist so wunderschön, Eric! Du bist ein Künstler. Du bist wie Michelangelo, nur mit Holz.«

»Lass gut sein. Es ist nur ein Möbelstück«, brummte O'Malley und strich sich über das Kinn. Oh ja, er war eindeutig geschmeichelt! Claire konnte sich kaum ein Grinsen verkneifen. Diesem knurrigen Mann gefiel es, bewundert zu werden, und natürlich liebte er es, Anerkennung zu erfahren.

»Es ist nicht nur ein Regal. Es ist genau das, was ich wollte, und dabei wusste ich gar nicht, was das war.«

Strahlend wandte sich Betty an Claire. »Ist er nicht großartig?«

Vertraulich beugte sich Claire ihr entgegen und flüsterte: »Ja, das ist er. Aber er kann nur schwer damit umgehen, wenn man es ihm sagt.«

»Das ist doch gut, oder?«, fragte Betty. »Es gibt so viele Männer, die gar nicht genug hören können, wie großartig sie sind. Und dabei sind sie es gar nicht.«

»Ja, solche Kerle gibt es«, pflichtete Claire ihr bei. »Aber O'Malley ist nicht so einer. Er stellt sein Licht unter jeden Scheffel, den er nur finden kann. Und wenn keiner da ist, dann schreinert er sich einen.«

Kichernd stieß Betty Claire in die Seite, und O'Malley räusperte sich vernehmlich. »Seid ihr dann fertig?«

»Natürlich. Wie viel kriegst du dafür?«

»Darüber habe ich mir keine Gedanken gemacht. Ach, weißt du was? Du hast in den letzten Wochen meine ganzen Einkäufe angeschrieben. Ich denke, damit sind wir quitt.«

Meinte er das ernst? Ein paar Lebensmittel als Gegenwert für die Arbeit, das Material und die Kreativität, die er aufgebracht hatte? Kein Wunder, dass es der Firma schlecht ging. Betty schien das genauso zu sehen.

»Nein, das wäre nicht in Ordnung. Warte ...« Sie öffnete die Kasse und holte einen Fünfzig-Pfund-Schein heraus. »Hier.« Sie drückte ihn O'Malley in die Hand, der ihn widerwillig annahm. »Das ist das Mindeste. Und für den Rest deines Lebens bekommst du hier Shortbread umsonst.«

»Na dann.« Verlegen hob O'Malley die Hand und stopfte den Schein in seine Hosentasche.

»Nun sagen Sie es schon.«

»Was soll ich denn sagen?«

»Sie sind doch mit irgendetwas unzufrieden, Wesley.«

Die Tür von Bettys Laden hatte sich gerade erst mit einem melodischen Läuten hinter ihnen geschlossen, und schon überfiel O'Malley sie mit seiner Andeutung, die Claire einmal mehr das beunruhigende Gefühl vermittelte, er könne ihre Gedanken lesen.

»Es ist alles wunderbar. Betty freut sich, und Sie haben fünfzig Pfund in der Tasche.«

»Aber?«

»Kein Aber.«

»Ich bitte Sie. Es schwebt groß wie ein Heißluftballon über uns.«

Er öffnete die Türen des Pick-ups und stieg ein. Claire nahm auf dem Beifahrersitz Platz.

»Also gut, wenn Sie es unbedingt wissen wollen. Fünfzig Pfund, O'Malley?«

»Zu viel?«

»Die Arbeitsstunden, die Sie dafür aufgewendet haben, sind mindestens das Dreifache wert. Dazu kommen noch Material, Transport, nicht zu vergessen die Fixkosten, und Sie sollten mit jedem Auftrag ein wenig für Notfälle zurücklegen können.«

»So denke ich nicht, Wesley.«

»Sollten Sie aber. Momentan wirtschaften Sie sich höchst kreativ in den Abgrund. Wenn Sie zu solchen Preisen verkaufen, fahren Sie mit jedem Stück Verlust ein. Für den Einsatz bei Dave haben Sie zehn Pfund berechnet. Das deckt gerade die Materialkosten.«

O'Malley warf ihr einen skeptischen Seitenblick zu. »Dave hat nicht viel. Und woher wissen Sie das überhaupt?«

»Aus Ihren Büchern.«

»Sie haben in meinen Geschäftsunterlagen spioniert?«

»Jetzt tun Sie nicht so, als hätte ich einen Tresor knacken müssen. Sie erledigen die Buchhaltung mit einem Bleistift in einem Collegeblock, der auf Ihrem Schreibtisch herumliegt. Auf dem Einband klebte ein Pfefferminzbonbon.«

Er schlug mit der Hand gegen das Lenkrad. »Ich hasse diesen Papierkram! Früher hat sich mein Vater darum gekümmert, später Mariah und ab und zu Andrew. Ich verstehe mich mehr auf Holz als auf Buchhaltung.«

»Aber das ist doch normal«, bemühte sich Claire um die Rolle der verständnisvollen Helferin. »Nicht jeder ist in allen Dingen gleich begabt. Und Sie sollten Ihre ganze

Energie auf das Schöpferische konzentrieren. Für das prosaische Beiwerk können Sie sich Unterstützung ins Boot holen. Bei Woodcorp haben wir dafür zum Beispiel eine eigene Abteilung. Sie müssten sich nie wieder damit befassen.«

Der Köder trieb vor O'Malleys Nase, er musste ihn nur noch schlucken, tauchte aber elegant darunter hinweg.

»Klingt verlockend. Aber nicht verlockend genug. Würden Sie mir erklären, wie ich eine solche Kalkulation selbst erstellen kann?«

Wenn sie das tat, versetzte sie Spirit of Trees ein wenig mehr in die Lage, ohne Woodcorp auszukommen. Nichts wollte sie weniger als das.

O'Malley schaute sie fragend an, und Claire hoffte inständig, dass er nicht lächeln würde. Wenn er lächelte, dann hatte sie verloren.

Er lächelte.

»Das können wir so machen«, rang sie sich ab. »Gerne.«

»Danke.«

»Kein Problem.«

Statt am Pub vorbei und weiter zur Werkstatt zu fahren, hielt er an. »Steigen Sie aus, Wesley. Ich gönne Ihnen heute einen frühen Feierabend.«

»Und wie komme ich morgen zur Tischlerei? Mein Wagen steht bei Ihnen.«

»Ich hole Sie um sieben Uhr ab, dann fahren wir in den Wald. Heute Nacht wird es stürmen, und wir können morgen jede Menge Bruchholz sammeln.«

»Mich erwartet also ein Vormittag voller Schlepperei und Schweiß?«

Grinsend beugte er sich über sie und öffnete ihre Tür. »Ich freue mich auch schon drauf.«

O'Malley behielt recht. Kaum, dass die Sonne untergegangen war, frischte der Wind zu einem heftigen Unwetter auf. Regen, der prasselnd gegen ihre Fensterscheibe schlug, riss Claire aus dem ersten leichten Schlaf. Gähnend tappte sie zum Fenster und zog die Vorhänge beiseite. Dicke Tropfen liefen über das Glas, verwischten den Blick auf die schwankenden Bäume. Kein Licht schien durch die Nacht, noch nie in ihrem Leben hatte sie eine solche alles verschlingende Dunkelheit erlebt. Sie kippte das Fenster, und sofort drang der Wind wie eine unsichtbare Faust in das Zimmer und wehte die Gardinen bauschend zur Seite. Der Regen peitschte fast seitwärts durch das offene Fenster. Mit ihrer ganzen Kraft lehnte sich Claire dagegen, um es wieder zu schließen, aber das Unwetter auf der anderen Seite kämpfte vehement darum, nicht ausgesperrt zu werden. Das Krachen zersplitternden Holzes drang aus dem Wald, als ein Baum der Gewalt des Windes nicht mehr standhielt und zu Boden ging. Claire zuckte zusammen. Fast menschlich hatte sich das Geräusch des sterbenden Baumes angehört, wie ein tiefes, lautes Stöhnen. Allmählich glaubte sie das, was O'Malley ihr bei ihrem Ausflug auf den Mount Hallion erzählt hatte – dass in dieser Erde und allen Dingen, die auf ihr lebten, ein Herz schlug.

Nachdem es ihr endlich gelungen war, das Fenster wieder zuzudrücken und den Griff zu schließen, klingelte ihr Smartphone.

»Hallo, Wesley«, meldete sich O'Malley. »Ich hoffe, Sie sind in Ihrem Zimmer und nicht draußen unterwegs.«

»Ich schaue aus dem Fenster. So einen Sturm habe ich noch nie erlebt.«

»Haben Sie Angst?«

»Keine Angst. Irgendetwas anderes.«

»Ich verstehe.«

Claire wusste, dass er das tat, deshalb fühlte es sich auch nicht unbehaglich an, als sie miteinander schwiegen. Im Gegenteil, sie spürte Geborgenheit, mit nackten Füßen auf dem kühlen Holzboden und dem Smartphone am Ohr.

»Und Sie?«, fragte sie schließlich. »Sind Sie im Wohnmobil in Sicherheit?«

»Es ist durch die Bäume geschützt.« Ein leises Lachen drang an ihre Ohren. »Sie machen sich ja Sorgen um mich.«

Claire erkannte die Worte wieder, die sie vor nicht allzu langer Zeit an ihn gerichtet hatte. Normalerweise würde sie mit einem Scherz antworten, die Situation herunterspielen, aber dieses Gefühl in ihrem Herzen, das keine Angst war, ließ es nicht zu.

»Natürlich mache ich mir Sorgen. Sie sind da draußen ganz allein.«

Abermals tat sich ein langes Schweigen zwischen ihnen auf, aber es war Claire, als redeten sie trotzdem miteinander.

»Mit mir ist alles in Ordnung, Wesley. Versuchen Sie jetzt zu schlafen.«

»Das werde ich. Gute Nacht.«

Nur zögerlich nahm Claire das Smartphone herunter. Noch immer lief der Regen in dicken Schlieren über die Fensterscheibe, aber der Sturm hatte sich beruhigt.

»Das riecht so gut!« Zum gefühlt hundertsten Mal blieb Claire stehen, streckte mit geschlossenen Augen die Nase in die Morgenluft und schnupperte. Der Duft der nassen Erde vermischte sich mit dem des Grases und dem torfigen Aroma des Totholzes. »Unglaublich. Als wäre die Luft frisch gewaschen und auf die Leine gehängt worden.«

»Das können Sie hier mindestens einmal im Monat haben, Wesley«, sagte O'Malley, die Hände in die Hüften gestemmt und mit den Schuhen im Matsch. »Hätte Schottland so viel Geld wie Wind, wären wir alle Millionäre.«

Sie ging auf ihn zu, das feuchte Moos gab unter ihren Füßen nach, und die Erde schmatzte bei jedem Schritt. An diesem Tag sah Claire wirklich aus wie eine Einheimische. Von den grünen Gummistiefeln über die derbe mintfarbene Hose bis zum dicken Pullover in hellem Rosa. Sogar die Baumwollunterwäsche hatte sie angezogen. Grinsend hatte sie sich vor dem Spiegel in ihrem Zimmer gedreht und sich vorgestellt, den wenig kleidsamen Schlüpfer bei einer Victoria's-Secret-Modenschau vorzuführen.

»Kommen Sie mit.« O'Malley führte sie tiefer in den Wald hinein, wo die Bäume so dicht an dicht standen, dass die Kronen den Himmel völlig verdeckten und kräftige Wurzelschlangen die Erde aufwarfen. Ein geborstener

Baumstamm hatte auf seinem Weg eine Schneise durch das Buschwerk geschlagen, abgebrochene Äste lagen auf dem Boden. O'Malley hockte sich hin, hob einen Ast an und roch am Holz. Er sah über die Schulter und winkte Claire zu sich heran. Sie gesellte sich zu ihm, und er hielt ihr den Ast entgegen. »Hier, riechen Sie daran.«

Zögerlich kam Claire seiner Aufforderung nach, nicht sicher, ob er sich über sie lustig machen wollte, aber dann drang ein sanft würziger Duft in ihre Nase.

»Zirbenkiefer«, erklärte O'Malley. »Ein wunderbarer Baum. Reich an ätherischen Ölen.«

Noch einmal hielt Claire ihre Nase an das nasse Holz. »Ist das … Es riecht nach Vanille. Kann das sein?«

»Sie haben eine gute Nase, Wesley. Das Holz von alten Zirben kann ein Vanillearoma entwickeln. Ich werde daraus ein Schlafzimmermöbel bauen. Stellen Sie sich vor, in einem Bett zu liegen, das so duftet.«

Bei dem Gedanken schloss sie unwillkürlich die Augen. »Wunderbar. Ich würde nie wieder aufstehen.«

»Bis Sie Hunger kriegen. Dann hält Sie nichts mehr zurück.«

»Hey!« Sie boxte ihn gegen die Schulter. »Sie sind unverschämt.«

»Ich habe Sie Chips und Freds Stew essen sehen. Ich weiß, wovon ich rede.«

Leider hatte er nicht unrecht. Ihr Appetit war in Glenbarry so groß wie noch nie in ihrem Leben. Manchmal kam es ihr so vor, als würde sie hier zum ersten Mal genießen.

»Sehen Sie.« O'Malleys Finger glitten über die Jahresringe, die sich in der Bruchstelle des Stammes zeigten. »Zwei Ringe stehen für ein Jahr. Die helle Schicht bildet sich im Frühjahr, die dunklere im Herbst.«

Claire berührte das raue Holz. »Wie viele Ringe sind das? Zweihundert?«

»Mindestens. Ein guter, fester Stamm. Es brauchte einen Sturm wie den von letzter Nacht, um ihn zu Fall zu bringen.«

»Warum es gerade ihn erwischt hat und nicht einen der anderen Bäume? Das ist doch unfair, finden Sie nicht?«

O'Malley zuckte die Schultern. »Davor hat er aber sehr viele Stürme überstanden, die andere Bäume gefällt haben.«

»Irgendeinen muss es ja treffen, meinen Sie das?« Claire wusste nicht, wieso, aber seine Worte ärgerten sie.

»Ich meine, dass es Bäume gibt und Stürme.« O'Malley sah sie unter zusammengezogenen Brauen an. »Was stört Sie daran?«

»Keine Ahnung. Es ist nur ...« Sie versuchte auszudrücken, was sie bewegte, ohne dabei sentimental zu klingen. »Zu einer Zeit, die wir nur aus Geschichtsbüchern kennen, war er ein kleiner Setzling, so wie der, den ich gepflanzt habe. Und jetzt ist er ... na ja, er ist tot.«

Ihr Versuch, nicht gefühlig zu klingen, war kläglich gescheitert. Seit sie in Glenbarry war, steigerte sich nicht nur ihr Appetit – auch ihre Emotionen gingen durch die Decke. Glücklicherweise machte O'Malley keine abschätzige Bemerkung. Er griff ihre Hand und legte ihren Zeigefinger auf die Mitte des Stammes, wo sich ein schwacher brauner Fleck abzeichnete. Vielleicht war es nur eine

Sinnestäuschung, aber er fühlte sich weicher an als der Rest des Holzes.

»Diese Stelle hier«, sagte O'Malley, »ich nenne sie – und das habe ich noch niemandem erzählt, Wesley ...« Er hielt inne, schluckte, und Claire las in seinem Gesicht, dass es ihm nicht leichtfiel, weiterzusprechen. »Ich nenne sie ›Holzherz‹. Es ist der Ursprung des Baumes, seine verletzlichste Stelle. Nach und nach legt er schützende Ringe darum, die ihn stärken, aber eines Tages kommt eben doch ein Sturm, gewaltig genug, um dieses Herz zu brechen. Und ja, das ist verdammt unfair.«

Er sprach nicht mehr über den Baum, er sprach über jeden, der Verluste erlitten hatte, und er sprach über sich selbst.

Claire legte ihre Hand auf seine, spürte die wulstigen Narben unter ihren Fingern.

Es musste ein sehr heftiger Sturm gewesen sein, der ihn gebrochen hatte.

22

Eric

»Oder vielleicht besser hier?« Daves knochiger Zeigefinger deutete auf die einzige Stelle in seinem Garten, auf der die schwere Pflanzschale mit dem gut einen Meter hohen Rosenstrauch noch nicht gestanden hatte.

Andrew verdrehte die Augen, aber so, dass der alte Mann es nicht sehen konnte. Eric erwiderte seinen Blick. »Na, dann wollen wir mal«, sagte er seufzend und ging in die Knie, um das Gefäß anzuheben. Die Dornen streiften seine Stirn, aber der köstliche Apfelgeruch der Blätter ließ den Schmerz in den Hintergrund treten. Andrew packte die Schale auf der anderen Seite, und gemeinsam bugsierten sie sie neben die Eingangstür von Daves Haus. Stöhnend richtete sich Eric auf und streckte den schmerzenden Rücken durch. Ja, Dave hatte recht. Die hellrosa Blüten der schottischen Zaunrose bildeten einen schönen Kontrast gegen die dunkle Holzverschalung. Dave strahlte über das ganze Gesicht. »Hier ist es genau richtig, vielen Dank, Jungs. Jetzt fehlt mir nur noch eine kleine Bank, damit ich im Sommer draußen sitzen kann. Würdest du mir da etwas zimmern, Eric?«

Er wollte sofort zustimmen, zögerte dann aber doch. »Für eine Bank brauche ich viel Material und Zeit«, sagte er stattdessen. Der alte Mann sah ihn aus seinen hellblauen Augen fragend an. Himmel, war das schwer! Eric wünschte sich, Claire wäre da, um Dave zu erklären, was er kaum über die Lippen brachte – dass er mit seiner Arbeit Geld verdienen musste, auch wenn er etwas für seine Freunde tat.

»Das wird teuer, Dave. Ich fürchte, so viel willst du dafür nicht ausgeben.«

Aus dem Augenwinkel bekam er Andrews Erstaunen mit. Der würde ihm gleich was erzählen.

»Du hast recht«, sagte der alte Mann, und die Enttäuschung, die Eric in seiner Stimme hörte, war schwer zu ertragen. »Wahrscheinlich habe ich dir für all deine Arbeit in den letzten Jahren viel zu wenig gegeben.«

»Das ist schon in Ordnung, Dave. Hör zu, was hältst du davon? Ich habe einen alten Schaukelstuhl in der Tischlerei. Mit ein bisschen Dickschichtlasur ist er fast wie neu, und du kannst ihn draußen nutzen.«

»Das klingt großartig! Wie viel willst du dafür?«

»Ich weiß nicht. Zehn Pfund?«

Daves faltiges Gesicht leuchtete förmlich. »Das wäre wunderbar.«

»Dann bringe ich ihn dir die Tage vorbei.«

»Wo kam das denn her?«, fragte Andrew auf dem Weg zurück zur Werkstatt, und obwohl Eric genau wusste, was er meinte, spielte er den Naiven.

»Was denn?«

»Das mit der Bank für Dave. Ist das Claires Einfluss?«

»Sie hat mir einen Vortrag gehalten, ich würde nicht gut wirtschaften. Es klang vernünftig, was sie sagte.«

»Das ist es auch.«

Andrews Erwiderung überraschte ihn. Er hatte mit einer anderen Reaktion gerechnet, einem Vortrag über Zusammenhalt und Freundschaft.

»Tut mir leid, dass ich der Bote bin, der dir diese Nachricht überbringen muss, aber Claire hat einen guten Einfluss auf dich.«

»Unfug.«

»Kein Unfug. Sie tut dir gut. Schade, dass du sie immer noch als Stachel in deinem Fleisch betrachtest.«

Nein, das tat er schon seit einiger Zeit nicht mehr, aber er war noch nicht dazu bereit, Andrew das zu gestehen. Also brummte er nur etwas Unverständliches und versuchte, das Herzklopfen zu ignorieren, das immer heftiger wurde, je näher sie der Werkstatt kamen. Je näher sie Wesley kamen.

23

Claire

Die nächsten Tage vergingen wie im Flug. Claire brachte O'Malley die Grundzüge der Preiskalkulation bei und amüsierte sich, wenn er über einer Aufgabe brütete und dabei auf einem Bleistift kaute. Gemeinsam errechneten sie Preise für einige Produkte und stellten sie auf die Homepage, der Claire ein ansprechendes Äußeres verpasst hatte. Ihre Überredungsversuche, O'Malley möge ein freundlicheres Foto von sich hochladen, blieben jedoch erfolglos. Im Gegenzug wies er sie in die Handhabung der Fräse und der Drechselbank ein und ließ sie kleine Arbeiten vornehmen. Als sie ihr erstes Set Stuhlbeine gefertigt und O'Malley ein knappes »Gar nicht schlecht« von sich gegeben hatte, fühlte sich das genauso befriedigend an wie das Unterzeichnen eines Abschlusses mit einem Auftragsvolumen über einige zehntausend Pfund.

Wenn sie abends nicht zu erschöpft war, dachte sie mit Erstaunen daran, wie selbstverständlich ihr neues Leben ihr mittlerweile erschien. Alles war vertraut – die Häuser der High Street, der Blick auf das in dunklen Schatten liegende Hallion Castle, der Weg zu O'Malleys Forstung im Wald. In Bettys Laden würde sie sich inzwischen mit geschlossenen Augen zurechtfinden, nur anhand der

Gerüche – vorbei an der Frische der Obst- und Gemüsekörbe, hin zum würzigen Duft der Wurst- und Käsetheke, weiter zur staubigen Trockenheit der Baumaterialien und schließlich in das olfaktorische Himmelreich der Kuchen, Törtchen und Kekse.

Die Werkstatt kannte sie mittlerweile wie ihre eigene Westentasche – im Gegensatz zu deren Besitzer. Manchmal zeigte er sich voller Freundlichkeit und Zuneigung, und Claire fieberte diesen Momenten entgegen, denn jeder von ihnen erfüllte sie mit Wärme und Fröhlichkeit, so wie der Anblick der Sonne, wenn sie durch den schottischen Nebel brach. Die meiste Zeit jedoch wirkte er distanziert und unwirsch. Und dann gab es noch Situationen, in denen er schier unlösbare Rätsel aufgab, so wie an diesem Donnerstag, als Andrew in die Tischlerei stürmte und gegen das Fenster von O'Malleys Büro klopfte.

»Eric, lass uns gehen.«

Verwundert beobachtete Claire, wie O'Malley auf seine Uhr sah, hastig aufsprang und seinen Rucksack schnappte.

»Wir verschwinden für heute«, rief er ihr zu.

»Es ist erst kurz nach zwei. Wohin gehen Sie?«

»In den Pub.«

»Und ich wiederhole mich – es ist erst kurz nach zwei.«

»Nicht, was du denkst.« Andrew machte eine Handbewegung, als führte er sich ein Glas an die Lippen. »Wir treffen Glins.«

Nun, das erklärte erst einmal gar nichts. »Wer oder was ist Glins?«

»Eine Frau.«

»Einmal im Monat kommt sie ins Bruce«, fügte Andrew O'Malleys spartanischer Bemerkung hinzu, aber noch immer fühlte Claire sich nicht umfassend informiert. Sollte sie abermals nachfragen? Sie hasste es, dumm zu erscheinen.

»Bei mir ist es gar nicht so dringend«, sagte O'Malley und kramte die Autoschlüssel aus dem Rucksack, »aber es ist immer so angenehm mit ihr. Man fühlt sich erleichtert hinterher.«

»Ich habe diesmal die Tage gezählt«, erwiderte Andrew. »Die letzten beiden Monate war ich nicht hier, als sie kam, aber jetzt habe ich es echt nötig.«

»Mach's doch selbst.«

»Ach, das ist nicht dasselbe.«

»Soll ich es mal probieren?«

»Danke, aber nein, danke«, lachte Andrew. »Wenn du Hand anlegst, kommt bestimmt nichts Gutes dabei heraus. Ich vertraue Glins.«

Eine äußerst merkwürdige Ahnung stieg in Claire auf. »Und wer geht dann alles in den Pub? Nur die Männer …«

»Nein, auch die Frauen. Glins macht da keine Unterschiede. Sie ist wirklich begabt. Ich möchte wetten, eine wie sie gibt es nicht mal in London, Wesley.«

»Wahrscheinlich nicht.«

»Komm doch auch, Claire«, schlug Andrew vor. »Es ist wirklich sehr nett. Wir trinken und unterhalten uns, während Glins alle reihum bedient.«

»Vor den anderen?«

»Na klar, warum denn nicht? Also, begleitest du uns?«
Oh, nichts lag ihr ferner.

»Nette Idee, aber ich möchte lieber noch etwas arbeiten. Ist es okay, wenn ich bleibe?«

»Klar.« Mit einer lässigen Handbewegung warf O'Malley ihr die Werkstattschlüssel zu.

»Ich werde ihr heute ein ordentliches Trinkgeld geben«, sagte Andrew. »Sie wird bei mir ziemlich ackern müssen.«

»Mach das. Wenn es eine verdient, dann Glins.«

Claire blieb mit offenem Mund zurück, nachdem beide Männer die Werkstatt verlassen hatten. War sie gerade noch davon überzeugt gewesen, dieses Dorf zu kennen? Von wegen. Anscheinend verwandelte sich Glenbarry einmal im Monat in Inversodom und Loch Gomorrha. Die Vorstellung, dass alle Einwohner des Ortes im Kreis saßen, tranken, sich unterhielten und Karten spielten, während diese ominöse Glins – wer zum Teufel hieß überhaupt so? – reihum ging und …

Okay, dieses Kopfkino musste dringend abgeschaltet werden! Claire spannte einen Vierkant in die Drechselbank, setzte die Schutzbrille auf und griff nach der Schruppröhre.

Aber dass O'Malley bei so einem Treiben mitmachte! Er schien ihr stets wie ein Mann, der aufgrund seines Verlustes kein Interesse hatte an … an … an was auch immer.

Sie startete die Maschine mit niedriger Drehzahl und bearbeitete das Holz, das ein gerundetes Tischbein werden sollte.

Als ob er sie getäuscht hätte, so fühlte es sich an. Sie betrügen würde. Was für ein Unsinn! Sollten doch er und diese Glins glücklich werden! Nichts könnte ihr gleichgültiger sein als das!

Ein Blick auf ihr Werkstück zeigte ihr, dass es zwar rund war, aber eher als Zahnstocher denn als Stuhlbein durchgehen würde. Großartig! Jetzt war O'Malley daran schuld, dass sie ihre Arbeit nicht richtig erledigen konnte! Genervt griff sie nach einem weiteren Holzstück, legte es aber gleich wieder zurück. Wem machte sie hier etwas vor? Sie platzte vor Neugier, zu erfahren, was im Robert the Bruce vor sich ging. Kurz entschlossen schnappte sie sich ihre Handtasche, schloss die Werkstatt ab und fuhr los.

Vor dem Pub standen schon die Pick-ups von O'Malley und Andrew sowie einige andere Wagen. So voll wie heute war der Parkplatz sonst nur an einem Samstagabend. Die Tür zum Schankraum stand offen, kein Wunder bei dem sonnigen, milden Wetter. Und anscheinend hatte keiner der Anwesenden Bedenken, beobachtet zu werden.

Statt die Stufen zum Eingang zu benutzen, pirschte Claire von der Seite heran und kletterte mühsam über den Holzzaun auf die Veranda. Gerade, als sie um die Ecke lugte, stapfte Granny Herbert energisch die Treppe hoch. Hastig wich Claire zurück und drückte sich flach gegen die Hauswand. Himmel, selbst sie! Wie alt war die Frau? Achtzig? Neunzig?

Claire ließ sich auf alle Viere nieder und schlich an der Fensterfront entlang. Verdeckt von der Rahmung, konnte sie unbeobachtet Blicke in das Innere des Pubs werfen – zumindest so lange, bis ein neuer Besucher kommen und sie bei ihrer Spionagetätigkeit ertappen würde. Das Herz schlug ihr bis in den Hals, und ihre Handflächen wurden schweißnass, als sie den Kopf anhob. Wollte sie wirklich sehen, was dort drinnen vor sich ging?

In der Mitte des Schankraums waren Stühle zu einem Halbrund formiert. Sie sah Andrew neben seiner Nachbarin, dieser Kendra. Ein paar der Anwesenden kannte sie nur vom Sehen, aber da waren auch Betty und ihre Eltern. Pah, und ihr gegenüber tat sie so, als wäre sie völlig unerfahren. Stattdessen – das hier!

Granny Herbert legte Mantel und Hut auf einem der Tische ab und winkte lachend in die Runde, während Fred hinter dem Tresen hervorkam, ein Tablett mit Teetassen und Gläsern voll dunklem Ale in den Händen. O'Malley saß auf einem Stuhl in der Mitte, eine weiße Tischdecke um den Oberkörper geschlungen. Was für ein schräges Rollenspiel ging denn hier ab?

Die junge Frau, die hinter ihm stand, hätte Claire vom Typ her niemals in den Highlands erwartet: groß, sehr schlank, mit zerrissenen Jeans und einem weiten T-Shirt. Die langen Haare schimmerten in allen Regenbogenfarben und wurden in einem Pferdeschwanz gebändigt. In ihrem rechten Nasenloch baumelte ein Hufeisenpiercing. Als sie sich bewegte, rutschte das Shirt ihre rechte Schulter hinunter und offenbarte ein Tattoo, das sich noch sehr viel weiter über ihren Oberkörper zu erstrecken schien. Was stellte das dar? Einen Drachen? Eine Meerjungfrau?

Als Glins mit den Fingern durch O'Malleys Haare fuhr, versetzte es Claire einen schmerzhaften Stich, aber sie konnte trotzdem den Blick nicht abwenden. Auch wenn sie sich wie eine verrückte Stalkerin aufführte, sie musste das jetzt bis zum bitteren Ende ansehen, und genau dieses Ende schien schneller erreicht als gedacht, denn Glins zog die Tischdecke von O'Malleys Schultern und reichte ihm einen Spiegel. Während er sich darin betrachtete, strich er über seine Haare, die seit dem Vormittag kürzer geworden waren. Dann stand er auf, gab Glins den Spiegel zurück, und Claire begriff endlich, was hinter dieser ganzen Aktion steckte. Glins war eine Wanderfriseurin, keine …

Himmel, hatte sie das wirklich geglaubt? Stechende Hitze schoss in ihre Wangen, als sie um die Ecke kroch und sich hinsetzte. Die Beschämung mischte sich mit Erleichterung, und umgehend gesellte sich Ärger dazu. Die beiden Männer hätten Klartext mit ihr reden können! Wie hätte sie denn die Worte anders verstehen sollen als so, wie sie es getan hatte? Mit einem tiefen Seufzen lehnte Claire den Kopf an die Wand und schloss die Augen. Und was nun? Sie konnte sich dort noch nicht sehen lassen, O'Malley könnte auf den Gedanken kommen, sie hätte ihm nachspioniert – was ja auch stimmte, aber das sollte er auf keinen Fall wissen. Sie könnte zurück in die Werkstatt oder nach Ullapool fahren. Ihre Haare würden auch mal wieder einen Friseurbesuch vertragen. Wie auch immer – sie musste unbemerkt von hier weg. Vorsichtig stand sie auf und wollte gerade über den Zaun klettern, als ihr Smartphone klingelte. Hastig zog sie es aus der Hosentasche und drückte Peters Anruf mit so nervösen Fingern weg, dass es ihr aus der Hand glitt und zu Boden fiel.

»So eine verdammte …« Sie hob es auf und wollte es gerade wieder einstecken, als sie eine Stimme hinter sich hörte: »Was machen Sie denn hier? Verfolgen Sie mich?«

O'Malley. Natürlich. Beinahe wäre ihr das Smartphone wieder heruntergefallen, aber sie schloss fest die Finger darum und drehte sich mit einem Lächeln zu ihm um, das hoffentlich nicht so gezwungen aussah, wie es sich anfühlte. »Blödsinn! Ich stehe gern vor Pubs herum.«

»Und Sie spielen auch gern Geheimagentin, die verschwörerische Blicke durch Schaufensterscheiben wirft?«

»Sie haben mich gesehen?«, fragte Claire entsetzt. O'Malley nickte, wobei sich ein genüssliches Grinsen auf seinem Gesicht ausbreitete.

»Die anderen auch?«

»Keine Ahnung. Wollen wir sie fragen?« Mit einer einladenden Geste deutete er zum Eingang.

»Bloß nicht!«

»Also – was sollte das?«

»Ihre Haare sind ein bisschen zu kurz«, versuchte Claire, ihn abzulenken.

»Finden Sie?«

»Ja. Der Schnitt ist ordentlich, diese Glins versteht ihr Handwerk. Aber trotzdem.«

Sie glaubte, Verunsicherung in seinem Blick zu sehen, als er sich mit beiden Händen über die Schläfen strich, und drehte die Schraube an. »Ist doch nicht schlimm, es wächst ja nach, und bis dahin können Sie eine Mütze tragen.«

In zwei, drei Monaten würde sich der Wind wieder in seinen Locken verfangen, aber das – und bei diesem Gedanken überkam sie eine kurze, tiefe Traurigkeit –, das würde sie nicht mehr sehen, denn dann wäre ihre Zeit in Glenbarry längst vorüber.

Lässig lehnte sich O'Malley gegen die Wand. »Gut, Wesley, nachdem Sie erfolglos versucht haben, mich vom Thema abzubringen, wiederhole ich meine Frage: Was hat Sie zu Ihrem James-Bond-Einsatz getrieben?«

»Würden Sie mir glauben, wenn ich Ihnen sage, dass mich tatsächlich der MI6 nach Glenbarry geschickt hat, weil wir einer weltumspannenden Verschwörung auf der Spur sind, die ihren Anfang im Robert the Bruce hat und bei der Fred als Blofeld fungiert?«

O'Malley lachte. »Diese Erklärung wird mir vielleicht besser gefallen als der tatsächliche Grund.«

Das würde sie, so viel stand fest. Seufzend lehnte sie sich neben O'Malley gegen die Wand und beichtete, mit welchen Erwartungen sie hierhergekommen war.

»Sie dachten, Glins wäre ...«

»Ja.«

»Und dass wir alle ...«

»Ja.«

»Das ganze Dorf?«

»Ja.«

»Im Pub?«

»Sie haben sich nicht klar ausgedrückt«, versuchte sich Claire an einer Mischung aus Entschuldigung und Rechtfertigung.

»Vielleicht. Aber anstatt nachzufragen, gehen Sie gleich von so etwas aus. Was sind Sie nur für ein Mensch, Wesley?«

»Ein ganz, ganz böser mit einer rabenschwarzen Seele. Das denken Sie doch sowieso von mir, also warum tun Sie so überrascht?«

»Nein, das denke ich nicht. Ehrenwort. Sie sind schon ganz in Ordnung. Mitunter. Ab und zu.«

Nun musste auch Claire lachen. »Schränken Sie es nicht noch mehr ein. Man kann aus einem Kompliment nur allzu schnell eine Beleidigung machen.«

»Kommen Sie mit rein. Setzen Sie sich zu uns. Wir freuen uns, wenn Sie dabei sind.«

Zögerlich folgte sie ihm in den Pub, wurde aber tatsächlich herzlich begrüßt. Anscheinend war nur ihm ihre Beschattung aufgefallen. Betty zog rasch einen Stuhl heran und winkte sie zu sich. Claire folgte der Aufforderung, auch wenn sie viel lieber in O'Malleys Nähe geblieben wäre.

»Schön, dass du kommen konntest«, flüsterte Betty, deren Locken durch einen leichten Stufenschnitt noch voller und üppiger wirkten. »Die Tage, wenn Glins kommt, sind immer etwas ganz Besonderes.«

Nachdem Glins schließlich noch Granny Herberts Pony eine gerade Kante verpasst hatte, räumten O'Malley, Andrew und Bettys Vater die Stühle beiseite, Kendra fegte die Haare auf, und Fred holte aus der Küche Sandwiches. Auf Claire wirkte die Szene bei allem Durcheinander sehr koordiniert. Jeder erfüllte seine Aufgabe, nur sie, die keine hatte, konnte bloß am Rand stehen und sich nutzlos fühlen. Zumindest so lange, bis Fred schottische Folkmusik auflegte. Blitzschnell verwandelte sich der Raum in eine Tanzfläche, und ehe Claire wusste, wie ihr geschah, packte Betty sie an der Hand und zog sie in die Mitte.

»Ich kann das nicht«, protestierte Claire. »Ich mache mich nur lächerlich.«

»Ach was! Jeder tanzt hier so, wie er will.«

Tatsächlich hielt sich keiner an irgendwelche Regeln. Während Andrew die schwangere Kendra mit ausgestrecktem Arm um die Taille packte und sich mit ihr im Kreis drehte, walzten Granny Herbert und Bettys Vater in einer Art Discofox durch den Raum. O'Malley hatte sich an den Tresen gelehnt und beobachtete die Szene.

Betty stellte sich kerzengerade hin, die Hände in die Hüften gestemmt, die Füße seitlich, sodass sie sich an den Hacken berührten. »Pass auf, ich bringe dir einen Highland Fling bei. Mach einfach alles genauso wie ich.«

Highland Fling – das klang nach einem leckeren Cocktail.

»Ich soll einen Tanz lernen?«

»Ja.« Die Entschlossenheit in Bettys Stimme machte es Claire unmöglich, ihr zu widersprechen. Sie nahm ihre Position ein.

»Und jetzt?«

Betty verbeugte sich, Claire tat es ihr nach. Na, das ging ja noch.

Sie stemmte eine Hand in die Hüfte, reckte die andere in die Höhe. Auch das – überhaupt kein Problem.

Aber dann stellte sie sich auf die Zehenspitzen, streckte die Füße erst nach rechts, dann nach links, drehte sich auf einem Bein hüpfend um sich selbst, und das alles in einer Leichtigkeit, als spazierte sie die Pall Mall entlang. Claire bemühte sich, Schritt zu halten, aber schon bald rannen ihr Schweißperlen über die Stirn, und sie ahnte, dass ihre Wangen knallrot wie ein Briefkasten leuchteten.

»Siehst du«, rief ihr Betty zu, als sie sich abermals um sich selbst drehte, »ist doch gar nicht so schwer.«

»Super!«, keuchte Claire und stolperte bei diesem verflixten Schritt, bei dem mit angewinkeltem Bein der Fuß erst vor und dann wieder hinter dem anderen Bein gekreuzt wurde. Ihr Sturz wurde von zwei Händen aufgefallen, die sie von hinten fest um die Taille packten. Claire drehte den Kopf zur Seite und sah in O'Malleys Augen.

»Machen Sie sich nichts daraus«, sagte er. »Betty tanzt, seit sie sechs ist.«

Ein angenehmes Gefühl, dieser sichere Griff, mit dem er sie hielt.

»Schotten müssen das lernen?«

»Was denken Sie denn?«, lachte er. »Dass wir mit einem Seann Triubhas auf die Welt hüpfen?«

Sie lehnte sich nach hinten, ganz leicht nur, bis sie seinen Oberkörper berührte. »Ja, genau so habe ich mir das vorgestellt. Aber was ist mit Ihnen – tanzen Sie auch?«

»Nicht mit diesem Bein. Außerdem habe ich nicht mal das kleinste bisschen Rhythmusgefühl.«

»Schade.« Sie legte ihre Hände auf seine, ihre Finger schoben sich ineinander.

Was wird denn das jetzt?, dachte sie, als ihr Herzschlag, der sich gerade erst wieder beruhigt hatte, zu einem rasanten Trommelwirbel ansetzte.

O'Malley flüsterte ihren Namen, das glaubte sie zumindest, es war nur ein Hauch, der auf seinen Atemzügen mitschwang, die ruhig und warm über ihre Wange strichen.

Und genau in diesem Moment, dem ungünstigsten, den man sich nur vorstellen konnte, stellte Fred die Musik ab und rief: »Okay, jetzt wird es heiß, heißer, am heißesten!« Wäre seiner vielversprechenden Ankündigung nicht ausgerechnet »Don't Worry Be Happy« gefolgt, hätte es Claire nicht so vollständig enttäuscht. Mit dieser musikalischen Untermalung jedoch löste sich O'Malley von ihr und verabschiedete sich mit einem kurzen Kopfnicken, bevor er sich neben Andrew an den Tresen stellte.

Claire blieb einen Moment verwirrt stehen und nahm dann neben Glins Platz, die die ganze Zeit am Rand gesessen hatte. Die grauen Augen der jungen Frau musterten sie unverhohlen. »Du bist nicht von hier, stimmt's?«

»Du aber auch nicht, oder?«

»Nee. Mancunian.« Glins deutete mit dem Daumen auf sich, Stolz in der Stimme.

»Was, um Gottes willen, macht eine Frau aus Manchester in Glenbarry?«

»Haare schneiden. Und was treibt eine aus London in die Highlands?«

»Woher weißt du …« Claire unterbrach sich selbst, als Glins breit grinste. »Natürlich. Fred hat es dir erzählt.«

»Fred und Betty. Dave auch.«

Claire sah sich um, konnte den alten Mann aber nirgends entdecken.

»Hausbesuch«, erklärte Glins.

Eine kurze Pause entspann sich, wie sie zwischen zwei Fremden üblich war, die ihre erste Small-Talk-Munition verschossen hatten.

»Also?«, nahm Glins den Gesprächsfaden wieder auf.

»Also was?«

»Weshalb bist du hier? Hab gehört, du bist in London

ein großes Tier, und trotzdem arbeitest du für Eric.« Glins streckte die langen Beine aus, zog einen Kaugummi aus ihrer Hosentasche und wickelte ihn aus dem Silberpapier.

»Na ja, großes Tier würde ich jetzt nicht sagen …«

Glins schob den Kaugummi so langsam und genüsslich in den Mund, dass es beinahe unanständig wirkte. »Komm schon, jeder hier weiß das. Es interessiert nur keinen. Bis auf mich.«

Die Unterhaltung fing an, Claire zu ärgern. Wie bei einem Verhör fühlte sie sich. Es fehlte nur noch die gleißende Lampe, die ihr ins Gesicht strahlte.

»Meine geschäftlichen Verbindungen gehen dich nichts an, würde ich sagen. Nichts, was mich betrifft, geht dich irgendetwas an.«

»Solange es um Eric geht, schon.«

»Was soll das heißen? Seid ihr etwa …«

Ein Schlag in die Magengrube hätte nicht schmerzhafter sein können als die Befürchtung, die sich in Claire breitmachte. Glins' betrübter Gesichtsausdruck zeigte ihr jedoch, dass sie falschlag.

»Ihr seid nicht.«

»Nee. Aber er ist ein toller Kerl. Er hat mir geholfen, als es mir richtig scheiße ging, und wenn du ihn verarschst, dann kriegst du es mit mir zu tun.«

Also war Glins, die gertenschlanke, nicht unattraktive Friseurin aus Manchester, in Eric verliebt. Dass diese Liebe unerwidert blieb, fand Claire gleichzeitig bemitleidenswert und großartig.

»Der Einzige, der O'Malley verarscht, ist er selbst. Ich will ihm helfen.«

Glins brummte und knatschte geräuschvoll ihren Kaugummi. Einige geplatzte Blasen später sagte sie: »Du tanzt scheiße.«

»Als ob du es besser machen würdest.«

»Nee! So was können nur die von hier. Die können das schon, wenn sie auf die Welt kommen.«

»Ja, und Dudelsack spielen auch.«

Grinsend reichte Glins ihr einen Kaugummi. Offensichtlich hatten sie einen Waffenstillstand erzielt. Da sollte Francis noch mal sagen, sie sei keine Diplomatin!

Während sie schweigend nebeneinandersaßen, beobachtete Claire das Treiben auf der Tanzfläche. In ihre stille Freude mischte sich die herzbeklemmende Erkenntnis, dass sie in der Kürze ihres Aufenthalts weder einen dieser Tänze lernen noch ein Teil dieser Gruppe von Freunden werden konnte.

24

Eric

Außer ihm, Andrew, Glins und natürlich Fred hatten inzwischen alle den Pub verlassen. Wesley war als eine der Ersten gegangen. Um davon abzulenken, dass seine Augen ihr folgten, als sie die Treppe zu ihrem Zimmer hochstieg, hatte er sich währenddessen besonders eifrig mit Kendra über die Fußball-Begegnungen des vergangenen Wochenendes ausgetauscht. Trotzdem spürte er fast wieder ihren Körper an seinem, wie sie sich sorglos an ihn gelehnt hatte. Statt ihr zu sagen, dass er kein solches Vertrauen von einer Frau verdiente, war ihm ihr Name entschlüpft. Sein Herzschlag hatte dabei kurz innegehalten, als beschwöre er einen Zauber herauf, nur durch dieses Wort: Claire.

Kendra riss ihn aus seinen Gedanken, als sie plötzlich aufstöhnte und die Hand auf ihren Bauch presste.

Alarmiert beugte er sich vor. »Geht's los? Musst du ins Krankenhaus? Brauchst du einen Arzt?«

»Keine Panik. Das sind nur Übungswehen.«

»Bist du sicher? Ich meine, kennst du dich damit aus? Nicht dass ...«

Sie legte eine Hand auf seinen Arm. »Ich habe das hier schon dreimal durch, also ja – ich kenn mich aus. Aber jetzt mal ehrlich – was sollte diese gelbe Karte für Mc-Burnie? Er war noch nicht mal ansatzweise in der Nähe von Rooney.«

Eric mochte Kendra. Ihr Lebenswandel war sicherlich ungewöhnlich – immerhin hatte sie mit keinem der vier Väter ihrer Kinder Kontakt, von zweien kannte sie noch nicht einmal den Namen –, aber sie war eine verdammt gute Mutter. Auf die herbe schottische Art. Dewie, Melissa und der kleine Walt wurden nicht verzärtelt, aber sie hatten eine Mutter, die wie eine Löwin um sie kämpfen und sie niemals im Stich lassen würde.

Nachdem auch Andrew und Kendra gegangen waren, halfen Eric und Glins, die Tische zurück an ihren Platz zu räumen. Schweigend packten sie an, doch ihm entging nicht, dass ihr Blick ihn immer wieder streifte. Andrew behauptete, Glins habe etwas für ihn übrig, aber das war natürlich Unsinn.

Als der letzte Tisch wieder an seinem Platz stand, streckte sich Glins so sehr, dass ihr T-Shirt nach oben glitt und den tätowierten Drachenschwanz preisgab, der sich über ihren Bauch schlängelte.

»Also dann, Jungs«, sagte sie und gähnte herzhaft. »Gute Nacht. Ich geh ins Auto.«

»Kannst eins der Zimmer haben«, warf Fred ein, während er ein Glas polierte.

»Danke, Alter, aber du weißt doch: My car is my castle.«

»Ich wollte es nur angeboten haben.«

»Danke. Echt.«

Glins übernachtete immer in ihrem alten Renault 4TL,

den sie sorgsam pflegte und wartete und dessen Rückbank sie zu einem Bett ausgebaut hatte – stets bereit, ihre Zelte von einer Sekunde zur anderen abzubrechen. Eric ging davon aus, dass dieses Verhalten mit ihrer Vergangenheit zu tun hatte. Er war ihr vor fünf Jahren in Aberdeen begegnet. In einer menschenleeren Seitenstraße hatte sie ihn förmlich angesprungen und gebeten, sie mitzunehmen, egal, wohin. Die Entschlossenheit in ihren Augen und die Blutergüsse in ihrem Gesicht hatten ihn keine Fragen stellen lassen. Nachdem sie sich zwei Wochen bei ihm und Mariah erholt hatte, war sie gegangen, ohne ein Wort zu sagen, und ein halbes Jahr später wiedergekommen – in diesem alten Wagen und mit ihren Friseur-Utensilien.

»Schlaf gut, Glins«, meinte er. »Träum schön.«

Sie sah ihn an, erst ernst, dann stahl sich ein Lächeln auf ihr Gesicht. »Mach ich. Aber ich sag dir nicht, von was.«

Sein Blick wanderte wieder zu der Treppe, die zu dem Zimmer hinaufführte, in dem Wesley lag und schlief.

Nein, er würde auch niemandem verraten, von was – oder von wem – er heute träumen würde.

25

Claire

»Du warst ewig nicht in London.«

»Vier Wochen sind nicht die Definition von ewig, Peter.«

»Das kommt darauf an, ob man jemanden vermisst. Stimmt es, dass du in Schottland bist? Ich habe gehört, dass es dich in einen winzigen Ort verschlagen haben soll.«

Claire atmete tief durch. »Warum sollte man mit dir über mich sprechen?«

»Na ja«, ein verlegenes Lachen drang an ihr Ohr, »anscheinend war es wohl recht offensichtlich, dass wir etwas füreinander empfinden.«

»Wenn überhaupt, dann hast du etwas für mich empfunden. Zwischen uns ist nichts weiter vorgefallen. Wir haben an einem Abend rumgeknutscht, mehr war da nicht. Rede dir nichts ein. Ich muss jetzt aufhören.«

Claires Hände zitterten, als sie das Smartphone herunternahm. Ging Peters Verhalten noch als hartnäckiges Werben durch, oder musste man es schon als gruseliges Stalking bezeichnen? Für einen Moment spielte sie mit dem Gedanken, Francis anzurufen und ihm aufzutragen, Peters Praktikum umgehend zu beenden, aber dann entschied sie sich dagegen. Immerhin trennten sie nicht nur fast eintausend Kilometer, sondern auch vier weitere Wochen, und wenn sie nach London zurückkehrte, würde sie ihn sich für den Rest seiner Tätigkeit bei Woodcorp vom Hals halten.

»Ein wichtiger Anruf?« O'Malley kam vom Holzlager in die Werkstatt, einen oberschenkeldicken Ast auf der Schulter.

»Nein, nicht wichtig. Nur ein Typ, der mich unwiderstehlich findet.«

Mit einem lauten Krachen ließ O'Malley den Ast zu Boden fallen. »Da gibt es doch sicher mehr als einen, oder?«

Claire drehte gedankenverloren das Smartphone zwischen ihren Fingern. »Hmm?«

»Typen, die Sie unwiderstehlich finden, meine ich. Dass es davon mehr gibt – ach, vergessen Sie's. Schönes Wochenende.«

War das ein Kompliment gewesen? Auf diese O'Malley-Art, die genauso klobig war wie das Holz, das er hereingeschleppt hatte? Ein beschwingtes Gefühl machte sich in ihr breit – eines, das alles ein wenig golden aussehen ließ.

»Dann bis Montag, falls wir uns nicht schon vorher über den Weg laufen. Ist in Glenbarry ja nicht so unwahrscheinlich.«

Sie ging ein paar Schritte, bis sie seine Stimme hörte. »Haben Sie morgen schon etwas vor?«

Sofort war da wieder dieses Prickeln, wie Brausepulver im Herzen. Claire bemühte sich, das Lächeln auf ihrem

Gesicht zu unterdrücken, drehte sich betont langsam um und schlenderte zu ihm zurück. O'Malley hatte die Hände in den Hosentaschen und guckte an ihr vorbei in die Halle. Er wirkte dabei nicht halb so entspannt, wie er es wahrscheinlich beabsichtigte.

Sie wiegte den Kopf. »Ich bin unentschieden. Vielleicht gehe ich zu einem Sektfrühstück, dann auf eine Shoppingtour, abends ins Theater. Oder ich löse auf der Veranda des Bruce Kreuzworträtsel, bis mir der Bleistift abbricht.«

Bevor sie noch begriff, was geschah, kniff O'Malley ihre Nasenspitze zwischen Daumen und Zeigefinger.

»Aua!«

»Sie sind eine unausstehliche Großstadtzicke, Wesley. Ich lade Sie trotzdem zu einem Badeausflug ein.«

Mit O'Malley baden? Claires Stammhirn johlte: »Super!«, ihre Vernunft grätschte skeptisch dazwischen. Um zwischen beiden zu einer Einigung zu kommen, spielte sie auf Zeit: »Baden? Im Loch Tain?«

»Nein, es gibt im Wald einen kleineren See. Eigentlich ist es mehr ein morastiges Loch, aber wir Eingeborenen suhlen uns gern darin.« O'Malley bewegte sich zu seinen Worten, als wäre er ein Bär, der sich den Rücken an einem Baumstamm kratzte.

»Hört sich gut an.«

»Ich hole Sie morgen um zehn ab.«

»Einverstanden. Dann muss ich mir heute noch einen …« – ein unbehaglicher Gedanke überkam sie – »einen Badeanzug … Wir baden doch nicht nackt, oder?«

Er zog die Augenbrauen hoch und sah sie an, als hätte

sie vorgeschlagen, Granny Herberts Hüte zu stehlen: »Sicherlich nicht.«

»Gut.« Mit übertriebener Geste fuhr sie sich über die Stirn, als wischte sie erleichtert Schweißtropfen ab. Er sollte bloß nicht denken, sie wäre interessierter an ihm als er an ihr.

»Betty«, brüllte sie, kaum, dass sie die Tür zum Laden aufgerissen hatte, »Betty, führst du Badeanzüge?«

Das Knarren der aufschwingenden Küchentür ertönte, gleich darauf erschien Betty in Schürze und mit einem Haarnetz auf den roten Locken – wie üblich über und über mit Mehl bestäubt.

»Na klar. Warte, hier.« Sie zog aus einem der Regale eine große Pappkiste und stellte sie auf den Tresen neben die Kasse. »Die neue Kollektion. Ich hatte nicht erwartet, sie vor Juli zu präsentieren.«

Unter dem Deckel offenbarte sich etwas, das Claire nie im Leben als »Kollektion« bezeichnet hätte. »Zumutung« wäre der passendere Ausdruck gewesen. Beim Anblick der schwarzen Herrenbadehose, Modell »knapper Schlüpfer«, erschauerte Claire, als sie sich vorstellte, O'Malley in einem solchen Teil sehen zu müssen. Für die wasserverrückte Dame gab es eine etwas größere Auswahl: ein marineblaues Zelt mit hawaiianischem Blumengroßdruck, einen Teenie-Bikini, der sehr viel mehr zeigen würde, als sie O'Malley gönnen wollte, und einen akzeptablen Badeanzug in Rosarot, bei dem Claire zugriff. Sie bemühte sich, die Rüschen am Ausschnitt zu ignorieren.

»Du gehst also schwimmen?«, fragte Betty betont

harmlos, als sie Claires Geldschein entgegennahm. Die Kasse sprang mit ihrem altmodischen Klingeln auf.

»Ich habe gehört, es soll im Wald einen See geben. Ich will nur mal mit den Zehenspitzen ins Wasser«, entgegnete Claire nicht minder harmlos.

»Dafür«, klimpernd kramte Betty im Münzfach, als sie das Wechselgeld zusammensuchte, »dafür müsstest du doch nur die Hosenbeine hochkrempeln.«

»Was macht das Onlinedating?«, lenkte Claire ab und stopfte die Münzen, die Betty ihr reichte, ins Portemonnaie.

Sofort stieg heftige Röte in Bettys Wangen. »Es hat sich da jemand gemeldet. Wir schreiben uns seit ein paar Tagen E-Mails.«

»Wirklich? Und du sagst mir nichts?« Überrascht sah Claire in Bettys Gesicht, auf dem sich die Röte vertiefte.

»Es ist ja noch ganz frisch. Ich war mir nicht sicher, ob ...«

»Wie heißt er denn? Hast du ein Foto? Wann trefft ihr euch?«

»Kein Foto, und wir haben noch gar nicht über ein Treffen gesprochen. Er heißt Harry. So wie der junge Prinz, weißt du?«

»Nicht, dass der es tatsächlich ist. Ohne Foto kannst du dir da nicht sicher sein.«

»Ach was!« Verlegen lächelnd schob Betty die Kasse zu. »Der ist doch verheiratet.«

»Ja, stimmt. Ach, das wird nicht halten.«

»Meinst du?«

»Glaub mir. Aber dein Harry gefällt dir?«

»Gefallen ... Ich mag seine Mails, und er ist Bankange-
stellter. Das ist seriös.«

»Wow! Ein Hedgefondsmanager.«

»Du bist verrückt, Claire! Er arbeitet bei RBS am Schal-
ter.«

Claire nahm die Tüte mit ihrem Badeanzug. Ihr Gespräch hatte Betty bestimmt ausreichend von der Frage
abgelenkt, mit wem sie sich am See treffen würde, also
konnte sie jetzt gehen.

»Ich muss dann auch mal. Schönes Wochenende,
Betty.«

»Dir auch, Claire. Und übrigens ...«

»Was?« Den Türgriff schon in der Hand, drehte Claire
sich zu ihr um.

»Grüß mir Eric morgen.«

»Ja, werde ich machen ...«

Verdammt!

Unter Bettys fröhlichem Lachen verließ Claire flucht-
artig den Laden.

26

Eric

Nichts schmeckte so gut wie der erste Schluck Bier. So erfrischend, dass man glaubte, nie wieder Durst bekommen zu können. Das, die Musik und Freds Stew machten das Bruce zum Paradies auf Erden. Die Schlange darin stellte Andrew mit seinem selbstzufriedenen Grinsen dar, nachdem Eric ihm von dem geplanten Ausflug mit Wesley erzählt hatte.

»Halb nackt in den See? Das ist ein beachtlicher Schritt von ›Ich habe gar kein Interesse‹.«

Wie immer legte Andrew den Finger in die Wunde. Dieser Wochenendausflug war eine selten dumme Idee. Wie Wesley ihn dazu gebracht hatte, diese Einladung auszusprechen, lag jenseits seiner Vorstellungskraft, aber wie sie da vor ihm gestanden hatte, hatte er nur noch eines gewollt: sie von dem Gedanken an diesen Mann ablenken, der sie – zumindest ihrer eigenen Einschätzung nach – für unwiderstehlich hielt.

»Vor allem ist es eine blöde Idee. Am liebsten würde ich das Ganze absagen. Ich habe keine Lust auf ihre Fragen, wenn sie mich sieht.«

»Vielleicht spricht sie es nicht an.«

Der Gedanke war so absurd, dass er lachen musste.

»Oh ja, bestimmt wird sie ganz diskret sein.« Er versuchte, Wesleys Stimme zu imitieren, die eine rauchige Note hatte. Wie guter Whisky. »Sind Sie Frankensteins Monster, O'Malley? Was ist denn bei Ihnen schiefgelaufen?«

»Unsinn, Frauen finden so was sexy. Das ist eine evolutionäre Sache.« Andrew blickte so seriös drein wie ein BBC-Moderator. »Der Mann mit den Narben hat den Säbelzahntiger besiegt.«

»Beeindruckend, wenn du streng wissenschaftlich argumentierst.«

»Ich habe eigene Erfahrungen gesammelt. Meine Blinddarmnarbe ist ziemlich groß.«

Sofort tauchten Bilder vor Erics geistigem Auge auf, und keins davon wollte er sehen.

»Echt jetzt, Andrew? Warum erzählst du mir so etwas?«

»Alles okay bei euch?« Fred zog einen Stuhl an ihren Tisch und setzte sich rittlings darauf.

»Alles in Ordnung. Eric geht morgen mit deinem Gast an den See.«

Oh Gott! Eric vergrub das Gesicht in den Händen. Jetzt war es offiziell: Seine Wochenendpläne würden sich innerhalb der nächsten Stunde in ganz Glenbarry verbreiten, und jeder, den er traf, würde irgendeine Bemerkung dazu fallen lassen.

»Mit Claire? Find ich gut. Du bist lange genug allein. Und sie ist süß. Wenn ich auf Frauen stehen würde, hätte ich sie schon eingeladen. Allerdings …«

Auch wenn Eric das Thema nicht weiter vertiefen wollte, konnte er Freds angefangenen Satz so nicht stehen lassen. Also brummte er ein »Was?« zwischen seinen Fingern hervor.

»Sie hat gerade erst Besuch bekommen, von einem sehr adretten jungen Mann, mit dem ich gerne baden gehen würde. Er wartet hier auf sie.«

Eric hob den Kopf. Das kam unvorbereitet. Er hatte nicht damit gerechnet, dass Wesley gebunden sein könnte. Wieso eigentlich? Mal abgesehen von ihrer Unaufrichtigkeit und Penetranz, war sie clever, witzig und – wie Fred so richtig bemerkt hatte – süß.

»Wer ist es?«

Verschwörerisch steckten sie die Köpfe zusammen. Fred wisperte: »Er sitzt ganz hinten rechts. Dunkle Haare, Anzug.«

Um diesen mysteriösen Eindringling unter die Lupe nehmen zu können, lehnte Eric sich auf seinem Stuhl zurück und ließ den Blick angelegentlich durch das Lokal wandern, über den Tresen, an Granny Herbert und Michael auf der Tanzfläche vorbei, zu einem Mann, der ein Glas Weißwein vor sich stehen hatte und sich ein Tablet vor die Nase hielt. Soweit er das beurteilen konnte, war der Mann tatsächlich attraktiv. Ein smarter Großstadttyp. Zumindest äußerlich passte er gut zu Wesley. Eine Binsenweisheit setzte sich in seinen Gedanken fest, nämlich dass sich Gleich und Gleich gern gesellte. Für einen Moment war er wie paralysiert.

»Das hat nichts zu bedeuten«, sagte Andrew. »Vielleicht ist er ihr schwuler Freund.«

Fred knurrte genüsslich. »Ich mag die Art, wie du denkst.«

In diesem Moment betrat Wesley das Bruce, eine Papiertüte mit dem Aufdruck von Bettys Laden in der Hand. Sie blickte zu ihnen herüber, winkte lächelnd, da sprang ihr Besuch vom Tisch auf, lief auf sie zu und nahm sie in die Arme. Wesley wirkte völlig überrumpelt, als der Mann sie so gar nicht schwul und freundschaftlich auf den Mund küsste. Mühsam wand sie sich aus seinem Tentakelgriff, dann packte sie ihn an der Hand und zog ihn hinter sich her die Treppe hinauf. Sie machte nicht viel Federlesens. Eric hätte auch nichts anderes von ihr erwartet.

»Das heißt noch gar nichts«, sagte Andrew nach einer Weile betretenen Schweigens.

»Doch«, erwiderte Eric und wich seinem mitleidigen Blick aus. »Es heißt, dass ich morgen nichts vorhabe.«

27

Claire

»Was soll das?« Wütend schlug Claire die Zimmertür hinter sich zu.

»Ich wollte dich sehen.«

Sollte das eine Erklärung sein? Claire stand kurz davor, körperliche Gewalt anzuwenden. »Du kannst doch nicht in meine Übernahmeverhandlungen platzen! Vielleicht sind jetzt deinetwegen all meine Bemühungen gescheitert.« Sie hielt inne. »Wie kommst du überhaupt so schnell hierher? Wir haben vor gerade mal einer Stunde telefoniert.«

»Ganz einfach.« Peter machte eine Handbewegung wie ein Magier, der das Tuch vom Zylinder zieht. »Ich war schon auf dem Weg, als wir miteinander gesprochen haben. Es sollte eine Überraschung sein, und ich wollte vorher herausfinden, ob du auch wirklich hier bist.«

Claire schleuderte die Tüte aufs Bett, der Badeanzug rutschte heraus und fiel zu Boden. Peters Blick blieb daran hängen.

»Übernahmeverhandlungen, ja? Finden die im Whirlpool statt?«

»Das geht dich nichts an. Was auch immer ich hier mache, es geht dich nichts an. Und wenn ich mich mit dem ganzen Dorf in einen Whirlpool setze, geht dich auch das nichts an!«

»Also stimmt das mit dem Whirlpool?«

»Vergiss es! Es gibt keinen Pool. Ich bin froh, dass ich fließend Warmwasser habe.«

Peter legte den Badeanzug auf das Bett, drapierte ihn ordentlich. »Es tut mir leid, Claire. Ich hatte nur solche Sehnsucht nach dir.«

Müsste sie vor diesem Stalker nicht eigentlich Angst haben? Seltsamerweise konnte sie ihn nur als bemitleidenswerten Typen sehen, der nicht begriff, wann er verloren hatte.

»Hör auf damit, Peter. Ich habe es dir am Telefon schon gesagt, und ich sage es jetzt wieder: Ich habe kein Interesse an dir. Verschwinde.«

»Hör dir doch erst einmal an, was ich vorhatte, und danach entscheidest du, einverstanden?«

Schnaubend vor Wut verschränkte sie die Arme wie eine Rüstung vor ihrer Brust. »Wenn du danach abhaust.«

»Du packst deine Reisetasche für ein Wochenende, und wir fahren jetzt sofort los nach Inverness. Ich habe ein Zimmer in einem netten Hotel reserviert, nicht so etwas wie das hier.« Seine Stimme und die Handbewegung, mit der er in den Raum deutete, stellten ein vernichtendes Urteil über ihre Unterkunft aus.

»Dieses Zimmer ist vollkommen in Ordnung. Es ist ruhig, die Matratze ist weich und das Frühstück einfach großartig!«

Warum ärgerten sie Peters Worte so dermaßen? Sie hatte es am Anfang hier ja auch nur schwer erträglich gefunden, und jetzt verteidigte sie dieses Zimmer! Eigentlich – und das wurde ihr ganz plötzlich klar – eigentlich verteidigte sie Glenbarry. Sie wusste noch nicht, was sie davon halten sollte.

»Morgen gönnen wir uns ein Sektfrühstück auf dem Zimmer, danach begleite ich dich auf einer ausgiebigen Shoppingtour, und am Abend gehen wir ins Theater. Am Sonntag brunchen wir gemütlich, und dann bringe ich dich wieder zurück. Wenn du schon nicht nach London kommen willst, hast du wenigstens ein paar Stunden in der Zivilisation verbracht.«

Komisch. Peter wusste, was sie wollte. Das wäre ein Samstag genau nach ihrem Geschmack. Trotzdem würde sie nichts davon abhalten, mit O'Malley baden zu gehen.

»Und – was sagst du?« Peter setzte sein strahlendes Lächeln auf. In diesem Zimmer wirkte es so deplatziert wie eine Flasche Pommery.

Claire atmete tief durch. Wie hatte es doch gleich in diesem Seminar zur Chefkommunikation geheißen? Verpacken Sie eine schlechte Botschaft zwischen zwei guten.

»Da hast du dir wirklich etwas Nettes einfallen lassen, wenngleich es völlig übergriffig ist.«

Ja, das ging gerade noch so als gute Nachricht durch.

»Aber du verschwindest jetzt, und wenn du das nicht tust, sage ich Eric, Andrew und Fred, dass sie dir die Autoschlüssel abnehmen und dich rauswerfen sollen, und glaub mir, das werden sie tun. Wenn du dich im Wald verirrst, wird es lange dauern, bis man dich findet, und du wirst in der Zwischenzeit keine Instagram-Posts machen können, weil es dort kein Netz gibt.«

Peters Gesichtsausdruck nach zu urteilen, war dies wirklich eine schlechte Nachricht. Fragte sich nur, was genau ihn so entsetzte – vielleicht der Teil mit dem schlechten Empfang.

»Die Firma kommt natürlich für deine Unkosten auf. Die Übernachtung, das Mietauto, die Flüge.«

»Um Gottes willen, Claire! Wie sehr willst du mich denn noch demütigen?« Peter machte auf dem Absatz kehrt und verließ das Zimmer. Die Tür fiel krachend ins Schloss. Claire hörte seine hastenden Schritte auf der Treppe, griff ihr Smartphone und tippte eine Nachricht an Francis: *Peter Mayhew, unser Praktikant, wird sofort entlassen. Bitte lass ihn am Montag nicht mehr auf das Firmengelände.*

Sie zögerte einen Moment, bevor sie die Nachricht löschte. Wenn sie als Chefin ernst genommen werden wollte, konnte sie das nicht über Anschwärzen und Denunziation erreichen. Sie musste ihre Position standhaft vertreten, und so riss sie energisch die Tür auf, als angeklopft wurde.

»Peter, war ich nicht deutlich genug?«

»So, wie Ihr Freund gerade aus dem Pub gerannt ist«, sagte O'Malley, »müssen Sie sehr deutlich gewesen sein.«

»Sie?«

Er breitete die Arme aus, wie um zu sagen: »Offensichtlich.«

»Ich wollte wissen, ob unsere Verabredung noch steht. Kein Problem, wenn sich Ihre Pläne geändert haben. Ich kann mir die Zeit auch anders vertreiben. Wahrscheinlich sogar viel besser.«

Claire schaute zu Boden. Er sollte ihr breites Lächeln nicht sehen. »Was hätten Sie denn sonst vor?«

»So einiges. Zum Beispiel Kreuzworträtsel lösen, bis mir der Bleistift abbricht.«

»Wenn Sie auf dieses Highlight ein Weilchen verzichten können, würde ich sehr gerne diesen Ausflug mit Ihnen unternehmen.«

Er nickte. »Dann bis morgen.«

Obwohl alles gesagt war und sie sich in wenigen Stunden wiedersehen würden, wollte Claire nicht, dass er ging. »Möchten Sie hereinkommen? Ich habe eine Flasche Wein da und ein Zahnputzglas. Wir könnten beide daraus trinken, wie arme Künstler in einer Mansarde mit undichtem Dach. Der Wein ist richtig schlecht, das Erlebnis wäre also sehr real.«

Ruhig und intensiv schaute er sie an, als überlegte er jedes Für und Wider ihres unsinnigen Vorschlags.

»Morgen um zehn, Wesley. Gute Nacht.«

»Warten Sie!« Himmel, was Peter an Anhänglichkeit zu viel hatte, besaß dieser Mann eindeutig zu wenig.

»Worauf?«

»Was ... was soll ich morgen mitnehmen? Also, außer dem Badeanzug? Ein Handtuch, Mückencreme, die ja sowieso nichts hilft, etwas zum Lesen?«

»Nehmen Sie mit, was Sie möchten, Wesley. Ein Buch, Ihren Laptop, egal.«

»Natürlich. Ich dachte nur, es gäbe vielleicht irgendwelche Traditionen, die zu beachten wären, oder ...« Ihre

Stimme erstarb. Dies war einer der Momente in ihrem Leben, in denen sie dankbar gewesen wäre für ein Loch im Boden, um darin zu verschwinden.

O'Malleys Augen funkelten. »Keine alten schottischen Sitten, auf die Sie Rücksicht nehmen müssen. Kein Unterwasserdudelsackspielen, keine Jigs am Ufer. Wir werden in der Sonne liegen und ab und zu schwimmen. Gute Nacht, schlafen Sie gut.«

Es war deutlich – dieser Mann wollte weg. Claire schloss die Tür hinter ihm und schlug mit der Stirn gegen den Holzrahmen.

Noch ein Glas Wein vielleicht? Bleiben Sie doch gleich über Nacht, warten Sie, ich ziehe mich nur rasch aus. Reiß dich zusammen, Claire.

Dieser Mann schickte zweideutige Signale, aber nicht, weil sie ihm gefiel. Er war zu grobschlächtig, um zu erkennen, wie er auf andere wirkte, und zu Claires Überraschung wirkte grobschlächtig leider wie ein Magnet auf sie.

Pünktlich um zehn Uhr stand Claire vor dem Bruce. O'Malley fuhr, nur wenige Augenblicke nachdem sie das Gesicht mit geschlossenen Augen in die Sonne gehalten hatte, mit seinem Pick-up vor. Er öffnete ihr von innen die Beifahrertür, und Claire kletterte umständlich in das Gefährt. Sie lächelte ihn an, aber O'Malleys Ausdruck blieb ernst. Freute er sich überhaupt auf ihren Ausflug? Bevor sie sich danach erkundigen konnte, fragte er: »Ist wieder alles in Ordnung bei Ihnen? Mit Ihrem – Freund?«

»Kein Freund. Peter ist ein Kollege.«

»Begrüßen Sie jeden Kollegen mit einem Zungen-
kuss?«

»Bei Woodcorp pflegen wir einen herzlichen Umgang.«

»Dann kam Ihr Kollege extra aus London, um Geschäftliches zu besprechen?«

»So in etwa.«

»Er hätte anrufen können.« O'Malleys Stimme klang
viel zu gleichgültig für die Fragen, die er stellte. So, als
wollte er verbergen, wie sehr ihn ihre Antworten tatsächlich interessierten. War er etwa eifersüchtig? Bei jedem
anderen Mann hätte sie das vermutet, aber bei ihm schien
diese Annahme wenig überzeugend.

»Haben Sie Plauderwasser getrunken? Ich habe mich
auf eine unserer üblichen Fahrten in betretenem Schweigen gefreut.«

Er drehte den Zündschlüssel, der Motor sprang an.
»Den Wunsch kann ich Ihnen erfüllen.«

Und tatsächlich fuhren sie eine gute halbe Stunde in
völligem Schweigen durch tiefen Wald, bis sich endlich
eine Lichtung auftat und O'Malley anhielt.

»Wir sind da.«

Der Anblick raubte Claire den Atem. Das klare Wasser
des Sees, auf dem Sonnenstrahlen irrlichterten, der Berg
auf der anderen Seite, der sich wie ein Riese aus dem unbändigen Grün der Wiesenflächen erhob. Kiefernzapfen krachten unter ihren Füßen, als sie ein paar Schritte
ging.

»Es ist wundervoll hier, O'Malley«, sagte sie, aber der
hörte ihr nicht zu. Er ließ seinen Rucksack fallen, streifte
sich das Hemd über den Kopf, schlüpfte aus seinen Schu-

hen und sprang förmlich aus seiner Jeans. Bevor er mit einem Hechtsprung im glitzernden Wasser verschwand, bekam Claire gerade noch mit, dass er Boxershorts trug, keinen Herrentanga, was sie sehr erleichterte.

Er tauchte wieder auf, strich sich die nassen Haare aus dem Gesicht. »Nun kommen Sie schon!«, rief er ihr zu. »Es ist herrlich!«

Unbeirrt von seinem Drängeln, breitete sie ihre Decke auf der Wiese aus, verstaute die Wasserflasche im Schatten einer Tanne und kramte ihr Buch aus der Tasche. Erst dann zog sie ihr Kleid aus, unter dem sie schon den Badeanzug trug. Gemächlich ging sie zum Teich und fühlte vorsichtig mit den Zehen die Temperatur des Wassers. Etwa zehn Grad über null.

»Ich denke, ich wärme mich erst ein wenig in der Sonne auf. Mein Frühstück liegt auch noch nicht so lange zurück. Mit vollem Magen soll man ja ...«

Wie ein Delfin sprang O'Malley hoch, packte sie um die Hüfte, riss sie mit sich in den Teich. Sie versank, schluckte Wasser, ruderte mit den Armen, es war kalt, so dermaßen kalt ... Spuckend, hustend, fluchend kam sie wieder an die Oberfläche.

»Sie sind ein Idiot! Ich hätte ertrinken können!«

Er lachte. Wie konnte er jetzt lachen?

»Hier ertrinkt niemand. Außerdem hätte ich Sie schon gerettet.«

»Dann erfriere ich halt. Bekommen Sie überhaupt mit, wie kalt das Wasser ist?«

»Es ist erfrischend.«

Sie stand mit dem halben Oberkörper im Wasser,

O'Malley gerade mal bis zur Taille. Kein Wunder, dass ihm wärmer war als ihr.

»Ein Nickerchen ist erfrischend, das hier ist gemeingefährlich. Habt ihr Schotten keine Temperaturrezeptoren in der Haut?«

»Ach, jetzt kommen Sie her, Sie Heulsuse.«

Er zog sie an sich, legte die Arme um sie, rieb mit den Händen über ihre Schultern, ihren Rücken. Seine Haut war genauso kalt wie ihre, aber nur für einen Augenblick, dann entspann sich Hitze zwischen ihnen.

»Na, sehen Sie«, sagte er, »wird doch schon besser.«

»Ich friere noch.«

Seine Umarmung wurde fester, vorsichtig legte Claire eine Hand auf seinen Rücken. Es fiel ihr schwer, sich zusammenzureißen, am liebsten hätte sie die Finger den Weg hinunter antreten lassen. Ihre andere Hand lag auf seinem Brustkorb, strich sanft über seine nasse, feste Haut. Seine Brustwarzen unter den Fingerspitzen zu spüren, jagte Claire einen Schauer über den Rücken.

Zeit verstrich. Sie lagen sich noch immer in den Armen, die spielerische Atmosphäre war längst in etwas anderes umgeschlagen.

Gleich, sagte sich Claire, gleich würde sie auf alle Zurückhaltung pfeifen und darauf, dass sie sich nicht ausstehen konnten. Gleich würde sie seine Brust küssen, seine Schultern, würde sich auf die Zehenspitzen stellen, um seinen Hals zu erreichen, und wenn er sich ihr entgegenbeugte, auch seine Lippen. Gleich, gleich, gleich…

Bevor dieses Gleich zum Jetzt werden konnte, stieß

O'Malley sie mit einem heftigen Ruck von sich. Claire stolperte, landete fast wieder kopfunter im Wasser.

»Jetzt muss es aber gut sein«, rief er, tauchte ab, kam am anderen Ende des Teichs hoch und winkte ihr zu.

So ein unangenehmer Mensch!

Sie verharrte eine Anstandsminute im Wasser, bevor sie auf die Decke zurückkehrte, sich das Buch ostentativ vor die Nase hielt – und keine Zeile darin las. Stattdessen beobachtete sie, wie O'Malley unbeschwert durch das Wasser tollte. In der Wärme der Sonne legte sich allmählich die Anspannung, ihm so nahe gewesen zu sein.

Nach einer Zeitspanne, in der sie schon längst erfroren wäre, verließ er das Wasser. Claire gab vor, es würde sie nichts anderes interessieren als das Buch vor ihrer Nase, blinzelte dabei aber immer wieder über den Rand, als O'Malley auf sie zukam. Ihre Blicke wanderten von seinen braun gebrannten Armen über die breite Brust, den flachen Bauch, die kräftigen Beine. Er war eine Art maskuline Naturgewalt. Am liebsten hätte sie ihn fotografiert wie ein begeisterter Tourist eine wundervolle Landschaft.

Triefnass blieb er vor ihr stehen, doch ihre Befürchtung, er könnte sich schütteln wie ein Hund, erfüllte sich nicht. Mit einem Handtuch aus seinem Rucksack trocknete er sich ab.

»Ich liebe dieses klare, frische Wasser. Der See wird von unterirdischen Flüssen gespeist, wussten Sie das, Wesley?«

»Nein, aber es erklärt, warum man sich darin wie in einem Eisberg fühlt.«

»Sie lieben es, zu nörgeln, oder? Gibt es irgendetwas, an dem Sie sich ohne Wenn und Aber erfreuen können?«

Die Antwort darauf wäre einfach gewesen, wenn Claire sie denn hätte geben können: an seinem Anblick.

O'Malley ließ das Handtuch zu Boden fallen und legte sich neben sie auf die Decke. Jetzt, wo seine linke Seite ihr zugewandt war, sah sie das vollständige Ausmaß der Verletzungen, die er erlitten hatte. Kreisrunde Narben zeichneten sich auf seinem Bein ab. Sie mussten von den Stangen herrühren, mit denen die Knochen fixiert worden waren. Auf seiner linken Flanke schlängelten sich Narben entlang, ähnlich wie die auf seiner Hand. Es entsetzte sie. So sehr, dass sie für einen Moment jegliche Zurückhaltung verlor und mit den Fingern über seine zerstörte Haut strich. O'Malley zuckte zusammen, entzog sich ihrer Berührung. Claire verstand ihn. Manche Dinge behielt man lieber für sich. Trotzdem fragte sie: »Wie ist der Unfall passiert?«

Er sah sie an, und sie erwiderte seinen Blick. Es schien ihn nicht zu verwundern, dass sie Bescheid wusste. Er öffnete den Mund, wie um etwas zu sagen, schloss ihn wieder. Sie wartete. Er starrte in die Krone des Baumes, der ihnen Schatten spendete, als er antwortete: »Meine Frau hatte die Kontrolle über das Auto verloren. Es ging sehr schnell. Ich erinnere kaum noch an etwas davon.«

Das Drama, das sich hinter seinen kargen Worten verbarg, verrieten seine Narben. Claire wusste nicht, was sie sagen sollte, also schwieg sie. Sein Blick fand den Weg aus der Baumkrone in ihr Gesicht.

»Ich habe überlebt, Wesley. Kaputte Knochen und kaputte Haut bedeuten dagegen gar nichts«, sagte er und schloss die Augen. Sie legte sich ebenfalls hin, ihm zugewandt, streckte den Arm auf der Decke so weit aus, dass er ihn beinahe berührte. Die Sonne blendete, instinktiv schlossen sich die Augenlider, aber Claire öffnete sie immer wieder. Sie wollte nicht aufhören, ihn anzusehen. Irgendwann jedoch siegten das Licht und die Stille. Sie schlief neben O'Malley ein.

»Claire.«

»Mmmm.«

»Claire!«

Wärme lag wie eine Decke auf ihrem Körper. Es roch nach Fleisch. Warum roch es nach Fleisch?

Sie öffnete die Augen, eine Scheibe Roastbeef hing vor ihrer Nase. Das war merkwürdig.

»Ich dachte, Sie hätten vielleicht Hunger.«

O'Malley hielt ihr den Aufschnitt vors Gesicht. Sie richtete sich schlaftrunken auf und rieb sich die Augen. Bedauerlicherweise hatte er sich inzwischen ein T-Shirt übergezogen.

»Haben Sie gerade Claire zu mir gesagt?«

»Wieso sollte ich, Wesley? Käse und Weintrauben?«

Nun hielt er ihr eine geöffnete Plastikdose entgegen.

»Ich bin nicht hungrig.«

»Gut.« Er stellte die Dose ab und kramte weiter in seinem Rucksack, zog ein Bannockbrot hervor und zwei Flaschen dieses orangefarbenen Getränks, Irn-Bru, das er ihr schon auf dem Dach seines Wohnwagens kredenzt hatte. In aller Seelenruhe nahm er einen tiefen Schluck, riss das Fladenbrot dann in zwei Teile und füllte seine Hälfte mit Roastbeefscheiben. Keine fünf Minuten später, während sie dabei zusah, wie er herzhaft von seinem Sandwich abbiss, Weintrauben und Käse hinterherschob, griff sie ebenfalls zu, trank das kaugummisüße Gesöff und schlug sich den Bauch voll. Ihre Zeit in Glenbarry war eindeutig schlecht für die Figur, aber ganz ehrlich – nichts konnte in diesem Moment unwichtiger sein. Das hier war ein Festmahl. Sie feierte diesen Tag, das Überleben und eine Umarmung in einem eiskalten See.

28

Eric

Es kam Eric seltsam vor, so mit Wesley zusammenzusitzen. Friedlich, freundschaftlich. Nein, das traf es nicht. Sie in diesem Badeanzug zu sehen, selbst mit den albernen Rüschen, erweckte viel mehr als nur freundschaftliche Gefühle in ihm. Was eine leichte Ahnung gewesen war, als sie zusammen auf dem Dach des Wohnmobils gelegen hatten, wurde zu einer unumstößlichen Gewissheit: Er kam an dieser Frau nicht vorbei, die lächelnd ihre Flasche hob und ihm zuprostete.

»Was halten Sie davon, wenn wir heute Abend nach Ullapool fahren und ins Kino gehen?«, fragte sie. »Notfalls werfen wir eine Münze, wenn wir uns nicht einig werden, welchen Film wir sehen. Dann entscheidet das Schicksal, und wir müssen nicht streiten, sollte einem von uns der Film nicht gefallen, wovon auszugehen ist. Dem Schicksal kann man schließlich keine Vorwürfe machen. Könnte man natürlich, aber das bringt ja nichts. Niemand kämpft erfolgreich gegen das ...«

Es war wie ein Reflex. Wie das Schließen der Lider bei grellem Licht oder wie Atmen. Genauso wenig zu verhindern war es, Claire in seine Arme zu ziehen und zu küssen. Er spürte ihre Überraschung und dann nur noch ihren weichen Mund, der sich gegen seinen presste. Ihre Hände, die sich um seinen Nacken legten und in seine Haare gruben. Ihren sonnengewärmten Körper, der sich an ihn schmiegte. Und ihre kleine, feste Zungenspitze, die sich zwischen seine Lippen drängte. Nach allem, was geschehen war, hatte er nicht geglaubt, jemals wieder so empfinden zu können. Überhaupt etwas empfinden zu können. Seit Mariahs Tod lebte er hinter Mauern, so massiv wie der Staudamm des Loch Cluanie, aber Claire ließ sie mit einem Kuss in sich zusammenbrechen wie Ardvreck Castle. Sie lockte all das wieder aus ihm heraus, was das Leben lebenswert machte – Herzklopfen, Sinnlichkeit, Begehren und Leidenschaft.

»Machst du das nur, damit ich nicht weiterrede?«, flüsterte sie, als sie sich für einen Moment voneinander trennten.

»Das ist nur ein angenehmer Nebeneffekt.«

Sie zog sanft an seinem Ohr. »Hey!«

»Ich mache das«, sagte er und ließ dabei seine Lippen ihren Hals entlanggleiten, worauf sich Claire noch enger in seine Umarmung schmiegte, »weil ich es nicht *nicht* tun kann. Ich muss dich küssen. Auch wenn es keine gute Idee ist.«

»Für mich fühlt es sich nach einer sehr, sehr guten Idee an. Nach einer, die auf die Top-Ten-Liste guter Ideen gehört. Gleich hinter: ›Guck mal, es ist rund und rollt. Ich nenne es Rad.‹«

Sie bog sich in seinen Armen, drückte ihm ihren Oberkörper entgegen. Sanft fuhr er mit den Daumen über ihre kleinen, festen Brüste. Claires zitterndes Stöhnen ließ ihn fast den letzten Rest seiner Selbstbeherrschung verlieren, doch dann hörte er diese leise Stimme in seinem Kopf: Claire würde wieder gehen, und das war auch besser so. Sie hatte einen Mann verdient, auf den sie sich verlassen konnte.

Eric löste die Hände von ihrem Körper. Die Sonneneruption, die sie einen Moment lang verschmolzen hatte, erlosch. Er fror.

»Hören wir auf damit.«

Verwundert sah Claire ihn aus ihren großen blauen Augen an. Ob diese Frau überhaupt wusste, wie wunderschön sie war?

»Was ist los? Ist es wegen Woodcorp? Das hier hat nichts damit zu tun.«

Eric stand auf und griff nach seiner Kleidung. Dabei fielen die drei Kieselsteine aus seiner Hosentasche. Wie eine Mahnung des Schicksals erschienen sie ihm. Es war richtig, ihre Annäherung abzubrechen, auch wenn es sich wie das Falscheste anfühlte, was er jemals getan hatte. Er zog sich an, hob die Steine auf und verstaute sie wieder in seiner Tasche. »Belassen wir es bei Arbeit, Streit und, wenn es gut läuft, Respekt. Alles andere sollten wir nicht tun.«

»Sagen Sie das nicht mir, sagen Sie es sich selbst. Nicht ich habe mit dem Küssen angefangen.«

Claire sprang auf. An der Art, wie sie ihn anfauchte, sich das Kleid erst verkehrt herum über den Kopf zog, es wieder herunterriss und dann energisch hineinschlüpfte, erkannte er, wie wütend sie war. Überstürzt stopfte sie die Sachen in ihre Tasche, das Buch fiel heraus, als sie den

284

Gurt über ihre Schulter warf. Eric bückte sich und hob es auf, sie riss es ihm aus der Hand. Ihre Augen, in denen gerade noch so viel Leidenschaft geglänzt hatte, waren jetzt stumpf wie Kiesel. Es tat verdammt weh, sie so zu sehen. Alles in ihm schrie danach, sie in die Arme zu ziehen und geschehen zu lassen, was zwischen ihnen in der Luft lag. Aber es war ja nicht dieser erste Schritt, der ihn zurückschrecken ließ, und auch nicht der Weg, auf den dieser Schritt führte. Es war das Ende, das folgen würde. Denn ein Ende gab es immer, und es war nie gut. Glück hatte keine Brinellhärte wie Buchenholz. Glück war spröde wie Reisig, und er hatte nicht mehr genug Kraft, es abermals zerbersten zu sehen.

»Kommen Sie, Wesley, ich fahre Sie nach Hause.«

★ ★ ★

Ein Vorhang wurde aufgerissen, verwandelte die Dunkelheit innerhalb von Sekundenbruchteilen in gleißenden Tag. Wo sich zuvor das Armaturenbrett des Wagens befunden hatte, ragte ein grauer Betonpfeiler auf. Eric atmete langsam und zitternd. Splitter der Windschutzscheibe lagen auf seinen Knien, auf seinen Händen, steckten in seinem Fleisch. So tief, dass es blutete. Er wartete auf Schmerzen, aber sie kamen nicht. Mühsam drehte er den Kopf nach rechts. Dort war nur Schwärze, als hätte jemand diese Seite der Welt gelöscht. Er schloss die Augen. Vielleicht wäre es das Beste, hier sitzen zu bleiben. Abzuwarten, was geschah, denn irgendetwas geschah immer.

Rauch stieg aus dem zertrümmerten Motorblock

auf. Erst Rauch, dann Flammen. Sie weckten Angst und Überlebenswillen.

Alles, nur das nicht! Nicht verbrennen!

Er tastete nach dem Gurt, seine blutigen Finger rutschten vom Verschluss ab. Der Rauch färbte sich dunkler, die Flammen wurden heller. Nicht verbrennen, Herr im Himmel, er wollte nicht verbrennen! Endlich das erlösende Knacken, der Gurt löste sich. Er tastete nach dem Türgriff, fand ihn nicht, da war keine Tür mehr, nur verbogenes Altmetall, das sich keinen Zentimeter bewegte, sosehr er auch dagegen drückte. Mit dem Ellenbogen schlug er die größten Glasreste aus dem Fahrerfenster, missachtete in seiner Panik die Stücke, die noch im Rahmen steckten. Mühsam zog er sich vom Sitz hoch. Nur sein rechtes Bein gehorchte ihm, das andere hing wie ein Fetzen an ihm herunter. Trotzdem setzte kein Schmerz ein, nicht einmal als er sah, dass der geborstene Oberschenkelknochen aus dem Stoff der Hose ragte.

Dieser Geruch in seiner Nase! Feuer und Benzin. Der Versuch, sein Leben zu retten, war vielleicht nur einen Funken vom Scheitern entfernt. Er zwängte sich durch den Fensterrahmen, Glas schnitt in sein Fleisch, aber er spürte nichts als ein dumpfes Ziehen, während die Scherben tiefe Wunden in seinen Körper rissen. Kopfüber landete er auf dem Erdboden, robbte zwei, drei Meter weit weg. Neben ihm schlug das dunkle Wasser des Firth of Ark an die Kaimauer. Mit einem dumpfen Krachen loderte das Feuer auf, schloss den Wagen in sich ein wie in einen Kokon. Auf den Ellenbogen kroch er zur Fahrerseite und fasste nach dem Türgriff. Das heiße Metall verbrannte seine Haut. In diesem Moment verging die Taubheit, die sich wie ein Gespinst über ihn gelegt hatte, und sein Hirn registrierte, in welchem Zustand er sich befand. Es ging schnell, und es raubte ihm den Atem. Er hatte keine Schmerzen, er *war* Schmerz. Sein Mund öffnete sich in einem tonlosen Schrei. Vielleicht war er ja doch tot. Vielleicht war seine Flucht aus dem Wagen nur der Übergang in die andere Welt. Vielleicht würde das hier nie wieder aufhören.

Aus der gleißenden Feuersbrunst glitt Eric in die Dunkelheit. Die roten Ziffern seines Digitalweckers blinkten 3:28. Sein Atem beruhigte sich, seine Kehle fühlte sich rau an. Wahrscheinlich hatte er im Schlaf geschrien. Sein alter Freund, der Albtraum. Feuer und Schmerz. Monatelang hatte er seine Ruhe vor ihm gehabt, aber Claire hatte ihn wieder hervorgeholt. Oder besser: seine Gefühle für sie und dieser Kuss am See.

Er stand auf, goss sich einen Whisky ein und öffnete die Tür des Wohnmobils. Ein Hauch Tageswärme lag in der Luft. Er schloss die Augen und roch die Erde. Selbst nach einem langen Arbeitstag, wenn die Geräusche der Maschinen in seinen Ohren nachhallten, fand er in der Stille des Waldes sofort Ruhe. Nie könnte er in einer Stadt leben, wo man von einem Lärm zum nächsten hastete und ein Tag keinen Rhythmus mehr hatte, sondern nur ein stakkatoartiges Zucken.

Er legte den Kopf in den Nacken, hielt das Glas an die Lippen und schmeckte den letzten scharfen, torfigen Tropfen auf der Zunge.

Zu Claire passte so ein Leben. Erstaunlich, dass sie es schon so lange in Glenbarry aushielt. Obwohl – mit seiner Aktion heute hatte er sie höchstwahrscheinlich vertrieben. Während der ganzen Autofahrt bis zum Pub hatte sie keinen Ton gesagt, nur aus dem Fenster gestarrt und ihre Tasche festgehalten. Claire Wesley, so viel stand fest, war Geschichte.

Fühlte sich nicht so gut an wie gedacht.

Eric schloss die Tür. An Schlaf war nicht mehr zu denken, also konnte er auch die Zeit nutzen und an einigen Entwürfen weiterarbeiten. Unter der Dusche kamen ihm oft die besten Ideen. Er stellte den Gasboiler an und trat in die Duschtasse. Die ersten Sekunden rann schmerzhaft kaltes Wasser seinen Körper herab. Die Hände gegen die Duschwand gepresst, ließ er es über seinen Rücken prasseln.

Er dachte an ein Bücherregal, das mehr als seinen vordergründigen Zweck erfüllte. Noch wusste er nicht genau, was er eigentlich wollte, deshalb hoffte er auf eine Inspiration. Ein Tassenhalter wäre eine gute Idee. Wer viel las, trank dabei gerne etwas Warmes …

Er hatte lange Zeit nicht mehr geküsst. War es ihm nur deshalb wie der allererste Kuss seines Lebens vorgekommen, oder lag es an Claire, dass dieser Moment wie ein Feuerwerk geglänzt hatte?

Eines der Fächer könnte als Katzenhöhle dienen. Büchernarren waren Katzenfreunde. Eine gute Idee; wert, weiterverfolgt zu werden.

Eine gute Idee wäre es auch gewesen, diesen rosa Badeanzug über Claires Schultern zu streifen. Sie hatte wundervolle Brüste, klein und fest. Dieser Moment, als er sie berührt und Claire die Augen geschlossen hatte ... Himmel!

Eine Katzenhöhle. Eine gute Idee, eine wirklich, wirklich ...

Er stellte das Wasser kälter. Es raubte ihm den Atem, half aber nichts, seine Gedanken sprangen wie die Nadel auf einer zerkratzten Schallplatte stets auf dieselbe Stelle – zu Claire, die in seinen Armen lag.

Hätte sie nur nie seinen Tisch auf dieser Messe entdeckt! Bevor sie nach Glenbarry gekommen war, hatte er sich unglücklich gefühlt, aber er hatte es verdrängt. Nun wusste er es wieder. Und er würde es immer noch wissen, wenn sie zurück in London wäre und sich mit ihrem »Er ist nur ein Kollege«-Freund träfe.

Wie, um Himmels willen, sollte er zukünftig mit ihr zusammenarbeiten?

29

Claire

Der Sonntag dehnte sich. Nicht, weil sie ihn in Glenbarry verbrachte, sondern weil es ein Sonntag war ohne die Hoffnung, O'Malley zu begegnen. Sie würde ihn sicher nicht besuchen, so, wie er sie zurückgewiesen hatte, und sie würde nicht hinunter in den Pub gehen, weil die Gefahr bestand, ihn dort zu treffen, was mit Sicherheit hochgradig peinlich werden würde. Sie schämte sich so schon genug dafür, sich zum zweiten Mal diesem Typen an den Hals geworfen und zum zweiten Mal einen Tritt in den Hintern bekommen zu haben. Und trotzdem wünschte sie sich immer noch, ihn zu sehen. Das war so was von 1950! Sie brauchte jetzt eindeutig ein positives Frauenbild! Sie brauchte Kim-Yu, Chantaneya und Sadie!

Kaum, dass die Titelmusik ihrer Lieblingsserie *Breaking Bad Law* aus dem Tablet tönte, lehnte sie sich zurück und verlor sich in den Abenteuern der drei Anwältinnen, die tagsüber scharfzüngig ihre Mandanten verteidigten, aber nachts zu Leder-Amazonen wurden, um all die Verbrecher zu strafen, die aufgrund ihrer juristischen Exzellenz der weltlichen Gerichtsbarkeit entkommen waren – natürlich erst nach Begleichung ihres Honorars. Das überdimensionierte Loft mit Blick auf den Central Park, das sich die drei Freundinnen teilten, musste schließlich genauso bezahlt werden wie ihre extravagante Kleidung.

Sadie, eine prinzessinnenhafte Blonde, schlug gerade einen üblen Steuerhinterzieher zu Boden und setzte ihm ihren Pfennigabsatz auf die Brust, da ertönte Freds Stimme: »Claire?«

»Was?« Unwillig stoppte sie den Stream, zwei Minuten vor Schluss, bei dem die Freundinnen wie in jeder Folge in ihrem Lieblingscafé Americanos trinken und mit dem hübschen Latino-Kellner scherzen würden.

Die Tür öffnete sich einen Spalt, Freds Kahlkopf lugte hindurch.

»Du warst noch gar nicht unten. Nicht zum Frühstück, nicht zum Mittag. Geht's dir gut?«

»Ja, danke. Ich bin nur erschöpft. Mach dir keine Sorgen.«

»Schön.« Statt die Tür wieder zu schließen und sie in Ruhe zu lassen, trat Fred ins Zimmer. »Ich habe dir etwas zu essen mitgebracht.«

Fred – Herbergsvater, Koch, DJ und Gedankenleser. Tatsächlich war ihr Hunger inzwischen so groß, dass sie sogar gefüllten Schafsmagen essen würde oder aus was auch immer Haggis bestand. Glücklicherweise stellte Fred ihr jedoch ein Sandwich und eine Flasche Mineralwasser auf den kleinen Tisch. Sich stellte er gleich daneben. Claire richtete sich auf. »Was ist los?«

»Ist etwas vorgefallen, gestern am See?«

Himmel, war etwa der ganze Ort darüber im Bilde, dass sie schwimmen gewesen waren? Ein eindeutiger Vorteil der Großstadt – dort wusste man nichts über seine

Nachbarn. Nicht, ob es ihnen gut ging oder schlecht, zumindest so lange, bis es im Sommer anfing, unangenehm aus der Nebenwohnung zu riechen.

»Nein, alles in Ordnung. Wir hatten viel Spaß, O'Malley und ich.«

»Ach so.«

Claire legte den Kopf schief und sah ihn an. »Danke für das Sandwich.«

»Oh, gern geschehen. Putencurry, ich hoffe, du magst das.«

»Hmmm, lecker! Da werde ich gleich zuschlagen.«

Fred rührte sich nicht von der Stelle. Wie direkt musste sie denn noch werden, damit er ging?

»Es ist nur – ich mache mir ein wenig Sorgen.«

»Wegen des Sandwichs? Ich bin sicher, es ist großartig.«

Ein minimales Lächeln zuckte in Freds Mundwinkeln. »Wegen Eric und dir. Jeder kann sehen, dass ihr euch mögt, aber …«

Jeder konnte das sehen? Sie war sich ja selbst nicht sicher, und O'Malleys Reaktionen waren eher – nun, am besten traf es der Ausdruck »unentschieden«.

»Manchmal sieht man das, was man sehen möchte, Fred. Ich schätze Eric für seine Arbeit, und er toleriert mich. Bitte interpretiere nicht mehr hinein, als es ist.«

»Gut.« Fred deutete auf das Sandwich. »Wenn du noch etwas brauchst, sag Bescheid.«

»Mach ich.«

Endlich wandte er sich zum Gehen. Claire griff nach ihrem Tablet, um wieder in die so klar strukturierte Welt ihrer Serie abzutauchen, wo am Ende alles zu einer einfachen Ordnung fand und kein Mann jemals eine der Heldinnen zurückwies.

»Ach, Claire, noch etwas…«

»Ja?«

»Eric sieht zwar aus, als würde er alles aushalten, aber das täuscht.«

»Was willst du mir damit sagen?«

»Spiel nicht mit ihm, okay?«

Es lag ihr auf der Zunge, dass er das lieber O'Malley sagen sollte. Dass sie es war, die sich nicht aus dem Zimmer traute. Dass sie O'Malley um solche Freunde beneidete, die sich Sorgen um ihn machten, ihm zur Seite standen und ihm helfen wollten. Freunde wie Kim-Yu, Chantaneya und Sadie, nur in echt und ohne die engen Lederklamotten.

»Werde ich nicht tun.«

Fred nickte, wie um sich selbst zum Gehen aufzufordern. »Okay. Dann lass ich dich mal wieder allein. Solltest du dich doch noch dazu entscheiden, herunterzukommen, warten ein Bier und Fish and Chips auf dich.«

Sie holte sich das Sandwich und die Wasserflasche ans Bett und schaltete die Folge wieder an, ihre Gedanken jedoch kreisten immer nur um diesen Kuss zwischen ihnen, diesen Moment, schillernd und schwerelos wie eine Seifenblase und zerplatzt und vergangen, als hätte es ihn nie gegeben.

Wie, um Himmels willen, sollte sie zukünftig mit Eric O'Malley zusammenarbeiten?

30

Claire

Es war seltsam, wieder in London zu sein. Auto an Auto schob sich durch die Straßen, die Menschen hasteten mit auf den Boden gerichteten Augen umher. Und war die Stadt schon immer so laut gewesen? Claire schloss die Tür ihrer Wohnung hinter sich und lehnte sich erleichtert gegen die Wand. Die Fahrt vom Flughafen hierher hatte sie mehr erschöpft als ihre Arbeit bei O'Malley.

Sie hatte ihm vorgelogen, dass sie dringend für ein paar Tage nach London müsse. Auf diese Weise konnte sie sich ohne Gesichtsverlust der distanzierten, steifen Atmosphäre entziehen, die zwischen ihnen herrschte, seit sie am Montag in der Tischlerei wieder aufeinandergetroffen waren. Drei Tage hatte Claire das ausgehalten, bis sie ihm die Geschichte über unaufschiebbare Geschäfte aufgetischt hatte. O'Malley hatte sie angesehen, als erkenne er ihre Lüge und überlege, ob er sie darauf ansprechen solle, aber dann hatte er nur genickt und ihr eine gute Heimreise gewünscht. Er hatte nicht einmal wissen wollen, ob und wann sie zurückkommen würde.

Genauso merkwürdig, wie wieder in London zu sein, war es auch, die Firma zu betreten. Die weißen Flure entlangzugehen, vorbei an den grauen Türen, bis zu ihrem Büro.

»Schön, dass Sie hier sind, Ms. Wesley«, grüßte Ellen, warf ihr einen Blick über den Rand ihrer Brille zu und reichte ihr die Postmappe. »Mr. Hampton hat einige Briefe herausgelegt, auf die Sie einen Blick werfen mögen. Es kam eine Angebotsanfrage für den Bau einer Lagerhalle in Liverpool, Sie finden Mr. Hamptons Entwurf eines Antwortschreibens gleich obenauf. Er würde gerne heute mit Ihnen darüber sprechen.«

»Natürlich. Haben wir schon einen Termin?«

Claire öffnete die schwarze Mappe und warf einen Blick auf Francis' Schreiben. Sie konnte keine Fehler entdecken – wie bei allem, was er tat. Dass er sie um Überprüfung bat, war nur seiner Freundlichkeit geschuldet.

»Er hat um elf Uhr einen Termin bei Palin & Cleese, kommt danach in die Firma und wird dann sicherlich bei Ihnen vorbeischauen.«

P & C, eines der größten Innenausstatterbüros in England, mit besten Verbindungen zu den Reichen und Schönen. Claire machte sich eine gedankliche Notiz: *Francis fragen, was er dort will.*

»Sonst noch etwas, das ich wissen muss?«

»Der Bescheid zur Steuernachzahlung ist gekommen, keine Überraschung dabei. Dann gab es eine Kündigung in der Buchhaltung und eine im Marketing.«

»Wissen Sie, wieso gekündigt wurde? Hat es etwas mit den Arbeitsbedingungen bei uns zu tun?«

»Wohl nicht.« Ellen sah überrascht aus. »Aber ich glaube, es hat niemand danach gefragt.«

»Ich spreche mit Mr. Hampton darüber.«

»Wie ich sagte – es hat sich niemand dahingehend erkundigt.«

Francis würde schon Bescheid wissen. Er war das Herz der Firma, so wie ihr Vater das Hirn war. Und sie stellte in dieser Metapher vermutlich den Blinddarm dar.

»Dann erst einmal danke, Ellen. Bringen Sie mir bitte einen Kaffee.«

»Gern. Einen Muffin auch?«

»Gute Idee. Schauen Sie bei Betty vorbei, und holen Sie auch …«

»Betty?« Verwundert sah Ellen sie an. »Unser Gebäck kommt immer noch von Sugar & Cream.«

»Tut mir leid. Ich war in Gedanken woanders. Aber nein danke, keinen Muffin.«

Was würde sie geben für ein Stück Kuchen von Betty! Das musste sie ihr unbedingt sagen.

»Ach, Ms. Wesley …«

»Ja?«

»Wie war es denn in Schottland?«

Claire zuckte die Schultern. »Viel Regen, viel Himmel, viel Wald.«

»Also nicht gut?«

»Gut« beschrieb die letzten Wochen so genau wie das Wort »grau« einen Elefanten, aber was sollte sie sagen? Sollte sie davon erzählen, wie nach einem Arbeitstag bei Spirit jeder Muskel in ihrem Körper schmerzte? Davon, wie das Wasser des Loch Tain im Licht der untergehenden Sonne golden glänzte? Wie die Nebel am Morgen in den Baumwipfeln hingen? Von Andrews altem

Hund könnte sie berichten, von Freds Essen, Granny Herberts glamourösen Kleidern und Bettys Laden. Von O'Malley.

»Doch, es war nicht schlecht. Aber es ist auch schön, für ein paar Tage wieder hier zu sein.«

Die Postmappe unter dem Arm, betrat sie ihr Büro. Es kam ihr vor, als würden sich der Campaign-Schreibtisch, der Teppich, überhaupt alle Möbel gähnend strecken und sagen: »Was willst du denn hier?« Wenn Claire ehrlich mit sich war, hatte sie keine Antwort auf diese Frage.

Die Tür wurde aufgerissen, Francis stürmte ins Zimmer. »Komm her, Kleine, lass dich umarmen!«

Claire sprang so heftig auf, dass sie den Stuhl umstieß, und rannte auf ihn zu. Er schlang die Arme um sie und drückte einen dicken Kuss auf ihren Scheitel. Zum ersten Mal, seit sie wieder Fuß auf Londoner Boden gesetzt hatte, fühlte sie sich zu Hause.

»Wie geht es Vater?«, fragte sie, nachdem sie auf den Freischwingern in der Besprechungsecke Platz genommen hatten.

»Du hast ihn noch nicht besucht?«

Ein spitzes Schuldgefühl drückte sich wie ein Messer zwischen ihre Rippen. »Ich bin erst gestern spät angekommen.«

»Schau auf jeden Fall heute noch vorbei. Es geht ihm besser. Die Pupillen reagieren.«

»Wirklich? Das ist doch ein toller Fortschritt! Wie lange ist das schon so?«

»Seit letzter Woche.«

Claire stutzte. »Und warum hast du mich nicht ...«

»Ich wollte die Entwicklung erst ein paar Tage beobachten, bevor ich dir und Amelia Hoffnung mache. Aber jetzt kannst du dir ja selbst ein Bild machen.« Francis lehnte sich vor und strich über ihren Arm. »Es ist so schön, dass du hier bist! Gut siehst du aus. Schottland bekommt dir anscheinend.«

»Man ist auf jeden Fall stets in der Natur. Ich habe mein ganzes Leben lang nicht so viel frische Luft geatmet.«

»Ja, daran erinnere ich mich auch noch. Und dieser ständige Regen und das weite Land, auf das er fällt. Stapfst du auch mit solchen Botten durch den Matsch, diesen grünen ... Wie heißen sie noch gleich?«

»Gummistiefel. Das war das Erste, was ich mir dort gekauft habe.«

Francis lachte, und Claire stimmte ein, auch wenn es sich falsch anfühlte.

»Wie läuft es mit deinem schottischen Tischler? Wird er unser Angebot annehmen?«

»Er hat sich noch nicht dazu geäußert.«

»Aber du wirst schon eine Richtung erkennen?«

»Ich arbeite daran.«

»Eurem erstaunlichen Arrangement nach hast du dafür nicht mehr viel Zeit. Hat sich euer Verhältnis inzwischen gebessert, oder steht er dir immer noch so ablehnend gegenüber?«

Ein Flashback tauchte in Claires Erinnerung auf – davon, wie sie in seinen Armen gelegen, seine Lippen gekostet und seinen Körper an ihrem gespürt hatte.

»Wie gesagt – ich arbeite daran«, versuchte sie weitere

Fragen und Erinnerungen im Keim zu ersticken. »Er ist ein sturer Schotte, da braucht es Beharrlichkeit und Einfühlungsvermögen, um ans Ziel zu kommen.«

Sie hoffte, Francis würde das Thema fallen lassen, aber weit gefehlt. Wie mit einem Präzisionsbohrer traf er ihren wunden Punkt. »Wäre es dann nicht besser, in Schottland zu bleiben und deine Überzeugungsarbeit fortzusetzen?«

»Das werde ich auch«, brachte sie hervor. »Bitte stelle meine Vorgehensweise nicht infrage.«

»Das würde mir im Traum nicht einfallen«, entgegnete Francis mit einem Lächeln. »Dann bringe ich dich mal bezüglich der wichtigsten Geschäftsbelange auf den neuesten Stand.«

Am Nachmittag machte sich Claire auf den Weg ins Krankenhaus. Entgegen Francis' Ankündigung konnte sie keine Besserung feststellen, was den Zustand ihres Vaters betraf. Unverändert bleich und hager lag er im Krankenbett, umringt von blinkenden, piependen Geräten und Monitoren.

Amita schaute kurz herein, um seinen Urinbeutel zu entleeren und einen Infusionsbehälter anzuhängen. »Schön, Sie mal wieder zu sehen, Ms. Wesley. Ihrem Vater geht es besser.«

»Ja, ich habe es schon gehört. Ich weiß zwar nicht genau, was das bedeutet, aber ...«

Die Krankenschwester lächelte sie an. »Stellen Sie es sich so vor, als hätte er in einem fensterlosen Zimmer gelegen. Jetzt bröckelt der Mörtel, und das Sonnenlicht dringt wieder zu ihm durch. Er ist nicht mehr so weit von Ihnen entfernt wie noch im letzten Monat.«

Seltsam, was sie mit Freude erfüllen sollte, hinterließ Spuren von Angst in Claire.

»Kommen Sie jetzt wieder regelmäßig, Ms. Wesley?«

»Ich muss noch für einige Zeit weg, aber ...« Das Klingeln ihres Smartphones unterbrach sie. Amelia hatte ihr eine Nachricht geschickt: *Du bist in der Stadt? Treff morgen um Mitternacht im Dark Tube?* Angehängt war der Link zur Website eines neu eröffneten Klubs.

Klar. Bis dann. Freue mich, tippte sie rasch. Warum sich nicht ins Londoner Nachtleben stürzen? Sie sah auf, in Amitas fragendes Gesicht. »Ich komme bald wieder öfter, versprochen.«

»Das Versprechen sollten Sie nicht mir geben, sondern Ihrem Vater.«

»Warum hier?«, schrie Claire über die stampfende Musik hinweg, die den Boden unter ihren Füßen, den Cocktail in ihrem Glas, sogar das nebelgraue Dämmerlicht erbeben ließ.

»Weil das hier Nummer eins ist!«, brüllte Amelia zurück.

Ihre kleine Schwester hatte ein Gespür für die angesagtesten Klubs in London. Bis vor Kurzem hatte ein anderer Laden die Auszeichnung für sich in Anspruch nehmen können, Amelias Nummer eins zu sein – eine Loungebar mit plüschigen Sesseln in Tigerprint. Jetzt war es das Dark Tube, ein Klub in einer stillgelegten U-Bahn-Station der Piccadilly Line. Mit den unverputzten Backsteinwänden, an denen halb abgerissene Werbeplakate von den neuesten Errungenschaften der 1990er kündeten, der mit Betonplatten verkleideten Schienentrasse als Tanzfläche und dem zwischendurch eingespielten Geräusch eines einfahrenden Zuges war diese Location auf jeden Fall originell – selbst für Londoner Verhältnisse.

»Es ist laut. Interessant, aber laut.«

Amelia griff ihre Hand und zog sie hinter sich her, vorbei an Frauen, die mit geschlossenen Augen und eingemeißeltem Duckface ihren Oberkörper zur Musik wippen ließen, und Männern, eine Hand in der Hosentasche vergraben, die andere um ihren Drink geklammert, die so taten, als ignorierten sie die Stehtänzerinnen. Vor der Treppe, die über mattweiß gefliste Stufen zum Ausgang führte, blieb Amelia stehen. Die Musik drang gedämpft hierher, und bis auf ein Pärchen, das sich knutschend und fummelnd gegen die schmiedeeiserne Tür des stillgelegten Fahrstuhls drückte, waren sie allein.

»Wie war es? Hast du erreicht, was du wolltest? Erzähl mir alles!« Amelia strich sich eine widerspenstige Haarlocke hinters Ohr, presste gleich darauf einen Zeigefinger auf Claire Lippen. »Aber nein, erst ich, erst ich! Ich muss dir unbedingt etwas sagen. Es ist sehr wichtig!«

Claire war nicht unglücklich darüber, ihren Bericht zurückzustellen. Je weiter entfernt sie von Glenbarry war, umso mehr erschien ihr alles dort wie einer dieser intensiven Träume, aus denen man morgens mit einem Gefühl erwachte, als wäre er real gewesen, und mit einem Hauch Bedauern, dass er vorbei war. Ein schöner Traum, aber eben nur ein Traum. Amelias Bemerkung ließ allerdings sofort alle Warnlampen bei ihr angehen. War ihre kleine Schwester schwanger? Wollte sie ins All fliegen, auswandern, eine Band gründen, YouTube-Influencerin werden? Alles war möglich.

»Ich denke ...«, Amelia presste die Lippen zusammen, »ich denke, du solltest nicht wieder nach Schottland zurückgehen.«

Nein, damit hatte sie nicht gerechnet. Vermisste Amelia sie so sehr? Ein schöner Gedanke, aber nicht gerade wahrscheinlich angesichts der Tatsache, dass sie Claire nicht einmal angerufen hatte während ihrer Abwesenheit.

»Weshalb ...«

»Siehst du das nicht selbst? Vater braucht dich. Du kannst ihn doch nicht so lange allein lassen.«

»Vater wird im Krankenhaus hervorragend versorgt. Es gibt nichts, was ich derzeit ändern könnte.«

Amelia trat einen Schritt auf sie zu und griff ihre Hände. »Er braucht unsere Unterstützung, Claire. Er spürt es doch, wenn wir bei ihm sind.«

Dass es ihm in seinem Zustand egal war, ob sie ihn besuchte oder nicht, lag ihr auf der Zunge. So wie es ihm auch vorher schon egal gewesen war. Aber sie schluckte diese Gehässigkeit herunter, denn letztlich wollte sie damit nur ihre Schuldgefühle verdrängen.

»Ich glaube nicht, dass er wirklich ...« Ihre Stimme versagte.

»Du weißt, dass ich recht habe. Es ist unsere Aufgabe, wir sind doch seine Töchter. Bleib hier, geh nicht wieder zurück. «

Die Eingangstür zum Klub öffnete sich, ein Schwall

kühler Nachtluft wehte die Treppe herunter und ließ Claire frösteln. Die Vorstellung, nicht nach Glenbarry zurückzukehren, schnitt wie ein Messer in ihr Herz. Sie hätte laut schreien können bei dem Gedanken daran.

»Woodcorp bedeutet ihm alles, und ich arbeite hart für die Firma. Für Woodcorp da zu sein, ist das, was ich für ihn tun kann.«

Amelias Finger lösten sich von ihren. »Er ist unser Vater, Claire! Wir sollten viel öfter bei ihm sein, und seien wir doch mal ehrlich, niemand braucht dich in der Firma. Onkel Francis trifft alle Entscheidungen. Du bist nur dort, damit offiziell eine Wesley dem Betrieb vorsteht. Und diese Sache in Schottland – ich bitte dich! Wenn es bis jetzt nicht geklappt hat, kannst du es vergessen.«

Claire schluckte so schwer, dass es wehtat. »Rede nicht über Dinge, die du nicht verstehst, Amy. Vater wacht vielleicht nie wieder auf, und wenn doch – wir wissen nicht, wie sehr der Unfall und das Koma ihn geschädigt haben.«

Mit vor der Brust verschränkten Armen trat Amelia zurück. »Wie kannst du nur so über ihn reden? Du liebst ihn nicht, stimmt's? Ich glaube, du kannst das gar nicht. Dein Herz ist so hart wie Holz. Setz dich doch an deinen Schreibtisch und tu so, als würdest du Woodcorp leiten. Du wirst niemals wie Vater sein. Um ihn sorgen sich die Leute, aber keiner würde dich vermissen, wenn du nicht mehr da wärst.«

Das saß. Claire kämpfte mit den Tränen. Jeder einzelne Satz traf sie mitten ins Herz. Ihr war klar, dass Amelia eine andere Beziehung zu ihrem Vater hatte und unter seinem Zustand litt. Doch sosehr ihre Worte ihr auch wehtaten – sie war die Ältere. Sie musste sich zusammenreißen. »Lass uns morgen weiterreden. Das bringt heute nichts mehr. Wir schlafen darüber und ...«

»Was dann? Glaubst du, du wachst morgen auf und bist plötzlich ein guter Mensch, der sich um seinen Vater sorgt?«

Amelia lief so rasch die Treppe zum Ausgang hoch, dass Claire sie nicht mehr einholen konnte, nachdem sie ihre Schockstarre überwunden hatte und ihr hinterhergelaufen war. Sie war zwischen all den Touristen, die nach ihrem Theaterbesuch The Strand entlangflanierten, verschwunden.

Wahrscheinlich war sie schon auf dem Weg nach Haus. Sie wohnte noch in dem großen Apartment in der Tavistock Street, das ihr Vater kurz nach dem Tod ihrer Mutter gekauft hatte. Es hatte keinen Monat gedauert, bis er ihr altes Haus in Bromley verkauft hatte und mit seinen Töchtern in die Innenstadt gezogen war. Claire hatte sich sein Verhalten immer damit erklärt, dass er es nicht ertrug, mit all den Erinnerungen an seine Frau zu leben. Auf diese Art schmerzte sie der Verlust ihres Elternhauses am wenigsten.

Im wechselnden Regenbogenlicht, das aus dem Schaufenster einer Galerie auf die Straße schien, wählte Claire Amelias Nummer. Der Anruf wurde abgewiesen. Natürlich. Die Halsstarrigkeit lag den Wesleys im Blut, genauso wie die Fähigkeit, zu verletzen. Claire steckte ihr Smartphone ein und lief zu ihrer Wohnung am Russell Square.

Dass niemand sie vermissen würde, ging ihr durch den Kopf, als sie unter der Dusche stand, die Zähne putzte, unter die Bettdecke schlüpfte, einzuschlafen versuchte.

Dass niemand an sie dachte.

31

Eric

»Hey, aufwachen!« Robust schlug Andrew Eric gegen die Schulter. Er zuckte zusammen.

»Spinnst du? Was ist los?«

»Du bist dran.«

Drei Augenpaare sahen ihn erwartungsvoll an: Andrews flaschengrüne, einen Hauch Humor im Blick, die wässrig blauen, faltenumrandeten von Dave und die dunkelbraunen von Fred.

»Tut mir leid, ich war mit den Gedanken woanders.«

Fred legte das Taschenbuch, das er gerade noch in den Pranken gehalten hatte, auf den Tisch. »Und wir wissen auch, wo.«

»Wirklich?« Daves zitterdünne Stimme bahnte sich einen Weg durch die Geräusche im Pub. »Wo denn?«

»Bei Claire«, antwortete Andrew und presste theatralisch beide Hände auf seine Herzseite.

»Ist das die nette junge Frau, die du mitgebracht hattest?«

Eric brummte zustimmend.

»Wo ist sie denn?«

»In London, und Eric hat Angst, dass sie nicht mehr zurückkommt.«

»Nein, das habe ich nicht«, warf er hastig ein. »Glaub Andrew kein Wort.«

»Sie hat nicht ausgecheckt«, sagte Fred. »Und sie hatte nur ihre Handtasche dabei, als sie abgefahren ist.«

Das klang schon danach, dass sie zurückkommen würde. Wenn jemand wie Wesley endgültig ging, dann bestimmt mit allen Sachen und nicht ohne das letzte Wort zu haben. Ein leichtes Lächeln stahl sich auf sein Gesicht, er räusperte sich und kniff die Lippen zusammen, um es zu unterdrücken.

»Warum rufst du sie nicht an und fragst sie?«

»Es ist kompliziert, Dave.«

»Ach ja?« Andrew verschränkte die Hände hinter dem Kopf. »Was, bitte schön, ist an diesem Satz kompliziert: ›Claire, kommst du wieder zurück?‹«

Eric trat ihm unter dem Tisch gegen das Schienbein und konnte nicht umhin, ihm Bewunderung dafür zu zollen, mit welch stoischer Gelassenheit er den Schmerz ertrug.

»Natürlich kommt sie«, erwiderte Dave. »Ich bin sicher, sie wird jedes offene Fenster nutzen, um zu dir zurück- zukommen.«

Eric erkannte die Worte wieder, mit denen es Claire gelungen war, Dave davon zu überzeugen, dass der Geist seiner geliebten Frau ihn nicht verlassen würde, selbst wenn er ab und zu lüftete. In diesem Moment hatte er sie sehr bewundert. Eine halbe Ewigkeit schien das her zu sein. Damals war sie für ihn nicht mehr als eine dreiste Herausforderung gewesen, heute jedoch ... war sie das immer noch, aber in einem ganz anderen Sinn. Auch für ihn hatte sie die Fenster geöffnet, die er seit Mariahs Tod verschlossen hatte, damit er keinen Hauch Leben spüren musste. Claire hatte sich nicht im Mindesten um seine Befindlichkeiten geschert und seiner Unfreundlichkeit getrotzt. Störrisch wie ein Esel, die Hufe in den Boden gerammt, hatte sie vor ihm gestanden, nicht bereit, sich auch nur einen Zentimeter zur Seite zu bewegen. Sie war eine verdammt großartige Frau, aber womöglich sprach bei diesen Gedanken der Whisky aus ihm, den Fred freigiebig spendierte. Dass Claire nicht da war und mit einer ihrer überheblichen Spitzen seine Sentimentalität torpedieren konnte, trug sein Übriges dazu bei, dass er ständig an sie dachte. Seit sie ihm am Mittwochabend etwas von dringenden Geschäften erzählt hatte, aufgrund deren sie nach London musste, hatte er nichts mehr von ihr gehört. Das lag mittlerweile vier Tage zurück. Bestimmt hatte sie dieser angebliche Kollege vom Flughafen abgeholt. Mit ihm würde sie all das erleben, was sie in Glenbarry vermisste – shoppen, das Theater besuchen, überzuckerten Kaffee mit Milchhäubchen trinken. An das, was sie sonst noch mit diesem Typen tun mochte, wollte er gar nicht erst denken.

Bevor er allen am Tisch eindeutig klarmachen konnte, dass Claire Wesley nicht im Mindesten etwas mit seiner Zerstreutheit zu tun hatte, sprach Fred ein Machtwort, wobei er jedem das Glas bis zum Eichstrich mit dem roten Gold des The Deveron füllte.

»Wollen wir den ganzen Abend wie langhaarige Großstadtjungs über unsere Gefühle reden, oder wollen wir uns endlich wieder dem zuwenden, weshalb wir heute zusammengekommen sind?« Damit nahm er das Taschenbuch in die Hand und hielt es voller Inbrunst in die Höhe. »Zurück zu *Jane Eyre*. Wer von euch hat auch fast geheult, als sie Rochester verlassen hat?«

Dave nickte zustimmend. »Das war schon hart. Ich musste an meine Gwynie denken.«

»Und ich an Lauraine«, sagte Andrew mit gedrückter Stimme. Eric horchte auf. Seit Jahren hatte Andrew nicht mehr von ihr gesprochen. Lauraine, die Nachbarstochter, die ihn verlassen hatte, weil Glenbarry für sie zu klein und die Liebe zu Andrew wohl nicht groß genug gewesen war. Da Andrew seitdem keiner Affäre aus dem Weg gegangen war, hätte er nie vermutet, dass er noch immer an die Frau dachte, die ihm das erste, schlimmste, vielleicht sogar einzige Mal das Herz gebrochen hatte.

Was weiß ich eigentlich von meinen Mitmenschen?, überlegte Eric und nahm einen Schluck Whisky. Honig und Karamell, Eichen-Aroma und eine Spur von Frucht rannen seine Kehle hinunter. Das ganze Highland lag in dieser Flüssigkeit, Süße und Bitterkeit vereint. Als er das Glas absetzte, starrten ihn schon wieder drei Augenpaare erwartungsvoll an.

»Na los, Eric«, sagte Fred, die alte Klatschtante. »An wen hast du gedacht?

Nach kurzem Zögern streckte er seinen Freunden das Glas prostend entgegen. »An die Engländerin.«

»Na also, war das so schwer?«

Allerdings. Es steckte sehr viel in diesem Eingeständnis. Zuerst das Bewusstsein, mit welch mitleidigen Blicken ihn die drei eine Zeit lang verfolgen würden, sollte Claire nicht zurückkommen. Dann das Schuldgefühl, weil er nicht an Mariah gedacht hatte. Und zu guter Letzt hatte er es das erste Mal zugegeben: Er vermisste Claire. Verdammt, und wie er sie vermisste!

Spät in der Nacht trugen sie den alten Dave die Treppe hoch und quartierten ihn in Zimmer 3 ein, nachdem er mit dem Kopf auf der Tischplatte selig schnarchend eingenickt war. Der wache Teil des Buchzirkels hatte deshalb die Erörterung von Janes Zeit bei Familie Rivers auf das nächste Treffen verschoben, und während Fred sich daranmachte, hinter dem Tresen aufzuräumen, setzten sich Eric und Andrew zum Ausnüchtern an den See. Der Widerschein der Sterne spiegelte sich auf dem Wasser des Loch Tain. Völlige Stille lag über der Landschaft. Es war dieser tiefe Moment der Nacht, in dem alles schlief – bis auf die Menschen, die aus unterschiedlichen Gründen ihrer Ruhe beraubt waren.

Eric streckte die Beine aus und stützte sich mit den Händen auf dem festen Boden ab. »Lauraine?«, fragte er.

Andrew nickte. »Lauraine.« Dann sah er zu Eric herüber. »Claire?«

»Claire.«

Sie saßen so, bis sich die ersten Sonnenstrahlen über den Gipfel des Mount Hallion tasteten und den Himmel rosa färbten. Eine Rothirschkuh und ihr Junges brachen aus dem Unterholz, um zu trinken. Eric strich mit den Fingerspitzen über das taunasse Gras. In diesen frühen Morgenstunden in den Highlands war alles so klar. Die Luft, die Gerüche, die Ordnung der Welt. All das hier würde er niemals verlassen können, deshalb gab es für ihn auch keine Zukunft mit Claire, so wie es für Andrew keine mit Lauraine gegeben hatte. Sein Blick glitt über den See und den Berg. Genauso wenig wie diese beiden würden Andrew und er ihre Heimat verlassen.

Ein erstes Geräusch durchbrach die Stille, als Fred die Türen des Pubs öffnete. Die Hirschkuh drehte ihren schmalen, schönen Kopf dorthin, verharrte regungslos, bevor sie und ihr Junges mit weiten Sprüngen im Wald verschwanden. Die Zweige, die sie dabei streiften, zitterten für einen Moment und schlossen sich dann hinter ihnen, als wollten sie etwas Kostbares beschützen.

Manchmal empfand Eric die Schönheit dieses Ortes so intensiv, dass ihm beinahe das Herz stehen blieb. Er mochte allein sein, dachte er, aber er war nicht einsam. Niemals. Nicht hier.

32

Claire

Claires Blicke wanderten von der Phalanx der Zuschnei-
demaschinen, die im Minutentakt geschnittene Platten
ausstießen, zu den CNC-Fräsen, die ebenjene Platten
komplett automatisiert mit Dübellöchern oder Nut und
Federung versahen. Im Gegensatz zu O'Malleys kramiger
Werkstatt wirkte die Fertigungshalle von Woodcorp ge-
radezu aseptisch.

»Hier.« Francis reichte ihr ein Paar Ohrenschützer.
»Nimm die.«

Dankbar setzte Claire sie auf. Der Krach, den die Maschinen und der Kompressor verursachten, drang nur
mehr gedämpft an ihre Ohren. Noch nie war sie hier
unten gewesen, erst, weil ihr Vater es ihr verboten hatte,
später, weil sie sich weder dem Lärm noch dem unangenehm süßlichen Geruch der Lackiererei hatte aussetzen
wollen. Aber jetzt kam ihr beides wie eine Heimat vor.
Sie bückte sich nach ein paar Spänen, die auf dem grauen
Zementboden lagen, rieb sie zwischen den Fingern und
roch daran. Das würzige Aroma der Kiefer.

»Komm mit«, gestikulierte Francis, sie erhob sich und
folgte ihm zum Ausgang.

»Und«, fragte er, nachdem sie die Ohrenschützer abgesetzt hatten und zum Fahrstuhl liefen, »konntest du dir ein Bild machen?«

»Ja, danke. Die Maschinen sind nicht zu hundert Prozent ausgelastet?«

»Normalerweise laufen sie bei zwei Dritteln der Kapazität.«

»Das heißt, wir hätten Luft nach oben, um die Möbelproduktion anlaufen zu lassen, ohne in neue Maschinen zu investieren.«

»Wir müssten Leute einstellen.«

»Das können wir dann ja machen, wenn es so weit ist. Oder hattest du dich schon umgesehen, als du bei P & C warst?«

Francis starrte sie an. »Wo?«

»Palin & Cleese. Designer und Innenausstatter. Ziemlich groß, ziemlich posh. Ellen sagte, du hättest dort einen Termin gehabt.«

»Nein.« Lachend schüttelte er den Kopf. »Da hat sie etwas missverstanden. Du beschaffst uns doch einen Designer, was soll ich mich da einmischen?«

»Stimmt.« Claire fiel in sein Lachen mit ein, aber die Situation glich dem Blockflötenkonzert einer Grundschulklasse – falsche Töne zogen sich durch. Traute er ihr doch nicht zu, O'Malley zu überzeugen? Suchte er vorsorglich nach einem Ersatz, um ihr Scheitern abzumildern? Die Fahrstuhltüren öffneten sich, und sie stiegen ein. Als im nächsten Stockwerk der Lift stoppte, wurde Claire von ihren unbehaglichen Gedanken durch noch unbehaglichere abgelenkt, denn Peter betrat die Kabine. Er stutzte, als er sie sah.

»Claire! Ich wusste gar nicht, dass du in London bist.«

»Wieso solltest du auch?«

Nach ihrer deutlichen Abfuhr bildeten sich rote Flecken auf seinen Wangen, er sah zur Seite, grüßte Francis, und der Rest der Fahrt in den dritten Stock ging in peinlichem Schweigen vonstatten.

»Was war das gerade?«, fragte Francis in Claires Büro. »Das mit dir und Peter im Fahrstuhl?«

»Eine lange Geschichte. Sein Praktikum endet bald, nicht wahr?«

»Zum Ende des Monats, aber im Marketing ist man sehr angetan von ihm. Wir sollten überlegen, ihm einen Job anzubieten.«

»Nein. Er wird seine Tätigkeit hier beenden und ein großartiges Zeugnis kriegen, meinetwegen auch eine Bonuszahlung, aber auf keinen Fall bekommt er eine Stelle bei uns.«

Gerade noch im Begriff, sich hinzusetzen, hielt Francis inne. »Was ist los, Claire? Du solltest ehrlich zu mir sein. Ich muss wissen, was in der Firma vor sich geht.«

Seufzend lehnte sie sich gegen den Schreibtisch. »Bei Vaters Geburtstagsfeier hatte ich ein bisschen mit ihm rumgeknutscht. Er hat das missverstanden und ist mir danach ziemlich auf die Nerven gegangen. Er ist mir an einem Wochenende sogar nach Glenbarry gefolgt.«

»Das hättest du mir früher sagen sollen.« Der Ernst in Francis' Stimme verwunderte sie. »Sexueller Missbrauch ist ganz dünnes Eis für eine Firma.«

»Um Gottes willen! Peter ist eine Nervensäge, aber er hat mich nicht sexuell missbraucht.«

Francis strich sich über die Haare. »Nicht er dich. Du ihn.«

»Was redest du da?« Hatte sie sich verhört? »Ich habe ihn nicht … An dem Abend hatte ich noch keine Position in der Firma, und hinterher habe ich mir jede Vertraulichkeit verboten. Wie kannst du so etwas nur sagen?«

»Mir ist klar, dass du nichts Falsches getan hast. Aber er könnte versuchen, uns einen Strick daraus zu drehen.«

»Das würde er nicht tun. Überhaupt – wenn sich einer falsch verhalten hat, dann er. Seine Aktionen grenzten an Stalking. Wir sollten an der ganzen Geschichte nicht rühren, sondern ihn gehen lassen, wenn es so weit ist.«

»Wie du meinst, du bist der Boss.« Francis nickte zustimmend. »Aber sag demnächst früher Bescheid, sollte so etwas passieren. Du musst dich dem nicht hilflos ausliefern.«

Die Anspannung, die sie während des Gesprächs gespürt hatte, sank in sich zusammen. Nach den letzten Wochen und Amelias Anschuldigungen war Francis' Unterstützung wie Balsam auf ihrer Seele.

»Danke. Was würde ich nur ohne dich machen?«

Er grinste. »Eine Menge Unsinn, schätze ich. Aber im Ernst – wann gehst du zurück nach Schottland?«

»Sollte ich das überhaupt noch? Müsste ich nicht für Vater da sein, gerade jetzt, wo Besserung in Sicht ist? Und Amelia – wir haben uns schrecklich gestritten. Kann ich da einfach gehen?«

Mit einem tiefen Seufzen legte Claire den Kopf an Francis' Brust, als er sie in die Arme nahm.

»Amelia hat mich gestern angerufen. Sie hat mir von eurem Streit erzählt, und ich habe ihr gesagt, dass du großartige Arbeit für die Firma leistest. Sie schmollt jetzt ein paar Tage, und dann denkt sie nicht mehr daran.«

»Von wegen. Sie reagiert auf keinen meiner Anrufe. Sie hasst mich.«

»Vielleicht im Moment. Aber vor allem liebt sie dich. Bei ihr kann das nebeneinander existieren. Amelias Gefühlsleben gleicht einem Kaleidoskop. Alle Farben der Welt sind darin enthalten, und sie finden sich ständig neu zusammen.« Er umfasste ihre Schultern und schob sie ein Stück von sich weg. »Ich werde ein Auge auf sie haben. Auf sie alle – die Firma, deinen Vater und Amelia. Und du wirst …«

»Nach Glenbarry fahren?«

»Die richtige Entscheidung treffen. Denk daran, wie stolz George sein wird, wenn er wieder wach ist und erfährt, was du geleistet hast. Du tust das auch für ihn.« Er küsste sie auf die Stirn und verließ ihr Büro.

Also gut, sie würde gehen. Sie würde endlich gehen. Wie O'Malley wohl reagieren würde, wenn er sie wiedersah? Sie zückte ihr Smartphone und tippte eine Nachricht an ihn: *Habe meine Angelegenheiten hier geregelt. Komme morgen zurück.*

Minutenlang starrte sie danach auf das Display ihres Smartphones, wie es anfangs das Bild ihrer Mutter zeigte, dann dunkel wurde und stumm blieb.

»Natürlich«, murmelte Claire und wollte es gerade zur Seite legen, als es doch noch vibrierte. Hastig gab sie den Pin ein und las O'Malleys Antwort: *Gut. Dann bis morgen.*

Das Herz gefüllt von Erleichterung, tippte sie: *Ich dachte, du schreibst: Bleib dort.*

Diesmal dauerte es nur kurz, bis seine Antwort eintraf: *Wollte ich auch. Verdammte Autokorrektur.*

33

Eric

Komme morgen zurück.

Zum hundertsten Mal, so kam es Eric vor, starrte er auf Claires Nachricht. Dieses »Morgen« war der jetzige Tag, der sich schon gehörig dem Abend näherte, und noch immer gab es keine Spur von ihr. Er sah auf die Uhr. Erst halb sechs. Vor zwei Stunden war es doch fünf gewesen!

Denk nicht ständig an sie, sagte er sich, schob die Schutzbrille wieder vor die Augen und setzte seine Arbeit an der Schleifmaschine fort. An dieser Maschine hatte er ihr gezeigt, wie man eine Holzoberfläche so fein bearbeitete, dass es sich wie Samt anfühlte. Er hatte ihre Angst gespürt, etwas falsch zu machen, aber auch ihre Entschlossenheit, von ihm zu lernen. Am Ende beherrschte sie die Arbeit an der Maschine fast besser als er.

Das funktionierte ja hervorragend mit dem Nicht-an-sie-Denken!

Nur allmählich gelang es ihm, sich auf das Abschleifen zu konzentrieren und seine Gedanken komplett mit dem zu füllen, was er in diesem Augenblick tat, nämlich Granny Herberts in alle Einzelteile zerfallenen Lieblingsstuhl aufarbeiten. Statt sich einen neuen zu kaufen, hatte sie ihn beauftragt, das Stück abzuschleifen, zu reparieren und zu guter Letzt im ursprünglichen Antikweiß zu lackieren. Als auch der letzte Farbrest beseitigt und das honiggelbe Holz des alten Sitzmöbels freigelegt war, schaltete er die Maschine aus, legte die Brille ab und pustete den Staub vom Holz. Er würde mit Granny ein ernstes Wörtchen reden müssen. Wie konnte sie nur diese Schönheit in Lack ertränken wollen?

»Hallo, Eric.«

Sein Herz setzte für einen Schlag aus. Langsam legte er das Werkstück zur Seite, atmete tief durch und blickte erst dann in Claires strahlendes Gesicht. Das Ausmaß der Freude, die er verspürte, überraschte ihn, und er brachte keinen Ton heraus.

»Da bin ich wieder. Es hat leider etwas länger gedauert in London, aber jetzt bin ich hier. Ich hoffe, ihr habt in der Zwischenzeit nicht das Holzlager in Unordnung gebracht, ich will nicht schon wieder alles aufräumen.«

»Nein«, brach Eric endlich sein Schweigen. »Das Lager ist in Ordnung. Ich habe gar nichts für dich zu tun. Vielleicht morgen wieder.«

Er wusste nur zu genau, warum er so abweisend war. Die Unsicherheit, die zwischen ihnen im Raum stand und die Claire mit einem für sie typischen Redeschwall überspielen wollte, tarnte er hinter dieser kühlen Distanz.

»Also – soll ich gehen?« Ihre Augen weiteten sich.

»Bleib, wenn du willst. Ich habe nur nichts für dich zu tun.«

Claire drehte den Kopf zur Seite. Als sie ihn wieder ansah, liefen ihr Tränen über die Wangen. »Du Idiot! Ich habe mich gefreut, hierherzukommen. Ich habe mich auf dich gefreut, und ich dachte, du würdest dich auch …«

Ihre Stimme brach, und sie presste die Hand auf den Mund. Ihr unverhohlener Kummer ließ seinen Widerstand schmelzen, seine dumme Abwehr, mit der er gegen Dinge kämpfte, die unbesiegbar waren. Er trat hinter der Maschine hervor und ging auf sie zu.

»Hör auf zu weinen. Ich meine das nicht so. Es ist doch nur, weil …«

Sie wischte sich mit der Hand über die Augen. »Ich weiß. Weil du Woodcorp hasst und deshalb auch mich. Weil du denkst, ich würde dich übers Ohr hauen wollen. Weil …«

»Weil ich ein Idiot bin. Das hast du doch schon gesagt.« Er zog sie dichter zu sich heran. »Aber ich möchte trotzdem, dass du aufhörst zu weinen.«

»Das wird nicht gehen«, sagte sie, doch entgegen ihren Worten zog ein leises Lächeln über ihr Gesicht. »Nicht, solange du mich nicht küsst.«

Eric zögerte. Dies war keine unüberlegte, aus dem Moment geborene Begegnung wie die am See. Wenn er sie jetzt küsste, bedeutete es, Claire zu vertrauen. Und es bedeutete, einen Schritt nach vorn zu machen. Den ersten seit Mariahs Tod.

Vorsichtig beugte er sich ihr entgegen. Claire schloss lächelnd die Augen. In dem Moment, als sich ihre Lippen berührten, vergingen alle Bedenken, die er gehabt haben mochte. Nichts war mehr wichtig außer der Wärme ihres Mundes und der suchenden, fassenden, haltenden Berührung, als sie die Arme um ihn legte. Alles, was ihn normalerweise umtrieb und sorgte, verging wie Nebel im ersten Sonnenlicht.

»Also freust du dich, dass ich wieder da bin?«, fragte Claire, als sie sich voneinander lösten und in den Armen hielten, die Stirnen aneinandergelegt.

»Natürlich. Ich dachte nicht, dass du zurückkommst. Was gab es in London?«

»Familienprobleme. Meine Schwester.«

»Du hast eine Schwester?«

»Ja. Sie ist siebzehn. Ich sorge mich viel zu sehr um sie. Wahrscheinlich nerve ich sie die meiste Zeit.«

»Dann bist du die vernünftige Ältere?« Grinsend zog er Claire dichter an sich.

»Ja, das bin ich, und es mag dich überraschen, aber ich bin hervorragend darin, Gardinenpredigten zu halten und Vorwürfe zu machen.«

»Oh, das glaube ich unbesehen.«

Ihren aufkommenden Protest erstickte er mit einem Kuss. Ohne zu zögern, schlang Claire die Arme um seinen Hals, presste den Körper gegen seinen, und ihr Kuss entwickelte sich von einer zärtlichen Berührung in eine atemlose, sinnliche Tiefe.

Von nun an, so viel stand fest, gab es kein Zurück mehr.

34.

Claire

In der Nacht hatte Regen eingesetzt – natürlich! Mit einem Ohr hörte Claire den harten Aufschlag der Tropfen auf dem Dach des Wohnmobils, mit dem anderen lauschte sie seinem Herzschlag, der dumpfer und ruhiger als das Prasseln des Regens klang.

»Ich würde dich jetzt gern fragen, was du denkst«, sagte Eric. »Oder ist das ein zu schreckliches Klischee?«

Lächelnd drückte sie einen Kuss auf seine Haut. »Meine Antwort würde dich enttäuschen.«

»Egal.«

»Ich denke an gar nichts.«

»Geht das?« Seine Hand zauste ihre Haare. »Keine Ideen in diesem Kopf, keine wilden Fantasien?«

»Nichts. Rein gar nichts. Es geht mir einfach gut.« Sie verschränkte die Arme auf seinem Oberkörper, legte ihr Kinn darauf und sah ihn an. Sein Gesichtsausdruck erinnerte in keiner Weise mehr an die düstere Abwehr, die er bei ihrer ersten Begegnung zur Schau getragen hatte. So, wie er jetzt aussah – mit strahlenden Augen und entspanntem Lächeln –, schien es undenkbar, dass dies derselbe Mann war, der sie erst vor ein paar Wochen vor der Werkstatt zurückgewiesen hatte. Claire schob sich an seinem warmen Körper empor, bis ihr Gesicht ganz dicht an seinem war. Sie küsste ihn, flüchtig, stahl ihm ihre Lippen wieder, nur um sie ihm im nächsten Moment erneut zu schenken. Eine ganze Weile machte Eric dabei mit, bis er die Arme um sie schlang und sie in einem hungrigen Kuss festhielt. Claire gab sich nur zu gern in dieses Spiel. Als seine Hände über ihre Arme strichen, dabei mehr aus Versehen ihre Brüste berührten, stöhnte sie in seinen Mund und suchte gierig mit ihrer Zunge nach seiner, ließ sie miteinander tanzen und die Erwartung auf so viel mehr ein weiteres Mal in dieser Nacht erwachen. Ohne ein Wort zu sagen, drehte Eric sie auf den Rücken und ließ leidenschaftliche Küsse über ihren Hals wandern. Claire vergrub die Finger in seinen Haaren und genoss die Liebkosungen, die überwältigend wie ein Sturm über sie hinwegzogen.

Das Morgenlicht schien durch eines der kleinen Fenster genau auf ihr Gesicht. Blinzelnd drehte sich Claire in dem schmalen Bett zur Seite. Ein sanftes Ziehen durchlief ihren Schoß, als sie an die letzte Nacht dachte.

»Bist du endlich wach?«, fragte Eric belustigt. Er saß nackt auf dem Bettrand und roch nach Zitronenshampoo.

»Endlich? Es ist ...«, sie warf einen Blick auf ihr Smartphone, »es ist kurz nach neun, und wir sind nicht vor sechs eingeschlafen.«

»Drei Stunden Schlaf. Das muss ausreichen.« Er stand auf und hob seine Kleidung vom Boden hoch.

»Ein schöner Anblick.«

Fragend sah er sie an. »Was meinst du?«

»Dein Hintern. Ich hätte gern ein Ölgemälde davon in meinem Büro.«

»Von meinem Hintern?« Beim Versuch, einen Blick auf das derart gelobte Körperteil zu werfen, drehte er den Kopf so weit nach hinten, dass Claire befürchtete, er würde sich den Hals verrenken.

»Er ist unglaublich knackig. Und dieses kleine Grübchen da ... ehrlich, ich möchte am liebsten hineinbeißen.«

Das schockierte Staunen in seinem Gesicht amüsierte Claire angesichts der Tatsache, dass sie sich die ganze Nacht lang hemmungslos geliebt hatten.

»Du bist dermaßen sexistisch, Wesley.«

»Heul doch, O'Malley.«

Er schlüpfte in Hose und Hemd. »Ich muss gehen, leider. Andrew und ich treffen uns in der Fairfax Brewery in Fort William.«

»Ein neuer Auftrag, oder wollt ihr nur etwas trinken?«

Sein nasses Duschhandtuch landete auf ihrem Kopf. »Hoffentlich ein Auftrag, du fürchterliches Weib.«

»Soll ich mitkommen?«

»Nicht nötig. Du kannst die letzten beiden Fensterrahmen abschleifen, wenn du möchtest. Oder du machst dir einen schönen Tag.«

Sie rekelte sich auf der Matratze, ließ dabei die Bettdecke bis auf ihre Hüften und noch tiefer gleiten. »Ich hatte gehofft, dass du mir einen schönen Tag machst.«

Eric starrte sie an und schluckte deutlich vernehmbar.

»Ich komm so schnell zurück, wie ich kann«, sagte er mit heiserer Stimme. »Bleib einfach da, wo du bist. Rühr dich nicht von der Stelle.«

Daran war natürlich nicht zu denken. Kaum, dass Eric vom Hof gefahren war, stand Claire auf, duschte und zog sich an. Dann schliff sie die Fensterrahmen, räumte in der Werkstatt Geräte von links nach rechts und wieder an ihren alten Platz. Sie hätte gerne Betty besucht, aber bevor sie sich unter Menschen wagen konnte, musste sie erst dieses Lächeln in den Griff kriegen, das sich ungefragt auf ihrem Gesicht ausbreitete, sobald sie an Eric dachte – was ständig der Fall war. Sie lief also die ganze Zeit breit grinsend wie ein übermotivierter Clown herum, nur ungeschminkt. Das ging gar nicht! Sie musste hier unbedingt eine Grundausstattung Make-up deponieren. Dann würden auf der etwas angeschlagenen Porzellanablage unter dem Spiegel in seiner Duschkabine Creme, Rouge und Lippenstift neben seinem Nassrasierer und der Zahnbürste liegen. Und sofort poppte es wieder auf, dieses Lächeln über beide Wangen. Vollkommen unkontrollierbar. Und eigentlich wollte sie nur eins – das, was sie schon die ganzen letzten Wochen gewollt hatte: bei Eric sein. Nicht als seine Chefin, nicht als die Frau, die seine Firma gekauft hatte, denn was würde das aus ihnen machen? Claire hielt inne. Sie konnte ihm Spirit nicht nehmen. Aber trotzdem brauchte er Unterstützung.

Mit schmerzenden Oberschenkeln schleppte sie sich die letzten Meter weiter, bis sie endlich vor Hallion Castle stand. Sie fragte sich, ob eine Fußmatte mit der Aufschrift *Welcome* in geschwungenen Buchstaben das Eingangstor, so wuchtig mit seinen dicken Querstreben und den schwarzen Metallnieten im dunklen Holz, einladender machen würde. Aber nein, wohl eher nicht. Wenn sie ehrlich zu sich selbst war, schreckte sie das Ambiente sogar ganz gehörig ab, doch das zählte nicht. Sie hatte einen Plan.

Mit drei kräftigen Schlägen klopfte sie an. Nichts. Ein Geländewagen parkte seitlich neben dem Schloss, und einige der Fensterläden waren geöffnet, es musste jemand da sein. Erneut klopfte sie an, verfiel dabei wie von selbst in den Rhythmus von »We Will Rock You«, bis ihr die weiße Klingel auffiel, die neben der Tür auf dem Mauerwerk befestigt war und unter der sich ein Namensschild befand: *R. Bartholomew.*

Klingeln! Wie unpassend! Aber immerhin führte es dazu, dass Geräusche hinter der Tür ertönten. Claire atmete tief ein, und ihre Finger spielten mit der Visitenkarte in ihrer Hosentasche. Du bist kein Adelsgroupie!, sagte sie sich. Du bist eine Wirtschaftsmagnatin und mindestens so viel wert wie ein Earl!

Der groß gewachsene Mann, der die Tür öffnete, war Ende dreißig, zumindest schätzte Claire ihn auf dieses Alter, anhand der Fältchen um seine Augen und des leichten Grauschimmers, der sich an den Schläfen in seinem ansonsten sandbraunen Haar zeigte. Sein schmales Gesicht, die fein geschnittene Nase und der leichte Hauch von Arroganz, der auf seinen Zügen lag, erweckten heimatliche Gefühle. Dieser Mann war Engländer! Ein feiner Tweed-Anzug und ein edles silbernes Brillengestell vollendeten das Bild des Gentlemans.

Lag es an der Luft in Glenbarry, dass die Männer hier so gut aussahen? Andrew mit seinem Wikinger-Charme, dann dieser Typ und schließlich, natürlich und zuallererst Eric. Wieder einmal stahl sich dieses Grinsen auf ihr Gesicht, und sie bemühte sich, es zu unterdrücken.

Wirtschaftsmagnatin, Claire! Denk dran!

»Wie kann ich Ihnen helfen?«, fragte der Mann, aber weder seine Stimme noch sein Gesichtsausdruck bekundeten auch nur das kleinste Interesse daran, ihr behilflich zu sein.

»Mein Name ist Claire Wesley. Ich möchte gern mit dem Earl of Hallion sprechen.«

»Das haben Sie gerade getan. Gibt es sonst noch etwas, das ich für Sie tun kann?«

»Oh. Ich wusste nicht, dass Sie es höchstpersönlich sind. Ich hatte erwartet ...«

»Lassen Sie mich raten«, unterbrach sie der Earl. »Sie gingen davon aus, Ihnen würde ein livrierter Lakai oder eine gestrenge Gouvernante öffnen.«

»Allerdings. Ich hatte nicht mit einem sich in Alliterationen ausdrückenden Adligen gerechnet.«

»Touché, Ms. Wesley. Und was möchten Sie von mir?«

Über die Skurrilität der Begegnung hatte sie fast ihre Visitenkarte vergessen, dieses papierne Zeugnis ihrer Wichtigkeit. Hastig zog sie es aus der Tasche und reichte es ihm. »Ich würde gern in Ruhe mit Ihnen reden.«

Mit einer geübten Bewegung des Zeigefingers schob der Earl seine Brille den Nasenrücken hoch. »CEO«, sagte er, nachdem er die Karte angesehen hatte. »Das kann meiner Erfahrung nach alles sein zwischen dem gottgleichen Chef eines Multimillionen Pfund schweren Betriebs und dem unfähigen Vorgesetzten dreier Schlafmützen in einem Kleinstadt-Café. Wo ordnen Sie sich in dieser Bandbreite ein?«

»Genau in der Mitte, Mr. Bartholomew.«

Seufzend trat der Earl zur Seite. »Was auch immer Sie wollen, kommen Sie herein.«

Mit leicht erhöhtem Herzklopfen trat Claire über die ausgetretene steinerne Schwelle und auf die abgenutzten grau-rot gemusterten Bodenfliesen. Es lag dieser Geruch in der Luft, der solchen Gemäuern zu eigen war: von altem Holz und Firnis. Die Eingangshalle maß an ihrer höchsten Stelle mindestens zehn Meter, Kielbögen aus Eichenholz stützten die Decke. Gegenüber dem Eingangstor führte eine Freitreppe zur Galerie im ersten Stock, die von einem kunstvoll gedrechselten Gitter umfriedet wurde. Alles sehr museal, aber da hing auch eine Barbour-Jacke über einem kleinen Tisch, daneben standen ein Fernglas, ein Rucksack und matschbefleckte Stiefel auf dem Boden. Der Earl bemerkte ihren Blick. »Ich gehe gern im Gebirge wandern. Das ist der einzige Grund, warum ich überhaupt aus Edinburgh hierherkomme. Die Landschaft.«

»Edinburgh? Haben Sie dort auch ein …«

»Ein Schloss?« Zum ersten Mal zeigte der Earl mit lautem Lachen eine spontane Reaktion. »Nein, Ms. Wesley. In Edinburgh lebe ich zur Miete in einer ansprechend eingerichteten Drei-Zimmer-Wohnung. Der Earl of Hallion zu sein, ist nicht mein Hauptberuf. Ich bin Professor für englische Literatur an der University of Edinburgh.«

»Oh, das klingt wunderbar!«

»Nicht, wenn Sie jedem Jahrgang, der sich zum Großteil aus übereifrigen Möchtegern-Schriftstellern und einigen Gelangweilten zusammensetzt, die sich für das Fach entschieden haben, weil sie aufgrund ihrer Kenntnisse der Kenneth-Branagh-Shakespeare-Verfilmungen das Ganze für ein Kinderspiel halten, die immer gleichen leicht oder auch schwerer konsumierbaren Texte nahebringen müssen und dabei regelmäßig Unverständnis, Desinteresse oder Rechthaberei begegnen.«

Claire folgte ihrem unwilligen Gastgeber durch die Halle in einen schmalen Gang, von dem einige Türen abgingen. Als er vor einer davon stehen blieb, war es ihr endlich gelungen, das Satzungetüm zu durchdringen.

»Na ja, das ist Ihr Job, nicht wahr?«, meinte sie.

Er blickte sie über die Schulter hinweg an. »Ja, das ist er wohl. Treten Sie ein.«

Zwei der vier Wände des Raumes wurden zur Gänze von Regalen bedeckt, in denen sich Bücher drängten wie Menschen in der Oxford Street am ersten Tag des Summer Sale. Folianten in rissigen braunen Ledereinbänden, Fotobände, großformatige Sachbücher, moderne Ausgaben von Klassikern. Eine rollbare Bibliotheksleiter ermöglichte den Zugang bis zum obersten Regalbrett.

So etwas könnte Betty in ihrem Laden gebrauchen, dachte Claire.

»Bitte sehr.« Der Earl wies auf einen mit grünem Leder bezogenen Ohrensessel. Zusammen mit einem weiteren Exemplar dieser Art und einem runden Tisch, dessen Intarsien eine schottische Distel zeigten, bildete dies die Audienz-Ecke, wie Claire den Bereich heimlich taufte. Sie setzte sich, und auch der Earl nahm Platz. An der dunkel tapezierten Wand ihr gegenüber hingen Ölgemälde, die wohl einige der früheren Besitzer von Hallion Castle zeigten. Feiste Herren mit gepuderten Perücken, Damen im hochgeschlossenen Rüschenoutfit der viktorianischen Zeit und ein Bild des jetzigen Earls wenn auch jünger, an der Seite einer attraktiven Blondine.

»Ist das Ihre Frau?« Sie erinnerte sich an den Zeitungsausschnitt an Bettys Pinnwand über die Hochzeit des Earls. Hätte sie den nur durchgelesen, dann wüsste sie jetzt, wer diese Schönheit war, die ihr so bekannt vorkam.

»Ja. Verzeihen Sie meine Nachlässigkeit als Gastgeber – wenn ich mich auch frage, wie genau ich dazu gekommen bin, dies für Sie zu sein. Kann ich Ihnen etwas zu trinken anbieten?«

Claires Blick haftete auf dem Bild. Schrecklich, wenn man sich an etwas erinnern wollte, es einem aber partout nicht einfiel.

»Das ist nicht nötig, danke. Ich will Ihnen keine Umstände machen.«

»Wie reizend von Ihnen.«

Sie bekam den Sarkasmus natürlich mit, der seine eigentlich höflichen Worte wie ein weißes Rauschen untermalte, ging aber nicht darauf ein.

»Ich glaube, ich habe Ihre Frau schon mal gesehen. War sie auf der London School of Economics?«

»Nein. Sie etwa?«

Seine unüberhörbare Überraschung ärgerte Claire. »Selbstverständlich«, entgegnete sie und legte so viel Arroganz wie nur möglich in dieses eine Wort. Dass es sich bei ihrem Aufenthalt an dieser Schule nur um einen fünftägigen Kurs zum Thema »Führungsqualität« gehandelt hatte, musste er nicht wissen.

»Warum sind Sie hergekommen, Ms. Wesley? Ich würde gern ...«

»Wow! Das ist doch ...«

»Ms. Wesley, bitte ...«

Claire erhob sich halb in ihrem Sessel. »Das ist Sadie aus *Breaking Bad Law,* nicht wahr? Lavinia Wilcox, die Schauspielerin. Ich habe sie nicht gleich erkannt, weil sie auf dem Bild keine Lederklamotten anhat, aber ...«

Der Earl seufzte. »Ja, das ist sie.«

»Sie ist Ihre Frau? Oh, das ist so cool! Ich liebe diese Serie!«

»Warum?«

Was für eine dumme Frage. »Wie kann man die nicht lieben? Sie ist einfach – einfach ...«

Der Earl betrachtete sie mit hochgezogenen Augenbrauen. »An den Haaren herbeigezogen, vom Plot her unlogisch und seit der zweiten Folge der ersten Staffel ohne jede neue Idee?«

Claire nickte eifrig. »Sicher. Sie müssen sehr stolz auf Ihre Frau sein.«

»Weil sie einen dümmlichen Charakter in einer dümmlichen Serie verkörpert?

»Ist sie eventuell hier? Könnte ich ein Autogramm bekommen?«

»Aufgrund der Dreharbeiten verbringt meine Frau die meiste Zeit des Jahres in Amerika.«

»Dann leben Sie fast immer getrennt? Ist das nicht sehr traurig?«

Der Earl schlug die Beine übereinander und verschränkte seine Hände. »Ich bin Engländer. Ich unterdrücke meine Tränen und ersticke meine Seufzer. Was wollen Sie, Ms. Wesley?«

»Oh, ja, verzeihen Sie. Ich bin nicht deshalb hier. Es ist nur so cool!«

Wieder schweiften ihre Gedanken ab, und unwillkürlich fing sie an, die Titelmusik zu singen: »At night, in the pale moonlight, you can see the lawyer amazones, breaking bones, breaking jaw, breaking bad law.«

Sie blickte auf, direkt in das genervt wirkende Gesicht des Earls. »Entschuldigung. Ich wollte eigentlich mit Ihnen darüber sprechen, dass Sie einen schlechten Job machen.«

»Sie waren in einer meiner Vorlesungen?«

»Nein, nicht als Professor. Das kann ich zumindest nicht beurteilen. Ich meine hier, als Earl. Sie tragen doch Verantwortung für das Dorf. Ist Ihnen nicht aufgefallen, dass Glenbarry Unterstützung braucht? Die Leute ziehen in die Städte, um Arbeit zu finden. Die Menschen, die bleiben, tun dies, weil sie ihre Heimat lieben, aber es fällt ihnen nicht leicht, hier zurechtzukommen.«

»Und was sollte ich Ihrer Meinung nach tun?«

»Es gibt in der Gegend sehr begabte Menschen. Zum Beispiel Eric O'Malley. Ihm gehört die Tischlerei Spirit of Trees. Ich arbeite zurzeit für … mit ihm. Er ist einfach unglaublich. Sie sollten seine Möbelentwürfe sehen. Dieser Mann bringt wirklich und wahrhaftig den Geist der Bäume zum Vorschein, und er hegt den alten Caledonian Forest, um ihn zu neuem Leben zu erwecken.«

Sie spürte, dass ihre Wangen rot wurden, und rief sich zur Ordnung. Der Earl musste ja nicht gleich mitbekommen, wie sie zu O'Malley stand.

»Fred aus dem Pub kocht so gut, dass man sich alle zehn Finger danach leckt, und von Bettys Kuchen will ich gar nicht erst anfangen. Es gibt hier sehr viel Potenzial, um dieses Dorf zu neuem Leben zu erwecken.«

»So wie Ihr Freund den Wald?« Der Earl lächelte schmal. Anscheinend hatte er doch rausgehört, dass sie mehr für O'Malley empfand.

»Wäre es nicht Ihre Aufgabe, das Dorf und seine Bewohner zu unterstützen? Mit Ihrer Energie und Hingabe und auch mit Geld? Sie haben doch sicherlich Kontakte zur Presse. Lassen Sie Eric etwas für dieses Schloss bauen, bringen Sie es bei einem Interview ins Gespräch, es braucht nur ein wenig Einsatz ...«

»Betrachten Sie mich nicht als unhöflich, Ms. Wesley, wenn ich Sie an dieser Stelle unterbreche. Der Earl of Hallion zu sein, lag nicht in meiner Entscheidungsgewalt. Hätte ich diese gehabt, wäre ich es nicht geworden. Ich meide den Kontakt zur Presse, ich verfüge über keine Reichtümer, und es gibt in diesem Schloss auch keine geheimen Falltüren, hinter denen sich lang vergessene Schätze verbergen. Glauben Sie mir, ich habe als Kind oft danach gesucht. Diese sicherlich großartigen Menschen, von denen Sie gesprochen haben, werden sich leider selbst behelfen müssen.«

Damit hatte Claire nicht gerechnet. Ihr Plan schien ihr mit einem Mal genauso platt und unüberlegt wie die Storylines der Serie, in der Lavinia Wilcox mitspielte.

Dass der Earl nicht automatisch auch vermögend sein musste, war ihr überhaupt nicht in den Sinn gekommen. Was hatte sie sich überhaupt dabei gedacht, hier so planlos vorbeizuschauen? Wahrscheinlich gar nichts. So etwas kam dabei heraus, wenn man Emotionen über den Sachverstand stellte. Ihr Vater würde sich schämen.

»Dann tut es mir leid, Sie gestört zu haben. Ich ging davon aus, dass Ihnen etwas an diesem Ort liegt«, versuchte sie kühl, ihre Würde zu wahren.

»Sie kommen aus London, Ms. Wesley, nicht wahr? Aus irgendwelchen Gründen hat es Sie hierher verschlagen, und nun gefällt es Ihnen hier. Sie mögen die Leute, die so herzlich sind, so einfach leben und dabei so zufrieden scheinen.«

Claire nickte. Das fasste es gut zusammen, nur hatte er den wichtigsten Punkt vergessen: Sie hatte eine aufregende Romanze mit einem attraktiven Schotten.

»An dem Punkt befand ich mich auch einmal. Aber für diese Menschen werden Sie nie etwas anderes sein als eine *coigreach*. Eine Fremde. Die schlimmste Fremde von allen sogar: eine Engländerin. Sie sollten sich klarmachen, wo Ihre Prioritäten liegen, und das gebe ich Ihnen als gut gemeinten Rat mit auf den Heimweg.«

Nun, das war ein Rausschmiss, aber eine Niederlage musste es deshalb noch lange nicht werden.

»Sie irren sich, Mr. Bartholomew, und zwar gewaltig«, sagte Claire im Aufstehen. »Es tut mir leid, dass Sie offensichtlich sehr enttäuscht wurden, aber ich glaube nicht, dass dies an den Menschen in diesem Dorf lag. Ich finde allein hinaus, danke.« Nach ein paar Schritten wandte

sie sich um. Der Earl saß weiterhin mit übereinanderge-
schlagenen Beinen und verschränkten Händen in diesem
Sessel, aber aus seinem Gesicht war die Überheblichkeit
verschwunden. Er sah nur noch traurig aus.

»Kennen Sie Betty? Die Bäckerin?« Sie musste diese
Frage stellen, denn sie konnte sich kein Szenario ausden-
ken, in dem diese beiden etwas miteinander zu tun gehabt hätten. Sein Kopfschütteln war fast nicht sichtbar,
eine winzige Bewegung nur. »Nein, die kenne ich nicht.«

Kurz nach fünf, Claire war längst wieder in der Tischlerei,
erhielt sie eine SMS von Eric. *Bin auf dem Weg,* schrieb er
ihr. *Kann es kaum erwarten, dich zu sehen.*

Sie zog sich ihre Jacke über, denn der Sonnenschein des
Morgens hatte sich in einen wolkenverhangenen Nachmittag verwandelt, und wartete auf dem Vorplatz. Seltsam, jetzt, wo ihr Wiedersehen so kurz bevorstand, erschien das Warten noch viel unerträglicher. Die nächsten
Minuten dehnten sich zu einer halben Ewigkeit. Endlich
ertönten das dumpfe Röhren des Pick-ups und das Geräusch, als er über den Kies des Hofes fuhr und zum Stehen kam. Claire lief auf Eric zu und warf sich in seine
Arme. Dieser miesepetrige Earl konnte seine Weisheiten
für sich behalten. Sie fühlte sich nicht fremd – weder in
Erics Armen noch in Glenbarry.

35

Eric

Am nächsten Morgen war es Claire, die als Erste aufgestanden und unter die Dusche gegangen war. In seiner engen Behausung klang das Rauschen des Wassers stets wie der herbstliche Prasselregen, der, Pistolenkugeln gleich, durch das Laub des Waldes schoss und die Luft mit Nebel tränkte. Eric schob die Bettdecke zur Seite, stand auf und sah an sich herunter. Er war nackt und fühlte sich auf eine so selige Weise entspannt, dass es wohl doch stimmte und nicht nur die Erinnerung an einen schönen Traum darstellte: Claire hatte auf ihn gewartet und sich ihm für eine weitere kostbare Nacht vorbehaltlos hingegeben. Zum ersten Mal seit Langem war er glücklich. Es fühlte sich ungewohnt an, ein Gefangener mochte so empfinden, der nach Jahren der Dunkelhaft ins Licht trat. So wie er war auch Eric geblendet von der Helligkeit und den Farben, die von einer Sekunde zur anderen wieder Bestandteil des Lebens wurden.

Er hatte gerade seine Kleidung übergeworfen, als sich die Tür zum Bad öffnete und Claire heraustrat. Sie hatte nachlässig ein Handtuch um die Hüften geschlungen, und ihre nassen Haare lagen eng am Kopf an. Erst jetzt bemerkte er, dass ihre Ohren ein wenig abstanden, was unglaublich entzückend aussah. War es eigentlich möglich, diese Frau noch begehrenswerter zu finden? Ja, das war es tatsächlich, er merkte es, als sie den Knoten des Handtuchs löste und es zu Boden gleiten ließ.

»Du bist ja schon angezogen«, sagte sie in ruhigem Ton. »Das ist aber dumm.«

»Nichts, was man nicht rasch wieder ändern könnte«, entgegnete er lächelnd und zog sich das Shirt über den Kopf.

Claire ging auf ihn zu und ließ sich seufzend in die Arme nehmen. »Kommt Andrew heute?«

»Er ist den ganzen Tag auf der Baustelle in Fort William. Wieso, vermisst du ihn?«

»Du bist so ein Blödmann!«

Ihr leidenschaftlicher Kuss strafte ihre Worte Lügen. Er zog Claire mit sich aufs Bett und genoss mit allen Sinnen das Begehren, das sie in ihm erweckte.

Erst der Hunger trieb sie am Vormittag aus dem Bett. »Gehen wir zu Fred?«, fragte Claire. »Er schlägt uns bestimmt noch ein paar Eier und Baked Beans in die Pfanne.«

»Baked Beans und Eier?«

»Was ist dagegen einzuwenden?«

»Nichts. Es ist nur ...«

Claire sah ihn fragend an. »Ja?«

»Das hier ist so wenig.« Mit einer umfassenden Bewegung seiner Hand deutete er auf das beengte Interieur des Wagens. Noch nie hatte ihn die Ärmlichkeit, in der er lebte, gestört. In diesem Moment jedoch konnte er sie kaum ertragen. »Ich wünschte, ich könnte dich in ein teures Hotel entführen, mit Seidenlaken und Pralinen auf dem Kissen. Mit Shampoo in kleinen Flaschen und all diesem Zeug.«

Sie setzte sich auf, zog die Knie an und schlang die Arme darum. »Ich war oft in solchen Hotels und würde nicht tauschen wollen.«

»Steh auf.« Er packte Claire am Arm und zog sie hoch. »Ich kann dir keine Seidenlaken bieten, aber das Ende der Welt zeigen.«

Grinsend schlüpfte sie in ihre Unterhose. »Weiß Fred, wie du über das Bruce redest?«

Claire zog beim Aussteigen den Reißverschluss hoch bis unter das Kinn. Sie ertrank förmlich in der gefütterten Jacke, die er ihr geliehen hatte, aber hier oben war sie absolut notwendig.

»Wo sind wir?«

»Dunnet Head. Der nördlichste Punkt des Festlands. Komm mit.«

Er reichte ihr die Hand, freute sich, dass sie mit ihren klammen Fingern danach griff und sie festhielt. Sie liefen am weiß verputzten Leuchtturm und den grauen Ziegelbaracken der verlassenen Radarstation vorbei, über das vom Wind gezauste, niedrig wachsende Gras bis an den Rand der Klippe. Zögerlich stellte sich Claire neben ihn. Das Land endete hier so abrupt, als hätte ein Riese ein Stück abgebrochen. Metertief darunter brandete das graue Wasser in weißer Gischt gegen das Gestein. Wolken hingen tief, und feiner Regen schlug gegen Erics Gesicht. Er liebte dieses Wetter. Klar, kalt, frisch. Mit einem tiefen

Atemzug sog er die salzige Luft in seine Lungen. Claire drängte sich dichter an ihn, er legte den Arm um ihre Schulter und zog sie an sich, konnte ihr Frösteln spüren.

»Willst du zurück ins Auto?«

»Wir sind nicht drei Stunden hierhergefahren, um nach zwei Minuten wieder zu gehen. Ich will das hier sehen.« Sie deutete auf die Landmasse, die wie ein gestrandeter Wal im Wasser lag. »Sind das die Orkney-Inseln?«

»Ja, genau. Dahinter kommen die Shetlands, dann die Faröer. Wenn du in die Richtung schwimmst«, er streckte den Arm nach Westen, »erreichst du irgendwann Neufundland.«

»Sobald ich den Ironman gewonnen habe, trainiere ich dafür.« Sie löste sich von ihm und ging noch ein Stück weiter nach vorn. So dicht stand sie am Rand der Klippe, dass Eric ein unbehagliches Gefühl beschlich. Er folgte ihr und legte eine Hand auf ihre Schulter. Claire drehte ihm das lachende Gesicht zu, die Nase rot von der Kälte. »Hast du das gesehen?«, fragte sie und deutete hinab. »Sind das Delfine?«

Eric kniff die Augen zusammen, konnte aber in den Wellen nichts erkennen. »Ich weiß nicht ...«

»Schau genau hin. Da vorn.«

Jetzt sah er es auch. Eine ganze Schule schien unterwegs zu sein. Immer wieder sprangen die grauen Tiere aus dem Wasser, tauchten spritzend ein, durchschnitten mit ihren Finnen die Wellen und zogen weiße Gischt hinter sich her.

»Das ist unglaublich«, staunte Claire. »Als wäre man am ...«

»Am Ende der Welt«, beendete Eric ihren Satz und küsste ihre Stirn, die vom Meerwind salzig schmeckte. »Im Herbst, wenn der Nebel dicht über dem Meer hängt und man die Klippen mehr ahnt als sieht, ist mein Vater oft mit mir hierhergefahren. Ich habe mir dann immer vorgestellt, dass hinter der grauen Wolkenwand Großsegler die Wellen schneiden würden, auf dem Weg zu unbekannten Ländern. Wenn man ganz leise ist, kann man das Echo der Rufe der Walfänger hören, wie sie zitternd vor Kälte von ihrem meterhohen Ausguck den Wal erblicken.«

Claire lehnte sich gegen ihn. »Ich kann sie sehen«, sagte sie. »Die Schatten der Segel.«

»Als Kind glaubte ich, der Nebel wäre ein Vorhang, der uns von der Vergangenheit trennt. Nur ein graues Nichts und doch undurchdringlich. Was davor und was dahinter ist, wird sich nie berühren.«

»Danke, dass du mich hergebracht hast«, flüsterte Claire. »Und ich meine, nicht nur hierher. Hätte ich deinen Tisch nicht gesehen, wäre ich niemals nach Schottland gekommen. Auf die Seychellen, in die Karibik, überallhin, aber nicht an diesen Ort. Und ich hätte nicht einmal geahnt, was mir fehlen würde.«

Wortlos nahm Eric sie in die Arme und küsste sie, als hinge das Schicksal der ganzen Welt davon ab, denn er fasste genau in diesem Moment einen Entschluss. Für Claire wollte er den Vorhang ein wenig zur Seite schieben.

»Diesen Tisch, den ich auf der Messe ausgestellt habe … Ich habe ihn für meine Frau gebaut. Sie hat es geliebt, durch den Wald zu laufen, stundenlang. Bis sie es nicht mehr wollte. Sie wollte gar nichts mehr. Ich dachte, es würde ihr helfen, wenn ich den Wald zu ihr bringe. Es hat Wochen gedauert, den Tisch zu fertigen. Sie sah ihn und weinte. Wenigstens das, habe ich damals gedacht. Wenigstens das.«

Er presste sein Gesicht in Claires Haare. Vor seinem geistigen Auge sah er Mariah, wie sie auf dem Sofa hockte, die Beine angezogen, in eine Decke gehüllt, und lautlose Tränen über ihre Wangen liefen.

Claire regte sich in seiner Umarmung, ihre Finger tasteten nach seinem Gesicht.

»Sie hatte Depressionen?«

»Ich kannte sie von Kindheit an, und schon damals gab es Tage, an denen sie sich zurückzog und nichts von Andrew oder mir wissen wollte, was ich ehrlich gesagt gut verstehen konnte. Wir waren damals dumme Jungs und nicht immer nett zu ihr. Nachdem wir geheiratet hatten, glaubte ich, von nun an wäre alles großartig. Einige Zeit waren wir sehr glücklich, dann starb mein Vater, und ich übernahm die Tischlerei. In meiner Trauer vergrub ich mich in der Arbeit und erkannte nicht, wie sehr Mariah unter meinem Verhalten litt, wie sehr sie mich gebraucht hätte. Wir konnten immer über alles reden, aber plötzlich war es, als sprächen wir nicht einmal mehr die gleiche Sprache.«

Kurze Erinnerungen blitzten auf – wie er spätabends die Tür öffnete, durch den Flur ging, in dem die Schuhe seines Vaters noch so standen, als hätte er sie gerade erst ausgezogen, weil es zu schmerzlich gewesen wäre, sie in den Schrank zu räumen, geschweige denn, sie wegzuwerfen. Fünf Schritte bis in die Küche, wo Mariah nicht mehr auf ihn wartete, damit sie zusammen Abendbrot machen konnten. Zehn Schritte bis in das Wohnzimmer, wo sie regungslos vor dem Fernseher saß und Gameshows oder irgendwelche Serien guckte. Das blaue Licht spiegelte sich auf ihrem Gesicht und in ihren Augen wider.

»Wie alt wart ihr damals?«

»Anfang zwanzig. Noch sehr jung. Ich wollte Kinder, hoffte, dass sie dadurch neuen Lebensmut gewinnen würde, aber Mariah hatte Angst, es zu vererben.«

Eric löste sich aus Claires Umarmung. Er ertrug keine Nähe, wenn er darüber sprach. Hoffentlich verstand sie das und fühlte sich nicht zurückgestoßen.

»Statt für sie da zu sein, zog ich mich immer mehr in die Arbeit zurück. Es gab so viel zu tun in den ersten Monaten, nachdem ich die Tischlerei übernommen hatte. Und ehrlich gesagt ...« Er hielt inne. Noch nie hatte er dies jemandem erzählt, noch nicht einmal Andrew. Schon gar nicht ihm.

»Ich war froh, mich der Situation entziehen zu können. Ich hielt es kaum noch aus, nach Hause zu kommen, weil mich immer öfter nicht meine Frau erwartete, sondern jemand, der nichts mehr sagte, nichts mehr wollte und auch nichts mehr fühlte. Ich flüchtete, wo ich hätte bleiben sollen. Dann dieser Unfall.«

Ein Kloß saß in seinem Hals, er kramte seine Wasserflasche aus dem Rucksack, trank, verschluckte sich, hustete. »Na ja, du weißt, wie es weiterging.« Mit hastigen Worten versuchte er, Unbefangenheit vorzuspielen. »Ich lag wochenlang im Krankenhaus, verbrauchte alle finanziellen Reserven, die ich noch hatte, nahm Kredite auf, um die Firma zu retten, und bekam ein Angebot zur Übernahme, das ich harsch ablehnte. Der Rest ist Geschichte.«

»Ja«, sagte Claire. »Unsere Geschichte.«

Er tastete nach ihrer Hand. »Ich konnte meiner Frau nicht helfen, ich habe sie alleingelassen, als sie mich dringend gebraucht hätte. Werde ich dir ein guter Partner sein? Kann ich dich unterstützen, wenn es einmal nötig sein wird?«

»Ich bin sicher, dass du getan hast, was du konntest. Aber das reicht manchmal nicht. Liebe kann nicht alles überwinden.«

Er lachte, obwohl ihm überhaupt nicht danach zumute war. »Ich glaube, das ist das Traurigste, was ich je gehört habe.«

Claire umfasste sein Gesicht mit den Händen, zwang ihn, der den Blick von ihr abwenden wollte, dazu, sie anzusehen. »Aber sie wird es immer versuchen«, sagte sie eindringlich. »An jedem einzelnen Tag.«

Eine Weile standen sie nur da, und es war Eric, als lernte er sie gerade erst kennen.

36

Claire

Bettys grüne Augen blitzten, während sie Claire betrachtete. »Du siehst so entspannt aus. Ist dir was Schönes passiert?«

»Nichts Besonderes. Alles wie immer. Mir geht's gut.«

Ahnte Betty etwas? Ihr wäre das zuzutrauen. Menschen, die gut backen konnten, besaßen bestimmt ein ausgezeichnetes Einfühlungsvermögen. Sie und Eric hatten noch nicht darüber gesprochen, ob sie ihre Affäre geheim halten sollten. Zehn Tage und die dazugehörigen Nächte waren eigentlich zu wenig, um damit an die Öffentlichkeit zu gehen, vor allem, weil Eric den Großteil dieser Tage in Fort William verbrachte, wo er zusammen mit Andrew den Ausbau der Lagerhalle der Brauerei in Angriff genommen hatte. Allerdings riefen die wenigen gemeinsamen Stunden und vor allem die Nächte einen »Es darf niemals enden«-Wunsch in ihr hervor. Claire spürte leichte Hitze in ihren Wangen, als sie an Erics Küsse dachte. Die auf ihren Mund und die ganz woandershin.

»Schön, schön.« Betty packte die Flasche Rotwein und den halben Laib Brot in die Tüte. »Eric geht's auch gut?«

»Klar.« Claire öffnete ihre Tasche und tat so, als kramte sie nach dem Portemonnaie, obwohl es gleich obenauf lag.

»Also geht –«

»Meine Güte«, fuhr Claire auf. »Ihm geht's gut, mir geht's gut – uns beiden geht's gut! Warum auch nicht?«

Statt beleidigt zu sein, grinste Betty breit. »Eigentlich wollte ich nur wissen, ob ihr heute Abend auf Freds Frühlingsfest geht. Aber deine Reaktion ist ausgesprochen interessant.«

Wie ein Fisch öffnete Claire ein paarmal den Mund, ohne dass ein Ton herauskam. »Ich habe mich schon gewundert«, sagte sie schließlich, »weshalb Fred Lichterketten zwischen die Bäume spannt. Für Weihnachtsdeko fand ich es ein bisschen früh, aber ich wollte ihn nicht mit einer Frage ablenken, so wacklig, wie er auf der Leiter stand.«

»Fred liebt es, wenn es glitzert und leuchtet. Es ist immer ein schönes Fest. Was ist nun mit euch beiden?«

Normalerweise hatte Claire keine großen Probleme damit, auf fantasievolle Ausreden zurückzugreifen, wenn es die Situation erforderte, aber es fiel ihr schwer, Betty anzulügen. »Da gibt es nicht viel zu sagen. Ich meine, es ist wunderschön, aber es hat uns überrascht, und wir wollen noch nicht darüber reden.«

Lachend griff Betty über den Tresen nach ihrer Hand. »Eigentlich wollte ich wirklich nur wissen, ob ihr heute Abend kommt. Eric war nicht mehr dort, seit … na ja, du weißt schon. Aber vielleicht geht er mit dir dorthin. Auf jeden Fall freue ich mich für euch und sage niemandem ein Wort.«

»Danke. Ich meine, wir müssen erst einmal sehen, wo das alles hinführt. Mein Leben ist in London, seines hier.

Es wird schwer, das unter einen Hut zu bringen. Vielleicht sind wir zu unterschiedlich, und es endet einfach. So was passiert. Das ist dann traurig, aber unvermeidlich. Sehr traurig.«

»Das stimmt wohl. Fünf Pfund sechzig.«

Claire sah auf, wie aus einem Traum gerissen. »Was?«

»Der Wein und das Brot. Fünf Pfund sechzig.«

»Ach so.« Sie nahm eine Zehnpfundnote aus dem Portemonnaie und legte sie auf die Theke. »Beziehungen sind wie Schwangerschaften, finde ich. Man sollte sie erst nach dem dritten Monat bekannt geben. Es kann so viel schiefgehen, gerade am Anfang.«

»Es kann auch sehr viel gut gehen.« Ein leichtes Lächeln breitete sich auf Bettys Gesicht aus, als sie Claire das Wechselgeld reichte. »Am Anfang, in der Mitte, am Ende. Liebe braucht Zuversicht, um groß zu werden, so wie Hefe Wärme braucht.«

Claire griff nach der Tüte und klemmte sie sich unter den Arm. »Zuversicht ist ein recht vages Konstrukt, findest du nicht?«

»Hab nicht so viel Angst. Wenn ihr glücklich miteinander seid, dann ist es egal, wo ihr lebt oder welche Unterschiede es gibt. Ihr werdet einen Weg finden.«

»Es wird großartig!« Energisch wedelte Fred mit einem Lappen über das grüne Leder des Tresens, auf der Suche nach dem letzten eingetrockneten Biertropfen. »Du wirst es lieben, Claire.«

»Meinst du?« Sie schob ihren leeren Teller beiseite, der noch vor Kurzem mit einer großen Portion Rumbledethumps gefüllt gewesen war. Erstaunlich, wie lecker Kartoffeln, Kohl und Zwiebeln schmecken konnten.

»Tanz, Barbecue und ein Haufen betrunkener Schotten – was willst du mehr? Bring Eric mit. Der Mann braucht einen Tritt in den Hintern – also, tritt ihn! Er muss wieder unter Leute. Er hat sich lange genug verkrochen.«

Fred warf den Lappen ins Spülbecken, dann stützte er sich mit den Ellenbogen auf dem Tresen ab und beugte sich Claire entgegen.

»Als du weg warst ...«, verschwörerisch blickte er nach rechts und links, als wären während der letzten Minuten unerkannt Personen im leeren Pub aufgetaucht, die seine Worte belauschten, »... hat er von dir geredet. Er hat dich vermisst.«

Großartig! Noch jemand, der von ihnen wusste. Aber anscheinend freute sich ganz Glenbarry darüber, dass sie zusammen waren. Was also sollten sie noch verbergen?

»Er hat mich vermisst?« Claire wusste das, er hatte es ihr in ihrer ersten Nacht ins Ohr geflüstert, als sie eng aneinandergeschmiegt dagelegen hatten, aber es fühlte sich gut an, es von anderer Seite bestätigt zu bekommen.

»Ehrenwort!« Fred hob zwei Finger zum Schwur.

»Vor ein paar Tagen hast du mir noch gesagt, ich solle nicht mit ihm spielen. Befürchtest du nicht mehr, ich könnte das tun?«

»Nein«, erwiderte er schlicht. »Du bist aus London zurückgekommen. Warum solltest du das tun, wenn du nicht wirklich etwas für ihn empfinden würdest?«

Claire spürte ihr Lächeln wie viel zu viel Make-up auf

dem Gesicht. Es gab noch so viele andere Gründe für ihre Rückkehr, und keiner von ihnen hatte etwas mit ihren Gefühlen für Eric zu tun.

Nachdem sie sich umgezogen und aufgestylt hatte, fuhr sie zu Spirit of Trees, um Eric bei seiner Rückkehr abzufangen und ihm somit keine Möglichkeit zu geben, sich vor der Feier zu drücken. Mit Schwung riss sie die Wagentür auf, kaum, dass er mit seinem Pick-up auf den Hof gefahren war, und setzte sich auf den Beifahrersitz. Verwundert sah er sie an. »Habe ich etwas verpasst? Du hast dich so herausgeputzt.«

»Ach, ist es dir aufgefallen?« Gespielt verlegen zupfte sie an ihrem schulterfreien roten Strickkleid. »Das ist von Alexander McQueen.«

Sein Blick glitt langsam über ihren Körper, was ein angenehmes Kribbeln in ihr verursachte. »Wie praktisch, dass ihr die gleiche Größe habt.«

»Um Himmels willen, manchmal glaube ich, du kommst direkt aus einer Höhle. Und jetzt fahr los.«

»Wenn du mir sagst, wohin?«

»Zum Frühlingsfest. Und keine Widerrede! Ich will mit dir tanzen und mich amüsieren.«

Eric zögerte, dann ließ er den Wagen wieder an. »Dein Wunsch ist mir Befehl, Mylady.«

37

Eric

»Mein Gott, das ist schön!« Claire, die aufgeregt zwei Schritte vor ihm gelaufen war, drehte sich um, die Augen leuchtend im Mondschein.

Mein Gott, das ist schön!, dachte er, meinte damit aber nicht so wie sie den Vorhof des Pubs, den Fred mit Lichterketten zwischen den Bäumen, einer Hollywood- schaukel und Holzbänken ausgestattet hatte. Mindestens fünfzig Menschen hatten sich schon versammelt, Freds typische Achtzigerjahre-Musik schallte durch die Nacht, in diesem Augenblick »Relax« von Frankie Goes to Hollywood. Zwei Grills sandten Rauchschwaden in den Abendhimmel und verbreiteten mundwässernden Geruch von Fleisch und Gewürzen. Claire griff Erics Hand und presste sie zwischen ihren Fingern.

»Kann man Haggis grillen? Vielleicht legt Fred ja einen Klumpen davon auf den Rost.«

»Du hast Glück, dass du so süß bist«, erwiderte Eric. »Sonst wäre ich jetzt über das Wort ›Klumpen‹ ungehal- ten.«

»Du hast auch Glück, dass du so süß bist, sonst wäre ich darüber ungehalten, dass du mich aufs Süßsein redu- zierst.«

Sie schlang die Arme um seinen Hals und drückte lachend einen Kuss auf seine Wange. Sein Blick flackerte zu den Feiernden. Schaute man zu ihnen herüber? Sahen sie Claire und ihn so eng zusammen? Zögerlich löste er ihre Arme und brachte einen Schritt Abstand zwischen sie und ihn.

»Ach komm, die Heimlichtuerei können wir uns schenken«, lachte Claire. »Es weiß sowieso schon jeder. Wahrscheinlich sogar, bevor wir es wussten.«

»Du hast ja recht. Aber dort sind meine Freunde, denen ich während der letzten drei Jahre Kummer bereitet habe. Ich will sie nicht schon wieder in Aufregung versetzen, wenn du ...«

»Wenn ich was?«, klinkte sich Claire in seine immer länger werdende Pause ein. Natürlich hörte sie nicht auf zu fragen. Das tat sie ja nie.

»Wenn du gehst. Denn das wirst du. Und sie werden sich Sorgen um mich machen. Schon wieder. Das will ich nicht, kannst du das verstehen?«

»Tatsächlich kann ich das. Aber du weißt, dass man auch miteinander ...« Sie suchte nach dem passenden Wort, er konnte förmlich sehen, wie es in ihrem Kopf arbeitete. »Man kann auch befreundet sein, wenn eine größere Distanz zwischen einem liegt.«

Ging das? Besser: Konnte er das, wo er Claire jede Sekunde des Tages in seiner Nähe haben wollte?

»Dann lass uns erst einmal sehen, ob uns das gelingt.«

Tränen glitzerten in Claires Augen. »Du glaubst doch sowieso nicht daran.«

Was war er nur für ein unerträglicher Rohling! Sie

offenbarte ihm vorsichtig ihren Wunsch nach einer gemeinsamen Zukunft, und er stieß sie derart vor den Kopf. Seine Ängste gehörten ihm, und er musste mit ihnen umgehen lernen. Es war nicht fair, Claire damit zu belasten.

»Ich bin nicht mehr gut darin, an so etwas wie Glück oder Freude zu glauben.« Zart wischte er ihr mit dem Daumen über die Wange, spürte Feuchtigkeit an seinem Finger, und sein Herz krampfte sich zusammen. »Wir werden sehen, Claire, wir werden sehen. Es geht ja nicht nur darum, was ich will oder nicht. Auch du wirst entscheiden müssen.«

»Das werde ich«, sagte sie, nahm seine Hand und küsste ihre Innenfläche, bevor sie mit schnellen Schritten weiterlief. Auch das gefiel ihm an ihr – dieses selbstbewusste, direkte Aufs-Ziel-Zugehen.

Tu es einfach! Hab den Mut, Mut zu haben.

Er lief hinter ihr her, packte sie an der Schulter, zog sie in die Arme. Claire musterte ihn unter zusammengezogenen Augenbrauen, die sich langsam entspannten, als sich ein Lächeln über ihr Gesicht breitete.

»Sie können uns alle sehen, O'Malley.«

Er warf einen raschen Blick über sie hinweg in die Menge. Nicht alle, aber doch einige blickten zu ihnen herüber. Andrew stand da, die Arme in die Hüften gestemmt, ein breites Grinsen im Gesicht. Fred hielt eine Grillzange in der Hand, aus der sich ein Nackensteak auf den Erdboden verabschiedete, Granny Herbert und Michael waren mitten im Discofox-Ausfallschritt erstarrt.

»Ist mir doch egal«, sagte er, zog sie an seine Brust und küsste sie.

»Schön, dass du mit dabei bist«, meinte Andrew.

»Musste ja mal wieder sein.«

Er war beileibe nicht so entspannt, wie er vorgab. Seit Mariahs Tod und auch schon davor hatte er das Frühlingsfest bei Fred nicht mehr besucht. Nun wieder hier zu sein – bei seinen Freunden, flüchtigen Bekannten und Menschen, die er nicht kannte –, fühlte sich gleichzeitig wie das Normalste und das Seltsamste auf der Welt an.

»Ist es dir also gelungen, Claire zu erobern. Trotz des Baumfällens und der Tatsache, dass du sie fast bis zur völligen Erschöpfung hast schuften lassen, und obwohl du ihr Äste schenkst.«

»Hmm.«

»Wie zum Henker hast du das geschafft?« In Andrews Stimme schwangen Anerkennung und Neid mit.

»Ich habe keine Ahnung.« Eric zuckte die Schultern. »Es war wohl eher umgekehrt. Sie hat mich erobert.«

»Du bist so ein Angeber.« Grinsend zog Andrew zwei Bierflaschen aus einer der bis an den Rand mit Eis gefüllten Kühltaschen, öffnete sie aneinander und reichte ihm eine. »Ich freu mich für euch, ehrlich.«

Dankbar griff Eric zu. Sein Blick folgte Claire, die von Betty beiseitegezogen worden war und anscheinend einem hochnotpeinlichen Verhör unterzogen wurde. Mit roten Wangen und verlegenem Lächeln stand sie vor der strahlenden Betty, die sie wieder und wieder in die Arme zog. Die Menschen, denen sie sich verbunden fühlten, freuten sich über ihr Glück, wahrscheinlich sogar vorbehaltloser, als es ihm selbst mit seiner inneren Unrast möglich war. Oder dieses Gefühl der Unruhe rührte von dem großen

Lagerfeuer her, das am Uferrand entzündet worden war und dessen gelber Schein auf dem Wasser schimmerte. Obwohl er weit davon entfernt stand, brannte die Hitze auf seinen Wangen, und er hörte das Knistern des Feuers. Der Geruch von Benzin stach in seine Nase, obwohl es nirgendwo danach roch. Er zählte lautlos von zehn herunter. Das Vibrieren seiner Nerven beruhigte sich etwas.

»Entschuldige mich«, sagte er zu Andrew, schob sich durch die Menschenmenge zu Claire und Betty. Lachend sah sie ihn an, und er zog sie an sich, legte den Arm um ihre Taille, fasste ihre rechte Hand und drehte sich mit ihr zur Musik. Es ging. Etwas unbeholfen, aber es funktionierte. Er konnte sogar noch tanzen. Im Schein des Mondes und der bunten Lichterketten fühlte er sich unbeschwert und unbelastet. Seine Lungen schienen sich mit mehr Luft zu füllen, sein Bein weniger zu schmerzen. Die Zeit drehte sich zurück, an einen Punkt, an dem das Unmögliche möglich wurde.

»Komm«, sagte Claire und zog ihn am Arm. »Lass uns zum Lagerfeuer gehen.«

Zögerlich folgte er ihr an das Ufer des Sees. Das Feuer hatte sich schon tief in die aufgestapelten Holzscheite gefressen, mit lautem Knacken zerbarsten mürbe gewordene Äste, und die Flammen schossen hoch in den Nachthimmel. Eric versuchte, das unangenehme Gefühl zu unterdrücken, das sich vom Rückgrat ausgehend in seinem ganzen Körper verbreitete – diese Panik, die er wie einen bissigen Hund an der kurzen Leine halten musste, wenn er nicht wollte, dass sie sich losriss und seine Beherrschung zerfetzte.

Seine Schritte wurden langsamer, aber Claire zog nur umso stärker an seiner Hand. Sie schien nichts von seinem inneren Aufruhr zu bemerken. Er musste sich zusammenreißen. Für sie. Einmal um das Feuer herumgehen, dann wieder weg von hier.

Tief durchatmen, befahl er sich selbst.

Natürlich lief Claire bis dicht an die Flammen heran. Er hielt Abstand, der sich weiter vergrößerte, je mehr Menschen sich vor dem Feuer zusammenfanden. Der alte Dave drängte sich an ihm vorbei, stellte sich neben Claire. Durch das Rauschen in seinen Ohren hörte Eric, wie er erzählte, dass er Gwynie zum Fest mitgebracht habe. Claire hörte ihm aufmerksam zu, wandte sich nur kurz um, suchte und fand seinen Blick in der Menge und zog eine Grimasse, in der sich gleichermaßen Rührung und Grusel spiegelten. Das Feuer tauchte ihr Gesicht in ein Schattenspiel aus Schwarz und Rot.

Die Flammen schlugen höher, und Funken stoben durch den Nachthimmel. Seine Hände wurden schweißnass. Andrew stimmte »Should Auld Acquaintance Be Forgot« an, nach und nach fielen immer mehr Stimmen in die melancholische Melodie ein. Eric blieb stumm. Der harzige Geruch des Lagerfeuers überschwemmte seine Sinne, machte ihn bewegungsunfähig. Und so konnte er nur zusehen, als ein Betrunkener sich nach vorne drängelte und gegen Claire stieß. Er konnte sich nicht einmal bewegen, als sie fiel, dem Feuer entgegen, die Arme schützend nach vorne streckte und gerade noch rechtzeitig von ihrem Nebenmann gepackt und zurück auf die Beine gezogen wurde. Wie durch eine Glaswand beobachtete er, dass sie zurückwich, die Arme um den Oberkörper geschlungen. Vielleicht warf sie wieder einen Blick über die Schulter, um ihn zu suchen, aber wenn sie das tat, konnte er es nicht mehr sehen, denn er drehte sich um und verließ das Fest so hastig, als flüchtete er.

Eric sprang aus dem Stuhl auf, in dem er eingeschlafen war und wirre Träume ihn geplagt hatten. Hektisch sah er sich um. Keine Flammen, kein Benzingeruch. Und es war nicht das Geräusch von in der Hitze berstenden Reifen, das ihn geweckt hatte, sondern lautes Klopfen.

»Eric, mach auf!«

Mit zitternden Händen strich er sich über die Stirn und öffnete die Tür. Wesley stand vor ihm, energisch und zornig. »Du bist einfach verschwunden! Hast du vergessen, dass du mit mir unterwegs warst?«

Sie regte sich auf, und das ganz zu Recht. Er hatte sich benommen wie ein Mistkerl. Trotzdem – es war das Beste für sie, wenn er ging.

»Tut mir leid.«

»Davon kann ich mir nichts kaufen. Erklär mir lieber, warum du so etwas tust. Warum du es immer wieder tust. Mich küsst, mich wegstößt, mit mir schläfst, mich wegstößt.« Ihre Stimme brach.

Er wischte sich über die Augen. »Ich bin so. Wie gesagt, es tut mir leid.«

»Okay.« Sie räusperte sich und zog die Nase hoch. »Und wie soll ich damit umgehen? Was ist meine Rolle in dem Stück *Eric O'Malley ist halt so*? Verlangst du von mir, das zu akzeptieren, es fraglos hinzunehmen?«

»Ich verlange gar nichts von dir.« Es kostete ihn unbändige Kraft, Worte zu formen. »Bei unserer ersten Begegnung wollte ich, dass du gehst, und ich will es auch jetzt.«

Der Ärger in ihren Augen verwandelte sich in kaum zu ertragenden Kummer. »Ich soll verschwinden?«

»Lass mich allein.«

Sie ging einen Schritt auf ihn zu. »Ist irgendetwas passiert? Du kannst mir davon erzählen.«

Sie schien es nicht einmal bemerkt zu haben. Dass er sie im Stich gelassen hatte. Dass er der letzte Mensch auf Erden war, der ihr helfen würde, wenn sie in Not war. Er schloss die Tür vor ihrer Nase. Durch das zerkratzte Fenster seines Wohnwagens sah er, wie Claire sich umdrehte und mit stockenden Schritten zu ihrem Wagen lief. Sie hielt die Schultern gesenkt. Sie weinte. Das wusste er, auch ohne es zu sehen. Er presste die Handballen gegen die Augen. Als er die Hände wieder herunternahm, war Claire gegangen.

38

Claire

Nach einer nahezu schlaflosen Nacht rief Claire gleich in der Früh Francis an. Er würde schon im Büro sein. Er war es immer. Woodcorp war sein Zuhause, seine Familie.

»Claire, wie schön«, meldete er sich. »Das muss Gedankenübertragung sein, ich wollte dich gerade anrufen.«

»Wirklich?« Die Freude in seiner Stimme trieb ihr beinahe Tränen in die Augen. Es fühlte sich verdammt gut an, nicht zurückgestoßen zu werden.

»Ja. Gute Nachrichten aus dem Krankenhaus. George zeigt sehr starke Reaktionen. Die Ärzte sind zuversichtlich, dass er bald aus dem Koma erwachen wird. Sind das nicht großartige Neuigkeiten?«

Claire ließ ihre Kleidung, die sie vom Boden aufgehoben hatte, wieder fallen. »Vater erwacht?«

»Ja! Ich kann es kaum erwarten, mit dem alten Halunken ein Glas Whisky zu trinken.«

In Francis' Stimme spiegelte sich das Glück wider, das er empfinden musste. Claire konnte sich vorstellen, wie seine Augen strahlten. Er hatte bei dem Unfall seinen besten, ältesten Freund verloren, und bis zu diesem Moment hatte sie sich nie gefragt, was das für ihn bedeutet hatte. Und was bedeutete es, dass sie kein solches Glück empfand, sondern nur Angst und eine Minderung ihrer Schuldgefühle?

»Weiß Amelia es schon?«

»Ich wollte sie gleich anrufen.«

»Warum...«

»Ja?«

Sie wollte Francis' Hochstimmung nicht schwächen, aber trotzdem bohrte da eine Frage in ihr. »Warum hat das Krankenhaus dich angerufen und nicht mich? Sie haben meine Telefonnummer, ich bin seine älteste Tochter, ich leite die Firma...«

Reiß dich zusammen, Claire! Es sind wundervolle Nachrichten, und du zickst herum wie ... wie eine Frau, die von einem Mann zum wiederholten Mal einen Korb bekommen hat, obwohl sie förmlich darum gebettelt hat, in seiner Nähe zu sein.

»Das haben George und ich vor langer Zeit schon vereinbart.« Francis klang nicht gekränkt, eher auf eine sanfte Art geduldig, als wäre er ein Lehrer, der einem schwerfälligen Schüler etwas erklärte.

»Er wollte, dass du und Amelia im Falle eines Unfalls oder gar seines Todes von mir darüber informiert werdet. Er hoffte, es würde auf diese Art für euch leichter sein.«

Natürlich. Das ergab Sinn.

»Also wird er wieder ganz gesund?«

»Das kann noch niemand sagen. Aber er hat kurz die Augen geöffnet. Er ist auf dem Weg nach oben, Claire. Und so, wie ich George Wesley kenne, dauert es keinen Monat mehr, bis er wieder in seinem Büro sitzt.«

»In meinem Büro.« Der Satz entschlüpfte ihr gegen

ihren Willen, wie ein Katzenjunges, das sich aus einer Umarmung wand. Francis reagierte mit einer langen Pause darauf und dann mit einem Hauch Eiseskälte in der Stimme. »Das ist es, was dich beschäftigt, Claire? Das?«

»So habe ich das nicht gemeint.« Francis' Ablehnung konnte sie nicht auch noch ertragen. »Ich bin nur so durcheinander. Es tut mir leid. Am besten, ich packe hier meine Sachen zusammen und fahre gleich heute nach London zurück.«

»Wie weit sind denn deine Verhandlungen gediehen? Ist der Deal unter Dach und Fach?«

»Noch nicht, ich ...«

»Claire, du bist jetzt seit fast zwei Monaten dort oben. Hast du es immer noch nicht geschafft, unser großzügiges Angebot an den Mann zu bringen? Du weißt, dass George sich danach erkundigen wird, wenn er sich durch die Unterlagen der letzten Monate gearbeitet hat.«

Ja, das wusste sie. Nur zu genau. Sie hatte angesichts seiner scharfen Fragen und der unheimlichen Fähigkeit, sie zu durchschauen, nie etwas vor ihrem Vater verheimlichen können. Und diesmal ging es nicht um eine schlechte Note in Mathematik oder Französisch. Diesmal ging es um die Firma.

»Ich kriege das hin, Francis. Heute noch. Und dann komme ich nach Hause. Endgültig.«

Wieder herrschte am anderen Ende der Leitung Stille, aber schließlich sagte Francis: »Tu das, Claire. Wir warten hier auf dich.«

Noch einige Minuten, nachdem das Gespräch beendet war, blieb Claire auf dem Bett sitzen, das Smartphone in der Hand. Alles veränderte sich. Ständig stürzten die Dinge von oben nach unten und von unten nach oben. Hatte sie sich tags zuvor nicht vorstellen können, jemals wieder nach London zu gehen, schien jetzt nichts anderes mehr möglich. Es gab nur noch eines hier zu tun.

Sie packte all die Sachen, die sie in Glenbarry getragen hatte, in den Koffer und legte das Businessoutfit an, das seit ihrer Ankunft ungenutzt im Schrank hing. Es war ungewohnt, Strumpfhosen über die Füße zu ziehen und das seidige Gewebe über die Beine zu rollen. Unangenehm eng schlossen sich der Bleistiftrock, die hochgeschlossene Bluse und die schwarzen Pumps um ihren Körper. Aber als sie fertig war, sah ihr aus dem Spiegel Claire Wesley entgegen, die Geschäftsführerin eines großen Unternehmens, und nicht mehr Wesley, der Fußabtreter eines kleinen Tischlers.

Während der ganzen Fahrt hatte es gut funktioniert, dieses gedankliche Spiel »Ich bin CEO«, doch als Claire vor Spirit of Trees anhielt und aus dem Auto stieg, schlug ihr Herz wie nach einem Hundert-Meter-Sprint. Der vertraute, geliebte Holzgeruch drang beim Öffnen der Werkstatttür in ihre Nase. Die Tür von Erics Büro ging auf, er sah sie und blieb bei ihrem Anblick für einen Moment wie erstarrt stehen. Sein Blick wanderte von ihrem Gesicht hinunter zu ihren Schuhen und wieder hinauf. »So siehst du also in deinem natürlichen Federkleid aus. Ich hatte es fast vergessen«, sagte er. »Sehr elegant.«

Ihr Hirn war so leer gefegt, dass ihr keine Antwort

einfiel. Stattdessen strich sie mit den Händen über ihren Rock und ging gemessenen Schrittes, die Hüften ein wenig wiegend, auf Eric zu. Dies hier war der Moment, von dem sie Francis erzählt hatte, nachdem sie zum ersten Mal den Gedanken gehabt hatte, Spirit of Trees zu kaufen. Der große Showdown, bei dem sich Gut und Böse breitbeinig gegenüberstanden und derjenige gewann, der am schnellsten zog und am genauesten zielte.

»Ich werde heute abreisen, Eric. Ich habe eigene Verpflichtungen, denen ich viel zu lange nicht nachgekommen bin.«

Er ging zwei Schritte auf sie zu, blieb wieder stehen. »Ja, das ist besser so.«

»Auf jeden Fall.« Als hätte sie mit Holzspänen gegurgelt, so trocken fühlte sich ihr Mund an, aber ihre Stimme klang glücklicherweise klar und fest.

»Wir müssen vorher unsere weitere Zusammenarbeit klären.«

Mit zusammengezogenen Augenbrauen und leicht schief gelegtem Kopf sah er sie an. »Zusammenarbeit?«

»Stell dich nicht dumm. Ich weiß, wie schlecht es dir finanziell geht. Du hast keine andere Wahl, als mein Angebot anzunehmen. Wir können es jetzt und hier offiziell machen, ich habe einen Vorvertrag dabei. Mit seiner Unterzeichnung erkennst du erst einmal nur an, dass wir Spirit of Trees übernehmen werden. Alle weiteren Regelungen klären wir in späteren Verhandlungen.« Sie zog das Schriftstück aus ihrer Aktentasche. Die Geste, mit der sie das Papier vor ihm herumschwenkte, sollte geschäftsmäßig wirken, ließ sie jedoch an ein Schulkind denken, das mit einem guten Zeugnis nach Hause kam. Beschämt senkte sie den Arm.

»Ich werde das nicht tun, Wesley. Es wird zu keiner Zusammenarbeit kommen. Hast du wirklich damit gerechnet?«

Also waren sie wieder am Anfang angekommen. Trotz allem, was passiert war, gab es keine Annäherung. Jeder andere hätte sich besser geschlagen als sie. Schlechter ging es ja kaum.

»Du bist unverschämt.« Zorn, Kummer und Versagensängste überschwemmten ihren Verstand. »Ich habe mich auf deinen Deal eingelassen, ich habe hier hart gearbeitet, sehr hart sogar. Ich habe dir geholfen, ich habe dich ...« Abrupt hielt sie inne und presste die Lippen zusammen, bevor sie fortfuhr: »Du nutzt jede Gelegenheit, um mich zu demütigen, und sagst mir jetzt, du hättest mein Angebot niemals in Erwägung gezogen? Ist das dein Ernst?«

O'Malleys Gesicht nahm einen harten Ausdruck an. »Wann habe ich dich gedemütigt?«

»Du hast mich tonnenweise Holz schleppen und die Werkstatt fegen und ständig die Maschinen putzen lassen und dabei insgeheim gehofft, ich würde nicht durchhalten. Gib es doch zu, du wolltest mich von Anfang an scheitern sehen!«

»Das stimmt. Ich bin davon ausgegangen, dass du abreist, sobald dir der erste Fingernagel abbricht. Aber das bist du nicht.« Er schwieg, doch nicht wie jemand, der schon alles gesagt hatte. »Ich respektiere dich, Claire, aber unsere Firmen – das passt nicht zusammen.«

»Du respektierst mich?« Sie lachte auf. »Davon merke ich nichts.«

»Noch ein Grund mehr, warum du froh sein solltest, mich loszuwerden.«

Das Blut pulsierte laut in ihren Ohren, ihr Herz raste, und sie fürchtete, jeden Moment ohnmächtig zu werden. »Ich brauche Spirit of Trees, verstehst du? Ich muss diesen Abschluss machen.

»Es geht nicht. Egal, wie großzügig dein Angebot ist und wie dämlich ich mich verhalte, wenn ich es zurückweise.«

»Du lässt mich im Stich, O'Malley. Du lässt mich allein.«

»Nein, das tue ich nicht«, entgegnete er. »Ich werde wieder allein sein, und du wirst weiterleben wie bisher. Das ist das Beste für uns. Leb wohl, Claire. Sollte ich dir wehgetan haben, bitte ich um Verzeihung.«

Tränen brannten hinter ihren Lidern.

»Gib niemandem Macht über dich. Kein Mensch will dir etwas Gutes.« Ihr Vater hatte das gesagt, als sie nach der Trennung von ihrem ersten Freund heulend wie ein Baby auf ihrem Bett gelegen hatte. Die Wahrheit seiner Worte begriff sie erst in diesem Moment.

Energisch wischte sie sich über die Augen. »Du kannst mir nicht wehtun, und ich kriege deine Firma sowieso. Du willst es auf die harte Tour – meinetwegen. In einem halben Jahr spätestens bist du am Ende, und dann gehört Spirit mir. Wir haben uns nicht das letzte Mal gesehen, O'Malley, aber unser nächstes Treffen wird für dich nicht so angenehm.«

Es fühlte sich gut an. Keine Tränen, kein Schmerz, nur Entschlossenheit.

»Ich verstehe«, erwiderte Eric ruhig. »Du warst Teil des Deals, den mir Woodcorp angeboten hat. Die sanfte Tour, sozusagen.«

Statt einer Antwort hob sie die Hände, Abstand haltend, Schweigen erbittend. Sie spürte seine Blicke in ihrem Rücken, als sie die Werkstatt verließ, aber sie drehte sich nicht mehr um.

Im Bruce angekommen, hastete Claire auf ihr Zimmer, griff den fertig gepackten Koffer mit beiden Händen und lief zurück in den leeren Schankraum. Mit spitzer Stimme rief sie nach Fred. Sie würde ihre äußere Gelassenheit nicht mehr lange aufrechterhalten können.

»Moment, immer mit der Ruhe, bin gleich da.« Die Küchentür ging auf, und er kam mit fett- und soßenbespritzter Schürze auf sie zu. »Du willst abreisen?«, erkannte er nach einem Blick auf ihr Gepäck.

»Es ist schon lange Zeit dafür. Kann ich mit Karte zahlen?«

»Ich gebe dir eine Rechnung mit.« Beinahe unerträglich langsam tippte er auf der Tastatur. Ungeduldig trat Claire von einem Fuß auf den anderen. »Dauert es noch lange? Ich habe es eilig.«

In diesem Moment ertönte das Rattern des Druckers. Fred nahm die Rechnung, kam hinter dem Tresen hervor und reichte sie Claire. Sie faltete das Stück Papier, ohne draufzuschauen, und stopfte es in ihre Handtasche. Dann atmete sie tief durch.

»Ich weise die Zahlung gleich morgen an, versprochen. Vielen Dank für alles, Fred.«

»Freust du dich, wieder nach Hause zu kommen?«

Tat sie das?

»Ja, natürlich. Aber es war sehr schön hier. Und selbst wenn es in Glenbarry jemals ein Ritz oder ein Hilton geben sollte, würde ich trotzdem immer im Bruce absteigen.«

Fred lachte, dann schwieg er. Und Claire ebenfalls. Nach einer Weile legte er ihr die Hand auf die Schulter. »Du wirst vermisst werden.«

Schon wieder traten ihr Tränen in die Augen. Verdammt, seit wann war sie so ein Jammerlappen?

»Richtest du Betty einen Gruß von mir aus? Sag ihr, dass ich sie und ihren Laden ...«

»Sag es ihr doch selbst.«

»Geht nicht. Ich ...«

Fred nickte. »Ja, alles klar, die Zeit drängt.«

»Und auch Dave ... und Andrew ... und Granny ...«

»Natürlich.«

Sie schloss ihre schweißnasse Hand fester um den Griff des Trolleys und lief in Richtung Ausgang. Sie wollte jetzt niemanden mehr sehen. Keine Menschenseele.

Ein letztes Mal stieg sie in ihren Mietwagen und machte sich auf den Weg nach Inverness. Mit jedem Kilometer, den sie fuhr, wurde sie mehr und mehr sie selbst. Sie stellte das Radio an. Erst lief Adele, dann Sia.

»Hör gut zu, Eric, das ist meine Musik«, rief sie. Bald käme sie auf die Autobahn nach Inverness, und dann war es nicht mehr weit bis zum Flughafen. Heute Abend würde sie in ihrem Bett liegen, in ihrem Apartment, in ihrer Stadt. Sie hatte ihr Leben zurück. Und irgendwann, sicher nicht morgen oder übermorgen, aber bald, musste sie zu ihrem Vater gehen und ihm beichten, warum sie die Firma zwei Monate lang vernachlässigt hatte und dass sie nichts erreicht hatte, außer ein paar Nächte mit einem Tischler zu verbringen.

Wundervolle Nächte. Voller Zärtlichkeit und Lust und einem sternenschwangeren Himmel. Aber das interessierte ihren Vater nicht. In seinen Augen hatte sie versagt. In diesem Moment, mit dieser Erkenntnis, wünschte sich Claire nur eins: dass O'Malley sie in die Arme nahm.

Sie stoppte den Wagen. Das Flugzeug nach London ging erst am späten Nachmittag. Gegen eine kurze Pause war nichts einzuwenden. Im Rückspiegel sah sie die Kurve, hinter der sich die bunten Häuser Glenbarrys und die silberne Fläche des Loch Tain verbargen. In wenigen Stunden würde sich ihr ein anderer Anblick bieten. Sie öffnete das Fenster und steckte den Kopf hinaus, schloss die Augen und atmete tief ein. Diesen Geruch wollte sie nie vergessen, diese Mischung aus Holz und Erde und einem Hauch des Regens, der bald fallen würde. Auch nicht dieses Geräusch, wenn der Wind durch die Blätter fuhr. Das leise Knacken der Äste unter der Pfote eines Marders oder einer Wildkatze. Sie wollte sich für immer daran erinnern, wie an das Gesicht eines lieben Freundes, den Zeit und Schicksal vertrieben hatten. Und auf einmal ertönte aus dem Wald heiseres Heulen. Claire zuckte zusammen.

Wie zur Begrüßung, so zum Abschied, dachte sie und antwortete dem Wolf, der dort im Wald umherstreifte, genau so, wie er es am nächsten Tag und an dem darauf und bis an den Rest seines Lebens machen würde.

Mit dem Starten des Wagens ging das Radio wieder an. Der Moderator kündigte einen Oldie an. Auch das noch! Und dann – Claire war versucht, an eine Verschwörung zu glauben – spielten sie tatsächlich »Leaving On a Jetplane«. Sie lachte, bis sie zu heulen anfing, den Wagen wendete und nach Glenbarry zurückfuhr.

Zumindest ein paar Meter, bevor sie sich wieder zusammenriss, ihre ursprüngliche Fahrt aufnahm und nach gut einer Stunde den Flughafen erreichte.

39

Claire

Der Nachthimmel trug ein schwefliges Schwarz. Die Luft roch schmutzig, beinahe giftig, und obwohl ihr Apartment nicht direkt an der Straße lag, hörte sie trotzdem das Rauschen der vorbeifahrenden Autos. Wie sollte sie bei diesem Krach schlafen? Vor einer guten Stunde, als sie den Koffer in ihren Flur gewuchtet hatte und die Tür krachend hinter ihr ins Schloss gefallen war, hatte sie geglaubt, umgehend in Tiefschlaf zu fallen. Nach einer Dusche und einem Glas Weißwein jedoch war sie so munter, als lägen nicht eine Autofahrt, ein Flug und ein Abschied auf Nimmerwiedersehen hinter ihr. Kurz entschlossen packte sie um Mitternacht ihren Koffer aus. Die Glenbarry-Klamotten stopfte sie gleich in die Waschmaschine. Vielleicht wüsste Oxfam noch etwas damit anzufangen. Ganz unten im Koffer lag ihr Ast. Die Rinde fühlte sich rau an unter ihren Fingern, und er roch harzig. Den würde Oxfam bestimmt nicht haben wollen. Was sollte sie damit nur anfangen? Ihn wegzuwerfen, schien ihr falsch, immerhin zeugte er von ihrem Einsatz für Woodcorp. Aber er erinnerte sie auch daran, wie O'Malley ihn ihr gegeben hatte, einen schüchternen Ausdruck in den nussbaumfarbenen Augen.

Nein, noch konnte sie sich nicht davon trennen. In ein paar Wochen vielleicht, wenn ihr normales Leben sie wieder im Griff hatte und dieser Ast ihr nicht mehr bedeutete als ein beliebiges Stück Holz. Sie lehnte ihn gegen das Bücherregal und ging ins Bad, warf kurz darauf einen verstohlenen Blick ins Wohnzimmer, den Mund voll mit Pfefferminzpastaschaum und die Zahnbürste zwischen den Zähnen. Der Ast schien den ganzen Raum zu dominieren.

Wirf ihn weg. Niemand braucht so etwas in der Wohnung.

Nein, nicht der Ast stellte das Problem dar. Sie war es und ihre kindische Besessenheit von einem Mann, der sie nicht wollte. Ohne lange nachzudenken, spülte sie den Mund aus, legte ein wenig Make-up auf und schmiss sich in ein Outfit, das sie kurz vor ihrer Reise nach Glenbarry gekauft hatte: eine verboten enge curryfarbene Jeans und ein weit ausgeschnittenes nachtblaues Oberteil. Wegen Freds und Bettys köstlichem Essen saß die Hose nun noch knapper, aber ein Blick in den Spiegel zeigte ihr, dass sie trotzdem verdammt gut darin aussah. Sie griff ihre Handtasche und verließ die Wohnung. In einer Samstagnacht in London würde sie garantiert jemanden kennenlernen, der sie nicht mehr an Holz und Schottland und braune Augen denken ließ.

Eine Stunde später in ihrer Lieblingscocktailbar saß Dorian neben ihr auf einem dieser Barhocker, die nur für Menschen mit einer Größe von über zwei Metern leicht zu erklimmen waren. Dorian war nicht so groß, aber er hatte sich mit Würde geschlagen, als er den Knopf öffnete, der sein graues Jackett zusammenhielt, einen Fuß auf den Querstreben stellte und mit Schwung Platz nahm. Nach nur zehn Minuten Gespräch wusste Claire, dass Dorian Anwalt, genauer gesagt, der jüngste Juniorpartner in seiner Kanzlei, war, ein Boot sein Eigen nannte, das im Regent's Canal vor Anker lag, und er sich erst vor wenigen Wochen eine Eigentumswohnung in Merton gekauft hatte. Merton, so erklärte er, sei das kommende Islington, was ja seinerseits ein saubereres Camden Town sei, und Sauberkeit an und für sich, also per se, sei ja nicht verdammenswert und verringere auch nicht den Hippness-Faktor einer Gegend. Während Claire seine Monologe an sich vorüberrauschen ließ und ihren zweiten Red Russian trank, wanderten ihre Gedanken. In Glenbarry wäre es jetzt nahezu still und schwarz. Die Nacht würde wie ein Tuch über den Häusern liegen, gerade einmal die Schatten der Berge wären zu erkennen, da der Mond nur halb am Himmel stand. Da wäre dieses Rauschen und Knistern im Wald, als nutzten die Bäume die tiefsten Stunden der Nacht, um miteinander zu reden und die Geheimnisse von Jahrhunderten auszutauschen – unbelauscht von den Menschen. Vielleicht würde ihr Wolf heulen. Vielleicht spürte er ihre Abwesenheit. Vielleicht vermisste er sie.

Ob O'Malley sie auch vermisste? Unwahrscheinlich. Vermutlich lag er in seinem schmalen Bett, den Kopf mit den schlafzerzausten Locken auf seinem Arm ruhend.

»Sie heißt Munirah.«

Claire schreckte auf. Dorian hielt ihr ein Foto entgegen, das ein Mädchen mit großen dunklen Augen und schwarzen Zöpfen zeigte.

»Sie ist süß. Deine Tochter?«, riet Claire.

»Patentochter.« Dorian richtete sich auf seinem Hocker noch ein wenig gerader auf. »Ich will etwas von meinem Erfolg abgeben, deshalb unterstütze ich sie und ihre Familie im Sudan. Dank mir kann sie zur Schule gehen und muss nicht – du weißt schon – verhungern und so.«

Claire nickte anerkennend, sagte ihm, wie großartig sein Engagement sei, und dachte, wie ungerecht es war, dass dieses Kind abhängig sein musste vom Wohlwollen eines Mannes, der viele Tausend Kilometer entfernt lebte und der es wahrscheinlich fallen lassen würde, wenn ihm nicht mehr der Sinn danach stand, ein guter Mensch zu sein.

Sie dachte schon wie O'Malley.

Sie dachte schon wieder an O'Malley.

Kurz entschlossen angelte sie ihr Smartphone aus der Handtasche, zog Dorian an sich heran und schoss ein Selfie von ihnen, Kopf an Kopf, lachend. Man sah ihnen die Cocktails an, sie blickten ein wenig verwaschen in die Kamera, die Wangen gerötet, in einem Zustand eingefangen, der gemeinhin als »ausgelassen« missinterpretiert wurde.

Dann schickte sie das Bild an O'Malley und stellte sich vor, dass er einsam und traurig im Bruce saß, ein Bier vor sich auf dem Tisch, und dieses Foto von ihr und Dorian sah. Der Gedanke machte sie einsam und traurig.

»Du bist toll, Claire«, sagte Dorian.

Verstohlen sah sie auf die Uhr. Es war kurz nach zwei, ihr Begleiter wollte anscheinend nach Hause, aber nicht allein, deshalb wechselte er von »Dorian ist spitze« zu »Claire ist toll«. Sie lehnte sich ihm entgegen und schloss die Augen. Aus dem Geschmack seines Kusses versuchte sie zu schlussfolgern, welche Alkoholika er schon zu sich genommen hatte. Eindeutig Rum und Limette. Während seine Zunge sich in ihrem Mundraum wand, sagte sie sich in Gedanken Drinks auf, die diese Zutaten enthielten: Daiquiri, Mojito, Mai Tai, Cuba Libre, Long Island Ice Tea. Bei Caipirumba angekommen, schob sich Dorians Hand ihren Oberschenkel entlang, geradewegs dorthin, wo sie seine Finger – wie sie in diesem Augenblick be- merkte – auf gar keinen Fall haben wollte. Unbeholfen stieg sie vom Barhocker, entzog sich damit Dorians Griff. »Besser nicht«, sagte sie, »mir ist übel.«

Sie ging auf die Toilette. Ihr war tatsächlich schlecht, aber gleichzeitig war der Rausch wie bei einer Blitzent- giftung aus ihrem Blut verschwunden. Sie spülte sich den Mund mit Leitungswasser aus, war versucht, mit der Flüs- sigseife zu gurgeln, so sehr widerte sie die Vorstellung an, mit einem fremden Mann derart intim geworden zu sein. Und sie war wütend auf O'Malley. Wütend, weil sie nicht mehr tun konnte, was sie so lange getan hatte. Seinetwe- gen hatte sich ihr Leben geändert. Als sie die Toilette nach einer geschlagenen halben Stunde wieder verließ, sah sie, wie Dorian mit einer anderen Frau in einen Wagen stieg. Umso besser, das ersparte ihr ein »War nett mit dir, aber ich fahre lieber allein nach Hause«-Gespräch.

Und so fuhr sie allein nach Haus.

Dort angekommen, kramte sie die Schlüssel aus ihrer Handtasche, schloss die Tür auf, ließ das Licht aus. Mit einem tiefen Seufzer lehnte sie sich im Dunkeln gegen die Wand des Flures. Wenn sie jetzt losfuhr, wäre sie rechtzeitig da, um bei Fred zu frühstücken. Sie könnte Betty in ihrem Laden besuchen, hinterher im Wald spazieren. Aber Glenbarry war weit weg; viel weiter als eine Landkarte es zeigen konnte. Und genauso weit war ihr altes Leben entfernt. Sie fühlte sich wie ein Baum nach einem Sturm. Ihre Wurzeln waren gerissen, und ihr Holzherz lag frei.

40

Eric

Vor zwei Monaten, die ihm wie zwei Jahre vorkamen, hatte Eric Wesley gefragt, wie weit sie gehen würde, um ihr Ziel zu erreichen. Dass sie eine Affäre mit ihm angefangen, sich selbst als Woodcorps-Preis in die Waagschale geworfen hatte, beantwortete diese Frage.

Sie ging sehr weit.

Von Anfang an war alles reine Berechnung gewesen – von dem Moment im Wald, als sie sich an ihn gelehnt hatte, über die Umarmung im See bis zu ihren wenigen, wunderbaren gemeinsamen Nächten. Sie hatte nichts davon seinetwegen getan.

Und doch – so wie sie küsste man nur, wenn man es auch so meinte. Man konnte sich nicht derart hingeben, ohne etwas zu empfinden.

Unsinn, das bildete er sich nur ein. Es gab schließlich diesen Kollegen von ihr. Vielleicht war der Streit zwischen den beiden nur vorgetäuscht gewesen. Teil eines Plans.

Eric schwang die Beine über den Bettrand und setzte sich auf. Die ganze Nacht hatte er darüber gegrübelt, seine Gedanken waren in den immer gleichen Kreisen gelaufen, auf der Suche nach einem Ausweg, aber es gab nur eine Wahrheit – Wesley entsprach genau dem Bild, das er von Anfang an von ihr gehabt hatte. Es war an der Zeit, zur Besinnung zu kommen und dies anzuerkennen. Er sollte froh darüber sein, dass er sie weggestoßen hatte. Sie war genauso wenig gut für ihn wie er für sie. Aber auch diese Erkenntnis machte es nicht leichter.

Als er sein Smartphone griff und sah, dass Wesley ihm eine Nachricht geschickt hatte, stockte sein Herz für einen Moment. Bis er das Bild sah. Hastig löschte er es von seinem Gerät, als könnte es Schaden anrichten. Als hätte es das schon getan. Dann, nach einem langen Moment des Zögerns, blockierte er ihre Nummer.

41

Claire

Zwei Wochen waren vergangen, seit Claire Glenbarry verlassen hatte. Ein striktes Regiment beinahe unablässigen Hungerns hatte dazu geführt, dass ihr ihre Kleidung wieder so gut passte wie vor ihrer Abreise, aber mit jedem Blusenknopf, den sie schloss, und jedem Rock, in den sie schlüpfte, fühlte sie sich wie in einem Gefängnis aus Stoff. Wenn sie morgens über den grauen Linoleumboden zu ihrem Büro ging, Ellen grüßte, die Tür hinter sich schloss, schien es ihr, als befände sie sich in der Matrix, aber es tauchte kein Morpheus auf, um ihr die Wahl zwischen zwei Lebensentwürfen anzubieten. Nach welcher Pille würde sie greifen?

Francis erwähnte ihre Zeit in Glenbarry und den fehlgeschlagenen Übernahmeversuch mit keiner Silbe, seitdem sie ihn über ihr Versagen in Kenntnis gesetzt hatte, aber in jedem seiner Sätze hörte sie einen versteckten Vorwurf. Dass Amelia auf ihre WhatsApp-Nachrichten nur mit nichtssagenden Emoticons reagierte, ließ Claire sich noch unbehaglicher fühlen. Einzig der sich rapide verbessernde Zustand ihres Vaters bildete einen positiven Kontrapunkt während dieser trüben ersten Tage in London.

An einem Samstagmorgen kam Francis' Anruf, und

noch ehe er einen Satz sagte, wusste Claire, was geschehen war. George Wesley hatte seinen größten Kampf gewonnen.

Keine halbe Stunde später stand sie an seinem Krankenbett, sah in seine hellblauen Augen und las in ihnen, wie immer, keinerlei Wärme.

»Kann er mich hören?«, fragte sie Amita, die ein Tablett mit einem Steingutbecher Kamillentee und eine Schüssel Haferbrei auf dem Beistelltisch abstellte.

»Aber sicher kann er das«, erwiderte die Krankenschwester. »Er ist ja schon seit gestern Morgen bei Bewusstsein.«

»Seit gestern? Wieso wurde ich nicht schon längst angerufen?«

Amita richtete sich auf und verschränkte die Arme vor der Brust. Ihre Stimme klang distanziert. »Mr. Hampton ist der alleinige Notfallkontakt Ihres Vaters. Und ganz ehrlich, Ms. Wesley – wenn Sie öfter hierherkämen, wüssten Sie auch ohne Anruf über den Zustand Ihres Vaters Bescheid.«

»Ich arbeite …«, fing Claire an, sich zu rechtfertigen, aber vor Amitas anklagendem Blick versagten ihr die Worte.

»Wie auch immer.« Amita wandte sich wieder George Wesley zu und strich ihm eine Strähne seines gelblich grau gewordenen Haares aus der Stirn. »Haben Sie ein bisschen Geduld, er braucht Zeit, um sich zu orientieren.«

Schwach, aber nichtsdestotrotz eindringlich schüttelte er den Kopf. So rasch, als hätte sie sich die Finger verbrannt, zog Amita die Hand zurück.

»Nein«, krächzte George Wesley mit heiserer Stimme, und vor Anstrengung schwoll die Schlagader an seiner Schläfe an. »Kein Kindergarten.«

»Da will wohl jemand ganz schnell gesund werden«, lachte Amita, aber Claire erkannte, wie gezwungen ihre Fröhlichkeit war. Ja, ihrem Vater kam es nicht darauf an, dass sich Menschen in seiner Gegenwart wohlfühlten. Sie nahm die Tasse Tee in die Hand. »Ich werde ihm beim Frühstücken helfen, das müssen Sie nicht tun.«

Nach kurzem Zögern nickte Amita und stellte das Kopfende des Bettes etwas höher. »Gern. In ein paar Minuten ist Visite, so lange können Sie bei ihm bleiben.«

»Danke.«

Die Tür schloss sich hinter der Krankenschwester, und Claire stellte sich an ihrer statt neben ihren Vater, der ihre Bewegungen schweigend mit Blicken verfolgte. Sie konnte sich nicht dazu überwinden, seinen Kopf ein wenig anzuheben, der so zerbrechlich auf dem dünnen Hals saß, also hielt sie ihm einfach die Tasse an die Lippen. Statt zu trinken, kämpfte er seine abgemagerte Hand unter der Bettdecke hervor und griff nach dem Steingutbecher.

»Lass mich«, flüsterte er.

Claire sah auf ihn hinab, auf seine strähnigen Haare, das graue, eingefallene Gesicht, und versuchte, Mitgefühl in sich hervorzurufen, Verständnis für seine harschen Reaktionen, die sich auf seine Verwirrung nach der langen Zeit der Bewusstlosigkeit zurückführen ließen, aber sie spürte nur Abscheu.

»Ich helfe dir, Vater.«

»Lass mich!« Seine Stimme hatte das Kränkliche verloren, klang fast so herrisch wie früher.

»Du bist noch zu schwach, Vater«, bemühte sie sich. »Du kannst noch nicht ...«

Er bewegte den Arm in einer kraftlosen Bewegung auf sie zu, Claire schrak zurück, und reflexartig ließ sie die Tasse los. Der Tee nässte den Stoff des Nachthemdes, die Tasse fiel auf seine Brust, rutschte zu Boden und zerschellte.

»Dummkopf!«, krächzte ihr Vater. »Dummkopf!«

Es war nicht meine Schuld, dachte Claire, aber im nächsten Moment wurde ihr klar, dass es doch ihre Schuld war. Sie hätte die Tasse halten, mit einer Hand seinen Arm stützen, ihm helfen und dabei das Gefühl geben sollen, er täte alles aus eigener Kraft. So wie ihre Mutter es zeitlebens für ihn getan hatte. Ihr war mit Leichtigkeit das Wunder gelungen, gleichzeitig allgegenwärtig und unsichtbar zu sein. Mit klopfendem Herzen sammelte Claire die Scherben auf, warf sie in den Papierkorb, lief dann hastig ins Bad und kam mit ein paar Papiertüchern zurück. Vorsichtig tupfte sie den Tee von der Bettdecke und von George Wesleys Krankenhemd. Sie spürte dabei seine Blicke auf ihrem Gesicht und war bemüht, nicht aufzusehen. Sie kannte den Ausdruck, der in seinen Augen stehen musste, nur zur Genüge.

In diesem Moment wurde die Tür aufgerissen, und Amelia stürzte herein. Wie immer schien sie Sonnenstrahlen und Wärme hinter sich herzuziehen.

»Daddy!« Mit einem jubelnden Aufschrei warf sie sich über ihren Vater und zog ihn an sich. George Wesley schloss die zweigdünnen Arme um sie, und ein heiseres Lachen entrang sich seiner Kehle. Claire trat von dem Bett zurück. Es fühlte sich falsch an, Zeuge dieses Moments zu sein. Sie gehörte nicht dazu.

»Was ist denn hier passiert?« Amelia strich über die nasse Brust ihres Vaters. Er deutete mit dem Kopf auf Claire. »Sie hat den Tee …«, er hielt inne, schluckte so schwer, dass man seinen Adamsapfel hüpfen sah, »den Tee verschüttet.«

»Nein, das habe ich nicht«, setzte Claire in einem Versuch an, seine Aussage richtigzustellen, verstummte dann aber, als ihr klar wurde, wie jämmerlich sich dieses Bemühen angesichts der Situation anhören musste. Amelia strahlte sie an. »Das hat Claire bestimmt nicht mit Absicht getan. Aber jetzt geben wir dir erst einmal was zu trinken.«

Sie kramte in ihrem voluminösen Valentino-Shopper, bis sie einen kleinen lilafarbenen Tetra Pak hervorzog und ihn dicht vor dem Gesicht ihres Vaters schüttelte.

»Traubensaft. Wir lieben Traubensaft, nicht wahr?«

Ein breites Lächeln zog sich über George Wesleys Gesicht, während Amelia den Strohhalm von der Verpackung löste, ihn aus dem umhüllenden Plastik befreite und in den Tetra Pak bohrte. Dann hob sie den Kopf ihres Vaters ein wenig an und hielt ihm den Strohhalm vor den Mund. Sofort schloss er die Lippen darum und sog.

Strahlend betrachtete ihn Amelia. »Na, ist das nicht lecker, hm? Das ist so gut und voller Vitamine. Alles, was du jetzt brauchst, Daddy.«

So einfach konnte das sein. Fruchtsaft und ein Strohhalm, mehr brauchte man nicht, um eine aufmerksame Tochter zu sein. Niemals wäre Claire darauf gekommen. Hundert Mal hätte sie dieses Zimmer betreten können, und hundert Mal hätte sie versucht, ihm widerlichen Kamillentee aus dieser schweren, unhandlichen Tasse anzureichen. Schon lange hatte sie sich nicht mehr so unzulänglich gefühlt wie in diesem Moment. Daher war sie fast dankbar, als sich die Tür wieder öffnete, eine Gruppe Ärzte hereinkam und sie gebeten wurden, draußen zu warten.

»Wollen wir warten, bis wir wieder hereindürfen?«, fragte Claire, obwohl sie nichts lieber wollte, als diesen beigen Flur mit dem grellen Deckenlicht zu verlassen.

»Ach was!« Amelia legte ihr den Arm um die Schulter und zog sie mit in Richtung Ausgang. »Die Docs kümmern sich jetzt um Daddy, und danach wird er müde sein und schlafen. Es ist erst sieben Uhr, lass uns frühstücken gehen.«

»Wirklich? Bist du nicht mehr ärgerlich wegen der Sache mit – wegen der Sache?«

»Papperlapapp!« Amelia drückte ihr einen Kuss auf die Wange. »Das ist doch vergessen nach so tollen Nachrichten. Außerdem wäre es sowieso nicht gut gegangen. Daddy hat rund um die Uhr ärztliche Hilfe nötig gehabt. Du hättest mir das klarmachen müssen, dann hätten wir uns gar nicht erst gestritten.«

Es lag Claire auf der Zunge, dass sie es erklärt hatte, aber Amelia es nicht hatte wahrhaben wollen – doch in der Erleichterung über die Versöhnung mit ihrer Schwester und das Erwachen ihres Vaters ließ sie es ungesagt.

»Eine großartige Idee. Ich brauche unbedingt Kaffee.«

Amelia schob den Arm unter ihren und drückte ihn. »Dann lass uns einen trinken gehen. Und schau nicht so traurig, Claire. Daddy wird schon bald der Alte sein, wart's nur ab.«

Tatsächlich erholte sich George Wesley in einer Geschwindigkeit, die bei den Ärzten ungläubiges Staunen hervorrief. Bald ging er am Arm seiner Pfleger im Flur auf und ab, wenngleich er für längere Strecken noch den Rollstuhl brauchte. Seine Erinnerung hatte genauso wenig Schaden genommen wie seine kognitiven Fähigkeiten. So wie Claire es vorausgesehen hatte, ließ er sich von Francis die Geschäftsunterlagen der vergangenen Monate ins Krankenhaus bringen und arbeitete dort mit ihm. Kein einziges Mal bat er sie um Auskunft. Es war, als hätte sie in der Firma nie etwas zu sagen gehabt. Und war es nicht auch wirklich so gewesen? Das einzige Projekt, das sie in Angriff genommen hatte, war an der Starrköpfigkeit und Uneinsichtigkeit dieses verdammten Schotten gescheitert. Seinetwegen achtete ihr Vater sie trotz ihres Einsatzes für Woodcorp nicht mehr als vorher.

Trotzdem ging Claire weiterhin jeden Tag in die Firma. An einem Freitagmorgen, als sie nach ihrer üblichen Begrüßung an Ellen vorbei in ihr Büro wollte, hielt diese sie auf.

»Ihr Vater hat sich gemeldet. Sie sollen ihn heute Abend in seiner Wohnung besuchen.«

»In der Wohnung, sind Sie sicher?«

Ellen schüttelte den Kopf, ihre sorgfältig gelegten

grauen Locken blieben dabei unerschütterlich an ihrem Platz. »Er verlässt das Krankenhaus heute im Lauf des Tages. Es scheint ihm schon wieder richtig gut zu gehen.«

»Ja, das tut es.« Claire zwang sich zu einem Lächeln, obwohl es sie kränkte, nicht in diese Pläne mit einbezogen worden zu sein. »Sie kennen ja meinen Vater.«

»Allerdings.«

»Bestimmt ist er in ein paar Wochen wieder in der Firma, dann sind Sie mich los.«

Ellens Gesichtsausdruck blieb unergründlich. »Sie haben das gut gemacht, Ms. Wesley. Sie haben die Firma auf Kurs gehalten, Ihr Vater weiß das.«

»Trotzdem sind Sie sicher froh, wenn er wieder hier ist, nicht wahr?« Die Bemerkung sollte ungezwungen klingen, aber der Wunsch nach Anerkennung lag so deutlich darin, dass Claire sich für ihre Worte schämte, kaum, dass sie ihren Mund verlassen hatten.

»Ich gehe in fünf Monaten in Rente, Ms. Wesley«, erwiderte Ellen. »Das sind gute Aussichten.« Mit einem kurzen Nicken erklärte sie das Gespräch für beendet, schob die Brille auf ihrer Nase zurecht und richtete den Blick auf den Computermonitor vor ihr.

Verwirrt trat Claire in ihr Büro. Dass sich Ellen bald in den Ruhestand verabschieden würde, war klar, aber warum erwähnte sie es in diesem Zusammenhang? Als würde sie die Tage zählen, die sie noch für Woodcorp arbeiten musste. War sie eine so schreckliche Chefin gewesen?

42

Eric

»Was wird das denn?«

Unbemerkt hatte Andrew das Büro betreten und blickte Eric über die Schulter.

»Nur eine Idee für ein Bücherregal.«

»Mit einem Fachboden als ausziehbarem Tisch. Gefällt mir.«

»Für die Kaffeetasse, den Laptop oder was auch immer. Ich denke an eine Variante als Küchenregal, bei der eine höhenverstellbare Platte angebracht wird. Heruntergeklappt und justiert dient sie als Arbeitsfläche oder ebenfalls als Tisch.« Er fuhr mit der Bleistiftspitze die halbe Länge der Regalwand entlang, um Andrew den angedachten Sitz der Platte zu zeigen. »Auf ihrer Rückseite befinden sich Haken, sodass im hochgeklappten Zustand Geschirrtücher oder sogar Töpfe daran befestigt werden können. Passende Faltstühle finden ihren Platz an den Seiten, wenn sie nicht gebraucht werden. Das Möbel soll viele Möglichkeiten auf wenig Raum bieten.«

»Und das?« Andrew deutete auf die Katzenhöhle, zu der eine kleine Wendeltreppe die Regalstreben entlangführte.

»Das ist witzig. Gefällt mir«, sagte er, nachdem Eric

ihm die Idee erklärt hatte. »Und gehört das hier auch dazu? Würde den Absatz bei Männern in die Höhe treiben.«

Erics Blick folgte Andrews Zeigefinger zu den Skizzen, die er gedankenverloren auf das Blatt gekritzelt hatte. In feinen Strichen zeichnete sich Wesleys Profil auf dem Papier ab, mit der Strähne in ihrer Stirn. Daneben Wesley schlafend auf seinem Bett, nackt. Die zarte Rundung ihrer Brüste ein Hauch von Grau, darunter die schmale Taille und ... Er deckte die Zeichnung mit einer Hand ab.

»Das sind nur Kritzeleien.« Er versuchte, seine Stimme nach »Es geht dich nichts an, verschwinde!« klingen zu lassen, versagte aber völlig, denn Andrew setzte sich ihm gegenüber auf den knarrenden Besucherstuhl.

»Sie fehlt dir. Dafür musst du dich doch nicht schämen.«

»Die ganze Geschichte hat mir nichts bedeutet und ist schon längst wieder vergessen.

»Und weshalb malst du sie dann nackt? Einfach nur so, als Fingerübung? Gibt es solche Bilder auch von mir?«

Der Gedanke war so absurd, dass Eric lachen musste. »Schon bei dem Versuch würde sich der Bleistift selbst vernichten. Auch Grafit hat seinen Stolz.«

Grinsend verschränkte Andrew die Arme vor der Brust. »Meine Erleichterung überwiegt die Kränkung. Und jetzt verrate mir, warum du mich anlügst.«

»Ich lüge nicht. Ich habe wirklich keine Zeichnungen von dir angefertigt.«

Andrew sah ihn schweigend an. Seufzend sank Eric in seinem Stuhl zurück.

»Es hätte sowieso nicht gepasst. Nicht auf Dauer.«

»Das ist doch egal. Es kommt nur darauf an, was es dir in dem Moment bedeutet, in dem es geschieht, denn das ist das Einzige, was real ist.«

»Es war aber nie real. Alles zwischen mir und Claire war nichts als Illusion und Trug, wie der Trick eines Magiers.«

»Bist du sicher? Rede doch noch mal mit ihr, sag ihr …«

»Es ist vorbei, und ich brauche kein Mitleid«, unterbrach ihn Eric abrupt. »Nicht von dir, von niemandem. Vor allem aber will ich nicht darüber nachdenken, warum ich eine Vorliebe für schwierige Beziehungen mit schwierigen Frauen habe.«

»Du meinst meine Schwester.« Andrews Stimme war so leise, als wollte er zwar etwas sagen, aber nicht gehört werden.

»Es tut mir leid«, stammelte Eric. »Es sollte nicht so klingen, als ob … Ich habe sie geliebt, das weißt du.«

»Das war kein Vorwurf. Ich weiß, wie kompliziert Mariah sein konnte. Witzig, einfühlsam, liebenswert. Aber auch traurig und wütend ohne jeden Grund. Verletzend. Als sie noch ein Kind war, sagte unsere Mutter immer, ihr Temperament wäre wie das schottische Wetter – innerhalb einer Sekunde von Sonnenschein zu Hagel. Dass sie Hilfe gebraucht hätte, wollten wir nicht sehen.«

»Aber ich habe es gesehen und fand trotzdem keinen Weg, ihr beizustehen. Ein besserer Mann hätte ihr einen Grund gegeben, am Leben zu bleiben.«

»Unsinn!« Andrew klang beinahe wütend. »Sie war glücklich mit dir. Zumindest so weit, wie es ihr möglich war. Und wie hättest du euren Unfall verhindern sollen?«

Eric starrte ihn an. Es wäre eine Befreiung, alles zu erzählen. Von diesem Nachmittag, an dem Mariah so ausgeglichen schien und ihn zu einem Überraschungsausflug einlud. Fröhlich wie früher saß sie am Steuer, und er bemühte sich, das ungute Gefühl zu ignorieren, das ihm im Nacken saß. Dass er darauf hätte hören sollen, wurde ihm klar, als sie von einem Augenblick auf den anderen still wurde. Ihre Lippen bewegten sich zwar, aber kein Laut war zu hören. Noch nie in seinem Leben hatte er solche Angst empfunden. Seine Versuche, sie zum Anhalten zu bewegen, hinderten sie nicht daran, auf die dunkelgraue Betonbrücke zuzurasen, die den Firth of Ark querte. Während die Tachonadel immer weiter nach rechts wanderte, sah Mariah ihn an. Dass sie sich alles gut überlegt habe, sagte sie, und dass es für sie keinen Halt mehr gebe, kein Glück, keine Freude, nur mehr einen Ausweg. Aber den könne sie nicht ohne ihn gehen. Weil sie doch zusammengehörten.

Eric griff ins Lenkrad.

Er erwachte aus seiner Bewusstlosigkeit und fand sich in einem Wrack wieder. Im unbedingten Wunsch zu überleben hatte er den Wagen nach rechts verrissen, wodurch die Fahrerseite den Hauptaufprall abbekommen hatte. Der Motorblock war tief in den Wagen gedrückt, das Lenkrad schien mit Mariahs Brustkorb verschmolzen. Benommen tastete Eric über ihr Gesicht, strich blutverklebte Haarsträhnen zur Seite, hob ihren Kopf an, der schlaff zur Seite hing und wieder gegen die Fensterscheibe schlug, kaum, dass er ihn losließ. Und dann kam das Feuer.

Nachdem er sich aus dem Wagen gekämpft hatte, robbte er sich auf den Unterarmen zur Fahrerseite. Sein rechtes Bein hing wie ein zerfetzter Lumpen an seinem Körper und machte es ihm unmöglich, sich hinzuknien, geschweige denn aufzustehen, also stützte er sich mit einer Hand ab, schob den Oberkörper nach oben, packte den Türgriff und versuchte, ihn zu öffnen. Mariah sah seinen vergeblichen Bemühungen aus starren, leeren Augen zu. Er wusste, dass sie tot war, aber er schlug verzweifelt gegen die Tür, bis das Feuer im Wagen das Metall unerträglich heiß werden ließ und seine Frau von den Flammen verschlungen wurde.

Nachdem er sich an den Rand des Flusses geschleppt hatte, setzten die Schmerzen ein. Seine Finger krampften sich in die Erde, rissen Grasbüschel heraus. Schlossen sich um drei Kieselsteine und ließen sie nicht mehr los. Erst jetzt wurde ihm klar, dass er Mariah alleingelassen hatte – in ihrer Verzweiflung, ihrer Krankheit und nun auch auf ihrem letzten Weg.

»Es war doch ein Unfall, nicht wahr?«

Andrews Stimme drang gedämpft durch seine Erinnerung, fand ihren Weg vorbei am Knistern der Flammen, dem Schwappen des Wassers gegen die Kaimauer, vorbei auch an seinen Schreien.

»Eric?«

Er zwang sich, zu nicken. »Ja. Ein Unfall.«

43

Claire

Das Klingeln ihres Smartphones riss Claire aus ihren Gedanken. Sollte sie rangehen? In einer Stunde musste sie bei ihrem Vater sein. Wenn das Telefonat länger dauerte, würde sie es womöglich nicht rechtzeitig zu ihm schaffen. Vielleicht würde es sich dann gar nicht mehr lohnen, loszufahren ...

»Hallo?«

»Claire? Hier ist Andrew.«

Ja, das war seine Stimme, mit diesem rauen schottischen Akzent. Nach einem Monat in London hörte sich der für sie wieder ungewohnt an, aber auch auf eine schöne Weise vertraut.

»Was gibt es?«

»Ich wollte hören, wie es dir geht. Betty hat sich nach dir erkundigt und der alte Dave. Granny Herbert meinte gestern, es sei eine Schande, dass du weg seist, es hätte so viel Spaß gemacht, mit dir Rummy zu spielen.«

Unwillkürlich musste Claire lachen. »Natürlich, weil ich ständig verloren habe. Sie hat mir ein kleines Vermögen abgeknöpft.«

»Ja, das klingt ganz nach ihr.«

Andrew schwieg, und gerade als Claire nach dem eigentlichen Grund seines Anrufs fragen wollte, sagte er: »Eric vermisst dich. Er würde es nie zugeben, aber ich weiß, dass es so ist. Gibt es irgendeine Möglichkeit, dass du mal wieder herkommst? Ihr beiden solltet miteinander reden, meinst du nicht auch?«

Sie fuhr mit den Fingerspitzen über das glatte Holz des Schreibtisches. Sofort, rief eine Stimme in ihr. Ich packe nur schnell das Nötigste, dann mach ich mich auf den Weg.

»Es gibt nichts mehr mit O'Malley zu besprechen. Es sei denn, er hätte nun doch Interesse an einer Zusammenarbeit.«

Bitte sag, dass er es will, schickte sie ein Stoßgebet gen Himmel. Dann muss ich nicht mit leeren Händen zu Vater gehen.

»Das kannst du vergessen, Eric ist sehr halsstarrig. Aber ging es bei euch beiden denn wirklich nur ums Geschäft? Wenn dir etwas an ihm liegt, musst du ...«

»Ich muss gar nichts«, unterbrach sie ihn heftig. »Ich habe schon viel zu viel Zeit in Glenbarry vergeudet. Wenn Eric nicht begreift, dass eine Zusammenarbeit mit Woodcorp die einzige Möglichkeit ist, aus seiner selbst verschuldeten Misere herauszukommen, dann kann ich ihm auch nicht helfen.«

Eine lange Pause entstand am anderen Ende. Schließlich sagte Andrew mit kühler Stimme: »Niemand kann Eric helfen, Claire. Entschuldige die Störung.«

Er hatte schon längst aufgelegt, aber noch immer hielt sie das Telefon an ihr Ohr. Eric vermisste sie. Aber nicht genug, um seinen Widerstand aufzugeben. Was hätte sie noch tun können? Was hätte sie noch tun *müssen*? Und warum machte sie der Gedanke, dass sie ihm fehlte, nur so verdammt traurig-froh?

Amelia öffnete ihr die Tür. Ihre Umarmung drückte Claire fast die Luft ab, sie presste sie ebenso fest an sich. Ihre Nähe verdrängte für kurze Zeit die Angst vor dem Bevorstehenden. In ihrer übersprudelnden Art teilte Amelia ihr mit, dass sie sich von der Schule hatte beurlauben lassen, weil sie ganz für ihren Vater da sein wollte.

»Er braucht mich jetzt«, sagte sie, den Arm unter Claires geschoben, während sie das Wohnzimmer betraten. »Keine Sorge, Claire, ich schaffe das schon. Ich weiß ja, dass du nicht gut in so etwas bist.«

»In so etwas? In was denn?«

»Na ja«, Amelia strich ihr die Strähne aus der Stirn und lächelte. »Darin, dich um Menschen zu kümmern. Aber mach dir deshalb keine Vorwürfe, ich bin ja da.«

Komisch, Amelias Bitte, dass sie sich keine Vorwürfe machen sollte, klang selbst wie einer. Claire versteifte sich und wand sich aus Amelias Griff.

»Das ist doch schön«, erwiderte sie spitz, »dass du der Familie etwas zurückgibst.«

»Nicht wahr? Und dann haben wir ja eine Pflegerin, die tagsüber da ist. Manchmal auch über Nacht. Ich kann mich hier ja nicht rund um die Uhr einschließen. Was hältst du davon, wenn wir bald was zusammen unternehmen? Gehen wir nächste Woche ins Musical? Am Freitag? In ›König der Löwen‹, oder ist dir das zu Disney? Ja, du hast recht. Vielleicht ›Les Mis‹? Aber da muss ich immer weinen. ›Hamilton‹, genau, lass uns in ›Hamilton‹ gehen. Besorgst du die Karten?«

Claire warf ein »Gerne«, »Ich auch« und »Na klar« in den Redestrom ihrer Schwester, aber ihre Worte gingen darin unter wie Steine. Vor der Tür zum Arbeitszimmer blieben sie stehen.

»Er ist da drin, wo auch sonst? Dann lass ich euch beide mal allein«, sagte Amelia und drückte Claire einen dicken Kuss auf die Wange. Im Weggehen gestikulierte sie: »Ruf mich an«, und bevor Claire sie anflehen konnte, sie zu begleiten, war Amelia in ihrem Zimmer verschwunden. Gleich darauf ertönte Billie Eilishs »Six Feet Under«. Ein erstrebenswerter Ort, dachte Claire, im Vergleich zu dem, wo sie nun hinging.

Ihr Vater saß an seinem Schreibtisch, vertieft in die Lektüre einiger Papiere. Die Bankierlampe warf ihr dezentes Licht über den grün bespannten Tisch und auf George Wesleys konzentrierte Miene. Er hatte noch lange nicht seine volle Leistungsfähigkeit zurückerlangt, aber egal wie ausgemergelt er auch aussah, er strahlte trotzdem eine unbeugsame Kraft aus. George Wesley war nicht zu brechen, er widerstand jedem Sturm.

Claire wartete neben der Tür, bis er aufsah und sie zu sich heranwinkte. Mit schweren Schritten und schmerzhaft klopfendem Herzen ging sie auf ihn zu, beugte sich vor und drückte ihn vorsichtig an sich. Das Gesicht abgewandt, als fürchtete er, einen Kuss zu bekommen, streifte er ihre Umarmung mit einer harschen Bewegung ab.

»Nun setz dich schon hin.«

Claire zog einen der Freischwinger heran und nahm Platz. Aus dem Augenwinkel hatte sie gesehen, dass es sich bei dem Dokument, in dem er geblättert hatte, um ein Dossier zu Spirit of Trees handelte.

»Erzähl!«

»Nun, ich hatte ...«, ein schmerzhaftes Räuspern entrang sich ihrer Kehle, ihr Hals fühlte sich trocken wie eine Wüste an, »ich wollte ... Mein Plan war es, Woodcorps' Geschäftsaktivitäten auszuweiten. Auf Möbeldesign. Weil wir das ja – das ja noch nicht ...«

Der Stuhl, in dem sie saß, schien größer, die Wände höher und ihre Stimme immer dünner zu werden. »Bei einer Messe stieß ich auf diesen Tischler, auf seine Arbeiten, und ich fand, dass ...«

Ihr Vater machte eine ungeduldige Handbewegung. »Uninteressant. Ich will wissen, warum du nicht erfolgreich warst.«

Schweiß sammelte sich in ihren Achseln. »Ich konnte ihn nicht überzeugen. Ich habe alles versucht.«

Der Blick aus den wässrig blauen Augen wurde hart. »Offensichtlich nicht, wenn du versagt hast.«

Sie wollte widersprechen, brachte aber keinen Ton heraus.

»Ich bin enttäuscht. Du hast sinnlos Ressourcen der Firma verbraucht. Deine Idee, unser Angebot auszuweiten, ist im Grunde nicht schlecht. Aber die Ausführung zeichnet sich bisher durch einen unglaublichen Dilettantismus aus.«

Hitze stieg in ihre Wangen, ihre Sprache kehrte zurück. Er fand ihre Idee gut! Das warf einen Sonnenstrahl in dieses dunkle Zimmer. Um das Fünkchen Anerkennung anzufachen, redete sie wie um ihr Leben: »Es ist noch nicht vorbei, Vater. Wir müssen nur ein paar Monate warten, seine Geschäfte laufen schlecht, ich hatte Einblick in seine Buchhaltung. Wenn er seinen Kredit nicht mehr bedienen kann, wird er auf mich zukommen. Ich bin davon überzeugt, dass Spirit spätestens im Herbst Teil unserer Firma wird.«

»Sollen deine Überzeugungen eine verlässliche Größe für mich sein?«

»Glaub mir, ich bringe das zu einem guten Ende. Lass es mich dir beweisen.«

Ihr Vater lehnte sich zurück, verschwand aus dem Lichtkreis der Lampe in schattiger Dämmerung. »Also gut, beweise dich mir. Wie könnten wir das Ganze beschleunigen?«

Ihre Hände schlossen sich fest um die Stuhllehne.

Denk nach, Claire! Denk nach!

Der Blick ihres Vaters verschattete sich. Sie kannte diesen Wechsel in seinem Ausdruck nur zu genau – von Erwartung zu Enttäuschung.

»Wir könnten, es wäre doch möglich…« Ihre Stimme brach.

»Wir könnten, es wäre möglich. Du sprudelst ja nur so über vor Ideen.«

Sein Spott zerbrach ihre Beherrschung. »Was erwartest du denn?«, schrie sie ihn an. »Soll ich die Tischlerei abfackeln? Würde dich das zufriedenstel…?«

Noch bevor sie zu Ende gesprochen hatte, streiften seine dürren Finger ihre Wange. Es tat nicht weh, war nur der kraftlose Versuch einer Ohrfeige, aber doch – es schmerzte. So sehr, dass Claire Tränen in die Augen traten. Sie sank in ihrem Stuhl zusammen und wischte sich über das Gesicht.

»Nicht in diesem Ton.« Seine Stimme bildete einen trügerisch ruhigen Gegenpol zu seiner Tat. »Was fällt dir ein, um das Problem zu lösen?«

Claire starrte auf ihre Hände. Wie konnte sie O'Malleys Bankrott beschleunigen?

»Ich weiß nicht … ich meine … Ich könnte über einen Strohmann eine größere Bestellung aufgeben. Eine geringe Vorschusszahlung würde reichen, um sein Vertrauen zu gewinnen, ich kenne ihn. Um den Auftrag zu erfüllen, müsste er sich weiter verschulden, und wenn wir dann nicht zahlen, bleibt er auf den Kosten sitzen. Das würde ihn …«

Claire hielt inne. Was redete sie da? Sie starrte ihren Vater an, die blasse Haut zwischen Nase und Oberlippe, die geplatzten Äderchen, die seine Wangen röteten, die hellen Augen. Ein dünnes Lächeln breitete sich auf seinen Lippen aus.

»Endlich«, sagte er. »Endlich denkst du wie eine Wesley.«

Ihr Leben lang hatte sie darauf gewartet, dass er sie anerkannte. Ihr ein Lob zollte. Und nun hatte sie es bekommen, weil sie sich gegen einen Mann stellte, der sie wieder und wieder von sich gestoßen hatte. Es kam ihr trotzdem nicht richtig vor. Wem galt ihre Loyalität – ihrem Vater, der nun einmal so war, wie er war, oder Eric, dem sie sich trotzdem und noch immer verbunden fühlte? Eigentlich gab es da nichts zu überlegen. Familie stand über allem, und ihr Vater wäre ihretwegen beinahe gestorben. Um ihre Schuld ihm gegenüber abzutragen, würde noch sehr viel mehr nötig sein als das, was sie Eric antun wollte. Ihre Fingernägel pressten sich in ihre Handinnenflächen. Jetzt, wo er sie hören und ihr seine Vergebung erteilen oder versagen konnte, musste sie mit ihm über die Nacht seiner Geburtstagsfeier reden.

»Ich habe es dir bisher noch nicht gesagt, nicht wirklich, nur, als du im Krankenhaus lagst – es tut mir schrecklich leid. Bitte verzeih mir«, begann sie.

»Was denn?«

»Dein Unfall – er war ja auch meine Schuld.«

»Deine Schuld? Wie kommst du darauf?«

»An jenem Abend … Ich hatte mich doch die ganze Zeit nicht blicken lassen, und du hast versucht, mich anzurufen.« Unruhig rutschte Claire auf ihrem Stuhl hin und her. Vielleicht hatte er es vergessen, und sie brachte es ihm nun wieder in Erinnerung. »Deshalb warst du abgelenkt, nicht wahr, als du auf die Straße getreten bist, und hast das Auto nicht …«

Ihr Vater warf ihr einen raschen Blick unter zusammengezogenen Augenbrauen zu. »Was ist denn das für ein Unsinn? Ich hatte mit einem Kunden telefoniert, der von einem Projekt abspringen wollte. Wieso sollte ich dich anrufen, nur weil du ein paar Stunden nicht da gewesen bist?«

Ja, wieso sollte er? Sie hatte sich diese Frage während all der Wochen seit dem Unfall nie gestellt. Doch durch sie ergab das, was sie die letzten Monate wie ein steingefüllter Rucksack beschwert hatte, keinen Sinn mehr. Ihrem

Vater wäre es sogar egal, wenn er monatelang nichts von ihr hören würde, warum also hätte er sie anrufen sollen? Francis musste die Situation damals falsch verstanden haben, und sie hatte es glauben wollen, weil es sich unter all der Schuld gut angefühlt hatte, einen Vater zu haben, der sich für sie interessierte. Aber es hatte weder das eine noch das andere gegeben – ihre Schuld nicht und keinen besorgten Vater.

»Ich möchte, dass du dich der Sache annimmst und sie auf diese Weise endlich zum Abschluss bringst. Du hast einen Monat Zeit.«

Claires Hände wurden feucht. Egal, wie es zwischen ihr und Eric geendet hatte, er hatte ihr gezeigt, was es bedeutete, sich der Konsequenz seines Handelns zu stellen. Wenn sie es zuließ, dass Woodcorp Eric vernichtete, welche Folgen würde das haben? Wie sähe der Baum aus, der aus diesem Samen wachsen würde? Und ging es nicht darum – auch morgen noch mit den Entscheidungen leben zu können, die sie heute traf?

»Nein.« Laut und herrisch brach das Wort aus ihr heraus, die Quintessenz aller Verweigerungen, die sie ihrem Vater jemals hätte entgegenbringen wollen.

»Nein? Was soll das? Gibt es noch eine dumme Idee, die du mir beichten willst?«

Das Herz hämmerte in ihrer Brust. Sie hatte Angst, aber viel größer war ihr Zorn. »Du wirst das nicht tun. Du treibst Eric nicht in den Ruin. Ich werde ihn vor dir warnen.« Sie lachte trocken. »Als ob das nötig wäre. Er … er hat mich gewarnt, die ganze Zeit, und ich wollte nichts davon hören.«

George Wesley schob den Stuhl zurück und erhob sich, ein wenig unbeholfen, doch in seinem alten Gesicht stand der alte Zorn.

»Wenn du zu feige bist, gut, dann verschwinde. Ich habe nichts anderes von dir erwartet. Aber wage es ja nicht, dich mir in den Weg zu stellen!«

Drohend hob er den Arm, doch diesmal schreckte Claire nicht zurück, und sie ließ es auch nicht einfach geschehen. Sie packte sein Handgelenk und hielt es fest. Dieser Mann war nicht der Sturm, der sie brechen würde. »Nie wieder! Du wirst mich nie wieder schlagen.«

»Lass mich!«, keuchte ihr Vater, versuchte, sich aus ihrem Griff zu befreien, aber seine körperliche Schwäche war größer, als es den Anschein hatte.

»Claire? Was tust du da?«

Amelia stand im Türrahmen, die Augen fassungslos geweitet. Sofort ließ Claire den Arm ihres Vaters los. Im Bruchteil einer Sekunde verging die Wut und hinterließ Benommenheit. Mit raschen Schritten durchquerte Amelia den Raum und schlang die Arme um die Schultern ihres Vaters. »Geht es dir gut, Daddy?«

»Ja, es ist nichts passiert«, stieß er hervor. Claire sah ihm an, dass er seinen Zorn in Schach zu halten versuchte. Amelia gegenüber wollte er sich nicht so zeigen, wie sie ihn kannte. »Schick sie raus. Sie soll gehen.«

Der Blick, mit dem Amelia sie ansah, stand voller Verwirrung und Abscheu. Natürlich. Ihr war er ein guter Vater gewesen. »Du hast Daddy gehört.«

Beschwichtigend hob sie die Hände. »Ist schon gut, ich gehe. Ich habe hier sowieso nichts mehr verloren.«

»Was bist du nur für ein Mensch, Claire«, hörte sie Amelias Stimme in ihrem Rücken, als sie die Tür fast erreicht hatte. »Daddy hat doch immer alles für uns getan.«

Sie schloss die Augen und atmete tief ein. »Ich könnte es dir erklären, aber du würdest es nicht verstehen wollen.«

»Machst du es dir damit nicht sehr einfach?«

»Einfach?« Trotz der Situation musste Claire lachen. »›Einfach‹ ist wirklich nicht das erste Wort, das mir in den Sinn kommt.«

Sie verließ das Zimmer, das Haus, einen bitteren Geschmack im Mund. Sie hatte sich zwar gegen ihren Vater aufgelehnt, aber diese Revolte hatte sie ihre Schwester gekostet. Wie auch immer er es anstellte, George Wesley blieb stets der Sieger.

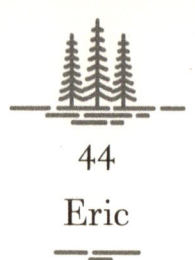

44

Eric

Fasziniert verfolgte Eric das Spektakel, das sich vor seinen Augen abspielte: Fred stand mitten im Pub und brachte Betty und Granny Herbert die Choreografie zu »Single Ladies« bei.

»Hättest du gedacht, dass Fred so flexible Hüften hat?« Auch Andrew schien komplett absorbiert von dem, was da geschah.

»Erinnerst du dich nicht mehr an das Seventies-Revival vor ein paar Jahren? Sein Auftritt zu ›YMCA‹?«

Andrew nickte bedächtig. »Stimmt. Und die Polizistenuniform stand ihm wirklich gut. Ich frage mich, warum er noch nicht den Richtigen gefunden hat.«

Nachdem Beyoncé zum gefühlt hundertsten Mal allen Männern empfohlen hatte, ihren Freundinnen einen Heiratsantrag zu machen, drehte Fred die Musik ab und ging hinter den Tresen, wo er sich selbst und seinen Mitstreiterinnen Bier einschenkte. Mit hochrotem Gesicht kam Betty zu ihnen an den Tisch und nahm Platz.

»Du machst das toll, Betty«, lobte Andrew.

»Wirklich?« Die Farbe in ihren Wangen dunkelte um einige Nuancen nach.

Eric prostete ihr zu. »Ist das dein neues Work-out?«

Abermals verdunkelte sich die Farbe ihrer Wangen. »Nein, ich ...«

»Nein was?« Nun war Erics Neugier geweckt.

»Ich – ich habe eine Verabredung nächsten Samstag. Wir kennen uns von so einer Dating-Website, und wenn wir uns gut verstehen, gehen wir nach dem Essen vielleicht noch irgendwohin und vielleicht zum Tanzen, und wenn das passiert, dann will ich auch noch etwas anderes können als einen Reel oder Strathspey.«

Das waren Neuigkeiten! Solange Eric denken konnte, hatte Betty bis auf ihre rätselhafte Geschichte mit dem Earl of Hallion keinerlei Interesse an Männerbekanntschaften gezeigt. Dass sie ein Date mit einem Typen von einer Internet-Partnerbörse hatte, war genauso erstaunlich wie die Entdeckung des Monsters im Loch Ness.

»Du kennst den Typen nur online? Was ist das für einer? Wirkt er zuverlässig? Es gibt einen Haufen Idioten da draußen.«

Bettys gerade noch so fröhliches Gesicht verdüsterte sich. »Ich weiß nicht. Ich denke schon. Meinst du, ich sollte das Ganze abblasen?«

»Eigentlich wollte Eric sagen«, fing Andrew an und legte ihm die Hand auf die Schulter, »dass er sich für dich freut. Nicht wahr, Eric?«

»Sicher. Trotzdem – wenn dir der Typ komisch vorkommt, ruf mich an. Ich hole dich ab. Wieso machst du so etwas überhaupt? Das passt nicht zu dir.«

»Es war Claires Idee. Sie hat mich auf dieser Seite angemeldet und mir ein Profil erstellt und ...«

Ja, das sah Claire ähnlich. Immer dabei, Menschen in

etwas hineinzuschwatzen. Unfähig, die Lebensentscheidungen anderer zu akzeptieren. Ständig versuchte sie, Lösungen und Wege zu finden, wo viele einfach stehen blieben.

Er vermisste sie furchtbar, diese überhebliche Nervensäge.

»Tut mir leid, Eric, ich wollte nicht von Claire anfangen.«

»Kein Problem. Ich hatte ja gefragt. Alles gut.« Im Versuch, Betty zu beruhigen, legte er ein breites, völlig unechtes Lächeln auf.

»Ich weiß ja nicht, was zwischen euch vorgefallen ist«, meinte sie und knetete die Finger, während sie sprach, »und ehrlich gesagt habe ich Angst, sie anzurufen. Angst, dass sie nicht mit mir reden will. Aber wenn du es möchtest, wenn du zu ihr möchtest, aber dabei nicht allein sein willst, dann begleite ich dich nach London. Wir treffen sie bestimmt in ihrer Firma.«

Das war so typisch Betty. Hilfsbereit, freundlich und sogar bereit, ihren eigenen Ängsten zu begegnen. Und das würde geschehen, denn sie hatte Claire bestimmt genauso wenig bedeutet wie er – aber das konnte er ihr nicht sagen, und einer solchen Situation würde er sie nicht aussetzen.

»Das ist lieb von dir, aber wenn Claire Kontakt halten möchte, wird sie es tun. Sie lässt sich von nichts abhalten, das sie wirklich will.«

Betty lächelte. »Stimmt.«

»Betty«, brüllte Fred durch den Raum, »hör auf zu quatschen! Voguing lernt sich nicht von allein!«

»Ups, da muss ich hin.« Kichernd stand sie auf und ge-

sellte sich bei den ersten kargen Schlagzeugklängen von
»X« zu Fred und Granny Herbert.

»Das wäre so gar nichts für mich«, sagte Andrew, nachdem sie eine Weile dabei zugesehen hatten, wie die beiden
Frauen versuchten, Freds geometrische Arm- und Hand-
bewegungen nachzuahmen, wobei Granny Herbert ständig ihre weiten Fledermausärmel vor das Gesicht fielen
und Betty den Anschein machte, sie wolle einem Gehör-
losen einen Karton beschreiben.

Eric gab ein zustimmendes Brummen von sich und beobachtete, wie Andrews Finger das Bierglas drehten.

»Was ist los? Du bist unruhig wie ein Lachs vorm Lai-
chen.«

Abrupt hielt das Glas still. »Ich muss dir etwas sagen«,
druckste Andrew. »Ich weiß nur nicht, wie ich es anfangen soll.«

Eric sah auf. Was, um Gottes willen, kam jetzt? »Sag's
einfach.«

»Also gut.« Ein tiefer Atemzug hob Andrews Brust.
»Ich habe gestern Claire angerufen.«

»Was? Warum tust du so etwas?«

»Reg dich nicht auf. Ich wollte mit ihr reden. Ich merke
doch, dass sie dir fehlt, und ich dachte, vielleicht braucht
ihr Sturköpfe nur jemanden, der euch den Weg weist.«

In Eric stieg Ärger auf, vor allem anderen, aber auch ein
winzig kleiner Funken Hoffnung. »Was hat sie gesagt?«

Andrew senkte den Kopf. Also nichts Gutes.

»Du hattest recht. Es ging ihr nur ums Geschäft. Sie
wollte Spirit, sie hat Spirit nicht bekommen, also hat sie
kein weiteres Interesse an … an Glenbarry.«

»An mir, meinst du wohl.«

Sein Freund zuckte die Schultern. »An keinem von uns. Ich habe sie falsch eingeschätzt. Ich dachte wirklich ...«

»Ist schon gut«, unterbrach Eric ihn. »Ist schon gut. Lass uns nicht mehr von ihr reden.« Er hob sein Glas und rezitierte einen alten Trinkspruch: »Auf alles, was uns gehört, ohne dass wir es jemals besitzen werden.«

Andrew stieß mit ihm an: »Auf den Wald und den Himmel, auf die Liebe und die Sehnsucht.«

45

Claire

Die folgenden Tage setzte Claire keinen Fuß vor die Tür, bingewatchte Dokusoaps oder scrollte sich durch Facebook auf der Suche nach einem passenden Motivational. Aber kein Sonnenuntergang, kein unendlicher Ozean und auch kein entzückender Katzenwelpe, garniert mit der Weisheit, dass Glück das sei, was man aus Schicksal mache, oder dass man nie an sich zweifeln solle, brachten ihr die gewünschte Erleuchtung. Sie hatte keinen Plan B in der Hinterhand. Das Verhältnis zu ihrem Vater war unrettbar zerrüttet. Er würde ihr nie verzeihen, dass sie ihm seine Schwäche vor Augen geführt hatte, und selbst wenn – sie wollte seine Verzeihung nicht. In den Augen von Amelia war sie ein herzloses Monster, das sich gegen den Mann gewandt hatte, dem sie alles verdankte, und was Francis über sie denken musste, nach dem, was ihm mit Sicherheit zugetragen worden war, wollte sie gar nicht erst wissen. Dass er sich nicht bei ihr meldete, zeigte nur zu deutlich, dass auch er nichts mehr von ihr wissen wollte. Was ihre Familie anging, hatte sie als Abrissbirne ganze Arbeit geleistet. Aber sie konnte auch nicht nach Glenbarry, dessen dunkle Wälder und sanfte Hügel wie eine Fata Morgana vor ihrem geistigen Auge erschienen. Sie hatte es sich mit

Eric verdorben, weil sie um jeden Preis ihrem Vater hatte gefallen wollen. Vielleicht wären Timbuktu oder Neuseeland die richtigen Ziele für sie. Weit weg von allem, was bisher ihr Leben ausgemacht und was sie so grandios in den Sand gesetzt hatte.

Mühsam öffnete Claire die schlafverklebten Augen. Irgendetwas hatte sie geweckt – ihr Smartphone, die Türklingel? Sie packte den Laptop zur Seite, auf dem sie bis spät in der Nacht von einem YouTube-Video zum nächsten gesprungen war. Auch wenn sie erst um vier Uhr früh eingeschlafen war, so betrachtete sie die Stunden doch nicht als vergeudet, immerhin wusste sie jetzt, dass man nicht mehr als Lippenstift und Teebeutel brauchte, um in der Wildnis zu überleben. Erneutes Klingeln. Jemand versuchte, sie auf dem Telefon zu erreichen. Auf der Suche nach dem Störenfried drehte sie sich um, knirschend zerbröselten die Chips in der Tüte, die halb voll neben ihr gelegen hatte.

»Verdammt!«

Das Klingeln hörte nicht auf, sie schmiss das Kissen zu Boden und fand ihr Smartphone versunken in der Bettritze.

»Hallo?«

»Ms. Wesley, ich bin es, Ellen«, meldete sich ihre ehemalige Sekretärin mit leiser Stimme.

Sofort war die Müdigkeit verflogen, und sie setzte sich kerzengerade auf. »Was gibt es?«

»Hören Sie mir gut zu, ich habe nicht viel Zeit. Heute früh habe ich ein Telefonat Ihres Vaters mitbekommen.

Ich konnte zwar nicht alles verstehen, aber es scheint, dass er etwas wegen dieser Firma unternehmen will.«

»Diese Firma – Sie meinen Spirit of Trees?«

»Genau. Ihr Vater sagte so etwas wie, dass drastischere Maßnahmen angebracht wären und er keine Lust mehr habe, dass Woodcorp an der Nase herumgeführt würde. Danach beauftragte er mich, einen Reiseplan nach Glenbarry für den heutigen Tag zusammenzustellen, aber ich sollte keine Buchung vornehmen.«

»Drastischere Maßnahmen? Was hat das zu bedeuten?«

»Das kann ich Ihnen nicht sagen. Und ich frage mich, warum ich die Reise nicht über die Firma buchen soll.«

Claire hörte im Hintergrund eine Spülung, dann das Öffnen einer Tür und Schritte. Befand sich Ellen in der Damentoilette? Sie musste wirklich besorgt sein, wenn sie sich auf so ein Versteckspiel einließ.

»Welche Verbindung haben Sie herausgesucht?«

»Einen Flug um vierzehn Uhr dreißig ab Heathrow, allerdings eine Maschine nach Edinburgh mit einem Zwischenhalt in Birmingham. Das verlängert die Flugzeit um gut neunzig Minuten. Wenn Sie sich beeilen, können Sie den Direktflug nach Inverness um sechzehn Uhr erwischen. Dann treffen Sie nur wenig später ein.«

»Und die Fahrt mit dem Auto ist von Inverness kürzer. Danke, Ellen. Vielen Dank.«

»Ich hoffe ja, dass ich mich irre, aber …« Claire hörte die Stimme ihres Vaters, der nach seiner Sekretärin rief, die Verbindung brach ab. Die Eindringlichkeit, mit der Ellen gesprochen hatte, verursachte Claire ein unbehagliches Gefühl. Diese Frau kannte ihren Vater besser als sie, und deshalb sollte sie ihre Warnung ernst nehmen. Sie sprang aus dem Bett und unter die Dusche, zog sich hastig an und verließ keine zehn Minuten später ihre Wohnung. Mit einem todesmutigen Sprung auf die Fahrbahn stoppte sie das erste Taxi, das ihr entgegenkam. Kaum dass der Fahrer sich auf den Weg nach Heathrow machte, fischte Claire ihr Smartphone aus der Tasche. Mit fiebrigen Fingern scrollte sie durch ihre Kontakte auf der Suche nach O'Malleys Nummer, aber sooft sie auch anrief, immer wieder erhielt sie die Nachricht, es sei besetzt und sie solle eine Nachricht hinterlassen. Vermutlich steckte er irgendwo ohne Empfang im Wald. Da konnte sie genauso gut versuchen, einen Damhirsch anzurufen. Rasch suchte sie aus ihrer Anruferliste Andrews Nummer und drückte auf Verbinden. Es schien eine Ewigkeit zu dauern, bis er sich meldete.

»Claire?«

»Ja, ich bin es. Hör mir zu, weißt du, wo Eric ist?«

»Keine Ahnung, ich bin die ganze Woche auf einer Baustelle in Lockerbie. Was willst du?«

»Wie lange brauchst du von da nach Glenbarry?«

»Fünf Stunden normalerweise. Mit all den Straßenarbeiten mindestens sieben. Sagst du mir jetzt endlich, was los ist?«

Ja, was war los? Drohte wirklich Gefahr, und wenn ja, welche Art von Gefahr?

»Ganz ehrlich, Andrew, ich weiß es nicht. Ich habe nur gehört, dass jemand von Woodcorp auf dem Weg nach Glenbarry ist. Mein Vater hat irgendetwas mit Spirit of Trees vor. Etwas, das wahrscheinlich nicht gut für Eric sein wird.«

»So etwas, wie dass er seine Tochter vorbeischickt, die sich lieb Kind macht und eine Affäre mit Eric anfängt, nur um ihre geschäftlichen Ziele durchzusetzen? Ach nein, das war ja deine Idee.«

»Ich kann verstehen, dass du wütend bist. Er ist dein Freund, aber er bedeutet nicht nur dir etwas. Glaub es, oder glaub es nicht, das ist nicht wichtig. Versuch bitte einfach, ihn zu erreichen, und sag ihm dann, dass er vorsichtig sein soll. Einfach gut auf sich und die Firma aufpassen.«

Sie hörte Andrew atmen.

»Bestimmt ist das alles völlig übertrieben, aber ich sitze gleich im Flugzeug und kann Eric nicht mehr erreichen. Bitte, probiere du es.«

»Du kommst hierher? Ohne zu wissen, was überhaupt los ist?«

Claire schloss die Augen. Es so zu hören, ließ ihre überstürzte Aktion noch irrationaler erscheinen. Aber sie konnte nicht die Hände in den Schoß legen. Sollte sie hinterher erfahren, dass etwas Schlimmes passiert war ...

»Ich bin auf dem Weg.«

»Das ist völlig verrückt, Claire.«

»Ich weiß. Versuchst du, Eric zu erreichen?«

»Klar.«

»Danke. Vielen Dank.«

Erleichtert steckte Claire das Smartphone in ihre Handtasche und sank in die Polsterung des Taxis, das sich auf der A4 durch den Londoner Verkehr kämpfte. Bald würde sie in Glenbarry sein, und mit einem Mal hatte sie die Antwort auf ihre weltschmerzdurchtränkte Frage, was sie wollte: genau das, was sie jetzt tat. Sie wollte zu Eric.

46

Eric

Die Arbeit am Prototyp seines Küchentisches stand auf dem Plan. Ohne Wesley, die ihm seine Zeit stahl, hatte er endlich die Muße dafür. Wenn das mal nicht großartig war!

Die Wachsversiegelung des Holzes hatte er während der letzten Tage vorgenommen, nun konnte er mit den Höhlungen beginnen. Er setzte den Beitel an und trieb ihn mit einem Schlag des Klopfholzes in den Stamm. Ein Anfang war gemacht.

So vertieft war er, dass ihn die Ankunft eines Wagens vor der Werkstatt überraschte. Eric legte die Schutzbrille ab und warf Rupert, der dösend vor der Küche lag, einen anklagenden Blick zu. »Wenn ich schon auf dich aufpasse, weil dein Herrchen unterwegs ist, könntest du mich wenigstens vorwarnen, wenn Besuch kommt.«

Der Hund hob kurz den Kopf, klopfte einmal mit dem Schwanz auf den Boden und schloss wieder die Augen.

»Ich sehe schon, das ist wohl zu viel verlangt. Nutzloses Tier.« Eric ging zu ihm, streichelte seine graue Schnauze und ließ sich die Hand abschlecken, bevor er auf den Vorplatz trat. Aus einem alten Jeep Wrangler mit lehmverspritzten Kotflügeln stieg ein Mann aus, der im Gegensatz

zu seinem Wagen wie aus dem Ei gepellt aussah: loden-
grüner Tweed-Anzug, Krawatte, die braunen Haare aus
dem länglichen Gesicht gekämmt. Ein auf die Stirn täto-
wierter Union Jack hätte nicht deutlicher zeigen können,
dass dieser Mann Engländer war.

Was in aller Welt wollte der Earl of Hallion hier?

Gemessenen Schrittes und als bemerkte er nicht, dass
seine Lederschuhe im Morast einsanken, in den der Regen
der letzten Stunden den Vorplatz verwandelt hatte, kam
der Earl auf ihn zu.

»Sie sind Mr. O'Malley, nehme ich an?«

Statt zu antworten, strich Eric sich eine Strähne aus der
Stirn.

»Sehr schön. Ich bin ...«

»Ich weiß, wer Sie sind. Seine Durchlaucht vom Berge.«

»Oha.« Der Earl zog die rechte Augenbraue nach oben.
»Nennt man mich hier im Dorf so? Wie amüsant.«

»Ja, sagen wir, es sei amüsant. Was wollen Sie?«

»Dürfte ich für das weitere Gespräch eintreten? Ich
würde gerne vermeiden, bis zu den Knöcheln im Schlamm
zu stehen.«

Nach einem kurzen Moment des innerlichen Kampfes
trat Eric zur Seite und deutete in seine Werkstatt. »Bitte.«

Mit einem leichten Kopfnicken zum Dank ging der
Earl an ihm vorbei und sah sich um. Allein durch die Art,
wie er dort stand – die Hände hinter dem Rücken verschränkt, den Kopf hoch erhoben –, schien es, als gehörte
ihm die Firma. Wo lernte man so etwas?

»Möchten Sie einen Tee, Eure Hoheit?«

»Oh, bitte, nennen Sie mich Richard, und ja, gern.«

Der Earl hielt inne und lachte dann kurz auf. »Geschickt. Durch Ihre unterwürfige Anrede implizieren Sie, ich sei Ihr Lehnsherr und hätte ein Anrecht auf Ihre Dienste. Gleichzeitig lassen Sie durch die Stilmittel Ironie und Übertreibung subtextual erkennen, dass ich Ihnen am Allerwertesten vorbeigehe, und das alles in nur einem Fragesatz. Und ich kann wohl davon ausgehen, dass Sie keinen Tee haben.«

Der Mann gefiel ihm, dachte Eric unwillig. Er drückte sich zwar so aus wie der englische Snob, der er war, aber immerhin zeigte er Sportsgeist.

»Kaffee könnte ich Ihnen anbieten.«

»Vorausgesetzt, Sie meinen es ernst, sehr gern.«

Während Eric ihm den letzten Rest Kaffee eingoss, beobachtete er, wie der Earl ein paar Schritte nach rechts, ein paar nach links ging, vorsichtig einige der Werkstücke berührte und den Stamm des Tisches begutachtete. Der Mann näherte sich seiner Arbeit mit Respekt, auch das musste er ihm zugutehalten.

»Hier.« Eric reichte ihm die Tasse. »Ist nicht mehr ganz warm, dafür aber ziemlich bitter.«

Der Earl nahm einen Schluck, und nur ein kleines Kräuseln seiner Lippen verriet, dass ihn der Geschmack des Getränks nicht begeisterte.

»Erzählen Sie mir jetzt, was Sie hier zu suchen haben?«

»Ich hatte vor einigen Wochen Besuch«, begann der Earl und stellte die Tasse auf der Hobelbank ab. »Von einer jungen, ziemlich anstrengenden Dame, die behauptete, sie würde für Sie arbeiten.«

»Claire Wesley«, sagte Eric tonlos.

»Genau die. Ist sie hier?«

»Nicht mehr.«

»Ich bin mir unsicher, ob ich Sie dahingehend bedauern oder beglückwünschen soll.«

Darauf gab es nur eine Antwort: Es war zu bedauern. Dass er Claire verloren hatte, sie eigentlich nie ehrlichen Herzens die Seine gewesen war, das war verdammt noch mal bedauernswert. Eine wie die, die sie vorgegeben hatte zu sein, würde er nie wieder finden.

»Was ...«, er räusperte sich, um den Frosch aus seinem Hals zu bekommen, »was wollte sie von Ihnen?«

»Sie erklärte mir, dass ich ihrer Meinung nach als Earl of Hallion die Menschen in meinem Shire im Stich lassen würde und endlich Verantwortung übernehmen solle.«

»Ja, das klingt nach Claire.«

»Ich will ehrlich sein, Mr. O'Malley, ich habe meinen Titel stets mehr als Last denn als Ehre betrachtet und versucht, wenn auch meist erfolglos, mich all dem, was damit verbunden ist, zu entziehen. Tatsächlich jedoch bin ich nun einmal der Earl of Hallion, und Ms. Wesley hat mir dies in ihrer ganz eigenen Art und Weise verdeutlicht. Kein Mensch wird wirklich frei geboren, nicht wahr? Sie wies mich darauf hin, dass das Dorf seit Jahren Einwohner verliert, dass nur noch wenige Menschen an diesem Ort, ihrer Heimat, festhalten und darum kämpfen, Glenbarry am Leben zu erhalten.«

Der Earl griff nach der Tasse, nippte daran und verzog das Gesicht. »Ohne Ihnen zu nahe treten zu wollen, aber dieses Gebräu ist ungenießbar. Trinken Sie das jeden Tag?«

»Man gewöhnt sich daran.«

»Kaum vorstellbar.« Er nahm noch einen Schluck und gab einen Laut des Missfallens von sich, bevor er die Tasse wieder abstellte.

»Ms. Wesley sprach von Ihnen, von Ihrer Tischlerei. Wie begabt Sie seien und dass Sie mit ein wenig Unterstützung zum Prosperieren Glenbarrys beitragen könnten. Sie bat mich, Ihnen zu helfen. Durch Aufträge bei der Renovierung von Hallion Castle, durch Kontakte zur Presse, um Aufmerksamkeit auf diese Ihre Firma zu ziehen.«

Ungläubig hörte Eric den Ausführungen des Earls zu. Wieso sollte Claire sich für seine Unabhängigkeit einsetzen? Für sie wäre es doch am besten, wenn er am Boden läge und um Hilfe bitten müsste, das zumindest hatte sie ihm zu verstehen gegeben. Andererseits – warum sollte der Earl lügen? Was hätte er davon?

»Und deshalb sind Sie jetzt hier? Um mir zu helfen?«

Der Earl schüttelte den Kopf. »Ich wollte, ich könnte es. Das habe ich Ms. Wesley auch gesagt. Mein Erbe umfasst zwar einen Titel und ein Schloss, aber leider nicht die finanziellen Mittel, um beides in Schuss zu halten. Ich verdiene mein Brot als Dozent an der Universität Edinburgh. Der Großteil meines Salärs geht in den Erhalt von Hallion, aber das reicht gerade, um die notwendigsten Arbeiten durchführen zu lassen. Genau das, wenn auch nicht so freundlich, teilte ich Ms. Wesley mit. Ich habe sie, gelinde gesagt, eindringlich gebeten zu gehen. Allerdings konnte ich dieses Treffen nicht so einfach vergessen, wie ich gerne gewollt hätte, und deshalb bin ich heute hier. Wie gesagt, ich habe nicht viel, aber sollten zukünftig Tischlerarbeiten im Schloss vorgenommen werden müssen, würde ich mich freuen, Sie beauftragen zu dürfen.«

Nein, auch das würde Spirit of Trees nicht retten, aber es fühlte sich gut an, dass Claire sich für ihn eingesetzt hatte.

Von wegen. Es war ein schreckliches Gefühl. Es war schlimm genug, Claire Wesley, die Raffgierige, verloren zu haben. Der Verlust von Claire Wesley, der Hilfreichen, war unerträglich. Es sollte alles so bleiben, wie es sich ihm bis vor wenigen Minuten dargestellt hatte: Sie war eine intrigante Person, der Earl of Hallion ein hochnäsiger Pinkel.

»Ich brauche keine Almosen, schon gar nicht von Engländern.«

»Sie missverstehen mich ...«

»Weder von Claire noch von Ihnen.«

Der Earl strich mit zwei Fingern über das rindenlose Holz des Stammes. Die Geste wirkte beinahe wehmütig. »Wenn Sie Hilfe als Almosen missverstehen«, sagte er, »dann bin ich hier fehl am Platz. Ihnen noch einen schönen Tag.«

Lederschuhe stapften durch Regenmorast, eine Autotür wurde zugeschlagen, der Jeep fuhr vom Hof. Und Eric wollte ihm hinterherrennen, ihn aufhalten. Was Claire alles über ihn erzählt hatte bei ihrem heimlichen Besuch auf Hallion Castle, wollte er wissen.

Er drehte sich um und ging in die Werkstatt, nahm Rupert auf die Arme und legte ihn vorsichtig auf den Beifahrersitz seines Wagens.

»Schlaf weiter, Alter. Wir fahren in den Wald. Ich muss nachdenken.«

Ruperts tiefes Brummen nahm Eric als Hinweis, dass er dies schon viel früher hätte tun sollen.

47

Claire

Ihr Flugzeug landete mit einer halben Stunde Verspätung, und auf den regennassen Straßen kam Claire selbst mit einem Geländewagen nur langsam voran. Es gab keinen Rückruf von Eric, und Andrew hatte ihr die Nachricht hinterlassen, dass er ihn ebenfalls nicht erreichen konnte. Der ohnehin schon lange Weg nahm einfach kein Ende, aber als sie endlich vor der Werkstatt ankam, schien die ganze Aufregung umsonst gewesen zu sein. Erics Pick-up war fort, und kein Lichtschein drang aus den Fenstern des Wohnmobils.

»Eric?« Claire öffnete die Tür der Werkstatt und lugte hinein. Alles schien so friedlich, bis auf das seltsame Gefühl in ihrem Nacken, das ihre Härchen aufrecht stehen ließ.

»Bist du da?«

Statt einer Antwort vernahm sie ein leises Brummen. Vorsichtig ging sie weiter hinein. Eric würde niemals eine der Maschinen anlassen, wenn er die Werkstatt verließ.

»Eric? Ich bin es, Claire.«

Es geschah gleichzeitig, obwohl es keine Verbindung hatte: Sie öffnete die Tür zu seinem Büro, und ein Zischen ertönte hinter ihr. Claire drehte sich um und sah ein helles Flackern. Wie versteinert beobachtete sie die Feuerspur, die einer glänzenden Schlange gleich über den Boden glitt, auf ihrem Weg herumliegende Holzspäne berührte, die nach einem kurzen Entflammen zu Asche zerfielen. Als sie auf einen Stapel Stühle traf, wand sie sich an deren Beinen empor und fraß sich durch das Polster. Binnen weniger Sekunden loderte zwischen Claire und dem Ausgang eine Feuerschneise.

Nur raus, dachte sie in wilder Panik. Nur raus.

Aber was, wenn Eric doch hier war? Sein Büro war bis auf das übliche Chaos leer. Auf dem Schreibtisch lag ein ganzer Stapel seiner Zeichenblätter. Wahllos riss sie ein paar davon vom Tisch und stopfte sie zusammengeknüllt unter ihre Bluse. Mehr konnte sie nicht tun, um zu verhindern, dass alles von Eric Geschaffene dem Feuer zum Opfer fiel. Sie hastete zum Ausgang, blieb einen Moment stehen, als sie den Tisch brennen sah. Den Tisch, den er für seine Frau gefertigt hatte und der sie zu ihm geführt hatte. Das Feuer fraß sich das Wurzelgespinst hoch, wand sich um die Etagere, glitt gierig über das samtige Holz der Platte.

Egal, auch das war egal. Sie hastete durch den dichter werdenden Rauch, als eine Explosion die Werkstatt erschütterte. Der Druck warf Claire zu Boden, schützend legte sie die Hände über den Kopf. Rauchschwaden krochen an ihr entlang, wie Dämonen auf der Suche nach Opfern. Die Hitze des Feuers glühte auf ihren Wangen, die Flammen tanzten die Wände empor, und Claire begriff, dass sie hier vielleicht nicht mehr lebend hinauskäme.

»Eric? Bist du hier irgendwo?« Jetzt rief sie nicht mehr, um ihn zu finden, sondern um Hilfe für sich selbst. Sie zog ihr Smartphone aus der Tasche, aber ihre Finger zitterten so stark, dass sie es nicht halten konnte. Es fiel zu Boden, verschwand im Dunkelgrau des Rauches. Sie tastete danach, stieß auf Holzstücke und Nägel. Hustend kämpfte sie sich auf die Knie, während um sie herum die Holzbalken in dunklem Orange glühten. Sie presste sich den Ärmel vor den Mund, denn mit jeder Sekunde füllte sich der Raum dichter mit Qualm. In der Melange aus schwarzem Rauch und grellem Feuer verlor sie vollständig die Orientierung, kroch in die Richtung, in der sie den Ausgang erhoffte.

Bestimmt war die Feuerwehr schon auf dem Weg. Sie sank auf die Knie und versuchte, die Luft anzuhalten. Bestimmt würde etwas passieren. Sie würde nicht hier sterben.

»Eric! Hol mich hier raus!« Ein tiefer Atemzug ließ sie husten, bis ihr ganzer Körper bebte.

Sie würde hier nicht sterben!

48

Eric

Der Sturm der letzten Woche hatte einiges an Bruchholz hervorgebracht. Die Ladefläche von Erics Pick-up
war vollgeladen mit gesplitterten Ästen, als er wieder hinter dem Lenkrad Platz nahm. Rupert begrüßte ihn mit
einem leisen Bellen, worauf Eric ihm einen Snack aus getrocknetem Lachs vor die Nase hielt. Bevor Andrew nach
Lockerbie gefahren war, hatte er ihm eine ganze Tüte der
streng riechenden Streifen in die Manteltasche geschoben. Rupert schnupperte kurz daran und schlang ihn mit
einem Bissen herunter. Offensichtlich schmeckte das Teil
besser, als der Geruch vermuten ließ.

»Also dann, Alter«, sagte Eric. »Lass uns zurückfahren.
Lass uns Claire anrufen.«

Denn dazu hatten ihn die Stunden harter Arbeit gebracht: Er musste mit ihr sprechen. Es standen zu viele
Unstimmigkeiten zwischen ihnen, die sie klären sollten –
egal, wie es am Ende ausging. Kaum, dass er die Tiefe
des Waldes hinter sich gelassen hatte, sah er auf seinem
Smartphone, dass Andrew mehrere Male versucht hatte,
ihn zu erreichen.

»Eric, endlich meldest du dich!«

»Was ist los?«

»Claire hat mich angerufen, hat eine schräge Geschichte erzählt. Dass ihr Vater irgendetwas gegen Spirit im Schilde führt. Sie ist auf dem Weg hierher. Es ist ein paar Stunden her, dass wir gesprochen haben, wahrscheinlich ist sie sogar schon angekommen.«

In diesem Moment wurde Erics Aufmerksamkeit von einem lauten Geräusch, einer Explosion ähnlich, abgelenkt. Von dem Hügel, auf dem er sich befand, hatte er einen guten Blick über den Wald bis zu seiner Werkstatt. Und dort sah er im Dunkel der Bäume einen flackernden rötlichen Schatten. Er starrte durch die Windschutzscheibe, und ihm wurde eiskalt.

»Spirit brennt.«

»Was?«

»Ruf die Feuerwehr, ich muss los.«

Er startete den Wagen und brachte die noch verbliebene Strecke mit durchgedrücktem Gaspedal in wenigen Minuten hinter sich. Als er mit kreischenden Bremsen auf dem Vorplatz hielt, fiel sein Blick auf einen Mietwagen. Flammen schlugen aus dem Dach der Werkstatt, durch die offene Tür sah er das Feuer die Wände entlangzüngeln. Sein Herz schlug rasend, und obwohl er hastig atmete, schien er nicht genug Luft zu bekommen. Nicht das! Nicht jetzt! Er musste funktionieren.

»Claire?«, brüllte er gegen das Fauchen des Feuers. Sie war gekommen, um ihm zu helfen. Wenn sie jetzt dort drinnen war – wenn sie jetzt …

Vor seinem geistigen Auge sah er Mariahs Gesicht hinter der Scheibe des Wagens, umhüllt von Flammen, wie in einer Umarmung. Jeder Muskel seines Körpers erstarrte, und die Beine versagten ihm den Dienst. Er konnte dort nicht hinein. Er konnte nur zusehen.

»Eric!« Durch das Krachen des brennenden Holzes glaubte er Claires Stimme zu hören. Der Rauch trieb ihm Tränen in die Augen.

»Hol mich hier raus!«

Sie war da drin. Und sie lebte. Dieser Gedanke brachte ihn dazu, sich zu bewegen. Bis die Feuerwehr an diesen abgelegenen Ort kam, konnte viel Zeit vergehen. Zu viel Zeit. Claire hatte nur eine Chance, und diese Chance war er. Hastig kramte er die Brandschutzdecke aus dem Erste-Hilfe-Kasten, legte sie sich über Kopf und Oberkörper und zog das T-Shirt über Mund und Nase. Der Rauch war das Schlimmste. Er konnte einem die Kraft nehmen, vor den Flammen zu fliehen. Als Letztes schnappte er sich den Feuerlöscher, zog den Sicherungsstift und rannte zur Werkstatt.

»Claire! Wo bist du? Claire!«

Mit zwei Sprühstößen gelang es ihm, das Feuer im Eingang einzudämmen. Lag dort jemand auf dem Boden?

»Claire!« Je weiter er in den Raum vordrang, umso tiefdunkler wurden die Schwaden. Der Rauch biss in seinen Augen, aber der Stoff vor seiner Nase hielt das meiste ab.

Hatte er wirklich jemanden im weißen Nebel des Löschschaums gesehen? Für einen Augenblick war er unfähig, auch nur einen Schritt nach vorne zu gehen, aber dann stieß er einen üblen Fluch aus und lief voran. Wenn er Claire nicht fand – wenn ihn das Feuer zurückdrängte und sie hier lag, ohnmächtig, während die Flammen schon nach ihr griffen ...

»Claire! Verdammt! Du redest doch sonst andauernd!«

Mit dem nächsten Schritt stieß sein Fuß gegen etwas Weiches. Er beugte sich hinunter, seine tastenden Finger spürten einen Körper, Haare. Claire lag regungslos auf dem Boden, das Gesicht in ihrer Armbeuge verborgen. Mit einem Aufschrei packte er sie an den Unterarmen, zog sie hinter sich her in Richtung Ausgang. Funken sprühten, landeten auf seinem Hosenbein und brannten sich durch den Stoff. In Panik ließ er Claire los, schlug die Flammen aus, beugte sich wieder hinunter, zog sie mit letzter Kraft in seine Arme und schleppte sie hinaus. Auf dem Vorplatz sank er auf die Knie und ließ Claire zu Boden gleiten. Dicke Wassertropfen fielen auf ihr bleiches Gesicht. Es regnete! Schottland war wirklich ein gesegnetes Land, es regnete immer! Er rieb die Nässe über ihre Wangen, blies frische Luft in ihre Lungen, bis ein heftiges Zucken durch ihren Körper lief und sie sich, von einem unbändigen Hustenanfall geschüttelt, aufrichtete und nach vorne beugte. Er hielt sie fest und strich über ihre Haare, die vom Feuer versengt worden waren. Die Angst um sie, die sein Herz wie mit einer harten Faust umschlossen gehalten hatte, löste sich und ließ ihn zittern wie in einem Wintersturm.

Wagen fuhren vor. Fred sowie einige Männer, die Eric als regelmäßige Pub-Besucher erkannte, sprangen aus dem ersten, dann kamen Betty und ihre Eltern, sogar Granny Herbert und Kendra liefen mit Feuerlöschern bewaffnet zur Werkstatt und machten sich daran, den Brand unter Kontrolle zu bekommen.

Mit schnellen Schritten eilte Fred auf ihn zu. »Die Feuerwehr muss gleich da sein, wir versuchen so lange, den Brand vom Wald fernzuhalten. Seid ihr okay? Ein Krankenwagen ist unterwegs.«

»Sie lebt«, keuchte Eric. »Claire lebt.«

»Gut, gut.« Freds Hand legte sich schwer auf seine Schulter. »Dann werde ich diese Typen mal koordinieren. Einer muss ja das Heft in die Hand nehmen.«

»Fred!«

»Was?«

»Im Wagen. Rupert ist im Wagen.«

»Mach dir keine Sorgen um den furzenden Köter. Ich kümmere mich um ihn.«

»Danke.«

Fred lief zur Werkstatt, wo er mit ausgreifenden Armbewegungen und lautstarken Anweisungen die Helfer dirigierte. Eric umfasste Claires von Hustenanfällen geschüttelten Körper und verbarg sein Gesicht in ihren nach Rauch stinkenden Haaren. Er hätte sie beinahe verloren. Nicht auf die »Es gibt vielleicht ein Wiedersehen«-Weise, sondern auf die Art, die alles beendete. Die Probleme, die zwischen ihnen gestanden hatten, bedeuteten nichts – gar nichts. Nur das hier zählte. Ihr Leben.

Claire bewegte sich leicht in seiner Umarmung und umfasste sein Gesicht mit den Händen.

»Warum weinst du, Eric?«, fragte sie mit einer Stimme, die so rau klang, als hätte das Feuer sie verbrannt. »Hast du Schmerzen? Bist du verletzt?«

»Ob ich verletzt bin? Ob ich …« Der Rest des Satzes erstarb unter Tränen der Erleichterung und der überstandenen Angst. Claires Arme legten sich um seinen Körper, und er hielt sie, so fest er nur konnte.

Blaulicht zuckte wie das Signalfeuer eines Leuchtturms durch die Dunkelheit, Feuerwehrmänner und Sanitäter fluteten auf den Vorplatz. Es dauerte nicht lange, bis die letzten Flammen starben. Mit Claire in den Armen sah Eric auf die Ruinen, die sich aus Feuer und Wasser schälten. Spirit existierte nicht mehr, aber trotzdem fühlte er nichts als unbeschreibliches Glück.

49

Claire

Claire kauerte auf dem Boden, zwischen unendlichen Mauern aus Flammen. Mit jedem Atemzug drang Hitze in ihre Lungen. Ihr heiserer Schrei klang, als stieße ihn eine andere aus.

»Hey.« Hände legten sich auf ihre Wangen, drehten ihren Kopf zur Seite. Statt in die Flammen ihres Albtraums sah sie in zwei besorgt dreinblickende braune Augen.

»Es ist alles in Ordnung. Du bist in Sicherheit.«

»Eric?«

Er beugte sich vor und küsste sie auf die Stirn. Ihr Herzschlag beruhigte sich langsam, die Erinnerung kehrte zurück. Die Fahrt im Krankenwagen, die Sauerstoffmaske auf ihrem Gesicht, das Krankenhaus, die Versorgung der Schnittverletzungen an ihrem Rücken und ihren Beinen, die Schmerzen, als die Brandwunde an ihrem rechten Unterarm gesäubert und verbunden wurde. Sie warf einen Blick auf die weiße Gaze. Der Anblick kam ihr unwirklich vor, als gehörte der Arm zu einem anderen Menschen.

»Das ist wirklich passiert?«

»Ja, das ist es«, sagte Eric. »Du wärst fast gestorben.

Warum zum Henker bist du nur in die Werkstatt gegangen?«

Von einer Sekunde zur anderen breitete sich wieder Dunkelheit in ihr aus. »Ich dachte, dass du da drin ...« Ihre Stimme brach. Hätte sie ihn wirklich verloren, dann wäre sie in einem Albtraum gefangen gewesen, aus dem es kein Erwachen gäbe.

»Tu so etwas nie wieder, hörst du?« Mit dem Daumen wischte Eric ihre Tränen weg. »Nie wieder.«

»Ich würde es immer wieder tun, um dich zu retten. Außerdem hast du genau das Gleiche getan. Und schließlich war es meine Schuld«, flüsterte sie.

»Deine Schuld? Wie kommst du darauf?«

»Mein Vater hat das getan. Er muss hierhergekommen sein, oder er hat jemanden geschickt, oder er kennt hier jemanden, der so etwas für ihn tun würde, ich weiß es nicht.« Ihre Stimme überschlug sich beinahe, und sie hoffte so sehr, dass Eric ihr verzeihen konnte. Sie hatte so viel Elend in sein Leben gebracht. »Er hat Spirit zerstört. Es tut mir so unendlich leid. Aber ich habe ein paar deiner Entwürfe gerettet. Sie sind in meinen ...«

Seine Lippen legten sich sanft auf ihre. Seufzend atmete sie in Erics Mund.

»Keine meiner Zeichnungen ist es wert, dass du dich in Gefahr bringst, hörst du? Und wir wissen doch gar nicht, ob dein Vater dahintersteckt, und selbst wenn – du hast damit nichts zu tun. Du bist nicht wie er.«

Sie lächelte kläglich. »Das hast du früher anders gesehen.«

»Früher war ich auch ein Idiot. Aber gestern hast du

mir die Kraft gegeben, meine größte Furcht zu überwinden. Das bedeutet etwas, Claire.« Er lachte leise. »Nein, das stimmt nicht. Meine zweitgrößte Furcht. Den höchsten Berg muss ich noch erklimmen, aber ich will keine Angst mehr haben. Gestern Nacht habe ich das Letzte verloren, was ich besaß, es gibt nichts mehr, womit ich dich beeindrucken könnte. Wir leben in völlig unterschiedlichen Welten, Hunderte von Kilometern voneinander entfernt, und wir schaffen es immer wieder, uns gegenseitig zur Weißglut zu bringen. Das mit uns wird nicht einfach, aber ich will, dass wir uns eine Chance geben.«

Claire hob den Kopf und sah lächelnd in sein erwartungsvolles Gesicht. »Ich will nicht beeindruckt werden, O'Malley. Ich will, dass du mich liebst.«

»Das kriege ich hin, Wesley«, sagte er und küsste sie.

»Ich messe nur den Blutdruck und die Sauerstoffsättigung, dann bin ich auch schon wieder weg«, sagte die Krankenpflegerin. Claire erinnerte sich daran, die freundliche Frau in der vergangenen Nacht schon einmal gesehen zu haben. Sie hatte sich über sie gebeugt, ihr die Atemmaske vom Gesicht genommen und gefragt, ob es jemanden gebe, den sie anrufen sollten. Claire hatte nur den Kopf geschüttelt und Erics Hand gedrückt.

»Ihr Freund hätte nicht gehen müssen.«

Ihr Freund. Eric war ihr Freund. Das hörte sich ungewohnt an. Ungewohnt und wunderbar zugleich.

»Das ist schon in Ordnung, er hat noch viel zu erledigen«, erwiderte Claire, und »viel« war noch untertrieben. Die Reste der Werkstatt mussten begutachtet, die Versicherung kontaktiert und mit der Polizei gesprochen werden.

»Sie haben Glück gehabt«, sagte die Pflegerin, während sie die Manschette so fest aufpumpte, dass Claire Angst hatte, ihr Arm würde absterben. »Gestern Nacht waren wir Ihretwegen ein wenig in Sorge, aber so, wie es aussieht, können Sie morgen wieder nach Hause.«

»Unbedingt!« Zwar wusste Claire nicht, in welchem Zustand sich Erics Wohnwagen befand, aber sie hegte keinen Zweifel daran, dass sie in Glenbarry Unterschlupf finden würden – ob bei Andrew, in Freds Pub, bei Betty oder selbst bei Dave. Jeder dieser Menschen würde ihnen Hilfe anbieten, dessen war sie sich absolut sicher, und deshalb stimmte es auch: Sie würde nach Hause gehen.

»Hat sich der andere Mann schon bei Ihnen gemeldet?« Die Pflegerin nahm die Manschette ab und strich mit einer raschen, geübten Bewegung die Bettdecke über Claire glatt.

»Ein anderer Mann?«

»Ja, er kam gestern Nacht und hat sich nach Ihnen erkundigt. Wir durften ihm natürlich keine Auskunft über Ihren Zustand erteilen, deshalb ist er wieder gegangen. Vielleicht möchten Sie ihn ja anrufen, er schien sich Sorgen zu machen.«

»Wie war sein Name?«

Claires Atem stockte. War ihr Vater vor Ort? Hatte er erfahren, dass sie im Krankenhaus lag?

»Den hat er nicht genannt. Aber das war so ein Hübscher. Ein richtiger Modelltyp«, sagte die Pflegerin mit einem Lächeln, das sich für ihre unprofessionell begeisterte Beschreibung zu entschuldigen schien. »Volle dunkle Haare, blaue Augen.«

Claire starrte sie an. Was, um alles in der Welt, hatte Peter hier zu suchen?

»Das sagt mir nichts«, entgegnete sie tonlos.

»Möglicherweise eine Verwechslung. Oder ein Katastrophen-Junkie. Sie glauben ja gar nicht, was hier manchmal so ...«

Claire schob die Bettdecke zur Seite und stand auf. Ein wenig wacklig war ihr zumute, und sie spürte die Wunden an ihrem Rücken, aber das spielte keine Rolle.

»Sagen Sie bitte der Ärztin Bescheid. Ich möchte auf eigene Verantwortung entlassen werden.«

50

Eric

»Verdammt, das sieht so übel aus!« Andrew drehte sich langsam im Kreis und begutachtete die schwarz verkohlten Überreste der Werkstatt. »Aber vielleicht ist ja die eine oder andere Maschine noch zu retten?«

Die Stimme seines Freundes verriet, dass er diese Möglichkeit nicht für wahrscheinlich hielt. Eric trat mit dem Fuß gegen ein Bruchstück des Wellblechdaches, das aufrecht im Schutt steckte.

»Mit Sicherheit nicht. Selbst wenn der Korpus das Feuer überstanden hat, sind die Bänder verschmort und die Mechanik verzogen.«

Das verkohlte Holz knirschte unter seinen Schritten, als er zu dem Platz ging, der einst sein Büro gewesen war und von dem nur noch geschmolzene Plexiglasscheiben und die Überreste des Besucherstuhls zu erkennen waren. Er drehte sich zu Andrew um und deutete darauf. »Ich möchte wetten, dass der selbst jetzt noch quietscht.«

Was als Scherz gedacht war, verunglückte völlig, denn ihm wurde in voller Klarheit bewusst, dass tatsächlich alles zerstört war. Tränen stiegen ihm in die Augen, und er presste sich die Hand vor den Mund. »Scheiße!«

»Alter …« Andrews Stimme klang kläglich.

Drei tiefe Atemzüge halfen Eric, die Fassung wiederzuerlangen. »Ich habe keine Ahnung, wie es jetzt weitergehen soll«, gab er zu.

»Hast du mit der Versicherung gesprochen?«

»Ja. Sie schicken morgen einen Gutachter vorbei. Polizei und Feuerwehr gehen von einem defekten Heizlüfter aus, der zu dem Brand geführt hat.«

»Das ist doch gut. In dem Fall bekommst du die volle Versicherungssumme ausgezahlt, oder?«

Eric nickte. Das war tatsächlich eine gute Sache. Aber eben auch nicht.

»Ich hatte das Teil schon wochenlang nicht mehr in Benutzung. Wenn der Heizlüfter das Feuer verursacht hat, dann hat ihn jemand angestellt. Dann war es Brandstiftung.«

Andrew trat einen Schritt zurück. Schwarze Staubwolken stieben auf, als ein morscher Balken unter seinem Gewicht zerbarst. »Claires Vater? Meinst du, der Mann würde so weit gehen?«

»Sie ist davon überzeugt, aber ich wüsste nicht, wieso. Was bringt es ihm, eine Tischlerei wie meine mit solchen Mitteln zu bekämpfen?«

»Hast du der Polizei von dem Verdacht berichtet?«

Wie immer stellte Andrew die richtigen Fragen, aber einmal mehr konnte er keine zufriedenstellende Antwort geben. »Nein.«

»Wieso nicht? Sie könnten doch in diese Richtung ermitteln und …«

»Was hätte ich denn sagen sollen?« Eric zuckte die Schultern. »Dass jemand Bruchstücke eines Gesprächs mitgehört hat, die einen der mächtigsten Männer in unserem Gewerbe belasten, aber vielleicht völlig aus dem Zusammenhang gerissen sind?«

»Dieser Mann hatte Interesse an deiner Firma, und du hast ihm einen Korb gegeben.«

»Es war Claire, die Spirit wollte. Wenn ich diesen Stein ins Rollen bringe, wer garantiert mir, dass nicht sie darunter zerquetscht wird?«

»Lässt du es ihretwegen auf sich beruhen?«

»Auch deshalb, ja. Aber seien wir realistisch, Andrew. Selbst wenn ich meine Anschuldigungen vorbringe und der Fall nicht von vornherein abgeschmettert wird, sondern vor ein Gericht kommt, dann würde Woodcorp mit einer ganzen Armada von Anwälten auflaufen, und am Ende bliebe ich auf den Gerichtskosten sitzen und hätte vielleicht noch eine Verleumdungsklage am Hals.«

»Du hast ja recht.« Andrew zog ein Stück Holz aus den Trümmern und schleuderte es von sich. »Es ist nur so schrecklich unfair, dass dieser Mann ungestraft davonkommen wird.«

»Das tut er doch gar nicht. Er verliert seine wunderbare Tochter durch seine eigene Schuld.«

»Seine wunderbare Tochter, soso. Hast du es also endlich eingesehen. Wie geht es ihr denn überhaupt?«

»Na ja, du kennst sie. Sie ist zäh.« Obwohl er auf den Ruinen seiner Existenz stand, musste Eric lächeln. »Morgen hole ich sie aus dem Krankenhaus ab, und dann machen wir weiter, einen Tag nach dem anderen. Gemeinsam werden wir das schaffen.«

Wie aufs Stichwort fuhr Freds Wagen vor. Er stieg aus

und winkte sie zu sich. »Nun helft mir schon. Ich habe Stew dabei, im Kofferraum sind Decken und Bier, und Betty bringt Himbeerkuchen. Die anderen treffen auch gleich ein.«

Fassungslos starrte Eric auf den riesigen Topf, der angegurtet wie ein braver Beifahrer auf dem Sitz stand. »Was hat das zu bedeuten?«

»Was das zu bedeuten hat? Dass wir alle zusammen picknicken werden. Heute feiern wir, dass du und Claire am Leben seid, und ab morgen helfen wir dir, neu anzufangen. Dieses Feuer wird nicht die letzte Erinnerung an deine Tischlerei sein.«

Ein dicker Kloß saß in Erics Hals, er räusperte sich, um ihn loszuwerden. »Ihr seid völlig verrückt. Es ist schmutzig, es ist alles voller Ruß und ...«

»Halt den Mund, und pack an.« Andrew löste den Gurt und hob den Topf nach draußen. »Du hast es doch gesagt – gemeinsam werden wir das schaffen.«

★ ★ ★

»Hallo, Mariah.« Eric legte einen Strauß Ranunkeln vor das Holzkreuz. »Es ist viel passiert in letzter Zeit. Ich weiß nicht, ob du etwas davon mitbekommen hast, da, wo du bist. Spirit ist zerstört, aber mach dir keine Sorgen, das Dorf hilft mir. Darauf kann man sich immer verlassen. Und außerdem ...« Er stockte. Ihr von Claire zu erzählen, fiel ihm schwerer als gedacht. »Ich bin verliebt, Mariah. Sie heißt Claire und ist eine wunderbare Frau. Wir streiten uns viel, aber das ist gut so. Sie ist dickköpfig, klug, voller Ideen. Seit ich sie kenne, bin ich nicht mehr nur ein Witwer, sondern wieder ein Mensch. Ein Mann. Endlich freue ich mich wieder auf jeden neuen Tag.«

Eine Böe fuhr durch die Birke, zauste die Äste und ließ die Krähen schreiend auffliegen. Eric sah ihnen auf ihrem Weg in den Himmel nach. Mit einem tiefen Atemzug zog er einen der Steine aus seiner Jackentasche, die er nach dem Unfall am Ufer des Firth of Ark mitgenommen und seitdem bei sich getragen hatte. Endlich fand er die Worte für das, was schon so lange hätte gesagt werden müssen.

»Ich vergebe dir, was du getan hast. Und ich vergebe mir. Ich kann endlich meine Schuld zurücklassen.« Vorsichtig legte er den Stein auf das Kreuz.

»Ich lasse meinen Zorn zurück.« Seine Finger tasteten nach einem weiteren Stein, hielten ihn für einen Moment, packten ihn dann zu dem ersten.

»Aber den hier, den behalte ich.« Er streckte den dritten und letzten Stein, einen fast vollständig runden milchig weißen Kiesel mit grauer Maserung, dem Kreuz entgegen. »Die Erinnerung an unsere Liebe. Die werde ich niemals loslassen, auch wenn ich einen neuen Weg einschlage.«

Mit geschlossenen Augen lauschte er in den Wind, der über den Hügel zog. Mariah sprach nicht zu ihm. Sie war gegangen, und er ging jetzt auch.

51

Claire

Noch in Inverness hatte Claire ihre schmutzige, nach Rauch stinkende Kleidung im nächsten Kaufhaus gegen Jeans und Bluse getauscht. Ein billiges Prepaidhandy ersetzte ihr Smartphone, das in der Werkstatt zu einem Haufen Plastik geschmolzen sein musste. In Luton Airport besorgte sie sich eine Sonnenbrille, denn das Wetter in London war bedeutend besser als in Schottland. Zu guter Letzt legte sie sich ein Seidentuch à la Grace Kelly um, denn ihre durch den Funkenflug verwüstete Frisur hatte mal mehr, mal weniger neugierige Blicke auf sich gezogen. Als sie sich derart gestylt in einer der spiegelnden Fronten des Flughafengebäudes betrachtete, gefiel sie sich ausgesprochen gut. Dressed to kill und bereit, Peter und ihren Vater zur Rede zu stellen. Das Handy in den Fingern, um Ellen anzurufen, hielt sie kurz inne, überlegte, ob sie Eric Bescheid sagen sollte, der sie ja immer noch im Krankenhaus wähnte. Aber er würde ihr davon abraten, die beiden Männer zu konfrontieren. Würde sagen, dass es gefährlich sein könnte und dass sie die Polizei einschalten solle. Und natürlich würde er sich umgehend auf den Weg nach London machen. Aber sosehr sie sich auch wünschte, ihn zu sehen, das hier war doch ihre Sache, und ihre allein.

Ellen hob ab. »Ms. Wesley? Ich habe mir Sorgen gemacht. Alles in Ordnung bei Ihnen?«

»Ja, danke.«

»Habe ich Sie unnötig in Aufruhr versetzt? Das täte mir leid.«

Was sollte sie erzählen? So wenig wie möglich. Seit sie befürchten musste, dass auch Peter in die Angelegenheit verstrickt war, wollte sie lieber nicht zu viel preisgeben.

»Es gab einen Zwischenfall, Ellen, aber es ist alles in Ordnung. Wir können ein anderes Mal darüber reden. Wissen Sie, ob Peter Mayhew im Büro ist?«

»Peter? Soweit ich weiß, ist sein Praktikum beendet.«

Nein, eigentlich nicht. Hatte Francis ihm wegen seines Stalkings doch gekündigt? Hatte Peter sich auf diese Art an ihr rächen wollen und war damit ihrem Vater zuvorgekommen?

»Ms. Wesley?«

»Ich bin noch dran. Können Sie mir bitte seine Adresse geben?«

»Hat er etwas mit dem Zwischenfall zu tun?«

»Ellen, bitte, ich kann nichts weiter sagen …«

»Natürlich. Warten Sie, ich sehe nach.«

Das Handy zwischen Schulter und Ohr geklemmt, notierte Claire Peters Anschrift auf einem Taschentuch und machte sich auf den Weg in die Innenstadt. Die Fahrt mit dem Flughafenbus transportierte sie aus dem nachmittäglichen Sonnenschein in die frühe Dämmerung, aus der Weite der Landschaft in die ersten Ausläufer der Stadt. Die Route führte vorbei an gleichförmigen edwardianischen Häuserfronten mit nachträglich eingebauten

Schaufenstern im Erdgeschoss, hinter denen sich rund um die Uhr geöffnete Kioske befanden und Imbisse, die Mahlzeiten aus aller Herren Länder anboten. Zwischen Blumenläden und kleinen Supermärkten mit ihren Obst- und Gemüseauslagen drängten sich Pubs und Wettbüros. Nach fast zwei Stunden fuhr der Bus in das gelbliche Licht der Londoner Innenstadt, vorbei am Regent's Park und am Sherlock Holmes Museum. Bei Marble Arch stieg Claire aus und kam auf ihrem Weg durch den Hyde Park an den Italian Fountains vorbei, auf deren Bänken Touristen und Londoner gleichermaßen den milden Abend genossen. Enten hockten auf den Rändern der Wasserbassins, die Schnäbel unter dem Gefieder versteckt. Claire blieb stehen und atmete tief ein. Die Luft roch nach Blüten und dem würzigen Holz der Hecken. London verlassen – in diesem Moment schien es ihr unmöglich. Diese Stadt, mit all ihrem Dreck und der Hektik, den Ungerechtigkeiten und der atemberaubenden Schönheit, war ein Teil von ihr. Hier zu leben, stellte jeden Tag eine Herausforderung dar, und sie liebte es. Was es bedeuten würde, in Glenbarry zu leben, musste sie noch herausfinden.

Peters Apartment lag im Kensington Court, nur eine Straßenüberquerung und ein paar Schritte vom Kensington Palace entfernt, aber weitaus weniger herrschaftlich. Ein schmales Eisentor führte in einen Gang zwischen zwei Wohnhäusern, in dem es nicht so angenehm roch wie im Park. Neben einer hellblauen Tür fand Claire seinen Namen auf dem Klingelschild, aber bevor sie läuten konnte, wurde die Haustür von einem jungen Paar geöffnet, sodass sie hineinhuschen konnte. Vor Peters Wohnungstür hielt sie inne. War es eine gute Idee, ihn zu konfrontieren? Sollte sie nicht Angst vor ihm haben?

Blödsinn! Peter hatte es nicht geschafft, sie umzubringen, als ihm ein Feuer und ein ganzes Lager voll Holz zur Verfügung gestanden hatten. Was sollte ihr hier passieren?

Sie zählte bis drei und klopfte. Es dauerte eine Weile, bis Peters Stimme ertönte: »Ja?«

»Ich bin es, Claire«, sagte sie nach einem tiefen Atemzug. »Wenn du nicht willst, dass ich auf der Stelle die Polizei rufe und dich wegen Brandstiftung festnehmen lasse, solltest du aufmachen.«

Stille. Claire gewann den Eindruck, dass Peter die Luft anhielt, um nur ja kein Geräusch zu machen. Dass er durch das Fenster flüchtete, schien unwahrscheinlich. Seine Wohnung befand sich im dritten Stock, er würde nicht wie Tarzan über Fenstervorsprünge nach unten klettern. Schließlich war er ein Feigling. Nur Feiglinge zündeten Häuser an.

»Also gut, wie du willst. Du wirst einiges erklären müssen.«

»Du hast nichts in der Hand, gar nichts.« Seine Worte klangen bei Weitem nicht so überzeugt, wie sie es wohl sollten.

»Gibt es etwa keine Flugbuchung von London nach Edinburgh mit einem Zwischenstopp in Birmingham auf deinen Namen? Mein Vater war clever, er hat das nicht über die Firma laufen lassen. So hat Woodcorp nichts damit zu tun.«

»Na und? Dann war ich halt in Edinburgh. Ist eine schöne Stadt. Sollte man gesehen haben.«

»Stimmt. Aber warum warst du gestern Nacht im Raigmore Hospital und hast dich nach mir erkundigt? Die Krankenpflegerin hatte ganz rote Wangen, als sie mir von dir erzählt hat. Sie wird dich bestimmt wiedererkennen, und ich vermute, dass es im Krankenhaus Videoüberwachung gibt.«

Erneut dehnte sich eine Pause so lange, dass Claire versucht war, die Polizei zu rufen, aber dann klickte das Schloss, und Peter öffnete die Tür einen Spalt weit. Seine geröteten Augen bildeten einen fast unheimlichen Kontrast zur Blässe seiner Haut. »Willst du hereinkommen?«

»Lieber nicht. Bei unserer letzten Begegnung hast du versucht, mich zu verbrennen.«

»Um Himmels willen, Claire!« Tränen traten ihm in die Augen, ungelenk wischte er sich mit dem Ärmel seines Hoodies übers Gesicht. »Ich wollte dir nichts antun! Ich wusste doch nicht, dass du da sein würdest. Aber dann habe ich gesehen, wie du in diesen Schuppen rennst und es anfängt zu brennen, und ich wollte dich da herausholen, das musst du mir glauben, aber dann kam schon dieser Typ und ... Ich hatte solche Angst, dass dir etwas Schlimmes passiert ist, deshalb bin ich dem Krankenwagen gefolgt und habe nach dir gefragt.«

Hatte zuerst nur Weinerlichkeit in seiner Stimme gelegen, so klangen die letzten Worte beinahe heroisch. Glaubte er, eine Heldentat vollbracht zu haben, weil er sich an einem Krankenhausempfang nach ihr erkundigt hatte? Seltsamerweise empfand Claire keinen Zorn. Dieser Mann, der da vor ihr stand, war viel zu jämmerlich, um Wut in ihr hervorzurufen.

»Und warum solltest du Spirit abbrennen? Er muss dir doch einen Grund genannt haben.«

»Keine Ahnung. Er hat nur gesagt, ich würde einen guten Job in der Firma bekommen, wenn ich es täte. Leitungsebene im Marketing, weißt du? Kein Hocharbeiten, kein jahrelanges Buckeln im Middle Management. Gleich at the top.«

Er führte die flache Hand von der Brust in einer fließenden Bewegung bis vor sein Gesicht, wie um damit seinen erhofften störungsfreien Aufstieg zu symbolisieren. In diesem Moment glich er wieder dem Instagram-Peter, als den Claire ihn kennengelernt hatte.

»Und deshalb machst du so einen Scheiß? Um Advertising Director in einer Holzfirma zu werden?«

»Um mit sechsundzwanzig Jahren Advertising Director in der größten Holzfirma des Landes zu werden. *The sky is the fucking limit*, Claire.«

Ja, doch, es gelang ihm allmählich, sie wütend zu machen. »Deine Ambitionen haben zum Bankrott eines großartigen Mannes geführt.«

»Wenn ich es nicht getan hätte ...« Peter hielt inne und senkte den Blick. »Er hat gesagt, du wolltest mich anzeigen. Wegen sexueller Belästigung. Und dass er mit dir reden würde, damit du es nicht tust, vorausgesetzt, ich fahre dorthin und ...«

Eine Faust mitten in ihr Gesicht hätte sie nicht schmerzhafter treffen können. Was für eine widerliche Lüge! Ihr Vater schreckte wirklich vor nichts zurück.

»Ich hatte niemals vor, dich anzuzeigen. Du bist mir auf die Nerven gegangen, aber nicht so sehr, dass ich ...«

Todmüde fühlte sie sich mit einem Mal. Erschöpft und ausgelaugt von all der Heimtücke, die sich hinter ihrem Rücken abgespielt hatte. »Du hättest Nein sagen sollen. Egal, was mein Vater dir bietet oder womit er dir droht, du hättest verdammt noch mal Nein sagen sollen.«

»Es war nicht dein Vater.«

Es dauerte einen Moment, bis Claire die Bedeutung seiner Worte begriff. »Wer dann, Peter? Wer?«

Sein Blick zuckte von links nach rechts, als hätte er Angst, jemand könnte sie belauschen. »Mr. Hampton. Er hat gesagt, ich soll es tun, und er hat mir das Geld für die Flugtickets in die Hand gedrückt. Das Ganze war seine Idee.«

Claires Knie wurden weich. Sie stützte sich an der Wand ab, um zu verhindern, dass sie in die Knie ging. »Francis?«

Peter nickte.

»Das glaube ich dir nicht. Du lügst! Warum lügst du? Ich weiß doch, wie mein Vater ist! Ich ...«

Peter lächelte ohne Fröhlichkeit. »Warum sollte ich darüber die Unwahrheit sagen, wenn ich dir alles andere gestanden habe? Er hat mir gesagt, ich soll nach einem Gerät wie einem Heizlüfter Ausschau halten, ihn auf die höchste Stufe stellen und ein ölgetränktes Tuch in die Lüftung stecken. Und er hat mir gesagt, ich soll Holzspäne und Staub zusammenfegen, weil diese bei Hitze explodieren können. Und jetzt ruf meinetwegen die Polizei. Aber bitte glaub mir, dass ich dir nie etwas antun wollte.«

»Ist das nicht egal? Anscheinend spielt es keine Rolle, was du oder ich oder Eric wollen.«

Langsam wandte sie sich zum Gehen. Genau so hatte sie sich gefühlt, wenn ihr Vater sie verprügelt hatte. Alles schmerzte, jede Bewegung strengte unendlich an, und das Herz raste. »Wage es ja nicht, Francis anzurufen und ihm zu sagen, dass ich es weiß.«

Kopfschüttelnd, aber ohne ein weiteres Wort schloss Peter die Tür.

Im Taxi überlegte Claire fieberhaft, ob irgendetwas in Francis' Verhalten sie hätte misstrauisch machen müssen. Sie kramte in ihren Erinnerungen wie in einer vollgestopften Kiste, auf der Suche nach einem Hinweis, einer Auffälligkeit, aber sie fand nichts außer seinen freundlichen Augen, seinen Umarmungen, wenn ihr Vater sie gedemütigt hatte. Seine Worte, mit denen er sie motiviert oder ihr den Kopf zurechtgerückt hatte, je nachdem, wie sie es nötig gehabt hatte. Gerade, als sie den Taxifahrer bitten wollte umzukehren, weil es so absolut unmöglich schien, dass dieser Mann, der ihr immer Halt und Stütze gewesen war, ein falsches Spiel spielte, stieß sie in dieser Kiste ihrer Erinnerungen auf einen Moment, der noch gar nicht so lange zurücklag. Ein Moment in ihrem Büro nach einer unangenehmen Fahrstuhlfahrt. Nur mit Francis hatte sie über ihre Probleme mit Peter gesprochen. Nur er wusste davon.

Es war Francis gewesen, der ihr erzählt hatte, die Sorge ihres Vaters um sie habe zu seinem Unfall geführt.

Das Taxi stoppte. »Wir sind da, Miss.«

Claire sah aus dem Fenster. Das schmale viktorianische Reihenhaus mit dem von zwei Säulen getragenen dreieckigen Vordach. Graues Mauerwerk, weiße Fensterstürze. Gelbes Licht aus der Straßenlaterne fiel auf den handtuchgroßen Vorgarten und die drei Stufen, die zur Eingangstür führten. Dies war ihr zweites Zuhause gewesen – nach dem Tod ihrer Mutter ihr einziges.

Sie reichte dem Fahrer eine Fünfzig-Pfund-Note, was dieser mit einem freudigen Pfiff quittierte. Seinen Wunsch, sie möge einen schönen Abend haben, schnitt Claire mit dem Zuschlagen der Tür ab. Ein schöner Abend sah anders aus.

52

Eric

Andrew öffnete mit seinem Feuerzeug zwei Bierflaschen und reichte eine Eric.

»Auf dein Wohl.«

»Auf deines. Und auf das von Rupert.«

Der alte Hund lag neben Eric auf dem Boden, den Kopf auf seinem Oberschenkel, und gab ein dunkles Brummen von sich, geradeso als erwiderte er den Toast. Sanft kraulte Eric das Schlappohr des Tieres. »Schön, dass er die ganze Aufregung gut überstanden hat.«

»Meinst du das ernst?« Andrew lachte. »Er hat erst in deinem Wagen und dann bei Fred geschlafen, bis ich ihn abgeholt habe. Von dem ganzen Schlamassel hat er nichts mitbekommen.«

Obwohl er besagten Schlamassel hautnah miterlebt hatte, fühlte auch Eric sich erstaunlicherweise entspannt. Keine Albträume, kein schweißgebadetes Aufschrecken mitten in der Nacht. Vielleicht stimmte das Sprichwort ja, dass man ein Feuer mit einem anderen bekämpfen konnte.

»Dir geht es gut?«, riss ihn Andrews Frage aus seinen Betrachtungen.

»Ja. Ich kann einen Teil des Kredits mit dem Geld von der Versicherung abbezahlen. Um mir neue Maschinen kaufen zu können, werde ich erst einmal auf Baustellen arbeiten, so wie du. Vielleicht kann ich mich bei einem Tischler in der Gegend einmieten, wer weiß. Es wird Möglichkeiten geben, um weiterzumachen.«

»Gut.«

»Ja. Gut.«

Sie schlugen leicht die Bierflaschen aneinander und tranken, dann stand Andrew auf. *»Aqualung?«*

»Unbedingt.«

Drei Stunden später saßen sie immer noch auf dem Boden, der Hund zwischen ihnen, und lauschten Andrews alten Jethro-Tull-Platten. Eric ließ den Blick durch die Küche wandern. Noch nie hatte es ihn so sehr gefreut, dass sich in all den Jahren nicht das Geringste geändert hatte. Hier war auch sein Zuhause.

»Sag mal, gilt dein Angebot noch, dass ich bei dir wohnen kann?«

»Klar. Hier ist doch mehr als genug Platz.«

»Auch für mich und Claire?«

In einer zustimmenden Geste hob Andrew beide Hände.

»Danke.«

»Nicht dafür. Wann kommt sie?«

»Ich hole sie morgen aus dem Krankenhaus ab.«

»Ich freu mich auf sie. Weiß Betty es schon?«

»Die Überraschung wollte ich Claire überlassen.«

Mühsam arbeitete sich Andrew hoch und holte zwei neue Bierflaschen aus der Küche. »Dann weht hier ab morgen also ein anderes Lüftchen. Claire wird uns bestimmt nicht so herumlottern lassen.«

»Von wegen. Sie wird sich zu uns setzen, Bier trinken und einfach mit uns leben. Sie gehört hierher. Das hat sie von Anfang an.«

53

Claire

»Claire.«

Die Art, wie Francis ihren Namen aussprach, zeigte Claire, dass Peter ihr die Wahrheit gesagt hatte. Da lag eine Zurückhaltung in seiner Stimme, ein Zögern. Mit diesem einen Wort zog er eine Verteidigungslinie zwischen ihnen.

»Überrascht, mich zu sehen?«

»Nun, du kommst unangemeldet.«

Da Francis keine Anstalten machte, aus dem Türrahmen zu treten und sie hineinzubitten, stellte Claire sich auf die Zehenspitzen und lugte über seine Schulter in die Wohnung. »Hast du Besuch?«

»Nein.« Endlich machte er einen Schritt zur Seite. »Komm doch herein.«

»Danke.«

Sie betrat den kleinen Flur, in dem sie früher Fußball gespielt hatten. Als Torwart hatte Francis die Tür vor ihren harmlosen Schüssen beschützt. Über zwanzig Jahre war das her, und trotz allem liebte sie diesen Mann noch immer so sehr, dass sie sofort Klarheit wollte.

»Warum?«, fragte sie. »Warum hast du Eric das angetan?«

»Wieso? Was ist denn ...«

»Halt uns nicht beide zum Narren, indem du leugnest.« Sie strich ihren rechten Ärmel hoch und entblößte den Verband. »Ich war in der Tischlerei, um Eric zu warnen, als das Feuer ausbrach. Wäre er nicht gewesen, stünde ich jetzt nicht hier. Aber ich sehe schon, davon hat dir Peter nichts erzählt.«

Tatsächlich war Francis' Gesicht fahl wie Zirbenholz geworden. Mit bedächtigen Schritten ging er ins Wohnzimmer, blieb dort stehen und atmete tief ein. Auf dem Couchtisch stand ein Teller, daneben lagen eine zerknüllte Serviette und ein Messer mit Butterspuren darauf – Zeichen eines einsamen Abendbrots. Seit Claire denken konnte, lebte Francis allein. Er kannte keinen anderen Lebensinhalt als Woodcorp. Das war genauso jämmerlich wie tragisch.

»Es war so nicht geplant«, sagte er. »Peter sollte vorsichtig sein.«

»Vorsichtig?« Der Zorn explodierte wie ein Feuerball in ihr. »Vorsichtig? Ist das dein verdammter Ernst? Du lässt eine Tischlerei anzünden, die von Wald umgeben ist? Du hast alle in Gefahr gebracht. Das ganze Dorf.«

»Peter hatte anonym die Feuerwehr informiert, gleich nachdem er die Werkstatt verlassen hatte. Die Einzige, die die Angelegenheit zu einem Risiko gemacht hat, bist du.«

»Jetzt ist es meine Schuld, dass ich verletzt bin und fast gestorben wäre?«

Francis zuckte die Schultern. »So gesehen ...«

Claire krallte beide Hände um die Lehne des Fernsehsessels. Sie musste sich davon abhalten, Francis etwas sehr

Schweres auf den Schädel zu schlagen. »Hast du keine Angst, dass Peter zur Polizei geht?«

»Er würde sich doch nur selbst belasten. Nichts verbindet Woodcorp mit seiner Fahrt nach Glenbarry. Aber jeder in der Firma weiß, dass er verrückt nach dir war – und eifersüchtig. Dafür habe ich gesorgt.«

»Aber ich – ich könnte dich anzeigen. Dich und Vater.«

»Tu das. Wie gesagt – alle Hinweise, die es gibt, führen zu Peter. Könntest du damit leben, dass dieser kleine Idiot ins Gefängnis geht? Aber er ist hübsch, die anderen Insassen werden ihn lieben.«

Francis' Unbekümmertheit ließ Claire ihre Hilflosigkeit noch stärker spüren. »Warum?«, wiederholte sie die Frage, die sie gleich beim Eintritt in die ihr plötzlich fremd gewordene Wohnung gestellt hatte.

»Es gibt nicht nur den einen Grund. George war erbost darüber, dass Woodcorp von so einer minderwertigen Firma abgewiesen worden war. Das zum einen. Außerdem ist dein schottischer Freund gar nicht so besitzlos. Zuerst hatte ich nur unzureichende Informationen, aber als du das erste Mal dort unten warst, erfuhr ich über das Waldkataster, dass ihm ein umfangreiches Gebiet des alten Caledonian Forest gehört. Der größte Teil ist in den Händen von Naturschutzorganisationen und kann nicht bewirtschaftet werden, aber er verfügt über knapp fünfzig Hektar zur Nutzung.«

»Das weiß ich doch. Er schlägt das Holz für seine Möbel und forstet den Bestand gleich wieder auf.«

»Und wofür?« Francis lachte. »Für ein paar Feentische und Waldschratstühle. Es gibt genug Leute, die für eine

Ausstattung ihres Hauses oder ihrer Yacht mit dem Holz des Waldes ein Vermögen ausgeben würden. In Zeiten wie diesen ist der Besitz von solch alten Baumbeständen Gold wert. Man muss es nur den Richtigen verkaufen.« Er machte eine Geste, als rollte er ein Plakat aus, und sagte im Ton eines Werbesprechers: »›Das Holz aus den schottischen Wäldern der Urzeit in Ihrem Haus. Ökologisch, regional, einzigartig.‹ Natur ist eine Ressource, Claire. Je knapper, desto begehrter. Das Geld, das man damit verdienen kann, sollte man sich nicht entgehen lassen.«

Den Wald wollten sie also. Mit den alten Bäumen die Apartments und Luxusschiffe einiger weniger Menschen veredeln, die schon genug hatten, womit sie angeben konnten. Dass so nur eine weitere Ödlandschaft entstand, wenn sie wie eine Heuschreckenplage durch den Forest gezogen waren, interessierte nicht.

»Deshalb warst du bei P & C. Du hast Kontakte mit High-Class-Designern geschmiedet.«

»Natürlich. Der Plan war ja niemals, deinen Freund zu beschäftigen. Seit ich über den Waldbesitz Bescheid wusste, ging es mir nur darum, ihn für Woodcorp zu sichern. Fichten und Kiefern aus Monokulturen hat jeder, aber wir werden Mythen, Beständigkeit, Urwüchsigkeit verkaufen.«

Claire sank in den Fernsehsessel. Wie oft hatte sie hier gesessen, Chips gefuttert und sich in schweigender Glückseligkeit mit Francis Zeichentrickfilme angesehen?

»Hast du überhaupt jemals etwas für mich empfunden, oder war ich immer nur als Tochter von George Wesley wichtig für dich?«

»Ach, Claire.« Francis kam auf sie zu und kniete sich vor sie. »Du warst meine kleine Prinzessin. Aber das hat doch nichts damit zu tun, dass ich für die Firma das Beste will. George und ich haben sie zusammen aufgebaut. Dank uns ist sie der Marktführer. Das konnte ich doch nicht in Gefahr geraten lassen, nachdem er außer Gefecht war. Er hätte sterben können. Ich musste dich unter Kontrolle bringen.«

»Hast du deshalb …« Sie stockte, zu schrecklich war der Gedanke, der sich ihr aufdrängte. »Hast du mir deshalb erzählt, ich wäre schuld am Unfall meines Vaters? Um mich zu kontrollieren?«

Mit einem Lächeln strich Francis ihre Haarsträhne aus der Stirn. »Der Zweck heiligt die Mittel. Und der Zweck ist immer die Firma.«

Sie schloss die Augen. Wie ein Kind hoffte sie, dass nicht wahr wäre, was sie nicht sah. Aber es stimmte. Ihr ganzes Leben lang war es so gewesen. Zuerst die Firma und ihr Vater. Danach nichts mehr, zumindest nichts von Bedeutung.

»Wenn ich gestorben wäre. Wenn ich verbrannt wäre. Hättest du um mich getrauert?«

»Selbstverständlich.«

»Wusste mein Vater, was du vorhast?«

»Ich weiß nicht mehr, wer von uns beiden die Idee zuerst hatte. Anfänglich wollten wir deinen Plan in die Tat umsetzen – du hattest ja vorgeschlagen, die Firma mit gefakten Einkäufen in den Bankrott zu treiben. Ganz ähnlich sind wir übrigens vor einigen Jahren mit einem unserer Konkurrenten verfahren. Aber nachdem du dich offen gegen George gestellt hattest, war uns das nicht mehr genug. Und das ist der dritte Grund, warum es geschehen ist. Du hast dich gegen den Mann gestellt, der dich großgezogen hat.«

»Der Mann, der mich großgezogen hat«, wiederholte sie sinnierend. »Warum sagst du das so? Warum nennst du ihn nicht meinen Vater?« Sie richtete sich kerzengerade im Sessel auf. »Du nennst ihn nie meinen Vater.« Ein Gedanke fasste Fuß, zu wahnwitzig, um ihm die Chance zuzugestehen, Wahrheit zu sein. Aber vielleicht doch ...

»Kannst du dir nicht denken, wieso?«, fragte Francis.

»Nein. Sag es mir.«

Claire sah in seinen Augen, dass er es noch immer wollte – sie unter Kontrolle bringen, egal, um welchen Preis. Er wusste nur nicht, dass ihm dies nicht mehr gelingen konnte. Zwei Monate hatten gereicht, um sie zu verändern. Zwei Monate, ein Dorf und ein Mann.

»Deine Mutter war schon schwanger, als sie George heiratete. Ein Urlaubsflirt, ein letztes Ausprobieren. Sie hatte es sehr bereut und überlegt, dich zur Adoption freizugeben, aber George nahm dich an, obwohl du ein Fehltritt warst. Nur dank ihm hast du eine Familie.«

Ihr Lachen überraschte Claire so sehr, dass sie sich die Hand vor den Mund schlug. »Ich bin nicht ...?«

Es war klar, warum er es ihr jetzt gesagt hatte, und das sicherlich mit Genehmigung von George Wesley. Sie sollte endgültig vernichtet werden. Die beiden Männer glaubten wohl tatsächlich, diese Enthüllung würde sie besiegen, als wäre ihre Abstammung von dem Mann, den sie für ihren Vater gehalten hatte, das einzig Wertvolle an ihr.

Stattdessen empfand sie eine unerwartete Stärke, denn nun wusste sie, dass ihr Gefühl sie all die Jahre nicht getrogen hatte, dieses instinktive Bewusstsein, am falschen Ort zu sein. Sie war für George Wesley eine ständige Demütigung gewesen und für ihre Mutter das Ergebnis einer schlechten Entscheidung. Und Francis? Was hatte sie ihm bedeutet? Aber musste sie sich diese Frage stellen? War nicht viel wichtiger, was sie für ihn empfand? Tatsächlich spürte sie keinen Hass, keine enttäuschte Zuneigung, nur Klarheit. Er würde sie nie wieder so hintergehen. Niemand würde das.

Mühsam arbeitete sich Francis hoch. »Du solltest jetzt gehen, Claire. Deine Wohnung gehört dir ja. Du bist also nicht mittellos.«

Erics Kredit betrug 120.000 Pfund. Für die Errichtung einer neuen Werkstatt würde mindestens derselbe Betrag fällig werden. Großzügig aufgerundet, überlegte Claire, ergab das 300.000 Pfund. Immer noch zu wenig. Sie würde gern mit ihm auf den Seychellen Urlaub machen.

Sie stand auf. »Ich will vierhunderttausend Pfund bis nächsten Montag auf meinem Konto.«

Francis lachte kurz und trocken auf. »Bist du wahnsinnig? Wieso sollten wir das tun? Wie gesagt, du hast nichts in der Hand.«

»Nichts gerichtlich Verwertbares, das stimmt. Aber heutzutage ist das nicht das Schlimmste, was einer Firma passieren kann. Es gibt jemanden bei Woodcorp, der bezeugen kann, dass Vater an dem Brandanschlag beteiligt war.« Sie wählte ihre Worte sehr vorsichtig, denn sie wollte Ellen nicht in Bedrängnis bringen. »Natürlich kann ich daraus keinen Beweis zaubern, aber etwas viel Besseres. Ein Gerücht. Einen Tweet über die Skrupellosigkeit des Mannes, der mehrmals als Geschäftsmann des Jahres ausgezeichnet wurde und der in der Schlange steht für den Order of Merit. Ich bin sicher, auch unsere großartige Yellow Press würde sich mit Begeisterung der Sache annehmen. Eine Doppelseite in der *Sun*, was meinst du?«

Francis war, während sie sprach, drei Schritte zurückgewichen. Die Leutseligkeit in seinem Gesicht wich einer Härte, die sie zum ersten Mal erkennen ließ, wie ähnlich er George Wesley war. »Würdest du so weit gehen, deiner Familie wegen eines schottischen Tischlers zu schaden?«

»Hast du dir nicht zugehört, Francis? Es ist nicht meine Familie. Nicht mein Vater, nicht meine Schwester. Ja, genau, wie würde euch das gefallen? Ich erzähle, meine Mutter wäre auch in der Ehe fremdgegangen, und niemand könne sicher sagen, dass Amelia seine Tochter ist. Ob er das Ganze in aller Öffentlichkeit austragen und vor laufender Kamera einen DNA-Test eintüten würde?«

Francis stand mit verschränkten Armen vor ihr, die Beine hüftbreit auseinander. Ein Bollwerk mit eiskaltem Blick. »Du würdest nicht einmal vor deiner Mutter haltmachen?«

»Meine Mutter ist tot. Sie bekommt davon nichts mehr mit. Soll ich erzählen, wie er mich geschlagen hat und sie es mit anhörte, ohne einen Finger zu rühren, um mir zu helfen? Einen Shitstorm nach dem anderen würde ich über ihn und Woodcorp hereinbrechen lassen, bis sein guter Name vollständig zerstört ist, so wie ihr Eric und mich zerstören wolltet. Also überlegt euch gut, was wichtiger ist – dieses Geld oder der Ruf der Firma.«

Wolken zogen über den Himmel und ließen den Mond verschwinden. Nur das gelbliche Licht der Laternen erhellte die Straße. Claire atmete tief durch. In der milden Luft lag dieser typische Londoner Geruch – nach Abgasen, nach Bauarbeiten und einem Hauch von Abenteuer und Möglichkeiten.

400.000 Pfund bis nächsten Montag. Nach einem kurzen Telefonat mit ihrem Vater hatte Francis es ihr zugesichert. Dabei hatte kein Lächeln auf seinem Gesicht gelegen.

Sie zog ihr Handy aus der Tasche, als sie auf der Suche nach einem Taxi die Winnington Road entlanglief. Eric wusste noch nicht, dass er sie morgen nicht vom Krankenhaus abholen musste.

»Claire! Wie schön, dich zu hören. Geht es dir gut?«

Laut hupend fuhren zwei Wagen an ihr vorbei, und Eric reagierte sofort: »Das klingt nicht nach dem Krankenhaus. Wo bist du?«

»In London.«

Er schwieg, und Claire begriff, welche Gedanken ihm durch den Kopf schossen.

»Es ist nicht, was du denkst. Ich habe meine Meinung nicht geändert, ich werde nicht hierbleiben. Es gab nur einige Dinge zu klären.«

»Einige Dinge.«

»Ja. Bezüglich des Brandes. Ich habe mit Peter gesprochen und mit Francis. Es ist ihre Schuld ...«

»Du hast dich schon wieder in Gefahr gebracht«, unterbrach er sie heftig. »Warum hast du mich nicht angerufen? Ich hätte dich begleitet.«

»Du hast schon viel zu viel durchgemacht meiner Familie wegen. Ich musste das tun, verstehst du? Ich allein.«

»Das gefällt mir nicht. Wenn das mit uns funktionieren soll, dann müssen wir einander vertrauen.«

Seine Kritik war genau der Tropfen, der das Fass zum Überlaufen brachte. Tränen traten ihr in die Augen.

»Ich kann das jetzt nicht, hörst du? Ich brauche deinen Rückhalt, weil hier alles auseinandergebrochen ist. Und weil es trotz allem verdammt schmerzhaft ist, mein ganzes Leben hinter mir zu lassen.«

Während Eric schwieg, hörte sie im Hintergrund leises Bellen, das nach Andrews altem Hund klang. Wie gerne würde sie jetzt dort sitzen, ein Bier trinken, sich mit den beiden Männern unterhalten und ihre nostalgischen Platten anhören.

»Es ist schwer, Abschied zu nehmen«, sagte Eric, und seine Stimme klang ruhig. »Aber hier gibt es Menschen, die sagen: ›Schön, dass du da bist.‹«

Epilog

Vier Kisten stapelten sich auf dem Rücksitz ihres Wagens. Mehr nahm sie aus ihrem alten Leben nicht mit. Unterlagen, Kleidung, ihre Lieblingsbettwäsche, Bücher und ein wenig Schmuck. Erstaunlich leichtgefallen war es ihr, das Wichtige vom Unwichtigen zu trennen. All die Jahre hatte sie das nicht gekonnt, aber nun war es das Einfachste der Welt. Als letzte Handlung in London hatte sie einen Brief an Amelie geschickt. Nur ein Satz stand auf dem Zettel: *Wenn du reden willst, bin ich für dich da.*

Und nun, nach fast zehn Stunden Fahrt, bog sie auf den schmalen Weg ein, der nach Glenbarry führte. Seltsam, den ganzen Tag über hatte sie sich auf die Strecke konzentrieren können, aber jetzt, wo das Wiedersehen mit Eric so kurz bevorstand, dehnte sich die Zeit ins Unermessliche. Als sie an Glenbarrys Ortsschild vorbeikam, fiel ihr Scheinwerfer auf einen groß gewachsenen Mann mit dunklen Locken, der danebenstand. Sie trat mit voller Wucht auf die Bremse, wurde von der Fliehkraft in den Gurt gepresst und hantierte so hastig daran, dass er sich erst nicht öffnen ließ. Endlich war sie frei, sprang aus dem Auto und lief auf Eric zu, direkt in seine Arme. Es war so einfach, das Glücklichsein. Sie hätte schon viel früher damit anfangen sollen, es fühlte sich nämlich richtig gut an.

»Was machst du hier?«, sagte sie, als sie zwischen all ihren Küssen die Gelegenheit dazu fand.

»Ich warte auf dich. Um dir etwas zu sagen.«

»Was denn?«

Er packte sie an den Schultern und sah ihr in die Augen. Der Wind spielte in seinen Haaren, ein Lächeln lag auf seinen Lippen. »*Fàilte gu Glenbarry. Is math gu bheil thu an seo.*«

Mystisch klang diese Sprache, wie ein Hauch, der aus einer vergangenen Zeit herüberwehte.

»Was heißt das?«

»›Willkommen in Glenbarry. Schön, dass du da bist.‹ Das hätte ich dir schon an deinem ersten Tag sagen sollen.«

Sie vergrub ihre Nase in seinem Shirt und atmete tief ein. Er duftete nach Wald und Erde. Sie kannte keinen schöneren Geruch. Erics Lippen streiften ihre Haare. »*Tha gaol agam ort*«, flüsterte er, und für diese Worte brauchte Claire keine Übersetzung. Sie schloss die Arme noch enger um ihn.

»Ich liebe dich auch.«

Was die Autorin noch sagen möchte ...

Das Glenbarry in dieser Geschichte, der Mount Hallion, der Loch Tain sind keine realen Orte. Aber sie sind tief verwurzelt in dem Schottland, das ich kennenlernen durfte und zu dem es mich immer wieder hinzieht, nicht nur wegen der atemberaubenden Landschaft, sondern auch wegen der bodenständigen, wundervollen Menschen dort.

Es gibt viele, die mich während der Arbeit an diesem Buch unterstützt haben und bei denen ich mich bedanken möchte. Da ist meine wundervolle Agentin Anna Mechler, die von der Geschichte schon begeistert war, als sie aus nicht mehr als einem Exposé und einer kurzen Leseprobe bestand. Danke an Frau Heer und Frau Lichtenwalter vom Penguin Verlag, die Glenbarry das beste Verlagszuhause gegeben haben, das ich mir wünschen könnte. Dank an meine Redakteurin Frau Kuepper, die den ganzen Text mit Sachverstand und Empathie unter die Lupe genommen hat.

Danke an Andreas, der stets so viel Geduld hat, wenn ich mit den Gedanken woanders bin, und der mir immer ein offenes Ohr schenkt.

Ein ganz großes Danke auch an meine liebe Freundin Katrin, der ich meine Ideen noch im rohesten Rohentwurf erzählen kann und deren Mann mich in seiner Tischlerei und seiner Firma Holzdesign Krüger GmbH hat herumschnuppern lassen.

Dank an meine drei Katzen, die mir nur allzu oft das Arbeiten am Schreibtisch fast verunmöglicht haben.

Und natürlich Dank an jeden, der sich die Zeit für dieses Buch nimmt. Ich hoffe, dass es die Leser und Leserinnen an einen Ort entführt, an dem nicht alles in Ordnung ist, es aber immer Hoffnung, Freundschaft und Zusammenhalt gibt.

Manchmal ist dein Happy End nur einen Wunsch entfernt…

Die 35-jährige Annie glaubt nicht mehr an das, woran die Einheimischen von Irish Falls glauben: dass an diesem idyllischen Ort Wünsche wahr werden. Das ganze Jahr über hängen die Bewohner und Touristen dort kleine Briefe mit ihren größten Sehnsüchten an einen Wunschbaum. Doch Annies Traum ist vor vielen Jahren mit einem lauten Knall geplatzt. Niemand weiß von ihrem großen Talent. Bis der attraktive Songwriter Seth nach Irish Falls kommt, um den lokalen Radiosender wiederzubeleben und Annie ihr Geheimnis entlockt. Er möchte sie dabei unterstützen, ihren Lebenstraum weiterzuverfolgen, aber Annie hat sich geschworen, nie wieder auf die Versprechungen eines Mannes hereinzufallen. Doch je mehr Zeit sie mit Seth verbringt, desto mehr erkennt sie, dass sie sich all die Jahre möglicherweise das Falsche gewünscht hat…